MATTHIAS P. GIBERT

Schmuddelkinder

GESTOHLENE KINDHEIT Baunatal, Nordhessen. Der pensionierte Erzieher Dieter Bauer wird durch einen Schlag auf den siebten Halswirbel getötet. Noch in der Tatnacht wird ein Mann aufgegriffen, der ein großes Messer bei sich trägt, doch das perfekte Alibi seiner Freundin entlastet ihn. Am Abend des nächsten Tages wird Ruth Liebusch tot aufgefunden – ebenfalls eine ehemalige Erzieherin, ebenfalls getötet durch einen Schlag auf den siebten Halswirbel. Und es gibt noch eine Gemeinsamkeit zwischen den Opfern: Beide waren in den 70er-Jahren im Karlshof tätig, einem berühmtberüchtigten Jugendheim in Wabern südlich von Kassel.

Kommissar Paul Lenz vermutet einen Serienkiller. Was ihn jedoch verwirrt: Die Morde haben beinahe zur gleichen Zeit, räumlich weit voneinander entfernt stattgefunden. Lenz beginnt in einer Geschichte zu ermitteln, die mehr als 30 Jahre zurückliegt …

Matthias P. Gibert, 1960 in Königstein im Taunus geboren, ist verheiratet und lebt als freier Schriftsteller in Kassel. »Schmuddelkinder« ist der sechste Kriminalroman seiner erfolgreichen Serie um den Kasseler Hauptkommissar Paul Lenz.

Weitere Veröffentlichungen im Gmeiner-Verlag:
Menschenopfer (2012)
Zeitbombe (2011)
Rechtsdruck (2011)
Bullenhitze (2010)
Eiszeit (2009)
Zirkusluft (2009)
Kammerflimmern (2008)
Nervenflattern (2007)

MATTHIAS P. GIBERT

Schmuddelkinder

Lenz' sechster Fall

GMEINER *Original*

Besuchen Sie uns im Internet:
www.gmeiner-verlag.de

Im Ehnried 5, 88605 Meßkirch
Telefon 07575/2095-0
info@gmeiner-verlag.de

4. Auflage 2012

Lektorat: Claudia Senghaas, Kirchardt
Herstellung/Korrekturen: Julia Franze / Doreen Fröhlich
Umschlaggestaltung: U.O.R.G. Lutz Eberle, Stuttgart
unter Verwendung des Fotos »Rosendornen« von © Francesco hab ich auch / aboutpixel.de
Druck: CPI – Ebner & Spiegel GmbH, Ulm
Printed in Germany
ISBN 978-3-8392-1084-0

Personen und Handlung sind frei erfunden. Ähnlichkeiten mit lebenden oder toten Personen sind rein zufällig und nicht beabsichtigt.

Matthias P. Gibert

Lebenslauf

XXX XXXXXX		XXXXXXXXX X. XXXXXX XXX. XX XX.XX.XXXX XX XXXXXX XXXXXXXXXXXXXXXXXXX XXX-XXXXXXXX XXXXXXXXXXX
XXXXXXXXXX		
XXX	XXX	
XX.XXXX	XX.XXXX	XXXXXXXXX • XXXXXXXXXXXX - XXXXXXXXX • XXXXXXX • XXXXXXXXX
XX.XXXX	XX.XXXX	XXXXX, XXXXX **XXXXXXXXX** • XXXXXX • XXXXXXXXX
XX.XXXX	XX.XXXX	XXXXXXXXXX
06.1975	02.1977	Jugendheim Karlshof, Wabern
XX.XXXX	XX.XXXX	XXXXXXXXXXXX XX, XXXXXXX
XX.XXXX	XX.XXXX	XXXXXXXXX, XXXXXX-XXXXXXX
XXXXXXXXXX		
XX.XXXX	XX.XXXX	XXXXXXXXXXXXXXX, XXXXXXX-XXX XXXXXXXXXX XXXXXXXXXXX
XXXXXXXXXX XXXXXXXXXXXX		
XXXXXXXX		XXXXXXXXXXXXXXXXXX,XXXXXX-XXXXX XX XXXX XXX XXXXXXX,
XXX		XXXX XXX XXXXX XXXX XXXX XX-XXXXXXXX XXXX XXXXXX XXXX XXXXXX-XXXX

XXXXXX, XX.XX.XXXX

1

Dieter Bauer ging mit gesenktem Kopf und auf den ergonomisch geformten Griff seines Stockes in der linken Hand gestützt die letzten Meter bis zu seinem Haus, kramte das dicke Schlüsselbund aus der Hosentasche und steckte den kleinen Sicherheitsschlüssel ins Schloss. Mit einem kräftigen Ruck, den man dem alten, gebückt gehenden Mann nicht zugetraut hätte, zog er die Tür zu sich heran, drehte seine Hand nach links und schob das schwere Holzblatt nach vorne. Dann betrat er den Hausflur, zog sich umständlich den schwarzen Sommermantel von den Schultern und hängte ihn an die Garderobe.

Nun war es vorbei und seine Frau unter der Erde. Ihr Tod eine Woche zuvor war eine Erlösung gewesen für den 72-jährigen Mann aus Baunatal, der VW-Stadt vor den Toren Kassels. Seit mehr als neun Jahren hatte Lore Bauer dem Krebs in ihren Brüsten immer wieder Zeit und damit Leben abgetrotzt. Doch nach und nach hatten die Tumore ihren Körper zerfressen, besonders aggressiv in den letzten Monaten. Nach den Operationen vor neun und vor sechs Jahren hatten Chemotherapie und Bestrahlungen sich in unschöner Regelmäßigkeit abgewechselt. Dieter Bauer hatte seine Frau bis zum Schluss aufopfernd gepflegt und ihr quasi jeden Wunsch von den trüber und trüber werdenden Augen abgelesen. Die letzten Wochen waren die Hölle gewesen für den Mann, auch, weil sie ihn nicht mehr erkannt hatte. Jetzt stand er im Flur des viel zu großen Hauses im Stadtteil Kirchbauna und betrachtete sein zerfurchtes Gesicht im Spiegel. Wie lange, dachte er, werde ich mich plagen müssen mit der nun einsetzenden Einsamkeit und den zunehmend unangenehmer werdenden Zipperlein des Alters?

Bevor er über eine Antwort nachdenken konnte, zuckte er wegen der laut und grell lärmenden Klingel über seinem Kopf zusammen, drehte sich langsam um und ging zur Tür.

»Ja, bitte«, begrüßte er den Mann auf der Treppe nicht besonders höflich, nachdem er ihn von oben bis unten gemustert hatte.

»Hallo, Herr Bauer«, erwiderte der Besucher freundlich. »Ich wollte Ihnen persönlich mein Beileid aussprechen zum Tod Ihrer Frau.«

»Kennen wir uns?«, wollte Bauer irritiert wissen, nachdem er das teilweise vom Schild einer Baseballkappe verdeckte Gesicht des Mannes erneut betrachtet hatte. Ohne zu antworten, drängte der sich an ihm vorbei und stand ein paar Sekundenbruchteile später im Hausflur.

»Schön hier«, erklärte er selbstbewusst.

»Was fällt Ihnen ein?«, herrschte Bauer den Eindringling an, doch der nahm überhaupt keine Notiz vom Ärger des Witwers und ging langsam weiter ins Wohnzimmer. Der alte Mann folgte ihm, so schnell es seinen müden Beinen möglich war, und baute sich mit seinem drohend geschwungenen Stock in der Hand vor ihm auf.

»Verlassen Sie sofort mein Haus, sonst verständige ich die Polizei«, rief er.

»Spul dich nicht so auf, grauer Mann. Die Zeiten, in denen du nach Lust, Laune und Gutsherrenart schalten und walten konntest, sind lange vorüber.« Damit griff er nach der Gehhilfe, riss sie in seine Richtung und sah belustigt dabei zu, wie sein Gegenüber der Länge nach zu Boden stürzte.

»Was …?«, wollte Bauer fragen, doch der nun bedrohlich und gefährlich wirkende Gast schnitt ihm mit einer kurzen Bewegung seiner rechten Hand das Wort ab.

»Tut weh, wenn man seine Frau verliert, was?«

Bauer hob den Kopf und hatte dabei den Eindruck, dass er diesen groß gewachsenen, mit Jeans und Lederjacke bekleideten Mann irgendwo schon einmal gesehen hatte. »Wenn Sie Geld wollen, bitte ...«

Wieder die Handbewegung des Mannes über ihm. »Es gab Zeiten, in denen sich viele Menschen gewünscht haben, dass du mit dem Geld, das nicht dir gehörte, sondern ihnen, großzügiger und fairer umgegangen wärst. Das war die Zeit, in der du Dreckschwein das Geld anderer Leute verwalten durftest und das scham- und gewissenlos für deine Zwecke ausgenutzt hast.«

Noch immer war sich Bauer nicht sicher, ob er den Mann tatsächlich kannte. Ja, vielleicht. Die Mundpartie kam ihm bekannt vor. Er hatte keinen Namen parat, noch nicht, aber das würde wiederkommen. Er konnte sich an alle erinnern, auch wenn es manchmal ein wenig dauerte. Er kannte ihn. Oder täuschte er sich diesmal? Mit geschickten Bewegungen, die erahnen ließen, dass dieser Körper einmal gut trainiert gewesen sein musste, drückte Bauer sich vom Boden ab und wollte aufstehen, doch sein Besucher sprang einen Schritt nach vorne und versetzte ihm einen Tritt in die Seite. Der alte Mann glaubte, das Bersten seiner Rippen hören zu können, bevor er es spürte, riss die Augen auf und sank stöhnend zusammen.

»Schöne Beerdigung war das heute«, hörte er über sich. »Du hast meine Frage übrigens noch nicht beantwortet, du Bastard. Tut es weh, wenn man die Frau verliert, die man liebt?«

Bauer machte keine Anstalten, zu antworten. Zusammengekrümmt lag er da und versuchte, mit kurzen, gepressten Atemzügen Luft in seine Lungen zu saugen.

»Hallo, jemand zu Hause?«, rief der Mann über ihm

freundlich und trat ihm dabei mit voller Wucht ins Gesicht. Bauer sah Sterne. Sein Gebiss flog wie der Mundschutz eines angeknockten Boxers neben ihm über den Teppich. Ein paar Tritte später senkte sich eine wohltuende, schmerzfreie Dunkelheit auf ihn herab.

2

Hauptkommissar Paul Lenz betrat die einsam und verlassen wirkende psychiatrische Praxis seines Freundes Christian, brachte den mitgebrachten Sekt im Eisfach des Kühlschrankes unter, trat ans Fenster und sah hinab auf den Marktplatz von Fritzlar, der alten Fachwerkstadt südlich von Kassel, über der sich gerade die letzten Sonnenstrahlen verzogen hatten. Noch eine Viertelstunde, vielleicht etwas länger, denn Pünktlichkeit war nicht die Stärke seiner großen Liebe, dann würde er Maria in seine Arme schließen können. Maria Zeislinger, die Frau des Kasseler Oberbürgermeisters Erich Zeislinger.

Er sah aus dem Fenster und dachte über seinen letzten Besuch nach in dieser Praxis, die ihnen als diskretes Liebesnest für ihre amourösen Treffen diente. Auch an jenem Winterabend ein halbes Jahr zuvor hatte er aus dem Fenster gesehen und gewartet, doch sie war nicht gekommen. Und während er wartete, hatten die Ärzte um ihr Leben gekämpft und sie sogar reanimieren müssen.

Einem Kleintransporter war ein Reifen geplatzt, und Maria zur falschen Zeit am falschen Ort gewesen. Zuerst dachte Lenz, sie sei bei dem Unfall getötet worden, was sich jedoch als Falschinformation herausgestellt hatte. Es folgten diskrete nächtliche Besuche auf der Intensivstation und im Anschluss eine endlos scheinende Rehabilitation, weil sie als Folge des Unfalls monatelang mit Doppelbildern, quälenden Kopfschmerzen und permanenter Müdigkeit zu kämpfen gehabt hatte. Doch das war nun Schnee von gestern. Seit ein paar Tagen durfte sie wieder Auto fahren und war damit in der glücklichen Lage, sich mit ihm zu treffen.

Ein leises, entferntes Klopfen riss ihn aus seinen Gedanken.

Er drehte sich um, ging mit schnellen Schritten zur Praxistür und öffnete sie vorsichtig. Zunächst konnte er im dunklen Hausflur nichts erkennen, dann jedoch drängte sich Maria an ihm vorbei, drückte mit dem Rücken die Tür zu, umarmte ihn und presste dabei ihre Lippen auf seinen Mund.

»Warte, warte«, protestierte er schwach, jedoch ohne irgendeine Aussicht auf Erfolg. Sie schlang die Arme fester um seinen Hals, umspielte mit ihrer Zunge seine Lippen, griff gleichzeitig nach seinem Kragen und nestelte am obersten Knopf seines Hemdes herum.

»Maria ...«

»Psst, Paul. Auf das, was jetzt kommt, freue ich mich seit fast einem halben Jahr. Du kannst einer Verdurstenden nicht das lebensnotwendige Wasser vorenthalten. Bitte nicht.«

»Aber wollen wir nicht erstmal ...?«, startete er einen letzten Versuch.

»Nein, wollen wir ganz bestimmt nicht«, erwiderte sie sehr bestimmt. »Aber alles, was du jetzt nicht kriegst, ist bloß aufgeschoben, nicht aufgehoben. Also bitte, rette mich vor dem Ertrinken. B I T T E!«

Eine knappe Stunde später lagen die beiden restlos erschöpft nebeneinander auf der Praxiscouch und hielten sich im Arm.

»Oh Gott, ist mir heiß«, erklärte sie, machte sich von ihm frei, holte eine Haarklammer aus ihrer Handtasche, drehte ihre Haare ein und fixierte sie. »So ist es besser«, ließ sie ihn wissen und schmiegte sich wieder an seinen Körper.

»Wow!«, erklärte er tonlos und streichelte dabei ihren Busen.

»Noch immer nicht genug?«, fragte sie scheinheilig.

»Oh doch, vielen Dank. Das war grandios.«

Sie stützte sich auf den rechten Ellenbogen, sah ihn im

diffusen Licht der Reklamebeleuchtung von der gegenüberliegenden Straßenseite an und grinste.

»Find ich auch. Und ich hätte es wirklich keine Sekunde länger ohne Sex mit dir ausgehalten.«

»Quatsch.«

»Glaub es oder lass es, das ist mir egal. Ich kann dir nur sagen, dass ich seit drei Tagen, also seitdem ich wusste, dass wir uns heute Abend sehen würden, in einem Zustand freudiger Erregung war. Ich könnte auch sagen, in einem Zustand der Dauererregung.«

»Schön.«

»So, findest du? Ich weiß nicht, was schön daran sein sollte, viermal am Tag sein Höschen wechseln zu müssen.«

»So schlimm?«

»Schlimmer. Aber ich korrigiere meinen letzten Satz. Es ist natürlich schön. Sehr schön sogar. Es ist geil. Es ist die ultimative Geilheit, kombiniert mit dem Gefühl, verliebt zu sein.«

Lenz richtete sich auf und sah ihr in die Augen. »Du bist verliebt in mich?«

»Total. Und in den letzten Monaten ist mir klar geworden, was du mir wirklich bedeutest.«

»So?«

»Ja, verdammt!«

»Und?«

Sie machte eine längere Pause. »Ein bisschen bedeutest du mir schon. Vielleicht auch ein bisschen mehr.«

»Wie apart.«

Wieder eine längere Pause.

»Ich liebe dich, Paul. Und ich will mit dir leben. Wenn es eine Erkenntnis aus diesem verdammten Unfall geben kann, dann nur die.«

Der Kommissar schluckte. »Wie stellst du dir das vor? Und wann stellst du dir das vor?«

Maria drehte sich auf den Rücken und betrachtete die Decke. »Über das Wie habe ich mir noch keine Gedanken gemacht, das wird sich ergeben. Immerhin sind wir zwei erwachsene Menschen. Das Wann ist die viel spannendere Frage.«

Lenz, der in dieser Hinsicht mit ihr so seine Erfahrungen gemacht hatte, folgte ihrem Blick zur Decke. »Die Hoffnung, dass du deinen Mann wirklich verlässt, habe ich längst aufgegeben. Also, was soll noch passieren?«

Sie drehte sich wieder um und küsste ihn auf die Brust. »Da hast du leider ein wenig früh die Nerven verloren, mein Geliebter. Ich lebe nämlich seit genau …«, sie versuchte, im Dämmerlicht ihre Armbanduhr zu entziffern, »… zwei Stunden und 40 Minuten in Scheidung.«

Der Kommissar hatte das Gefühl, keine Luft zu bekommen. »Maria, mach keinen Scheiß. Ich will mir nicht wieder Hoffnungen machen, die unerfüllt bleiben.«

»Vielleicht werden deine Hoffnungen ja diesmal erfüllt?«

Lenz hasste dieses Spiel. Er sah ihr dabei zu, wie sie sich aufrichtete und mit dem Rücken an die Wand setzte. Dann zog sie seinen Kopf auf ihren Bauch.

»Gut«, begann sie. »Ich war vor ein paar Monaten tot. Nicht richtig, aber doch schon ganz schön tot. Ich habe mich fast ein halbes Jahr mit Ergotherapeuten, Krankengymnasten und Ärzten herumgeplagt, die dafür gesorgt haben, dass ich wieder so halbwegs auf die Beine komme. Das hat alles geklappt. Zurückgeblieben ist jedoch die Erkenntnis, dass ich nur ein Leben habe. Ein Leben, mit dem ich umgehen, das ich mir einteilen muss.«

Sie strich über seinen Kopf. »Ich bin mir darüber klar

geworden, dass ich dieses Leben mit dir verbringen will, dem Bullen, der manchmal schlecht gelaunt nach Hause kommt und nicht mehr zu erzählen hat als eine ganz miserable, armselige Jerry-Cotton-Geschichte.«

Lenz bekam immer schlechter Luft.

»Aber ich bin halt ein Angsthase. Das war ich immer, und das werde ich immer sein, zumindest in manchen Dingen. Ich habe mich seit Jahren geweigert, Erich zu verlassen, aus welchen Gründen auch immer, aber das ist nun vorbei. Seit genau zwei Stunden und 43 Minuten.«

»Er weiß, dass du ihn verlassen willst?«

Er konnte ihr Nicken mehr ahnen als sehen.

»Richtig. Und ich wusste, dass ich es ihm heute, mit der Vorfreude auf dich im Herzen, sagen würde.«

»Du hast es ihm schon gesagt?«

»Ja. Zuerst hab ich für uns gekocht, dann hab ich mich mit ihm an den Tisch gesetzt und ihm eröffnet, dass er seine Zukunft ohne mich planen muss. Und warum.«

»Wie, warum?«

»Ich hab ihm erklärt, dass ich mich in einen anderen Mann verliebt hab. Nicht wann, aber dass.«

Lenz glaubte mehr und mehr, in einem Traum gelandet zu sein. Einem sehr intensiven Traum allerdings.

»Und was hat er dazu gesagt?«

»Zuerst war er ganz ruhig, was wiederum mich ein bisschen beunruhigt hat. Als ich ihm dann aber gesagt habe, um wen es sich bei dem Mann handelt, in den ich mich verliebt hab, ist er richtig, richtig und ganz böse ausgerastet.«

»Du hast ihm … ich meine … dass wir beide …?«

»Klar. Er würde es früher oder später ja doch erfahren.«

Lenz bemerkte, dass sich Schweißperlen auf seiner Stirn bildeten. »Wie ging es weiter?«

»Wie schon? Er hat mir erklärt, dass er mich fertigmachen würde, wenn ich das ernst meine. Dich übrigens auch. Ich hab es dann vorgezogen, die Biege zu machen, weil er sonst vielleicht ernsthaft handgreiflich geworden wäre. Ein klein wenig Schiss hatte ich nämlich schon.«

Lenz sah nach links und versuchte, im schwachen Reklamelicht eine Regung in Marias Gesicht zu entdecken. »Du verarschst mich doch?«, fragte er vorsichtig.

Sie schüttelte den Kopf. »Nein, glücklicherweise nicht. Kriegst du Muffensausen?«

»Nein.«

»Das ist gut so. Ich glaube nämlich, dass die nächsten Monate alles andere als ein Zuckerschlecken für uns werden.«

Der Polizist sah aus dem Fenster und gab sich dabei die größte Mühe, seine Gedanken zu ordnen. Was Maria ihm soeben eröffnet hatte, bedeutete nicht weniger als die komplette Revision seines bisherigen Lebens. Er fing laut an zu lachen.

»Was ist?«, fragte sie besorgt.

»Seit fast acht Jahren wünsche ich mir nichts sehnlicher als das, was du mir gerade mitgeteilt hast. Und jetzt ist es einfach soweit. Einfach so. Das ist unglaublich, Maria.«

»Ja, finde ich auch«, erwiderte sie und presste sich etwas enger an ihn. »Und ich hatte die ganze Fahrt über ein ziemlich mulmiges Gefühl, weil ich ja nicht hundertprozentig sicher sein konnte, dass sich bei dir nicht was verändert hätte.«

Er holte tief Luft und streichelte ihr Haar. »Nein, es hat sich nichts verändert. Wenn es wirklich so kommt, und davon gehe ich jetzt aus, macht mich das unheimlich glücklich. Aber das weißt du.«

»Schön so.«

»Hast du Angst vor Erich und dem, was er anzetteln könnte?«

Sie nickte. »Durchaus. Erich geht über Leichen, das ist dir klar, und er wird uns alle Steine in den Weg legen, die er finden kann. Darauf müssen wir vorbereitet sein. Er kennt Gott und die Welt und wird alles tun, um sich zu rächen. Das wird dir deinen Job in den nächsten Monaten nicht leichter machen, weil er auch gut mit dem Polizeipräsidenten befreundet ist.«

»Ich weiß, aber was sollte er da machen?«

»Unterschätze ihn bitte nicht. Er ist nicht wirklich klug, aber er ist ein Politiker, also verschlagen und um keine Finte verlegen.«

Lenz drückte sie etwas fester an sich. »Das kriegen wir hin. Viel wichtiger ist, dass wir beide uns davon nicht belasten lassen.«

»Da passen wir schon auf, Paul. Und alles andere wird sich entwickeln. Wie gesagt, wir sind ja erwachsene Menschen.«

Sie stand auf und sah hinunter auf den Marktplatz. »Das wird mir fehlen, hier. Diese konspirativen Treffen in Fritzlar.«

Er grinste sie an. »Wir können ja einmal im Monat hierher fahren und miteinander schlafen, einfach aus Gewohnheit. Was hältst du davon?«

»Wir werden sehen. Im Moment habe ich allerdings ein ganz anderes Problem.«

»Und zwar?«

»Ich kann nicht nach Hause. Und will es auch nicht. Ich will nur noch in dieses Haus, um meine Sachen zu packen und abzuholen.«

»Wo ist das Problem?«

»Ist das eine Einladung?«

Er kratzte sich am Kopf. »Nun ja, so einfach geht das…«

Weiter kam er nicht, weil sie auf ihn zustürmte und sich auf ihn warf.

»Ich ergebe mich«, keuchte er keine 20 Sekunden später, während sie auf ihm saß und mit den Knien seinen Bizeps ritt. »Natürlich fahren wir gemeinsam heim.«

Sie stieg ab und legte sich japsend neben ihn.

»Allerdings«, schränkte er ein, »ist meine Wohnung auf Dauer bestimmt zu klein. Da müssen wir uns nach was Größerem umsehen, befürchte ich.«

»Das macht nichts, ich hab vor ein paar Jahren was geerbt und muss dir nicht auf der Tasche liegen. Außerdem freue ich mich darauf, endlich wieder zu arbeiten und mein eigenes Geld zu verdienen.«

Er hob interessiert den Kopf. »Heißt das, du bist am Ende auch noch eine gute Partie?«

»Eine sehr gute, vermute ich. Sowohl finanziell als auch sexuell, nebenbei bemerkt.«

»Wobei mich das eine viel mehr reizt als das andere«, bemerkte er leise und ließ seinen Kopf auf ihrem Bauch abwärts gleiten. Sie stöhnte lustvoll auf.

»Ich bin eine verheiratete Frau, Herr Kommissar.«

»Nicht mehr allzu lange, hoffe ich«, erwiderte er und tastete nach ihren Brüsten.

3

»In Fachkreisen wird das bestimmt als Abschiedsnummer bezeichnet«, hauchte sie.

»Keine Ahnung. Aber …«

Weiter kam er nicht, weil er vom Klingeln seines Telefons unterbrochen wurde. Er griff in die Jackentasche, zog es heraus und sah auf das Display.

»Weißt du, wie spät es ist, Thilo?«, knurrte er, nachdem er den grünen Knopf gedrückt hatte.

»Auf die Sekunde genau«, erwiderte sein Kollege Thilo Hain. »Aber die Uhrzeit ist mir ziemlich schnuppe. Ich bin vor zwei Minuten genauso unsanft geweckt worden wie du jetzt. Wobei, wie aus dem Tiefschlaf gerissen klingst du nicht gerade.«

»Hör auf, bei deinem Boss zu ermitteln und erklär mir, weshalb du anrufst.«

»Wir müssen nach Baunatal. Dort gibt es eine Leiche. Vermutlich Tötungsdelikt.«

»Warum machen das nicht die Jungs vom Kriminaldauerdienst?«

»Weil die bis zu den Ohren in anderen Sachen stecken.« Hain fluchte leise. »Soll ich dich nun abholen oder soll ich allein rausfahren?«

Lenz überlegte einen Augenblick. »Weder noch. Wir treffen uns in einer halben Stunde vor Ort. Gib mir die Adresse.«

Aus dem kleinen Lautsprecher drang ein kurzer Laut der Erkenntnis. »Hab ich's doch gewusst, du bist überhaupt nicht zu Hause.«

»Und wenn?«

»Na ja. Es …«

»Die Adresse, Thilo!«

Der junge Oberkommissar nannte seinem Vorgesetzten eine Adresse in Baunatal. »Es ist in Kirchbauna.«

»Mein Navi wird es schon finden. Bis gleich.« Damit legte Lenz auf.

»Was Schlimmes?«, wollte Maria besorgt wissen.

»Nein, nur das Übliche«, erwiderte er mit einem Kopfschütteln. »Eine Leiche in Baunatal. Ich fürchte, du musst den ersten Teil der weiteren Nacht ohne mich verbringen.«

»Kann ich mich schon mal daran gewöhnen, wie das Leben als Frau eines Kriminalbeamten so ist.«

»Sorry«, erwiderte er traurig, »dass das gerade heute Nacht passieren muss. Das ist wirklich nicht die Regel. Normalerweise übernimmt solche Sachen eine andere Abteilung.«

»Der Kriminaldauerdienst.«

»Ja, dafür gibt es den KDD. Aber die scheinen im Moment wirklich keine Zeit zu haben.«

Sie nahm ihn zärtlich in den Arm und streichelte seinen Nacken. »Mach deinen Job, Paul. Es wäre natürlich schön, wenn ich noch ein bisschen Zeit unserer quasi ersten Nacht als wirkliches Liebespaar mit dir genießen könnte, aber wenn es heute nicht klappt, machen wir es ab morgen. Einverstanden?«

»Natürlich bin ich einverstanden, aber es darf mir doch leidtun. Nach unserem Gespräch vorhin hatte ich mich natürlich auch darauf gefreut, mit dir einzuschlafen.«

»Und ich hatte mich darauf gefreut, hinter deinem Mietwagen nach Kassel zu zuckeln, weil ich nur ungefähr weiß, wo du wohnst.«

»Stimmt«, bestätigte er. »Du warst ja noch nie bei mir.«

Kurze Zeit später verabschiedeten sie sich an Marias

Wagen. Er hatte ihr dabei zugesehen, wie sie die Adresse in das Navigationsgerät eingegeben hatte und ihr zweimal erklärt, wie sie im Haus die Wohnung finden würde.

»Nun halt mich nicht für völlig verblödet, Paul. Wenn es im Haus nur sechs Wohnungen gibt, werde ich mich bestimmt nicht zu einem deiner Nachbarn ins Bett kuscheln.«

»Ich meine ja nur«, gab er geknickt zurück.

»Hör auf zu meinen, ich komm schon zurecht. Wir sehen uns später, im vorgewärmten Bett. Und vergiss bitte nicht, dass ab morgen, spätestens übermorgen, die Welle der Entrüstung über dich und mich hereinbrechen wird, mein Liebster.«

»Wird schon klappen«, erwiderte er, küsste sie flüchtig auf den Mund und ging davon. Als er den Schlüssel ins Türschloss seines Wagens steckte, hielt sie noch einmal neben ihm an.

»Nobel, nobel. Gibt es neue Hardware bei deiner Car-Sharing-Agentur?«

»Nein, das ist mein Auto. Aber die näheren Umstände dazu erkläre ich dir später, wenn ich zu dir ins Bett krieche. Jetzt muss ich wirklich los. Bis dann.«

Damit stieg er ein, ließ den Motor an und rollte hinter ihr her von dem großen Parkplatz an der Fußgängerzone.

Ich werde das hier alles auch vermissen, dachte er dabei.

Thilo Hain stieg gerade aus seinem Wagen, als Lenz in die zu normalen Zeiten wohl ausnehmend ruhige Seitenstraße einbog. Der Hauptkommissar parkte hinter dem kleinen japanischen Cabriolet seines Kollegen, stieg aus und blickte in die zuckenden Blaulichter der kreuz und quer in der Straße abgestellten Streifenwagen. Die beiden Polizisten gaben sich kurz die Hand.

»Guten Morgen«, begann Lenz vorsichtig.

Hain sah auf seine Uhr. »Es ist Viertel nach zwei. Vor einer halben Stunde hab ich noch selig schlummernd im Bett gelegen und davon geträumt, morgen früh meine Vaterschaft einzutüten, was ich nun vermutlich vergessen kann. Außerdem ist mir schlecht und ich hab Magenschmerzen.« Er zog die Schultern hoch. »Was also sollte an diesem Morgen gut sein?«

Lenz kannte seinen Kollegen lange genug, um zu wissen, dass jetzt nicht der Moment für Scherze war. »Tut mir leid, Thilo. Warum hast du am Telefon nichts davon gesagt? Dann hätte ich das hier allein übernommen.«

Der Oberkommissar winkte ab. »Lass stecken. Jetzt bin ich hier.«

»Weißt du schon irgendwas über die Sache?«

»Nur, dass ein alter Mann ziemlich übel zugerichtet wurde. Die Kollegin, die mich angerufen hat, meinte, so was würde sie nur aus dem Fernsehen kennen.«

»Klingt apart. Dann lass uns reingehen. Ist die Spurensicherung schon da?«

»Nein. Ich habe gerade mit Heini telefoniert. Er sagt, dass er in einer halben Stunde hier sein wird.«

Trotz der nächtlichen Stunde hatten sich gegenüber dem Haus auf der anderen Straßenseite ein paar Gaffer eingefunden. Lenz bedachte sie mit einem Blick, der keiner Erklärung bedurfte. Zwei Uniformierte, die in der Eingangstür standen, winkten die Kripobeamten vorbei.

»Kollegen, könnt ihr dafür sorgen, dass die Leute da drüben verschwinden, nachdem sie befragt wurden, ob sie was gesehen haben?«, fragte der Hauptkommissar.

Die beiden nickten.

»Ich kümmere mich gleich drum«, erwiderte der Jüngere der zwei und machte sich auf den Weg. Lenz wandte sich dem anderen zu.

»Können Sie uns was zu der Geschichte hier sagen?«

»Nicht viel. Wir wurden von einer Nachbarin gerufen, die sich über das Licht im ganzen Haus gewundert hat. Sie war sich sicher, dass der Besitzer zu Hause ist, aber er hat auf ihr Klingeln nicht reagiert.«

»Woher wusste sie, dass er zu Hause ist?«, wollte Hain wissen. »Es hätte doch auch sein können, dass er einfach vergessen hatte, das Licht auszuschalten.«

»Das müssen Sie die Frau selber fragen. Sie sitzt in der Küche ihres Hauses, gleich schräg gegenüber.«

»Aber sie hat ihn gefunden?«

»Ja. Es gab einen Schlüssel, für Notfälle, der lag in einer Wandnische draußen im Hof. Nachdem sie öfter geklingelt hatte, bekam sie es mit der Angst zu tun, hat den Schlüssel geholt und ist ins Haus. Dann hat sie den Toten gefunden.«

»Gut, den Rest besprechen wir mit ihr selbst. Danke.«

»Gern«, erwiderte der uniformierte Polizist und deutete mit der rechten Hand einen Griff zu seiner Mütze an.

Die beiden Kripobeamten streiften Einweghandschuhe über, schlüpften in blaue, glänzende Füßlinge, schoben die Haustür nach innen auf und betraten das Haus.

»Ach du Scheiße«, murmelte Hain beim Blick in den Flur. Überall waren kleinere und größere Blutflecke. Auf dem Boden, an den Wänden, sogar an der Decke waren Spritzer zu sehen.

»Wenn Sie sich ganz links halten, verwischen Sie keine Spuren, meine Herren«, hörten die beiden eine vertraute Stimme aus einem Zimmer auf der rechten Seite. »Dort ist alles trocken.«

Lenz und Hain hielten sich an den Rat von Dr. Peter Franz, dem Rechtsmediziner, und traten ein paar Augenblicke später neben den Arzt, der über einem übel zugerichteten männlichen Leichnam kniete und gerade mit einer winzig kleinen Digitalkamera eine Aufnahme machte.

»Das bekommt man nicht jeden Tag zu sehen, deshalb will ich es für die Nachwelt erhalten«, erklärte der Mediziner.

»Stimmt, das sieht wirklich gruselig aus«, bestätigte Lenz mit einem Blick auf den Toten, dessen Körper übersät war von Hämatomen, Platzwunden und Einstichstellen. Der rechte Unterarm stand in merkwürdigem Winkel zum Rest des Armes, offenbar war er gebrochen. Auch die beiden nackten Füße wiesen deutliche Spuren von Deformation auf dem Spann auf.

»Wie lange liegt er denn schon hier?«

»Das kann ich Ihnen nicht mit Gewissheit sagen«, konterte Franz mit der ihm eigenen Spur Besserwisserattitüde in der Stimme, »tot allerdings ist er seit mindestens vier, höchstens fünf Stunden.«

»Todesursache?«, wollte Hain wissen.

Dr. Franz drehte sich kurz in seine Richtung und bedachte ihn mit einem ultrabösen Blick, schenkte sich jedoch eine konkrete Antwort auf die Frage.

»Guten Morgen übrigens, meine Herren. So viel Zeit sollte doch sein.«

»Morgen«, murmelten die beiden.

»Wenn Ihr junger Kollege einmal ein großer, anerkannter Kripomann werden will«, wandte der Arzt sich an Lenz, »sollte er versuchen, den Harn ein wenig länger zu halten, Herr Kommissar. Oder, vulgo, sich ein wenig in Demut gegenüber der ärztlichen Kunst zu üben.«

Lenz hatte nicht übel Lust, Franz die Meinung zu sagen, doch er wusste, dass er damit nichts erreichen würde. Dieser Mann war nicht mehr zu ändern. Deshalb hisste Lenz die weiße Flagge. »Sie wissen doch, wie der gemeine Kriminaler tickt, Doc. Wenn der Kollege Hain Sie nicht gefragt hätte, hätte ich es getan, also. Lassen wir doch diese nervigen Spielchen. Wenn Sie nichts zu der Frage sagen können, warten wir eben auf Ihren Bericht.«

»Ich habe es ja auch gar nicht böse gemeint«, lenkte der Rechtsmediziner zur Überraschung aller Beteiligten ein. »Wenn es Sie verletzt haben sollte, Herr Hain, bitte ich Sie hiermit um Entschuldigung.«

»Schon gut«, murmelte der Oberkommissar hörbar genervt.

»Vermutlich«, fuhr Franz fort, »ist der Alte an den vielen Schlägen gestorben, die der Täter ihm zugefügt hat. Es gibt zwar ein paar Einstiche am Bauch und im Rücken, vermutlich von einem Messer, aber die sind meiner Meinung nach nicht tief genug ausgeführt, um tödlich gewesen zu sein.«

Lenz sah ihn überrascht an. »Das würde bedeuten, dass der oder die Täter ihn gefoltert haben?«

»Den Eindruck könnte man bekommen, wenn man sich die Faktenlage anschaut. Angefangen haben dürfte das alles im Flur, danach ging es in die Küche und im Anschluss hierhin zum Finale.«

Hain deutete auf den Leichnam. »Ist er vor seinem Mörder geflüchtet oder hat er es wenigstens versucht?«

»Das kann ich Ihnen nicht mit Gewissheit sagen, Herr Hain. Aber ich würde es vermuten, ja.«

»Er ist schon ziemlich alt gewesen, nicht wahr?«

»Das wiederum kann ich Ihnen mit absoluter Gewissheit sagen. Er war 72 Jahre alt. Und ich würde bestätigen, dass das ein ziemlich fortgeschrittenes Alter ist. Nicht uralt, aber auch nicht mehr in den guten Fünfzigern. Sein Ausweis liegt übrigens drüben auf dem Küchentisch; nur für den Fall, dass Sie sich fragen, woher ich sein Alter weiß.«

Lenz und Hain drehten sich um und standen ein paar Sekunden später vor dem mit alten Zeitungen, Papieren und jeder Menge Krimskrams zugemüllten Tisch. Auf einem Stapel Zeitungen lag ein weißes, unbeschriftetes DIN-C4-Kuvert, darauf der Personalausweis.

»Sieht ein bisschen so aus, als sei der Haufen hier für uns drapiert worden«, meinte Hain.

»Hm«, machte Lenz, griff nach der Plastikkarte und begann, laut vorzulesen. »Dieter Bauer, geboren am 13. Januar 1938 in Felsberg. Der Mann ist wirklich 72 Jahre alt.«

Er legte den Ausweis zurück auf den Tisch, griff nach dem Kuvert und nahm es in die Hand. Mit vorsichtigen Bewegungen drehte er es und betrachtete die Rückseite. Auch hier gab es keine Beschriftung.

»Es ist zugeklebt.«

»Mach's halt auf«, ermunterte Hain seinen Kollegen, doch der zögerte.

»Lass uns warten, bis Heini es sich angesehen hat. Ich will nicht, dass hier irgendwas schiefgeht.«

»Was soll denn schiefgehen, wenn wir das Ding vorsichtig aufmachen?«, wollte Hain wissen, griff in seine Jackentasche, zog ein Taschenmesser heraus, klappte es auf und hielt es Lenz hin.

»Stimmt auch wieder«, bestätigte der Hauptkommissar und reichte seinem Kollegen den Umschlag.

»Feigling«, murmelte Hain, setzte die Klinge an, ritzte das Papier auf und lugte ins Innere.

»Es steckt was drin«, ließ er wissen, und zog ein einzelnes DIN-A4-Blatt aus dem Kuvert. Als die beiden Beamten sahen, was darauf zu lesen war, lief ihnen ein Schauer über den Rücken.

›KEIN RAUBMORD‹, stand auf dem Blatt, nichts weiter. Hain hielt es gegen die Leuchte über dem Tisch.

»Laserdrucker. Normales, handelsübliches Papier, kein Wasserzeichen.«

»Und, wie es aussieht, für uns bestimmt.«

»Definitiv ja. Aber hat es der Täter geschrieben oder das Opfer?«

»Interessante Frage, wobei ich aber nicht glaube, dass der alte Mann da drüben es in weiser Voraussicht seines bevorstehenden Todes verfasst hat. Steck es zurück, damit Heini und seine Jungs uns nicht den Kopf abreißen, weil wir ihnen zuvorgekommen sind.«

Lenz griff nach einem Stapel Post auf dem Tisch, nahm ihn hoch und blätterte die einzelnen Briefe durch. »Anscheinend war das mehr sein Schreibtisch als sein Küchentisch. Das Zeug hier muss Blatt für Blatt durchgesehen werden, vielleicht liefert es uns einen Hinweis auf seinen Mörder.«

»Alles, was nicht Spurensicherung oder Mediziner ist, raus aus der Hütte«, hörten sie die polternde Stimme von Heini Kostkamp aus dem Flur.

»Jetzt wird's Zeit«, zischte Hain und trat dem Leiter der Spurensicherung entgegen, der mit zwei Mitarbeitern im Schlepptau das Haus betreten hatte. Alle trugen weiße Tyvekanzüge, blaue Füßlinge und einen Haarschutz. Kostkamp zwängte seine Hände gerade in eng anliegende Einweghandschuhe.

»Moin, Heini.«

»Moin, Kleiner. Sag bloß, du bist allein?«

»Nein, obwohl er auch ohne mich klarkommen würde«, mischte Lenz sich ein, der auch auf den Flur getreten war.

»Hallo, Paul«, grinste Kostkamp seinen Kollegen an. »Das war auch nur eine Finte, weil ich doch deinen Elefantenrollschuh draußen stehen gesehen hab. Will der eigentlich noch wachsen oder bleibt er so?«

Seit Lenz sich vor etwa einem halben Jahr einen zweisitzigen Kleinwagen zugelegt hatte, nahmen die Frotzeleien darüber kein Ende. Mittlerweile konnte der Hauptkommissar die ewigen Zoten kaum noch hören.

»Lass uns nach drüben gehen und mit der Dame sprechen, die ihn gefunden hat, Thilo, damit wir den Kollegen von der Spurensicherung nicht im Weg stehen.«

Die Frau war weit über 70, hatte schlohweißes Haar und trug eine alte, verwaschene Kittelschürze. Ihre Augen waren rot gerändert und über ihre Wangen liefen dicke Tränen, die sie mit einem längst vollgesogenen Stück Küchenkrepp abwischte. Ihr gegenüber saß eine junge Polizistin, der man ihr Mitleid und ihr Unbehagen ansah. Die beiden Kripobeamten standen vor der offenen Küchentür und wollten gerade eintreten, als Lenz' Mobiltelefon klingelte. Er trat zur Seite und nahm den Anruf an.

»Ich bin's, Maria.«

Er gab Hain mit der Hand ein Zeichen, dass es einen Moment dauern würde, und ging in den Hausflur.

»Ja, Maria, was gibt's denn?«

»Erich hat gerade angerufen und mich zur Minna gemacht.«

Lenz schluckte. »Das tut mir leid. Was hat er denn gesagt?«

»Dass er mich so fertig machen will, dass am Ende kein Hund mehr ein Stück Brot von mir nehmen wird.«

»Aber das ist doch Quatsch, Maria. Du wirst dich doch davon nicht beeindrucken lassen.«

»Eigentlich nicht, das weißt du auch, aber er klang wirklich böse.«

»Dass er böse und verletzt ist, kann ihm niemand verdenken. Aber alles andere ist bloßes Getrommel, damit du es dir anders überlegst, glaub mir.«

Sie antwortete nicht, sondern zog nur die Nase hoch.

»Weinst du?«

»Hab ich eben, ja. Am liebsten würde ich ihn anrufen und ihm sagen, was für ein kleiner, dummer Kerl er ist.«

»Aber weil du ein kluges Mädchen bist, lässt du es sein, ja?«

»Natürlich.«

»Warum bist du denn überhaupt drangegangen, als er angerufen hat?«

»Ich dachte doch, dass du es wärst. Kann ich denn ahnen, dass mein holder Herr Nochgemahl um diese Zeit mit mir sprechen will? Ich lag schon im Bett.«

»Und, gefällt's dir?«

Sie überlegte. »Das Bett ist in Ordnung, aber über deine Einrichtung müssen wir dringend sprechen. Da geht ja das eine oder andere gar nicht.«

»Sehr gern. Jetzt leg dich wieder hin und versuch zu schlafen.«

»Wann kommst du nach Hause?«

»Sobald ich hier etwas klarer sehe. Vielleicht bin ich in einer Stunde zu Hause, vielleicht komme ich aber auch nur, um kurz zu duschen.«

»Wie du es machst, ist es richtig. Ich freue mich auf dich.«

»Ich mich auch auf dich. Bis dann.«

»Bis dann.«

»Das ist Frau Allmeroth, Paul«, wurde er von Hain begrüßt, als er die Küche betrat, in der noch immer die alte Frau und die Polizistin am Tisch saßen. »Alles klar?«

»Ja, alles klar«, antwortete der Hauptkommissar und gab der Frau die Hand.

«Guten Abend, Frau Allmeroth. Ich bin Hauptkommissar Lenz von der Kasseler Polizei.«

Sie erwiderte seinen Händedruck fest. »Guten Abend, Herr Kommissar.«

»Es tut mir leid, dass wir Sie jetzt noch belästigen müssen, aber es gibt ein paar Fragen, die dringend sind.«

»Das macht nichts«, erwiderte sie und fing wieder an zu weinen. »Er hat doch nie jemandem was getan. Warum macht man so was mit einem alten Mann wie ihm? Noch dazu an so einem Tag?«

Lenz und Hain sahen sich kurz an.

»Was ist denn für ein Tag, Frau Allmeroth?«

»Seine Frau ist heute Nachmittag beerdigt worden.«

Lenz hatte keine Ahnung, was er dazu sagen sollte, also hielt er den Mund.

»Frau Allmeroth hat mir erzählt«, begann die junge Polizistin, »dass Frau Bauer letzte Woche gestorben ist, nachdem sie viele Jahre gegen den Krebs gekämpft hat. In den letzten Monaten muss es wohl sehr schlimm gewesen sein, und Herr Bauer ist keine Sekunde von ihrer Seite gewichen. Er hat sie gepflegt bis zum Ende.«

Die alte Frau am anderen Ende des Tisches nickte traurig. »Das hat er. Und dann das. Wer macht denn so was?«

»Um das so schnell wie möglich herauszufinden, müssen wir Ihnen jetzt ein paar Fragen stellen, Frau Allmeroth.«

Sie nickte wieder.

»Zunächst ist es wichtig, ob Ihnen im Lauf des Abends irgendetwas Ungewöhnliches aufgefallen ist. Ich meine, bevor Sie Herrn Bauer gefunden haben.«

Sie dachte einen Augenblick nach. »Nein, etwas Ungewöhnliches ist mir nicht aufgefallen. Wir waren auf der Beerdigungsfeier im Café Baumbach, etwa bis halb sieben. Dieter ist schon eine halbe Stunde früher nach Hause gegangen, weil er sich nicht wohlgefühlt hat. Als ich hier ankam, war da drüben aber nichts Ungewöhnliches zu sehen. Ich dachte, er hätte sich schlafen gelegt, das hat er in der letzten Woche immer ganz früh gemacht, weil ihm einfach die Kraft ausgegangen ist. Er war müde und erschöpft, weil er seine Frau so aufopfernd gepflegt hat.«

»Sie sind dann hier ins Haus gegangen?«, wollte Hain wissen, der sich Notizen machte.

»Ja. Ich hab mir noch eine Kleinigkeit zu essen gemacht und dann die Nachrichten geschaut. Ich glaube, so gegen Viertel vor neun bin ich vor dem Fernseher eingeschlafen. Es war halt ein langer und bedrückender Tag.«

»Das macht doch nichts«, beruhigte Lenz die Frau, »das passiert mir auch ab und zu. Wie ging es danach weiter?«

»Um Viertel nach eins wollte ich ins Bett, und dabei habe ich das Licht drüben gesehen. Das ganze Haus war hell erleuchtet.«

»Was ungewöhnlich gewesen ist?«

»Natürlich war das ungewöhnlich. Dieter ist immer ein sehr sparsamer Mensch gewesen, dem wäre es nie in den Sinn gekommen, im ganzen Haus das Licht anzuschalten.«

»Dann sind Sie rübergegangen?«, fragte der junge Oberkommissar weiter.

»Nein. Erstmal habe ich versucht, ihn anzurufen, aber er ist nicht drangegangen. Dreimal habe ich es durchklingeln lassen, dann wusste ich, dass etwas nicht stimmt. Also bin ich rüber und hab geklingelt, zuerst kurz, dann Sturm.«

»Und als er sich nicht gerührt hat, haben Sie sich den Notfallschlüssel geholt?«

»Was hätte ich denn machen sollen«, gab sie ängstlich zurück. »Ich war mir ganz sicher, dass da was passiert ist.«

»Aber Sie haben doch«, mischte Lenz sich wieder ein, »alles richtig gemacht, ganz besonders richtig sogar. Niemand macht Ihnen irgendeinen Vorwurf. Ohne Ihr mutiges

Handeln hätten wir viel Zeit verloren, die uns bei der raschen Aufklärung unter Umständen fehlen würde, Frau Allmeroth.«

Sie atmete erleichtert durch. »Das ist schön, dass Sie das sagen, Herr Kommissar. Ich hatte mir nämlich schon große Sorgen gemacht, etwas Falsches getan zu haben.«

»Aber auf gar keinen Fall. Ganz bestimmt nicht. Nachdem Sie sich den Schlüssel geholt hatten, sind Sie ins Haus gegangen?«

»Ja, aber zuerst nur bis in den Flur. Da habe ich das viele Blut gesehen und es mit der Angst zu tun bekommen. Ich bin hierher zurückgelaufen und habe die Polizei informiert.«

»Dann sind Sie nicht noch einmal ins Nachbarhaus gegangen?«, wollte Hain wissen.

»Doch. Während ich auf die Polizei gewartet habe, dachte ich, dass er vielleicht Hilfe brauchen würde, bin ins Haus zurück und habe ihn dort liegen gesehen.« Wieder liefen Tränen über ihre faltigen Wangen. »Er hat so furchtbar ausgesehen, Herr Kommissar. So furchtbar. Und überall das viele Blut. Ich hätte nie gedacht, dass ein Mensch so viel Blut in sich hat.«

»Und dann kamen die Kollegen?«

Sie wischte sich mit dem Küchenkrepp über die Augen. »Ja. Es hat gar nicht lange gedauert, bis sie hier waren.«

»Waren Sie dabei«, wandte Lenz sich der jungen Uniformierten zu und las dabei ihren Namen von dem kleinen Schild auf der Brust, »Frau Bethmann?«

Diese nickte. »Ich war zusammen mit meinem Kollegen Linge als Erste am Tatort. Zunächst haben wir Frau Allmeroth aus dem Haus geführt, dann alle Räume gesichert. Inzwischen waren allerdings schon vier Streifenwagen vor Ort.«

»Irgendwas Auffälliges?«

Nun schüttelte sie den Kopf. »Nein. Es war rasch klar, dass der Todeszeitpunkt schon ein paar Stunden zurückliegt, deshalb haben wir sofort den KDD verständigt. Natürlich haben wir die nähere Umgebung abgesucht, leider ohne Erfolg.«

»Gut …«

Weiter kam der Hauptkommissar nicht, weil er vom Klingeln an der Haustür unterbrochen wurde. Er gab Hain ein Zeichen, der sich auf den Weg machte. Keine 20 Sekunden später stand er wieder in der Tür zur Küche.

»Das müssen wir uns ansehen, Paul«, erklärte er vielsagend und legte dabei die Stirn in Falten. Lenz verstand, dass er das Gespräch mit Frau Allmeroth beenden sollte.

»Ja, Frau Allmeroth, dann bedanken wir uns für Ihre Hilfe. Wenn wir noch etwas für Sie tun können, ist Frau Bethmann hier sicher die richtige Ansprechpartnerin.« Er stand auf, reichte der Frau die Hand und verließ die Küche.

»Die Kollegen haben jemanden geschnappt, der als Verdächtiger infrage kommt«, flüsterte Hain ihm auf dem Weg nach draußen zu.

Der Hauptkommissar sah seinen Kollegen irritiert an. »Wo denn das?«

»Keine Ahnung, aber wir werden es garantiert gleich erfahren.«

»Er war im Feld zwischen hier und Hertingshausen unterwegs«, klärte ein Uniformierter die Kommissare auf. »Mit dem Fahrrad«, fügte er hinzu.

Lenz warf einen Blick auf den Mann, der in Handschellen auf dem Rücksitz eines Streifenwagens etwa 15 Meter entfernt saß, konnte jedoch außer einem schemenhaften Gesicht nichts erkennen.

»Wir sind langsam auf den Feldweg eingebogen und haben ihn zuerst gar nicht gesehen. Offenbar ist er in den Graben gesprungen, hat aber sein Fahrrad dabei nicht ganz von der Straße räumen können. Das haben wir gesehen und angehalten. Als wir etwa zwei Meter neben ihm waren, wollte er abhauen, aber mein Kollege hat ihn nach etwa 30 Metern eingeholt und ist dann mit ihm zusammen aufs Feld gestürzt. Der Mann hat sich gewehrt wie ein Berserker, bis wir ihm die Handschellen anlegen konnten, aber von da an war er ganz ruhig.«

»Hat er schon was gesagt?«

»Nein, keinen Ton.«

»Hat er Papiere bei sich?«

»Nein.«

»Sie haben ihn durchsucht?«

»Natürlich.«

»Und? Irgendwas gefunden, das auf eine Tatbeteiligung hindeutet?«

Der Polizeibeamte drehte sich um, ging zu einem zwei Meter entfernt stehenden Kleinbus und reichte den Kripobeamten einen Klarsichtbeutel, in dem ein großes Klappmesser lag. »Das hatte er in der Hosentasche.«

»Wow«, machte Hain. »Sieht aus wie ein Volltreffer.«

»Können Sie ihn rüberbringen und in den Kleintransporter setzen?«, fragte Lenz den Uniformierten. »Ich würde gern mit ihm sprechen.«

Der Mann sah ihn zwar verständnislos an, nickte jedoch. »Klar, wenn Sie das wollen«, erwiderte er und ging zum Streifenwagen. Begleitet von drei Uniformierten wurde der Verdächtige zu dem Ford Transit gebracht und auf die hintere Bank gesetzt. Eine Seite der Handschellen wurde an einer Metallöse unterhalb des Fensters eingeklickt. Lenz nickte Hain zu, der ihm mit dem Notizblock in der Hand zum Transporter folgte.

»Guten Morgen«, begrüßte Lenz den etwa 30-jährigen, stark schwitzenden Mann förmlich, der ihn mit versteinerter Miene ansah, und stellte sich und Hain vor.

»Sagen Sie mir bitte Ihren Namen?«, fuhr der Hauptkommissar fort.

Keine Reaktion. Der Mann sah regungslos aus dem Fenster.

»Ich weiß nicht, ob Sie wissen, in welch ausgesprochen beschissener Situation Sie sich befinden. Deshalb gebe ich Ihnen den wirklich gut gemeinten Rat, mit uns wenigstens zu kooperieren, was Ihre Personalien angeht.«

Wieder keine Reaktion.

»Nur zu Ihrer Information«, mischte Hain sich ein. »Sie sind, wie es aussieht, der Hauptverdächtige in einem Mordfall.«

Der Mann drehte sich zur Seite, sah Hain ins Gesicht und griff sich an den Kopf. »Werden Sie nicht albern«, erwiderte er vollkommen sachlich. »Wen soll ich denn umgebracht haben?«

Lenz beugte sich nach vorn und sah dem Mann in die Augen. »Das Fragen müssen Sie schon uns überlassen. Also: Wer sind Sie?«

Der Verdächtige drehte den Kopf zurück zum Fenster und schwieg.

»Herrgott«, echauffierte sich Hain, »wir kriegen doch eh raus, wer Sie sind, wenn nicht gleich, dann eben ein bisschen später. Also hören Sie auf mit dieser blöden Clint-Eastwood-Gedächtnisnummer und sagen uns, wer Sie sind.«

Bis auf eine Bewegung seines Adamsapfels blieb der Mann regungslos.

Lenz sah Hain an, der abwinkte.

»Lass ihn von mir aus wegbringen. Kann er sein Konterfei eben übermorgen auf der Titelseite jeder Zeitung in der

Gegend bewundern. ›Der Schlächter von Baunatal‹ oder so.« Damit drehte sich der Oberkommissar zur Tür und tastete mit der rechten Hand nach dem Griff.

»Warten Sie«, bat ihn der Mann gegenüber und schluckte dabei. »Was ist denn für ein Mord passiert?«

»Da drüben in dem Haus wurde ein älterer Mann getötet. Aber wenn Sie mehr wissen wollen, müssen Sie uns erstmal einen großen Schritt entgegenkommen und uns erzählen, wer Sie sind und was Sie mit einem Messer in der Tasche da draußen im Feld zu suchen hatten.«

Nun war der Widerstand des Mannes gebrochen. »Mein Name ist Krug, Roman Krug. Ich komme aus Hertingshausen und war auf dem Weg nach Hause, als Ihre Kollegen von der Trachtentruppe mich angefallen haben.«

»Und was haben Sie um diese verdammte Uhrzeit da draußen im Feld zu tun gehabt?«, hakte Hain leicht gereizt nach.

»Das habe ich Ihnen doch gerade erklärt. Ich wollte nach Hause.«

»Und woher kamen Sie, wenn ich fragen darf?«

Keine Antwort.

»Hallo? Woher Sie kamen?«

»Von meiner Freundin.«

»Was die bezeugen kann?«

Wieder eine längere Pause.

»Da bin ich mir nicht so sicher«, erklärte Roman Krug den verdutzten Polizisten.

»Nun mal ganz langsam, Herr Krug.« Lenz hatte sich als Erster wieder im Griff. »Sie kamen von Ihrer Freundin und waren auf dem Nachhauseweg, als Sie von unseren Kollegen im Feld zwischen hier und Hertingshausen aufgegriffen wurden. Der Festnahme haben Sie sich tatkräftig widersetzt, und bei sich trugen Sie ein mächtig großes Klappmesser. Soweit richtig?«

Krug nickte.

»Und Sie bezweifeln, dass Ihre Freundin die Räuberpistole, die Sie uns hier erzählen, bestätigen wird? Was das angeht, kann ich die Dame verstehen.«

Krug griff sich mit der freien rechten Hand in den Nacken, massierte ihn kurz und nickte. »Gut. Ich lasse jetzt meine Hosen runter und hoffe, dass Sie mir glauben. Natürlich hoffe ich auch, dass meine Freundin die Sache bestätigt, aber versprechen kann ich es Ihnen nicht. Und ich kann Sie nur bitten, die Geschichte, die ich Ihnen jetzt erzähle, mit der nötigen Diskretion zu behandeln.«

»Dann mal los«, erwiderte Lenz mit in Falten gelegter Stirn.

»Ich komme wirklich von meiner Freundin, Herr Kommissar. Leider ist sie nicht nur meine Freundin, sondern auch die Frau eines Polizisten, also eines Kollegen von Ihnen. Das macht die Sache einerseits sehr einfach, weil wir unser Leben ziemlich genau auf seinen Dienstplan einstellen können, andererseits ist es aber auch ziemlich riskant, weil wir immer in der Gefahr leben, dass er irgendwas rausbekommt. Und heute Nacht, so dachte ich zumindest, war es so weit.« Er wischte sich den Schweiß von der Stirn. »So viele Streifenwagen hatte ich in Kirchbauna noch nie gesehen. Alle fünf Minuten fuhr einer an dem Haus vorbei, in dem meine Freundin wohnt. Ich hatte mächtige Angst, dass ihr Mann jeden Moment in der Tür stehen würde, also habe ich eine Stunde im Keller gesessen und mich dann auf den Weg gemacht. Das ging gut, bis ich den Polizisten im Feld aufgefallen bin. Den Rest kennen Sie.«

Lenz und Hain ließen sich gleichzeitig ins Polster zurückfallen und sahen den Mann mit großen Augen an.

»Wenn es gelogen ist, haben Sie Talent zum Geschichten

erfinden, Herr Krug«, vermutete Hain. »Und wenn es die Wahrheit ist, möchte ich auch nicht in Ihrer Haut stecken.«

»Es ist die Wahrheit, glauben Sie mir.«

»Wann genau sind Sie bei der Dame Ihres Herzens denn eingelaufen?«

»Um Viertel nach acht. Das ging heute, weil ihr Mann ins Fitnessstudio gegangen ist, bevor er zur Arbeit musste.«

Lenz rechnete kurz nach. Wenn der Mann die Wahrheit sagte, konnte er unmöglich der Mörder von Dieter Bauer sein.

»Und wer ist der Polizist, der mit diesem Riesensatz Hörnern in der Gegend umherrennt, ohne von seinem Glück zu wissen?«, wollte der Oberkommissar wissen.

Krug deutete auf einen der Uniformierten, die vor dem Haus standen. »Der da.«

4

Eine gute halbe Stunde später hatten die Kripobeamten die Geschichte des Mannes lückenlos überprüft und ihn laufen gelassen. Nach einem kurzen Telefonat mit Jutta Bade, der Frau des Polizisten, die Roman Krugs Darstellung ohne jeglichen Vorbehalt bestätigte, machte Hain sich auf den Weg zu ihr, um sie persönlich in Augenschein zu nehmen und sich die Geschichte noch einmal im Detail erzählen zu lassen. Nachdem das zu seiner Zufriedenheit geschehen und er zum Tatort zurückgekehrt war, erklärte er den uniformierten Kollegen knapp, dass der Mann ein wasserdichtes Alibi habe und nach Hause gehen könne.

»Und warum wollte er dann stiften gehen?«, fragte einer der Beamten leise aus dem Hintergrund, »und hat dem Kollegen Wilms dabei die Uniformhose ruiniert?«

»Das weiß ich nicht, Herr Kollege«, erwiderte Hain genervt. »Aber wenn Sie wollen, können Sie gern eine Anzeige schreiben.«

»Heini hat das Klappmesser unter die Lupe genommen, während du unterwegs warst«, informierte Lenz seinen Kollegen ein paar Minuten später, als sie mit einem Plastikbecher Kaffee in der Hand, den eine Kollegin besorgt hatte, etwas abseits standen. »Es war sauber, im wahrsten Sinne des Wortes. Krug sagt, er habe es bei sich gehabt, weil ihm nachts im Feld manchmal komische Typen begegnet seien. Landstreicher und so.«

»Was für eine krude Geschichte«, erwiderte Hain nach einer längeren Pause. »Und was für ein Glück, dass die Kollegen da drüben, speziell der eine, nicht an seinem Alibi interessiert sind.«

»Hat niemand sich beschwert, dass er wieder auf freiem Fuß ist?«

»Doch, einer. Ich habe ihm geraten, eine Anzeige zu schreiben, weil Krug abgehauen und dabei dem Kollegen die Hose kaputt gegangen ist, aber ich glaube nicht, dass da was kommen wird. Dazu sind wir alle doch viel zu sehr Menschen, mit all ihren Vor- und Nachteilen.«

Lenz nickte. »Wie war die Frau so?«

»Ein Mäuschen, angesichts dessen ich weder den einen noch den anderen verstehen kann, was er an ihr findet. Aber glücklicherweise sind die Geschmäcker ja ebenso verschieden wie die Auswahl an Menschen.«

Er gähnte. »Nach meinem Gusto wäre sie jedenfalls nicht.«

»Apropos Gusto«, gab Lenz mit weit aufgerissenem Mund zurück, vom Gähnen seines Kollegen angesteckt. »Was war das denn vorhin für ein Spruch, als wir hier angekommen sind? Du willst Vater werden?«

»Was wäre daran so schlimm?«

»Oh, gar nichts, absolut nichts«, wiegelte der Hauptkommissar ab. »Es kommt nur ein bisschen überraschend.«

»Vielleicht für dich, aber nicht für Carla und mich. Wir sind uns einig, dass wir zusammenbleiben wollen, also ist ein Kind doch nichts Ungewöhnliches.«

»Das garantiert nicht. Und ich freue mich auch für euch, ganz ehrlich.«

»Vielleicht muss deine Freude noch ein paar Monate länger warten, weil mein Beruf es mit sich bringt, dass ich die besonderen Momente manchmal an irgendwelchen gruseligen Tatorten verbringen muss.«

Lenz sah auf die Uhr. »Viertel vor fünf. Wie es ausschaut, brauchen Heini und seine Jungs noch eine Weile. Fahr halt nach Hause, dusch dich, und leg dich wieder ins Bett.«

»Ist das dein Ernst?«

»Sehe ich aus, als würde ich in so einer Angelegenheit Scherze machen?«

»Und du?«

»Ich mach es genauso. Hier können wir im Augenblick absolut nichts tun, also.«

»Dann hab ich wenigstens den Vorteil, dass in meinem Bett jemand auf mich wartet«, feixte Hain.

»Wer sagt dir denn«, grinste Lenz seinen jungen Kollegen an, »dass es bei mir nicht genauso ist?«

Hain vergewisserte sich, dass niemand in Hörweite der beiden war, bevor er weitersprach. »Weil ich es für ziemlich ausgeschlossen halte, dass die Ehefrau des Kasseler Oberbürgermeisters in deinem Bett liegt.«

Lenz hatte seinen Kollegen etwa ein halbes Jahr zuvor in seine Liaison mit Maria eingeweiht. Er kratzte sich deutlich hörbar am Kinn. »Hier irrt der Fachmann. Sie ist tatsächlich bei mir zu Hause und wartet auf mich. Und wenn alles so läuft, wie wir es vor ein paar Stunden besprochen haben, stehen ihr und mir ziemlich turbulente Zeiten bevor.«

Hain legte den Kopf schief und machte dabei ein besorgtes Gesicht. »Heißt das, sie will ihn …«

»Exakt das heißt es.«

»Oh mein Gott«, entfuhr es dem Oberkommissar nach einer kleinen Pause der Erkenntnis. »Dann liegt wirklich eine turbulente Zeit vor euch. Und ich sitze erste Reihe Mitte.«

»Du glaubst doch nicht …«

Weiter kam Lenz nicht, denn von hinten näherte sich ein Uniformierter. Es war der Mann, auf den Roman Krug gedeutet hatte.

»Ich habe Sie schon gesucht. Mein Kollege und ich haben alle Nachbarn befragt, aber niemand hat irgendetwas gesehen oder gehört.«

»Gut gemacht, Herr …«

»Bade. Ralf Bade«, erklärte er mit einem Fingerzeig auf seine breite Brust, doch es war noch zu dunkel, um den Namen darauf zu erkennen.

»Danke, Herr Bade.«

Der junge Streifenpolizist nickte und entfernte sich.

»Dass er Bade heißt, hätte ich dir auch sagen können«, flüsterte Hain.

»Ich weiß«, erwiderte Lenz ebenso leise.

»Ihr seid ja immer noch hier«, rief ihnen ein erstaunter Heini Kostkamp entgegen, der mit einer Zigarette in der Hand vor dem Haus stand. In dem weißen Overall, der wegen seines mächtigen Bauches immer ein paar Nummern zu klein geraten aussah, wirkte er ein wenig deplatziert.

»Ja, wir haben, genau wie du, ein bisschen gearbeitet.«

»Ich weiß«, winkte der Spurensicherer ab. »Verdächtigen gefunden, Verdächtigen verloren. Das alte Spiel.« Er nahm einen tiefen Zug von seiner Zigarette und schnippte den Stummel in einen Gully.

»Was gibt's bei euch da drin? Schon irgendwas Interessantes gefunden?«

Kostkamp schüttelte den Kopf. »Mehr Fingerabdrücke als auf einem alten Pokerspiel. Und viel Material, das für einen DNA-Test interessant sein dürfte, vor allem Haare. Aber was ganz Heißes war bis jetzt nicht dabei, zumindest nicht der Volltreffer, auf den ihr Eierdiebe immer wartet.«

»Also hat der Täter seinen Personalausweis nirgendwo deponiert?«, schlussfolgerte Hain

»Blödmann«, beschied Kostkamp dem Oberkommissar lapidar und drehte sich zu Lenz um. »Nur einen ziemlich merkwürdigen Brief, aber das wisst ihr ja schon länger als ich, weil ihr ihn aufgerissen habt.«

Hain und Lenz warfen sich einen verstohlenen Blick zu, schwiegen jedoch.

»Wie auch immer. Fahrt nach Hause und schlaft noch ein paar Stunden, meinen Bericht kriegt ihr sowieso nicht vor heute Nachmittag. Und die Kriminaltechnik braucht länger, darauf solltet ihr euch schon mal einstellen. Die wissen zurzeit nämlich nicht, wo ihnen der Kopf steht, so viel Arbeit haben sie.« Damit verschwand er im Hausflur.

»Recht hast du«, murmelte Lenz ihm hinterher, drehte sich um und registrierte mit großer Zufriedenheit, dass Rolf-Werner Gecks, altgedienter Hauptkommissar, gute Seele der Kasseler Mordkommission und von allen nur RW genannt, zusammen mit Rüdiger Ponelies, einem jungen Oberkommissar, auf ihn zukam.

»Euch schickt der Himmel, RW.«

»Wie immer«, feixte Gecks.

»Ich bin zum Sterben müde«, erklärte Lenz seinen Kollegen, »und will noch für ein paar Stunden ins Bett.«

»Mach das. Gib mir nur vorher einen kurzen Abriss, was hier eigentlich genau passiert ist. Und, was ihr schon unternommen habt.«

Der Hauptkommissar schilderte seinem Kollegen die Ereignisse um den Mord an Dieter Bauer. Dann bat er ihn, noch einmal die Nachbarn wegen eventueller Beobachtungen zu befragen, weil er genau wusste, dass in dieser Beziehung niemand Gecks das Wasser reichen konnte.

»Dann machen Thilo und ich uns jetzt los. Ich denke, wir sehen uns spätestens um elf oder zwölf im Präsidium. Sollte vorher was Wichtiges sein, ruf mich mobil an.«

»Geht klar.«

Eine knappe halbe Stunde später schlüpfte Lenz in sein

Bett, das zum ersten Mal seit sehr vielen Jahren vorgewärmt war. Maria schlief tief und fest und zuckte nur kurz, als Lenz seinen Arm unter ihren Kopf schob.

5

»Sie wird ihn verlassen«, eröffnete der Hauptkommissar seinem Freund Uwe Wagner, dem Pressesprecher der Kasseler Polizei, während er gähnend und mit einer Tasse Kaffee in der Hand in dessen Büro saß.

»Deine Maria unseren Schoppen-Erich?«, kam die prompte Gegenfrage.

»Meine Maria unseren Schoppen-Erich.«

Wagner hob zweifelnd eine Augenbraue. »Das glaube ich erst, wenn ich es unter der Rubrik Buntes in unserer Klatschpostille gelesen hab.«

»Wie du willst. Im Augenblick sitzt sie bei mir zu Hause in der Badewanne und singt mit sich selbst um die Wette, weil sie diesen Mistkerl endlich los ist.«

»Wenn das so ist, muss es wirklich ernst sein«, stellte Wagner nüchtern fest.

»Und du Nörgler hör auf, den Pessimisten zu geben. Sie hat ihm gestern Abend gesagt, dass sie einen anderen hat und sich von ihm trennen wird. Basta.«

»Dann freue ich mich schon jetzt auf den Moment, wenn der gute Herr Zeislinger herausbekommt, wer der neue Beschäler seiner zukünftigen Exfrau ist.«

»Das weiß er schon«, erwiderte Lenz mit zerknirschter Miene.

»Red keinen Scheiß. Das hat sie ihm unmöglich auf die Nase gebunden.«

Lenz' Gesichtsausdruck verdunkelte sich um eine Nuance. »Doch, hat sie. Ich fand es auch nicht so prickelnd, aber sie sagt, sie hat es so gebraucht.«

»Heilige Madonna, dann solltest du dich auf ein paar raue Monate einstellen. Schoppen-Erich ist zwar ein Idiot, aber er verfügt über beste Kontakte und wird nichts unversucht lassen, seine Frau zurückzugewinnen. Und dem Kerl, den sie sich ausgesucht hat, das Leben so schwer wie möglich zu machen.«

Lenz nickte. »Darüber sind wir uns im ...«

Weiter kam er nicht, weil sein Telefon klingelte. Er nahm den Anruf an und meldete sich. Ohne ein weiteres Wort gesagt zu haben, drückte er ein paar Sekunden später die rote Taste an dem kleinen Gerät. Wagner sah ihn erwartungsvoll an.

»Es geht wohl schon los«, erklärte der Hauptkommissar seinem Freund. »Das war die Sekretärin des Polizeipräsidenten. Ich soll mich umgehend bei ihm einfinden.«

Dr. Bartholdy, Lenz' Dienstherr im Polizeipräsidium, empfing den Leiter von K11 hinter seinem großen Schreibtisch sitzend. Mit einer kurzen Geste und ohne Begrüßung bedeutete er ihm, sich zu setzen.

»Sie können sich sicher vorstellen, warum ich Sie zu mir zitiert habe, Herr Hauptkommissar?«, begann der Mann, dem beste Kontakte zur und Ambitionen in der Kasseler Politik nachgesagt wurden. Lenz zog sich einen der beiden Stühle vor dem Schreibtisch zurecht und nahm Platz.

»Offen gestanden, nein«, erwiderte er ruhig.

Bartholdy holte tief Luft und schluckte. Es fiel ihm sichtlich schwer, die Contenance zu wahren. »Und da sind Sie sich ganz sicher?«

»Absolut, ja.«

Der Polizeipräsident schloss für ein paar Sekunden die Augen, um Lenz danach eindringlich zu mustern. »Kennen Sie die Frau unseres Oberbürgermeisters, Herr Kommissar?«, fragte er scheinheilig.

»Ich bin relativ sicher, dass Sie die Antwort auf diese Frage wissen. Also bemühe ich mich erst gar nicht, Ihnen etwas vorzumachen«, gab Lenz milde lächelnd zurück.

»Heißt das, Sie haben tatsächlich ein Verhältnis mit Frau Zeislinger?«

»Das ist meine Privatsache, Herr Dr. Bartholdy. Bei allem gebotenen Respekt muss ich darum bitten, dass mein wie auch immer geartetes Verhältnis zu Frau Zeislinger …«

»Gar nichts ist Ihre Privatsache«, brüllte Bartholdy und schlug dabei mit der Faust auf die Schreibtischplatte. »Gar nichts. Sie sind Beamter des Landes Hessen und unterliegen daher einer besonderen Verpflichtung Ihrem Dienstherren gegenüber.«

»Ich kann nicht erkennen, in irgendeiner Art gegen meine dienstrechtlichen Verpflichtungen verstoßen zu haben«, erwiderte Lenz kühl.

Dr. Bartholdy hob sein Gesäß ein paar Zentimeter aus seinem Stuhl und kam dem Hauptkommissar dabei ein wenig näher. »Und ob Sie das haben, Lenz, und ob. Ich weiß noch nicht genau, wie ich Sie für das, was Sie unserem Oberbürgermeister angetan haben, dienstrechtlich belangen kann, aber Sie können sicher sein, dass mir dazu etwas einfallen wird.« Er holte kurz Luft. »Wo kämen wir denn da hin, wenn jeder kleine Polizist dem OB die Frau ausspannen wollte?«

»Es war ganz bestimmt nicht meine Absicht, Herrn …«

»Hören Sie mit Ihren vorgeschobenen Entschuldigungen auf«, wurde er von Bartholdy barsch unterbrochen, »und sehen Sie zu, wie Sie die Sache wieder geraderücken, ohne dass noch mehr Porzellan zerschlagen wird.«

»Wie darf ich diesen Vorschlag verstehen?«

»Die Frau soll wieder nach Hause gehen. Bis jetzt ist diese ganze unappetitliche Sache noch nicht so eskaliert, als dass es keine einvernehmliche Lösung zwischen dem OB und seiner Gattin geben könnte.«

Die Gesichtszüge des Polizeipräsidenten entspannten sich ein wenig. »Beenden Sie einfach die Sache, Lenz, den Rest wird die Zeit richten«, riet er seinem Hauptkommissar nun in fast väterlichem Tonfall.

»War das alles, Herr Dr. Bartholdy?«, fragte Lenz und stand dabei auf.

»Darf ich das als Zustimmung werten?«

Der Hauptkommissar schüttelte den Kopf. »Ich fürchte, ich muss Sie enttäuschen. ›Die Sache‹, wie Sie es nennen, verdient wesentlich mehr als eine Regulierung von oben.«

Bartholdy machte ein trauriges Gesicht. »Setzen Sie sich, Lenz. Bitte.«

Lenz trat wieder vor den Stuhl und nahm erneut Platz.

»Ich bin doch auch kein Kind von Traurigkeit. Sie müssen nicht denken, dass mir etwas Derartiges noch nie passiert wäre, ganz bestimmt nicht. Natürlich weiß meine Frau nichts davon, aber ich kann Ihnen sagen …« Er deutete mit der Zunge ein Lecken über die Lippen an. »Aber mit der Frau des OB, ich bitte Sie. Sie hatten vermutlich Ihren Spaß zusammen, den will ich Ihnen ja auch gar nicht nehmen, aber ich muss Sie gleichzeitig warnen. Erich Zeislinger hat Freunde, einflussreiche Freunde. Seien Sie kein Idiot, Lenz, und schicken Sie die Frau nach Hause, sonst kann das ein böses Ende nehmen für Sie.«

Der Hauptkommissar dachte für den Bruchteil einer Sekunde daran, einfach aufzustehen und das Büro ohne ein weiteres Wort zu verlassen, besann sich jedoch der möglichen Folgen und blieb sitzen. »Ich möchte noch einmal darauf hinweisen, Herr Dr. Bartholdy, dass wir hier über meine absolute Privatangelegenheit sprechen. Ich muss Sie bitten, diese Privatsphäre zu respektieren. Ich möchte nicht von Ihnen bedroht werden, und ich möchte auch keine guten Tipps, wie ich mein Leben einfacher gestalten könnte.

Ich nehme Ihre Einwände mein Privatleben betreffend zur Kenntnis, mehr nicht. Und ich bitte Sie, für die Zukunft von weiteren Einmischungsversuchen abzusehen.«

Damit stand er auf und beugte sich mit ausgestreckter Hand nach vorne. Bartholdy sah ihn mit zu Schlitzen verengten Augen an, ohne einen Finger zu krümmen.

»Sie sind noch um einiges dümmer, als ich dachte, Lenz. Gehen Sie, gehen Sie ruhig. Aber die Sache ist damit nicht ausgestanden, das muss Ihnen klar sein.«

»Danke für den Hinweis.«

»Und seien Sie nicht überrascht, wenn es tatsächlich zu dienstrechtlichen Ermittlungen kommt. Ihr Verhalten ist nämlich dazu angetan, das Ansehen Ihres Dienstherren in der Öffentlichkeit zu diskreditieren, und das werde ich mit absoluter Sicherheit nicht hinnehmen. Guten Tag.«

»Guten Tag«, erwiderte Lenz und verließ das Büro. Als er im Flur stand, huschte der Anflug eines Lächelns über sein Gesicht.

»Na, auch schon auf den Beinen?«, wurde er von Thilo Hain empfangen, der zusammen mit Rolf-Werner Gecks und Rüdiger Ponelies in seinem Büro saß.

»Guten Morgen zusammen«, entgegnete der Hauptkommissar, nahm sich einen Stuhl und setzte sich. »Was gibt's Neues?«

Gecks zog einen Notizblock aus der Tasche und klappte ihn auf. »Moin, Paul. Die ganze Geschichte ist von Anfang bis Ende merkwürdig. Rüdiger und ich haben allen Nachbarn auf den Zahn gefühlt und uns auch schon mit seiner Tochter unterhalten, die vor zwei Stunden am Tatort aufgetaucht ist. Allerdings hatten sie und ihre Eltern nicht das beste Verhältnis miteinander oder besser gesagt, gar kein Verhältnis. Dementsprechend kühl hat sie auch auf seinen Tod reagiert.«

»Haben wir jetzt eine Verdächtige?«, wollte Lenz wissen.

»Nein, sie kommt für den Mord nicht infrage. Sie fährt einen Omnibus der KVG und hat zur Tatzeit Dienst geschoben, das hat Rüdiger schon überprüft.«

»Warum war das Verhältnis zu ihren Eltern so zerrüttet?«

»Darüber wollte sie sich nicht auslassen. Angedeutet hat sie jedoch in einem Nebensatz, dass ihr Vater einer war, dem ziemlich schnell die Hand ausgerutscht ist. Und das ist wirklich ungewöhnlich, weil Dieter Bauer Pädagoge gewesen ist. Er hat bis zu seiner Pensionierung vor knapp zehn Jahren für den Landeswohlfahrtsverband Hessen gearbeitet, die überwiegende Zeit davon in einem Jugendheim in Wabern.« Gecks blätterte in seinen Unterlagen. »Karlshof, so heißt das Jugendheim.«

»Was hat er da genau gemacht?«

»Was weiß ich? Was macht man als Pädagoge?«

»Na ja«, mischte Hain sich ein, »vermutlich hat er auf die Heimkinder aufgepasst. Wofür sollte man als Pädagoge sonst im Jugendheim zuständig sein?«

»Das müssen wir klären, obwohl ich nicht glaube, dass sein Tod etwas mit seinem früheren Arbeitsplatz zu tun hat. Dafür ist er schon viel zu lange im Ruhestand. Hast du sonst noch was über seine Familie erfahren?«

»Seine Frau ist vor ein paar Tagen gestorben und gestern Nachmittag beigesetzt worden, aber das wisst ihr ja schon. Vermutlich hat der Täter im Haus auf Bauer gewartet oder ist kurz nach seiner Rückkehr dort aufgetaucht.«

»Spuren eines Einbruchs?«

»Heini sagt, vermutlich nein, aber festlegen wollte er sich noch nicht. Bauer hat seine Frau gepflegt und dabei das Haus nur sehr selten verlassen, weshalb er in der Wahrnehmung der Nachbarn in den letzten Monaten gar nicht mehr vorgekommen ist.«

»Irgendwelche Neuigkeiten zu dem komischen Schreiben, das wir gefunden haben?«

»Heini hat mir, kurz bevor wir abgefahren sind, noch gesteckt, dass der Inhalt und das Kuvert völlig sauber gewesen seien. Weder Fingerabdrücke noch irgendwas anderes hat sich darauf befunden, rein gar nichts.«

»Hat vielleicht jemand eine Idee dazu?«, wollte Lenz von seinen Kollegen wissen.

»Für mich ist klar«, reagierte Rüdiger Ponelies als Erster, »dass es der Täter dort hinterlassen hat. Was er allerdings damit bezwecken will, erschließt sich mir nicht.«

Lenz sah in die Runde. »Ist das alles?«

»Mensch, Paul«, antwortete Hain mit genervtem Unterton, »natürlich hat der Täter es dort deponiert, damit wir es finden. Und er wollte uns darauf hinweisen, dass sein Primärziel nicht monetären Ursprungs gewesen ist.«

Gecks und Ponelies nickten zustimmend.

»Und warum macht er das?«, bohrte Lenz weiter.

Hain, der mit seinem Stuhl gekippelt hatte, ließ sich nach vorne fallen und zuckte mit den Schultern.

»Es scheint ihm offenbar wichtig gewesen zu sein, dass wir es wissen.«

»Aber damit setzt er sich doch einem erhöhten Risiko aus, erwischt zu werden. Wenn wir nämlich nach einem Raubmörder suchen, warum auch immer, und es war kein Raubmord, kann er sich doch sicherer fühlen.«

»Du meinst, es könnte ein Fake sein? Eine Verarsche, um uns auf die falsche Spur zu locken?«

Lenz hob die Hände.

»Als ich die Szenerie da gesehen hab und das ganze Blut«, mischte Gecks sich ein, »ist mir die Idee gekommen, es könnte sich um etwas Rituelles oder Religiöses handeln, so wie der abgeschlachtet wurde. Also hat Rüdiger sein religiöses Umfeld überprüft.«

Ponelies zog einen Zettel aus der Tasche. »Dieter Bauer ist am 20. März 1977 aus der Kirche ausgetreten. Bis dahin war er katholisch. Über weitere Zugehörigkeiten zu einer Religionsgemeinschaft ist auf dem Einwohnermeldeamt nichts bekannt gewesen. Auch die Nachbarn wussten nichts über irgendwelche Mitgliedschaften.«

»Seine Frau«, murmelte Lenz. »Was ist mit seiner Frau?«

Gecks winkte ab. »Hab ich auch gleich gedacht, dass die Beerdigung einen Hinweis geben könnte, war aber nichts. Sie war genauso konfessionslos wie er und hatte eine weltliche Trauerfeier mit einem professionellen Grabredner.«

»Mist«, brummte Lenz.

»Natürlich hab ich auch die Tochter danach befragt, aber die hat nur abgewunken. Angeblich waren ihre Eltern weder religiös, noch gehörten sie einer Sekte oder etwas Ähnlichem an.«

»Schon was zum finanziellen Hintergrund?«

Gecks bedachte seinen Chef mit einem bösen Blick. »Glaubst du, ich könnte zaubern? Wir sind vor einer guten halben Stunde aus Baunatal zurückgekommen und haben uns nichts weiter gegönnt als einen blöden Kaffee.«

»Ho, ho, RW, das war doch kein Vorwurf. Ich dachte nur …«

»Lass es. Wir tun, was wir können, aber Wunder stehen heute leider nicht auf dem Programm.« Die gute Seele der Abteilung war sichtlich verärgert.

»Na denn«, versuchte Lenz, seinen Kollegen zu beschwichtigen. »Thilo und ich gehen rüber zum LWV und schauen, was es dort über Herrn Bauer zu erfahren gibt, weil das, bis wir die ersten Ergebnisse von Heini haben, das interessanteste Feld ist, das wir beackern können. Ihr beide bleibt weiter am Hintergrund. Finanzielles, Erbrechtliches, wohlgepflegte Feindschaften und so weiter. Vielleicht hatte der Mann ja einen Arsch voll Schulden, wer weiß? Wenn es nichts Außergewöhnliches geben sollte, sehen wir uns morgen früh um halb acht hier im Büro wieder.«

»War das eben notwendig?«, fragte Thilo Hain, während er neben seinem Kollegen aus dem oberen Ausgang des Polizeipräsidiums trat und Kurs Richtung Bahnhofsvorplatz nahm.

»Ach, Thilo, du weißt doch genau, dass ich es nicht böse gemeint hab.«

»Hängt deine miese Laune vielleicht mit deinem Besuch beim Chef zusammen?«

»Erstens habe ich keine miese Laune, und woher weißt du zweitens schon wieder davon?«

»Ich war bei Uwe, eine knappe Minute, nachdem du ihn verlassen hattest. Hat Bartholdy dich wegen der Sache mit Maria Zeislinger zu sich zitiert?«

»Weshalb wohl sonst?«, erwiderte der Hauptkommissar.

»Und?«

»Erst hat er mir gedroht, dann hat er an meine Vernunft appelliert, dann hat er mir wieder gedroht, und dazwischen hat er mit mir geredet wie mit einem kleinen Jungen, der vor dem Obstladen ein paar Äpfel geklaut hat.«

»Wow«, entfuhr es Hain, während er sich das Sakko auszog und über die Schulter warf, »das gesamte pädagogische Arsenal des Chefs in einem Gespräch. Alle Achtung. Machst du dir jetzt Sorgen?«

»Nicht die Bohne. Ich weiß ja genau, dass Erich Zeislinger ihn auf mich angesetzt hat, das lässt mich zunächst ruhig bleiben. Allerdings ist das nicht das Ende der Fahnenstange, da bin ich mir sicher.«

»Und sie war wirklich bei dir? Die ganze Nacht?«

Lenz rollte mit den Augen. »Ja, die ganze Nacht. Und heute Nacht wird sie wieder bei mir sein, und morgen Nacht auch. Das hoffe ich zumindest.«

»Der arme Erich«, murmelte Hain grinsend.

Den Rest des kurzen Fußmarsches zum Ständehaus, in dem der LWV Hessen seinen Sitz hat, gingen die beiden Polizisten schweigend nebeneinander her und hingen ihren Gedanken nach. Kurz bevor sie das im Neorenaissancestil erbaute Gebäude erreicht hatten, klingelte Lenz' Telefon. Er nahm das Gespräch an und meldete sich.

»Hallo, Paul, hier ist RW. Manchmal bist du wirklich ein echter Kotzbrocken.«

»Ich weiß, RW. Und es tut mir leid, ehrlich.«

»Ist das eine Entschuldigung?«

»Eine völlige und umfassende.«

»Das ist erfreulich.«

»Hast du mich tatsächlich angerufen, um mich zu einer Entschuldigung zu nötigen?«

»Auch«, antwortete Gecks fröhlich. »Aber es gibt einen weiteren Grund. Vor ein paar Minuten hat hier der Fahrer eines Tiefkühllieferservice angerufen. Er sagt, er hätte was auszusagen im Fall des Mordes von gestern Abend.«

»Ein Tiefkühlfahrer?«

»Ja. Ich hab ihn aufgefordert, dass er ins Präsidium kommen soll, am besten möglichst bald. Er ist gerade in der Gegend von Treysa unterwegs und wird in etwa drei Stunden wieder in Kassel sein.«

»Hat er auch gesagt, was er gesehen hat?«

»Nein, das wollte er am Telefon nicht. Aber er hat sich nach der Belohnung erkundigt.«

Lenz' zuvor aufgekeimtes Interesse kühlte schlagartig ab. Menschen, die sich primär aus Gründen der Belohnung in einem Kriminalfall als Zeugen anboten, hatten in der Regel wenig zur Aufklärung beizutragen, so seine Erfahrung.

»Wir kommen, wenn wir hier fertig sind, zurück ins Präsidium«, erwiderte er trotzdem. »Vielleicht hat der Kerl uns ja wirklich etwas mitzuteilen, das in dem Fall weiterhilft.«

Er beendete das Gespräch und schilderte Hain jene Passagen, die sein Kollege nicht hatte hören können.

»Aber«, schränkte er ein, »du weißt ja, was ich von Menschen halte, die als Erstes nach der Höhe der Belohnung fragen.«

»Was soll's, zu verlieren haben wir nichts«, entgegnete der Oberkommissar und hielt Lenz einen Flügel der riesigen, gusseisernen Tür zum LWV auf.

Die Frau an der Pforte lächelte die beiden Polizisten freundlich an. »Guten Tag, was kann ich für Sie tun?«, wollte sie in routiniert-geschultem Ton von ihnen wissen.

»Wir suchen jemanden, der uns ein paar Fragen zu einem ehemaligen Mitarbeiter Ihres Hauses beantworten kann«, gab Hain ebenso freundlich Auskunft und hielt dabei seinen Dienstausweis in die Höhe. Die Frau griff danach und riss die Augen auf.

»Polizei?«, flüsterte sie mit einer Hand vor dem Mund, als ginge von der Beschäftigung dort eine schlimme Krankheit aus.

»Sie müssen sich keine Sorgen machen, es sind reine Routinefragen«, versuchte Hain, die Frau zu beruhigen.

Sie ließ die Rechte sinken, griff zerstreut zum Telefonhörer und sah dabei die beiden Kommissare an, als erwarte sie von ihnen einen Hinweis, mit wem sie telefonieren könnte.

»Am ehesten kann uns vermutlich jemand von der Personalabteilung helfen«, bemerkte Lenz aus dem Hintergrund.

»Ja«, wiederholte sie abwesend, »jemand von der Personalabteilung wäre gut. Obwohl … Ich glaube, ich habe da eine bessere Idee.« Ihre Finger drückten nacheinander drei Tasten, dann wartete sie kurz, drehte sich von den Beamten weg und murmelte etwas in den Hörer.

»Worum genau geht es denn?«, leitete sie eine Frage ihres Gesprächspartners weiter.

»Um einen ehemaligen Mitarbeiter des Landeswohlfahrtsverbandes, der vor etwa zehn Jahren in den Ruhestand gegangen ist.«

Wieder wandte sie sich ab und flüsterte etwas in den Hörer. »Gut, ich schicke sie rauf«, bestätigte sie und legte auf.

»Herr Witsch im zweiten Stock, Zimmer 215, wird sich um Ihr Anliegen kümmern.« Sie deutete nach rechts. »Die Treppe hoch bis in den zweiten Stock, das letzte Zimmer auf der rechten Seite.«

Lenz und Hain nickten zum Dank und setzten sich in Bewegung. Keine Minute später standen sie vor der Tür von Zimmer 215. Hain klopfte kurz an, legte die Hand auf die Klinke und schob die Tür nach innen auf.

»Guten Tag, meine Herren«, wurden sie von einem etwa 60-jährigen Mann mit weißen Haaren, rotem Bluthochdruckgesicht und mächtigem Bauch empfangen, der hinter einem kleinen Schreibtisch in einem mit Akten vollgestopften, winzigen Zimmer saß. »Was kann ich für Sie tun?«

Da es außer dem bereits besetzten Stuhl keine weitere Sitzmöglichkeit gab, stellten sich die Kommissare vor dem Schreibtisch auf.

»Wir kommen wegen eines ehemaligen Mitarbeiters des LWV«, erklärte Lenz dem Mann. »Sein Name ist Dieter Bauer.«

»Ein pensionierter Mitarbeiter, wenn ich recht informiert bin.«

Offenbar hatte die Dame am Empfang ganze Arbeit geleistet.

»Ganz recht. Er ging vor etwa zehn Jahren in den Ruhestand.«

»Dann wollen wir mal sehen«, antwortete Herr Witsch fröhlich, schob die Arme um den Bauch und griff nach der Tastatur, die vor ihm auf dem Schreibtisch lag. »Berta – Anton – Ulrich – Emil – Richard«, buchstabierte er während der Eingabe den Nachnamen des Mordopfers. »Vorname Dieter?«

»Ja, Dieter«, bestätigte Hain.

»Dora – Isidor – Emil – Theodor – Emil – Richard. Richtig so?«

Lenz und Hain sahen zuerst sich, dann Herrn Witsch an und nickten.

»Dieter Bauer. Haben Sie ein Geburtsdatum?«

Lenz fragte sich, wie viele Dieter Bauers wohl beim LWV arbeiteten oder gearbeitet hatten, während Hain nach seinem Notizblock kramte und blätterte.

»13. Januar 1938«, ließ er den Mann hinter dem Schreibtisch wissen.

»Das stimmt«, erwiderte der, als ginge es um die 1.000-Euro-Frage bei Jauch. »Darf ich fragen, warum Sie sich nach Herrn Bauer erkundigen?«

»Herr Bauer wurde das Opfer eines Verbrechens«, befriedigte Lenz Witschs Neugier. »Wir sind die leitenden Ermittler und müssen alles untersuchen, was in dem Fall von Bedeutung sein könnte.«

»Das klingt ja furchtbar, wie Sie das sagen. ›Das Opfer eines Verbrechens‹. Als sei er umgebracht worden.«

Hain deutete auf den alten, klobigen Monitor auf dem

Schreibtisch. »Haben Sie etwas über Herrn Bauer gefunden?«

»Selbstverständlich, ja. Ist er denn …, ich meine, ist er …?«

»Wie es sich im Moment für uns darstellt, wurde Herr Bauer tatsächlich das Opfer eines Gewaltverbrechens«, erklärte Hain dem bestürzt dreinblickenden Herrn Witsch. »Deshalb müssen wir wirklich alles wissen. Auch jede noch so kleine oder nebensächlich erscheinende Information kann bedeutsam sein für uns.«

Er nickte aufmunternd. »Wo und wie lange hat Herr Bauer denn für den LWV gearbeitet?«

Witsch kratzte sich am Kopf und holte tief Luft. »Das kann ich Ihnen beim besten Willen so nicht beantworten, meine Herren. Immerhin ist der Mann bereits vor …«, er bewegte die Maus ein kleines Stück und senkte den Kopf, um über den Rand seiner Brille zu sehen, »… vor mehr als zehn Jahren oder besser knapp zehn Jahren, pensioniert worden. Wenn ich …«, wieder fuhr das Plastikteil in seiner Hand über den Tisch, »… es richtig sehe, … nein, warten Sie … ja, hier habe ich einen Verweis auf einen anderen Datensatz.«

Einer erneuten Bewegung seines rechten Armes folgte ein Kopfschütteln. »Das ist ja alles schon so lange Zeit her. Aber …«, nun grinste er die Beamten an, »… das Haus verliert nichts. Sie haben Glück, wir sind nämlich seit einiger Zeit dabei, diese alten Personaldaten von den damals üblichen Mikrofiches in die moderne EDV einzulesen. Und mit den Daten von Herrn Bauer ist das schon passiert. Vielleicht, weil sein Name mit einem B beginnt.«

»Das klingt vielversprechend«, freute sich Hain.

»Ist es auch. Hier habe ich den Datensatz gefunden. Dieter Bauer ist am 1. April 1967 beim Landeswohlfahrtsverband eingetreten. Meine Güte, das ist mehr als 40 Jahre her.« Er kniff kurz die Augen zusammen. »Zunächst ist er zwei Monate eingearbeitet worden, das war damals wohl die Regel.«

»Waren Sie zu dieser Zeit auch schon beim LWV?«, fragte Lenz verwundert.

»Ach was, wo denken Sie hin? Da war ich gerade mal 15, ziemlich grün hinter den Ohren und damit beschäftigt, meine mittlere Reife nicht zu vergeigen. Na ja, das hat immerhin geklappt. Ich bin erst nach der Lehre und meinen zwölf Jahren beim Barras hier Mitarbeiter geworden. 1982 war das.«

»Und Sie können sich nicht zufällig an diesen Herrn Bauer erinnern?«

»Nein, ganz gewiss nicht. Wir haben hier so viele Mitarbeiter zu verwalten, das glauben Sie gar nicht. Außerdem sind das alles nur Namen, mit denen wir keinen Menschen verbinden können, weil wir die Leute in der Regel nie zu Gesicht bekommen.«

Er tippte etwas auf der Tastatur und wartete. »Dieter Bauer. Am 31. 10. 2000 hatte er seinen letzten Arbeitstag bei uns, danach ging er in den Ruhestand. Etwas früher als normal, aber den Grund dafür kann ich hier nicht erkennen.«

»Was hat er eigentlich gemacht? Stimmt es, dass er in einer Ihrer Einrichtungen in Wabern gearbeitet hat?«

Wieder klapperte Herr Witsch mit der Tastatur. »Ja, das kann ich bestätigen. Er hat im Karlshof in Wabern gearbeitet, als Erzieher.«

Lenz trippelte von einem Bein aufs andere, bevor er die nächste Frage stellte. Sein Gesichtsausdruck ließ erahnen, dass er ein klein wenig genervt war. »Entschuldigen Sie bitte, Herr Witsch, aber was macht eigentlich ein Erzieher in einem Jugendheim? Ich meine, so im Großen und Ganzen ist das schon klar, aber können Sie mir vielleicht einen kleinen Abriss der genauen Tätigkeit geben?«

»Oh je«, stöhnte der dicke Mann hinter dem Schreibtisch, »das ist gar nicht so einfach, weil sich das im Lauf der Jahre doch sehr verändert hat. Als Herr Bauer 1967 eingetreten ist, galten ganz andere Bedingungen als heute. Zur damaligen Zeit war ja an die Diskussion über Erziehungsmethoden und das ganze Drumherum, so wie es jetzt üblich ist, noch gar nicht zu denken.«

»Aber Sie wissen schon, was ein Erzieher damals zu tun hatte?«, ließ sich der Hauptkommissar nicht beirren.

»Natürlich. Ein Erzieher musste für Disziplin sorgen, das war halt in den 60ern so üblich. Ein bisschen später, Anfang der 70er und danach, haben sich langsam andere, modernere Methoden durchgesetzt. Die Zöglinge waren dann in Gruppen untergebracht, und in jeder Gruppe gab es einen Leiter und drei oder vier Erzieher. Herr Bauer war …«, wieder hämmerten Herrn Witschs dicke Finger über die Tasten, »zunächst als Erzieher tätig, 1971 hat er dann die Leitung einer Gruppe übernommen.«

»Aber eine genauere Beschreibung seiner Tätigkeit können Sie uns nicht geben?«, wollte Hain wissen, der eifrig mitschrieb.

»Wie jetzt, genauer?«

Lenz warf seinem Kollegen einen kurzen Blick zu. »Lassen Sie mal, Herr Witsch. Sie haben uns schon sehr geholfen, vielen Dank dafür«, erklärte der Hauptkommissar dem verdutzten Mitarbeiter des LWV. »Gibt es diese Einrichtung eigentlich heute noch, diesen Karlshof?«

»Ja, selbstverständlich. Die Nutzung hat sich zwar grundlegend geändert, aber die Einrichtung besteht noch.«

»Sie wird also nicht mehr als Jugendheim genutzt?«

Witsch schüttelte den Kopf. »Nein. Jugendheime in dem

Sinne gibt es ja heute eigentlich nicht mehr. Die Einrichtung heißt jetzt Pädagogisch-Medizinisches Zentrum Wabern.«

»Dann danken wir Ihnen, Herr Witsch, für Ihre Bemühungen. Wenn wir weitere Fragen haben, müssen wir Sie allerdings vielleicht noch einmal behelligen.«

»Das macht nichts, ich bin ja immer hier«, erwiderte der dicke Mann fröhlich.

»Hättest du dem noch länger zuhören können?«, fragte Lenz völlig entnervt seinen Kollegen, als sie auf dem Rückweg waren.

»Schwerlich«, erwiderte Hain und zuckte mit den Schultern, »aber brutal schlimm fand ich ihn jetzt auch nicht. Da haben wir es doch auf Ämtern schon mit ganz anderen Kalibern zu tun gehabt.«

»Auch wieder wahr. Trotzdem hat er mich irgendwie schwer genervt.«

»Mich auch. In deinem speziellen Fall könnte es allerdings auch mit deiner Tagesform zusammenhängen, was meinst du?«

»Niemals nicht«, erwiderte Lenz mit verkniffenem Gesicht.

»Wie auch immer«, gab Hain zu bedenken, »wir müssen konstatieren, dass uns der Besuch bei Herrn Witsch in unserem Fall nicht unbedingt weitergebracht hat.«

»Richtig. Jetzt hören wir, was der Tiefkühlmann uns zu sagen hat, danach sehen wir weiter.«

6

Der Tiefkühlmann, wie Lenz ihn genannt hatte, erschien eine halbe Stunde vor der vereinbarten Zeit. Er trug einen dunkelgrünen Overall mit einem Sticker auf der Brust, auf dem ein grinsendes Kindergesicht und die Aufschrift Biocool zu sehen waren.

»Tobias Pritzle«, stellte er sich mit deutlich schwäbischem Akzent vor.

Hain, Gecks und der auf seinem Stuhl hinter dem Schreibtisch sitzende Lenz nickten freundlich mit dem Kopf und boten dem Mann einen Stuhl an.

»Guten Tag, Herr Pritzle«, erwiderte Lenz, »und herzlichen Dank, dass Sie es eingerichtet haben, so schnell hier bei uns zu erscheinen. Sie haben also etwas beobachtet, als Sie gestern Abend in Baunatal unterwegs waren?«

»Ho ja. Ich bin ja immer an diesem Tag, meistens auch um die gleiche Uhrzeit, in der Straße unterwegs. Viele ältere Leute wohnen da, das ist gut für meinen Umsatz.« Er warf den Beamten einen prüfenden Blick zu. »Wenn Sie verstehen, was ich meine?«

»Aber ja, klar verstehen wir. Also, was haben Sie gesehen, als Sie gestern Abend in der Straße unterwegs waren?«

Pritzle rutschte ein wenig auf seinem Stuhl nach vorne und sah unsicher in die Runde. »Bevor wir zu meiner Aussage kommen, wollte ich mich zuerst, ganz unverbindlich natürlich, nach der Belohnung erkundigen, Herr Kommissar. Wie viel gibt es denn für einen guten, vielleicht sogar den entscheidenden Tipp?«

Lenz ließ sich in seinem Stuhl zurückfallen und hatte große Lust, den Mann einfach rauszuschmeißen. »Am besten kläre ich Sie, bevor wir hier weitermachen, einmal kurz über Ihre staatsbürgerlichen Pflichten auf, Herr Pritzle. Es ist nämlich so, dass Sie sich strafbar machen, wenn Sie Beobachtungen, die mit einem Verbrechen, hier sogar mit einem Kapitalverbrechen, in Zusammenhang stehen, für sich behalten.«

Er beugte sich wieder nach vorne, und sah den Tiefkühlfahrer mit zusammengekniffenen Augen an. »Es wäre demzufolge besser, Sie würden uns jetzt und hier und gleich erzählen, was Sie gesehen haben. Über eine mögliche Belohnung, so denn eine ausgesetzt werden sollte, können wir uns gern im Anschluss unterhalten. Aber bitte kommen Sie nicht hier rein und fragen als Erstes nach der Höhe der Belohnung.«

Den letzten Satz hatte Lenz mehr gezischt als gesprochen. Pritzle schluckte, blickte erneut in die Runde und begann ohne Mucken zu erzählen.

»Ich war gestern Abend gegen kurz vor sieben in Baunatal unterwegs und hatte ganz in der Nähe des Hauses zu tun, in dem der Mord passiert ist. Als ich meinen Lieferwagen auf dem Bürgersteig gegenüber abgestellt hatte, konnte ich beobachten, wie ein Mann die Treppe zum Haus hinaufstieg.«

»Wie sah der Mann aus?«

»Er trug eine blaue Jeans, dunkle Halbschuhe und eine helle Jacke. Und eine Baseballkappe hatte er auf dem Kopf, eine dunkle Baseballkappe.« Herr Pritzle schien ganz offenbar verstanden zu haben, wie die Zeugenvernehmung laufen sollte.

»Haben Sie das Gesicht des Mannes gesehen?«, fragte Hain.

»Nein. Er hielt den Kopf leicht nach links, dann, als er auf der Treppe war, konnte ich sowieso nur noch seinen Rücken sehen.«

»Und die Statur des Mannes?«

Der Zeuge überlegte ein paar Sekunden und deutete dann auf Hain. »So wie Ihr Kollege da, würde ich sagen. Vielleicht ein bisschen kleiner, aber bestimmt nicht viel.«

Lenz sah Hain an. »Steh mal bitte auf, Thilo.«

Der Oberkommissar legte seinen Notizblock zur Seite, erhob sich zackig und positionierte sich kerzengerade auf den Schuhsohlen. Pritzle blickte von ihm zu Lenz und wieder zurück.

»Ja, ein bisschen kleiner. Aber von der Statur her kommt's hin.«

»Gut. Ist Ihnen sonst noch etwas aufgefallen?«

Wieder dachte der Tiefkühlfahrer nach. »Nein, an mehr erinnere ich mich nicht.«

»Haben Sie vielleicht einen Wagen gesehen, aus dem er gestiegen sein könnte?«

»Das kann ich Ihnen beim besten Willen nicht sagen. In dem ganzen Viertel ist sowieso immer alles zugestellt, sodass ich froh bin, in den Einfahrten der Häuser einen Parkplatz zu finden.«

»Ein Fahrrad? Haben Sie vielleicht ein Fahrrad gesehen?«, wollte Hain wissen, der sich wieder gesetzt hatte.

»Nein, kein Fahrrad und auch kein Motorrad, tut mir leid.«

»Wie lange haben Sie an der Stelle geparkt?«

»Höchstens fünf Minuten.«

»Und in der ganzen Zeit waren Sie an der Haustür gegenüber? Oder sind Sie noch mal zum Wagen gegangen?«

»Nein, ich bin schon mit der Bestellung der Frau von gegenüber zu meinem Auto gegangen. Aber da war von dem Mann nichts mehr zu sehen.«

»Er ist also die Treppe hochgegangen. Was hat er danach gemacht? Hat er geklingelt oder wie ist er ins Haus gekommen?«

Pritzle schien die ganze Zeugenaussage nach der Abfuhr wegen der Belohnung eher lästig geworden zu sein. Er rieb seine offensichtlich feuchten Hände an den Hosenbeinen.

»Aber das weiß ich doch nicht, Herr Kommissar, weil ich auch gar nicht mehr auf ihn geachtet habe. Ich konnte ja nicht ahnen, dass er in dem Haus was anstellen will, sonst hätte ich doch viel genauer hingeschaut.«

Er warf einen verstohlenen Blick auf seine Armbanduhr. »Außerdem muss ich jetzt langsam wieder an die Arbeit. Ich bin schließlich selbstständig, mir zahlt niemand den Ausfall.«

Wenn das dein Versuch sein sollte, das Thema Belohnung durch die Hintertür erneut anzusprechen, ist er kläglich, dachte Lenz.

»So einfach«, ließ er Pritzle freundlich wissen, »geht es leider nicht. Wir müssen Sie bitten, sich noch ein wenig Zeit zu nehmen, um mit einem Kollegen ein detailliertes schriftliches Protokoll Ihrer Zeugenaussage anzufertigen.«

Gecks sah den Zeugen und danach seine beiden Kollegen an. »Ich mach das schon«, verkündete er in sachlichem Ton, »weil es eh an mir hängenbleiben wird. Am besten«, wandte er sich dem Tiefkühlfahrer zu, »kommen Sie mit rüber in mein Büro, Herr Pritzle. Dann erkläre ich Ihnen auch noch einmal ganz genau, nach welchen Kriterien in Deutschland Belohnungen zugesprochen werden.«

»Und dafür will der Typ doch tatsächlich Kohle haben«, echauffierte Lenz sich noch, nachdem Gecks mit dem Zeugen im Schlepptau das Zimmer längst verlassen hatte. »Das glaubt man doch alles nicht.«

»Stimmt, das war eher ein dürftiger Vortrag«, stimmte Hain ihm zu. »Trotzdem müssen wir nach Baunatal fahren und rumfragen, ob vielleicht noch jemandem der Kerl aufgefallen ist. Und, ob jemand am Ende was von seinem Gesicht gesehen hat.«

»Stimmt, das muss gemacht werden. Aber nicht von uns.

Da suchen wir uns jemanden, der das für uns erledigt.« Er griff zum Telefonhörer und wählte die Nummer von Rüdiger Ponelies, es klingelte jedoch vergeblich. Ganz offensichtlich war der Oberkommissar nicht an seinem Platz. Und während Lenz noch mit dem Hörer am Ohr wartete, klopfte es kurz an seiner Tür und der Gesuchte trat ins Zimmer.

»Störe ich?«, fragte er.

»Ach du lieber Gott, nein, ganz und gar nicht«, beschied Lenz ihm erleichtert. »Was gibt's denn?«

»Ich hab mich ein bisschen über das Grundstück und das Haus informiert, in dem Bauer gewohnt hat; da ist alles picobello. Die Hütte ist seit vielen Jahren schuldenfrei, woanders hat er auch keine Deckel, soweit ich das sehen konnte. Allerdings würde ich RW bitten, das noch ein wenig eingehender zu untersuchen, darin ist er einfach viel besser als ich.«

Lenz nickte anerkennend. »Trotzdem gut, dass wir das schon wissen, Rüdiger. RW hat gerade einen Zeugen drüben, mit dem er ein Protokoll anfertigt. Der hat uns erzählt, dass er einen Mann gesehen hat, der in Bauers Haus verschwunden ist. Und er hat uns eine Beschreibung gegeben. Das müsste …«

Ponelies hob abwehrend die Hände. »Ich weiß, was du willst, Paul. Kann das nicht jemand anders machen?«

Ein paar Minuten und einige nutzlose Ausflüchte später war Rüdiger Ponelies mit der Personenbeschreibung in der Hand auf dem Weg zu einem weiteren Oberkommissar, um mit ihm gemeinsam nach Baunatal zu fahren.

»Und was machen wir, Paul?«, wollte Hain wissen.

»Eine Landpartie, Thilo.«

7

Die kleine Gemeinde Wabern, etwa 30 Kilometer südlich von Kassel gelegen, empfing die beiden Kommissare mit einem ausgewachsenen Sommergewitter. Der Regen prasselte auf das dünne Stoffdach von Hains kleinem Cabriolet, der dunkle Himmel wurde nahezu im Sekundentakt von imposanten Blitzen erleuchtet, die wie Explosionen wirkten, und deren rasch folgender Donner den ganzen Wagen erbeben ließ. Die Scheibenwischer, obwohl auf höchster Stufe arbeitend, schafften es nur mit großer Mühe, die Wassermassen von der Frontscheibe zu befördern, sodass Hain im zweiten Gang und sehr langsam durch den Ort rollte. Das Navigationsgerät zeigte an, dass es noch etwa 100 Meter waren, dann würden sie ihr Ziel erreicht haben. Der Oberkommissar beugte sich nach vorne, um die Einfahrt nicht zu verpassen, steuerte den Wagen durch das Tor und parkte auf der rechten Seite, zwischen einem prächtigen Jagdschloss und der dazugehörigen großzügigen Parkanlage. Dann drehte er den Schlüssel um und schaltete den Motor aus, was jedoch den Lärm um die Polizisten herum nur marginal dämpfte.

»Wenn wir jetzt aussteigen«, brüllte Hain gegen das Hämmern des Regens auf dem Stoffdach und dem Blech des Mazdas an, »kommen wir klatschnass im Haus an. Willst du das riskieren?«

Lenz antwortete nicht, sondern tippte sich als Erwiderung mit dem rechten Zeigefinger an den Kopf. Hain schaltete die Zündung wieder ein und drehte die Lüftung etwas höher, damit die Scheiben nicht noch weiter beschlugen.

»Hast du keinen Schirm dabei?«, schrie Lenz.

Hain strafte ihn mit einem missbilligenden Blick. »Nee«, murmelte er kaum hörbar.

Ein paar Minuten später war der Spuk vorbei. So schnell, wie es gekommen war, hatte sich das Gewitter auch wieder verzogen. Die beiden Polizisten warteten noch ein paar Augenblicke, dann stiegen sie aus und gingen auf den verglasten Zweckbau links neben dem imposanten Hauptgebäude zu.

»Eigentlich ganz hübsch hier«, fiel Hain auf, während er im Zickzack um die Pfützen lief. Lenz blieb stehen und sah sich um. Rechts vom Haupthaus schloss sich ein weiteres, flaches Gebäude an, dessen komplette Front ebenfalls verglast war. Daneben gab es drei in einer Reihe liegende zweigeschossige, wie Klötze aufgereihte Bauten, die durch Vordächer miteinander verbunden waren. Dahinter erkannte Lenz zwischen den Bäumen ein offenbar mit viel Liebe zum Detail renoviertes altes Haus. Das komplette Ensemble umspannte eine große Rasenfläche in der Mitte.

»Ja, nett hier. Sieht auf den ersten Blick gar nicht aus wie ein Jugendheim. Vielleicht, weil keine Jugendlichen zu sehen sind.«

»Kann ich Ihnen helfen?«, rief eine Stimme hinter ihnen.

Die beiden Kriminalbeamten drehten sich um und sahen in das freundliche Gesicht eines etwa 45-jährigen Mannes.

»Vielleicht, ja«, erwiderte Hain. »Wir sind von der Kriminalpolizei in Kassel und würden uns gern mit jemandem unterhalten, der schon länger hier arbeitet.«

»Geht es um ein Mitglied unserer Wohngruppen?«

»Nein, das nicht. Wir hätten ein paar Fragen zu einem ehemaligen Erzieher; allerdings ist er seit knapp zehn Jahren im Ruhestand.«

»Seit zehn Jahren? Da gibt es eigentlich nur eine Frau, die Ihnen vermutlich helfen kann.« Der Mann wies auf die Eingangstür. »Kommen Sie, ich bringe Sie hin. Mein Name ist Helmut Pander. Ich arbeite hier als Sozialpädagoge, allerdings erst seit etwa fünf Jahren. Demzufolge kann ich Ihnen leider nicht helfen.«

Er führte die Polizisten in den zweiten Stock. Dort ging er auf eine offen stehende Tür am hinteren Ende des Korridors zu, klopfte kurz und trat ein. »Hallo, Erika. Hier ist Besuch für dich.«

Hinter dem Schreibtisch saß eine grauhaarige, groß gewachsene, schlanke Frau, die kurz den Blick hob und sich dann wieder auf die Akte vor ihr konzentrierte. »Kann das nicht jemand anders machen? Ich habe wirklich keine Zeit.«

»Die Herren sind von der Polizei in Kassel. Sie haben ein paar Fragen zu einem Erzieher, der hier mal gearbeitet hat.«

Nun hob die Frau den Kopf und blickte zuerst Hain und dann Lenz streng an. »Um wen geht es?«, fragte sie knapp.

»Dieter Bauer«, erwiderte Lenz.

Über ihr Gesicht huschte der Anflug einer Irritation. »Dieter Bauer?«

»Kennst du ihn?«, wollte Pander wissen.

Sie beachtete ihn nicht. »Was ist mit ihm? Und warum interessiert sich die Kripo für ihn?«

Lenz wandte sich an Helmut Pander. »Herr Pander, wir danken Ihnen für Ihre Hilfe. Jetzt allerdings würden wir uns gern mit Ihrer Kollegin allein unterhalten.«

Der Sozialpädagoge sah von Lenz zu der Frau und wieder zurück. »Natürlich, klar.« Damit drehte er sich um und war auch schon durch die Tür geschlüpft, die Hain hinter ihm ins Schloss drückte.

»Dürfen wir uns setzen, Frau …?«, fragte Lenz freundlich.

»Schäfer. Erika Schäfer.« Sie deutete auf die beiden Stühle vor ihrem Schreibtisch. »Selbstverständlich, nehmen Sie ruhig Platz.«

Während er sich setzte, musterte Lenz die Frau so unauffällig wie möglich. Sie trug eine streng wirkende Brille mit großen, dunklen Kunststoffbügeln. Ihr graues Kostüm passte farblich zu den Haaren, was man vom Make-up nicht unbedingt behaupten konnte. Es war viel zu dick aufgetragen und verlieh ihrem Gesicht etwas von einer japanischen Geisha.

»Also, was wollen Sie wissen über Dieter Bauer?«

»Sie kennen ihn?«

»Natürlich. Wir haben immerhin mehr als 20 Jahre intensiv zusammengearbeitet.«

»Hier im Karlshof?«

»Ja, wo sonst?«

Lenz wurde das Gefühl nicht los, dass mit der Frau nicht gut Kirschen essen war.

»Was hat er hier gemacht? Er war Erzieher, nicht?«, mischte Hain sich in das Gespräch ein.

»Er war Erzieher, ja. Soll ich Ihnen jetzt erklären, welche Aufgaben ein Erzieher hat?«

»Das wäre nett.«

Sie schluckte und verschränkte die Hände vor der Brust. »Darf ich zunächst Sie bitten, mir den Hintergrund Ihrer Nachforschungen mitzuteilen?«

»Herr Bauer«, erklärte Lenz der Frau, »wurde das Opfer eines Tötungsdeliktes.«

Die Frau zuckte nicht einmal. »Was meinen Sie damit, ›das Opfer eines Tötungsdeliktes‹?«

»Wie es aussieht, wurde er ermordet. Aber das ist noch nicht hundertprozentig klar, wir stehen erst am Anfang unserer Ermittlungen. Deshalb sprechen wir von einem Tötungsdelikt.«

Nun wich Erika Schäfer auch noch der letzte Rest Farbe aus dem Gesicht. »Sie wollen damit sagen, dass er umgebracht wurde? Verstehe ich Sie richtig?«

»Leider, ja.«

Sie sah die beiden Kommissare mit einer Mischung aus Unverständnis und Missbilligung an. »Von einem ehemaligen Zögling?«

»Wie gesagt«, erklärte Hain, »wir stehen erst am Anfang unserer Ermittlungen. Anhaltspunkte, dass Herr Bauer von einem ehemaligen, wie Sie es nennen, ›Zögling‹, getötet wurde, gibt es bisher nicht.«

»Wurde er ausgeraubt?«

»Allem Anschein nach können wir das ausschließen.«

»Wo ist es passiert?«, fragte sie völlig sachlich. Sie schien sich wieder vollkommen gefangen zu haben.

»Es ist in seinem Haus geschehen, gestern Abend.«

Frau Schäfer drehte sich mit ihrem Stuhl zum Fenster und sah auf die Rasenfläche und die alten, großen Bäume vor dem Jagdschloss. »Wer, frage ich Sie«, formulierte sie, ohne die Beamten anzuschauen, »tötet einen alten Mann in seinem eigenen Haus? Einen Mann, der weit über 70 Jahre alt ist?«

Der Stuhl drehte sich erneut, und Erika Schäfers Blick war nun wieder auf die Polizisten gerichtet. »Ich war mir immer sicher, dass sich so etwas irgendwo in Deutschland irgendwann zutragen würde. Aber dass es nun Dieter getroffen hat, tut mir wirklich leid.«

»Sie scheinen sicher zu sein, dass er von einem ehemaligen Heimbewohner getötet wurde. Was bringt Sie zu dieser doch etwas gewagten Annahme?«

Sie ging nicht auf die Frage des Oberkommissars ein. »Was ist mit seiner Frau? Wurde sie auch ›das Opfer eines Tötungsdeliktes‹, wie Sie es nennen?«

Hain schüttelte den Kopf. »Seine Frau wurde gestern beerdigt. Sie ist ein paar Tage zuvor gestorben. Eines natürlichen Todes.«

Wenn es eine Reaktion von Erika Schäfer auf diese Information gab, so war sie für Lenz nicht zu erkennen. Sie blickte dem Beamten ungerührt ins Gesicht. Dann ein Nicken. »Sie war krank, schon sehr lange.«

»Sie kannten Frau Bauer?«

Wieder ein Nicken. »Wir waren einmal Freundinnen, ja, aber das ist lange her.«

Lenz und Hain sahen sich irritiert an. »Was ist passiert?«

Die Gesichtszüge der grauhaarigen Frau hinter dem Schreibtisch wurden eine weitere Nuance strenger. »Das gehört nicht hierher. Im Leben von Menschen passieren Dinge, die einer Freundschaft nicht guttun. Lassen wir es dabei bewenden.«

Lenz hatte nicht die Absicht, es dabei bewenden zu lassen, wollte jedoch die Frau nicht in die Enge treiben, deshalb wechselte er zunächst das Thema.

»Wann haben Sie Herrn Bauer zuletzt gesehen, Frau Schäfer?«

Sie legte den Kopf zurück und dachte nach. »Kurz vor Weihnachten letztes Jahr sind wir uns zufällig über den Weg gelaufen, in Kassel.«

Lenz und sein Kollege warteten auf eine weiterführende Erklärung, doch die Frau schwieg sie an.

»Und?«, fragte der Oberkommissar.

»Was und? Was wollen Sie wissen, junger Mann?«

»Wie ist die Begegnung verlaufen«, konkretisierte Hain seine Frage. »Immerhin haben Sie nach Ihrer eigenen Angabe mehr als 20 Jahre zusammengearbeitet.«

»Unser Verhältnis war, wenn ich das so sagen kann, über die Zeit ein wenig abgekühlt. Wir hatten uns, schon lange, bevor Dieter in Rente ging, nicht mehr viel zu sagen.«

»Aber das Verhältnis war vorher besser, wenn ich Sie richtig verstehe?«

»Durchaus, ja.«

»Was hat dazu geführt, dass es sich verschlechtert hat?«, hakte Lenz nach.

Wieder schoss sie einen Blick ab, der mit vernichtend schmeichelnd umschrieben wäre. »Auch das ist privat. Aber ich muss Sie doch sicher nicht darüber aufklären, meine Herren, dass es im Verlauf einer solch langen gemeinsamen Tätigkeit zu Reibungsverlusten kommt. Das sehe ich als völlig normal an.«

»Stimmt«, knurrte Lenz. »Wie eng war denn Ihre Zusammenarbeit? Haben Sie sich jeden Tag gesehen?«

»Nahezu jeden Tag, ja. Wir waren gemeinsam auf einer Gruppe tätig.«

»Auf einer Gruppe?«

»Ja, auf einer Gruppe.« Sie erhob sich und ging zu dem Fenster, aus dem sie kurz nach dem Eintreffen der beiden Beamten ins Freie geblickt hatte. Sie deutete auf das mittlere Gebäude des Ensembles quer gegenüber. »Das dort drüben sind die sogenannten Pavillons. Der mittlere davon ist Pavillon zwei, wo ich mit Dieter Bauer gearbeitet habe. Im Obergeschoss ist die Schülergruppe untergebracht gewesen, die wir gemeinsam betreut haben.«

»Er war der Gruppenleiter?«

»Ja, er war der Gruppenleiter. Aber das war nicht wichtig, wir haben immer gut und kollegial miteinander gearbeitet, bis ...«

»Ja?«, fragte Lenz interessiert.

»Reibungsverluste, wie gesagt. Abnutzung. Nennen Sie es, wie Sie wollen, am Ende haben wir einfach nicht mehr gut und gern zusammengearbeitet.«

»Das Ende, wie Sie es nennen, war seine Pensionierung?«

»Nein. Das Ende war, als ich die Gruppe verlassen habe, um mich mehr den administrativen Dingen zuzuwenden.

Ich wollte einfach nichts mehr mit dem operativen Geschäft, also mit den Zöglingen direkt, zu tun haben. Und wie Sie sehen, mache ich diesen Job noch immer.«

Der Hauptkommissar deutete auf den Pavillon. »Aber dort drüben ging alles so weiter wie gewohnt?«

»Nein, wo denken Sie hin. Dieter hat auch deshalb ein paar Jahre früher als nötig aufgehört, weil es hier am Standort massive Umstrukturierungen gegeben hatte in den Jahren zuvor. Die Organisation, wie wir sie kannten, wurde komplett umgekrempelt; kein Stein blieb mehr auf dem anderen.«

»Mit welchen Folgen?«

»Es wurden neue, für damalige Verhältnisse richtungweisende Betreuungskonzepte eingeführt. Wir von der alten Garde waren dabei eher im Weg. Wir stammten aus einer anderen Zeit, wenn Sie verstehen, was ich meine.«

»Nein, tut mir leid, ich verstehe es nicht«, erklärte Lenz der Frau.

Sie trat zurück an den Schreibtisch und setzte sich wieder auf ihren Stuhl. »In den 60er-Jahren, als Dieter Bauer und ein paar andere, die mittlerweile tot oder lange im Ruhestand sind, hier anfingen, galt die Maxime, dass die Jugendlichen, die hierher eingewiesen wurden, das Heim als anständige Menschen zu verlassen hatten. Und das war nun einmal nicht damit zu erreichen, dass man sie mit Glacéhandschuhen angefasst hat.«

»Sie meinen«, fragte Hain dazwischen, »dass es nach der Umstrukturierung weniger autoritär zugehen sollte?«

»Wenn Sie so wollen, ja. Wobei diese Tendenzen schon in den gesamten 90er-Jahren zu beobachten waren. Wir mussten uns dem beugen.«

»Das heißt, dass es hier schon Menschen gab, die auf Herrn Bauer nicht gut zu sprechen waren?«, hakte der junge Oberkommissar nach.

»Was soll denn das heißen?«, bellte sie ihn an. »Natürlich gab es ›Menschen‹, die nicht gut auf ihn zu sprechen waren. Der Job, den wir gemacht haben, hat es nun einmal mit sich gebracht, dass man nicht von jedem und allen geliebt wurde.«

»Gab es damals Drohungen?«

»Drohungen«, paraphrasierte sie, »waren damals an der Tagesordnung, mit denen ist man morgens aufgestanden und abends ins Bett gegangen.«

Lenz hob beschwichtigend die Hände. »Ich persönlich kann mir ganz schlecht vorstellen, dass ein ehemaliger Zögling dieses Heimes zehn Jahre oder noch länger wartet, bis er sich, warum auch immer, an einem seiner damaligen Erzieher rächt. Das ist nicht logisch.«

»Wegen der langen Zeit, die dazwischenliegt?«, fragte sie zurück.

Lenz nickte.

»Ich würde Ihnen gern recht geben, Herr Kommissar, aber ich weiß es leider besser. Wir hatten es hier nicht mit Jugendlichen zu tun, die dem Bild entsprechen, das man von einem anständigen und aufrechten Heranwachsenden hat. Die Jungen, aber auch die Mädchen, die wir hier zu betreuen hatten, waren zum Teil brutale Straftäter, die sich das Jugendgefängnis dadurch erspart haben, dass sie einer Heimeinweisung zugestimmt haben. Knast oder Heim, das war damals die Frage. Dass sich die wenigsten freiwillig für den Gefängnisaufenthalt entschieden haben, muss nicht verwundern.«

»Das erklärt aber nicht die unglaublich lange Zeitspanne, die zwischen dem Heimaufenthalt und der möglichen Tat liegt.«

»Doch, glauben Sie mir. Viele der Jugendlichen von damals sind heute verurteilte Straftäter, die zum Teil langjährige Haftstrafen absitzen oder abzusitzen hatten. Und, was viel wichtiger ist, diese jetzt Erwachsenen sind oftmals noch brutaler und unberechenbarer geworden in ihrem Handeln. Vielleicht hat der eine oder andere mittlerweile sein Leben im Griff, aber der Großteil dieser Leute gehört zum Bodensatz unserer Gesellschaft.«

Erika Schäfer war dabei, sich in Rage zu reden. »Ich bin sicher, dass viele der ehemaligen Zöglinge noch immer den unbändigen Hass und die blinde Wut auf alles mit sich herumtragen, was sie mit diesem Heim hier verbinden. Und dass wir Erzieher dabei an vorderster Stelle stehen, sollte jedem klar sein. Vielleicht wurde der Täter gerade aus dem Gefängnis entlassen, wo er viele Jahre Zeit hatte, in seinem Kopf ein Szenario aufzubauen, dessen Mittelpunkt seine Zeit hier in Wabern ist. Und der den armen Dieter Bauer zum Schuldigen für all seine Probleme gemacht hat.«

»Wieder eine gewagte These«, konterte Hain.

»Sicher, für den, der damals nicht dabei war, junger Mann. Wer allerdings zu jener Zeit hier Dienst geschoben hat, für den ist diese These alles andere als gewagt.«

»Haben Sie noch Kontakt zu ehemaligen Heimbewohnern aus dieser Zeit?«

Sie lachte laut auf. »Nein, Gott bewahre.«

»Gibt es jemanden«, wollte Lenz wissen, »der Ihnen als besonders bedrohlich oder gewalttätig in Erinnerung geblieben ist?«

Erika Schäfer atmete schwer ein und wieder aus, sodass sich ihre flache Brust deutlich sichtbar anhob und absenkte. »Natürlich gibt es einige Ehemalige, bei deren bloßem Gedenken selbst mir ganz anders wird. Aber jetzt einen zu benennen, dem ich einen Mord zutraue, das würde zu weit gehen. Ich weiß, dass der eine oder andere sich nach seiner Entlassung aus dem Karlshof in der Gegend niedergelassen hat, aber auch das will nichts heißen.«

Lenz beugte sich in seinem Stuhl nach vorne und entlastete seine vom Sitzen mittlerweile schmerzende Wirbelsäule.

»Nur um ein ungefähres Bild zu erhalten, Frau Schäfer: Von wie vielen Personen sprechen wir hier? Und sind es ausschließlich Jungs gewesen, die Sie und Ihr Kollege Bauer damals zu betreuen hatten?«

Sie dachte ein paar Sekunden nach. »Die genaue Zahl kann ich Ihnen natürlich nicht sagen, aber hochgerechnet sollten es zwischen 150 und 200 Personen sein. Alle männlich übrigens, die Mädchengruppe war in einem anderen Teil der Anlage untergebracht.«

»Und zu der hatte Herr Bauer auch keinen Kontakt?«

»Nein, nie.«

Der Hauptkommissar kratzte sich hörbar in seinem unrasierten Gesicht. »Ich muss noch einmal auf Ihre Freundschaft zu Frau Bauer zurückkommen. Bitte erzählen Sie uns doch etwas mehr darüber, was Sie beide auseinanderdividiert hat.«

Erika Schäfer beugte sich nach vorne, sah den Polizisten an, als wolle sie ihn mit ihrem Blick rösten, und faltete die Hände erneut vor der Brust. »Ich könnte jetzt sagen, dass ich nicht darüber sprechen möchte. Oder ich könnte Ihnen erklären, dass ich den Grund unseres Zerwürfnisses vergessen oder verdrängt habe, aber das möchte ich alles nicht. Ich sage Ihnen frei heraus, dass es Sie einfach nichts angeht.« Ihre Augen funkelten, während sie weitersprach. »Es tut mir nicht leid, dass sie so elendig gestorben ist, genauso wie ich es nicht bedauere, dass ihr Mann umgebracht wurde. Wir hatten unsere Zeit, eine schöne Zeit, aber das ist lange vorbei. Nennen Sie mich hartherzig oder arrogant oder was immer Sie möchten, es ist mir egal.«

Lenz schluckte.

»Und wo wir gerade dabei sind, meine Herren: Ich war gestern Abend zu Hause, allein. Bezeugen könnte das höchstens meine Katze, aber wie wir wissen, kommt sie als Zeugin leider nicht infrage.«

»Wohnen Sie hier im Ort?«

»Nein, ich bin vor ein paar Jahren nach Kassel gezogen.«

»Dann wären ja alle unsere Fragen zu unserer vollsten Zufriedenheit beantwortet«, entgegnete Lenz süffisant, stand auf und hielt der Frau die rechte Hand hin. Sie griff danach und erwiderte seinen Händedruck mit einer Kraft, die der Hauptkommissar ihr nicht zugetraut hätte.

Während die Tür hinter ihnen ins Schloss fiel, gingen Lenz und Hain langsam nebeneinander die Treppe hinunter.

»Wow«, machte der Oberkommissar, »das war doch mal eine Zeugenvernehmung.«

»Da hast du recht«, bestätigte Lenz, »aber lass uns das später besprechen. Jetzt möchte ich gern noch einmal kurz mit Herrn Pander reden.«

Sie fanden den Sozialpädagogen in seinem Büro, zu dem sie von einem netten jungen Mädchen geführt wurden, die offensichtlich eine Heimbewohnerin war.

»Herr Pander, wir hätten noch ein paar Fragen an Sie«, begann Lenz.

»Wenn ich Ihnen helfen kann, gern.« Der Pädagoge grinste verschmitzt. »Sie ist ein wenig … schwierig, unsere Frau Schäfer, nicht wahr?«

»Na ja«, gab Lenz zurück. »Wie man es nimmt. Sie konnte uns schon ein wenig weiterhelfen. Allerdings gibt es ein paar Dinge, nach denen wir lieber Sie fragen würden.«

»So? Was denn?«

»Wir hätten gern alle Namen von denjenigen Heimbewohnern, die der Erzieher Dieter Bauer betreut hat.«

Pander verschränkte die Arme hinter dem Kopf. »Der arme Kerl. Ich habe, während Sie oben waren, mal ein bisschen im Internet recherchiert. Wenn es stimmt, was man da lesen kann, ist er ziemlich übel zugerichtet worden.«

»Das ist richtig.«

»Und Sie meinen, dass es einer von den Jungs war, die er hier betreut hat?«

»Nein, das meinen wir noch überhaupt nicht. Aber natürlich ist es ein möglicher Zusammenhang, dem wir nachgehen müssen.«

»Das verstehe ich.«

»Und, können Sie uns dabei helfen?«

»Nein, so leid es mir tut, das kann ich nicht. Die Daten werden in der Hauptverwaltung in Kassel aufbewahrt. Dort gibt es einen Spezialisten, den wir auch immer anrufen, wenn wir eine Frage zu einem ehemaligen Heimbewohner oder einer Heimbewohnerin haben.«

Hain zückte seinen Notizblock.

»Sein Name ist Witsch«, erklärte Pander. »Er hat bestimmt auch einen Vornamen, aber den kenne ich nicht.«

Der Notizblock fuhr zurück in die Jackentasche. »Ach, der Herr Witsch«, schluckte Lenz.

»Kennen Sie ihn?«

»Na, kennen wäre zu viel …«

»Wir hatten, bevor wir hierher gefahren sind, ein Gespräch mit ihm«, wurde der Hauptkommissar von seinem Mitarbeiter unterbrochen. »Ein sehr kompetenter und zuvorkommender Mensch, der Herr Witsch.«

Lenz schloss die Augen und machte eine kleine Atemübung. »Ja, sehr nett«, stimmte er leise zu.

»Ich kenne ihn nur vom Telefon«, fuhr Pander fort, »aber bis jetzt konnte er mir auf alle Fragen, die ich ihm gestellt habe, eine Antwort geben. Der Ruf, der ihm im LWV vorauseilt, ist geradezu legendär.«

»Das glaube ich gern«, murmelte Lenz.

Der Regen und die Wolken hatten sich vollständig verzogen. Übriggeblieben vom Regenguss vor nicht einmal einer Stunde war nur das nasse Gras im Schatten der Bäume, die den Park säumten. Lenz und sein Kollege gingen auf den kleinen Mazda zu, doch bevor Hain den Knopf für den Türöffner drücken konnte, deutete der Hauptkommissar auf den Gebäuderiegel quer über den Platz.

»Komm, lass uns rübergehen. Ich will mir das mal anschauen.«

Hain sah ihn verwirrt an. »Aber der Bauer ist seit mehr als zehn Jahren nicht mehr im Dienst. Was willst du da drüben denn sehen?«

Lenz zuckte mit den Schultern. »Ich will einfach wissen, wovon wir reden«, murmelte er.

Sie gingen um die Wiese herum, verließen die Straße und betraten den Plattenweg, der zwischen den beiden ›Pavillons‹ lag. Über eine kleine Treppe erreichten sie den Eingang und betraten das Haus. Vor ihnen lag der von einer Milchglastür abgetrennte Eingang zum ebenerdigen Stockwerk, links davon ging eine Treppe nach oben. Hain drückte auf die Klinke der Tür, doch sie war verschlossen.

»Also, ab nach oben«, erklärte er seinem Chef vergnügt und hatte auch schon die ersten Stufen der Treppe erklommen.

Die Tür zum oberen Stockwerk stand offen. Die beiden Kommissare traten in den Flur und sahen sich um. Irgendwo aus dem hinteren Teil des Gebäudes dudelte Musik.

»Hallo, jemand hier?«, rief Hain laut, bekam jedoch keine Antwort.

»Hallo«, versuchte er es erneut.

Nun hörten sie das Verschieben eines Stuhles und Schritte. Links von ihnen wurde eine Tür geöffnet.

»Ja, bitte, was kann ich für Sie tun?«, fragte eine etwa 35-jährige Frau in Jeans und heller, weiter Bluse. Sie hatte ein freundliches Gesicht und lange blonde, gelockte Haare, die zu einem Pferdeschwanz gebunden waren.

Die Polizisten hielten ihre Dienstausweise hoch. »Wir sind von der Kriminalpolizei Kassel und würden uns hier gern ein wenig umsehen, Frau …?«

»Von Bissingen. Vera von Bissingen. Es muss ja was ganz Schlimmes passiert sein, wenn die Kripo hier auftaucht. Das hatten wir schon lange nicht mehr.«

»Wir sind hier, weil ein ehemaliger Mitarbeiter des Karlshofs das Opfer eines Tötungsdeliktes geworden ist. Und nach unseren Informationen hat er bis zu seiner Pensionierung hier in diesem Gebäude gearbeitet.«

Die Frau hob den Kopf und sah von einem Kripomann zum anderen. »Jemand wurde ermordet?«

Hain nickte. »Vermutlich, ja.«

»Wer?«

»Dieter Bauer.«

»Der alte Bauer? Na, das wundert mich nicht.«

»Kannten Sie ihn?«

»Natürlich. Er war in meinem ersten Jahr hier mein Gruppenleiter. Dann wurde er in Rente geschickt. Glücklicherweise, wie ich betonen möchte.«

Lenz sah an der Frau vorbei. In ihrem Rücken war die Einrichtung eines Büros zu erkennen.

»Können wir uns vielleicht in Ihrem Büro weiter unterhalten, Frau von Bissingen?«, fragte er freundlich.

Sie nickte, drehte sich um, ging zurück in den Raum und bot den beiden einen Platz vor ihrem Schreibtisch an.

»Wenn ich Sie richtig verstehe, haben Sie sich mit Herrn Bauer nicht sehr gut verstanden«, fuhr Lenz fort, nachdem er sich gesetzt hatte.

Sie winkte ab. »Ach, das ist doch alles schon so lange her, dass es eigentlich gar nicht mehr wahr ist.«

»Aber Sie können sich an ihn erinnern?«

»Selbstverständlich, ja. Außerdem ist er immer mal wieder hier aufgetaucht, um uns mit seinen gut gemeinten Ratschlägen zu versorgen.«

»Interessant«, mischte Hain sich ein. »Wann zuletzt?«

»Das weiß ich nicht mehr genau. Letztes Jahr im Sommer irgendwann. Oder im Frühsommer.«

»Aber Sie haben sich darüber nicht gefreut, entnehme ich Ihren Worten?«

»Der Mann war seit knapp zehn Jahren draußen. Die Methoden und Umgangsformen hatten sich schon zu seiner aktiven Zeit mächtig verändert, ohne dass er davon etwas mitbekommen hätte, aber diese Spanne ist in der Pädagogik eine Ewigkeit. Wir brauchten ihn nicht, und ehrlicherweise muss ich zugeben, dass wir ihn hier lieber von hinten als von vorne gesehen haben. Er und seine Gedanken stammen einfach aus einer anderen Epoche.«

»Wie würden Sie denn die Zeit beschreiben, aus der Herr Bauer stammte?«, forschte der Oberkommissar weiter.

Sie rutschte ein wenig auf ihrem Stuhl hin und her. »Autoritär, unreflektiert und in keinster Weise den Bedürfnissen der Heimbewohner angepasst.«

»Eine Kollegin von Ihnen hat es so definiert, dass es ausreichend war, wenn die Zöglinge die Einrichtung als ›anständige Menschen‹ verlassen haben.«

Vera von Bissingen sah den Polizisten angewidert an. »Aha«, machte sie dann. »Als ›anständige Menschen‹. Das kann nur jemand gesagt haben, der mit Herrn Bauer auf einer Wellenlänge gesurft ist, und da fällt mir nur eine Kollegin ein. Zum Glück hat diese Dame nichts mehr mit den Bewohnern direkt zu tun.«

»Nehmen Sie es ihr nicht übel. Wir leben eben alle in

unseren Konventionen und Erfahrungen«, brach Lenz eine Lanze für Erika Schäfer.

»Aber nicht, wenn davon der Werdegang von jungen Menschen betroffen ist, die etwas Besseres verdient hätten als Verwahrung und Unterdrückung.«

»Und das war damals so?«, hakte der Hauptkommissar nach.

»Durchaus, ja.«

Das Telefon auf ihrem Schreibtisch gab eine leise Melodie von sich. Sie griff nach dem Hörer und meldete sich.

»Ja, ich komme«, ließ sie den Anrufer wissen und sah dabei auf die Uhr. »Bin in einer Minute drüben.« Damit legte sie den Telefonhörer zurück und sah die Kripobeamten entschuldigend an. »Tut mir leid, aber ich habe jetzt einen Termin. Wenn Sie noch Fragen haben, melden Sie sich einfach bei mir.« Sie griff in ihre Handtasche und legte den Polizisten eine Visitenkarte auf den Tisch. Hain griff danach und steckte den kleinen Karton in die Innentasche seines Sakkos.

»Trotzdem vielen Dank, Frau von Bissingen«, erklärte Lenz der Frau zum Abschied.

8

»Beliebt klingt ja anders«, teilte Hain seine Gedanken mit Lenz, während er das Dach des Mazdas öffnete und den Motor startete.

»Und irgendwie …«, wollte der Hauptkommissar den Satz seines Kollegen weiterführen, wurde jedoch vom Klingeln des Mobiltelefons in seiner Jacke unterbrochen. Hain sah zu ihm hinüber und drehte den Autoschlüssel zurück in die Nullstellung, sodass der Motor wieder abstarb.

»Lenz.«

»Ja, hallo, Herr Lenz. Peters hier, Werner Peters. Störe ich Sie gerade?«

Du störst immer, dachte der Polizist und verzog das Gesicht bei dem Gedanken an den Journalisten der Lokalzeitung.

»Nicht direkt«, murmelte er. »Was kann ich denn für Sie tun, Herr Peters?«

»Ja«, erwiderte der Reporter nach einer kurzen Pause, »die Sache ist ziemlich pikant, und ich bin mir nicht sicher, ob ich Sie so einfach dazu befragen kann.«

Wenn du es nicht weißt, dachte Lenz. »Worum geht es denn, Herr Peters?«

»Mir wurden«, antwortete der Schreiberling nach einer weiteren kurzen Pause, »vertrauliche Informationen zugespielt, die sich um Ihre und die Person der Frau des Oberbürgermeisters drehen.«

Wieder eine Pause, diesmal etwas länger.

»Und?«, fragte Lenz schnippisch.

»Na ja, mein Informant behauptet, dass Sie und die Frau des OB …«

»Ja, Herr Peters?«

»Nun lassen Sie mich doch nicht so zappeln, Herr Lenz. Stimmt es, dass Sie und Frau Zeislinger ein … dass Sie … ich meine …«

Lenz warf Hain einen belustigten Blick zu. »So wird das nichts, Herr Peters«, erklärte er dem Anrufer ruhig. »Solange Sie es nicht schaffen, mit Hilfe einer vernünftigen Technik klar formulierte und logisch aufgebaute Fragen zu formulieren, kann ich Ihnen beim besten Willen keine Auskünfte erteilen.«

Er deckte für einen Moment das Mikrofon des Telefons ab, weil er loslachen musste. »Also, wir machen das jetzt mal so: Sie üben ein bisschen, vielleicht mit ein paar Kollegen zusammen, wie man einen potenziellen Informanten ausfragt. Aber zuerst müssen Sie sich überlegen, was Sie eigentlich fragen wollen. Wenn das alles geklappt hat, können Sie mich gern wieder anrufen. Aber nicht vorher, versprochen?«

Wieder eine Pause.

»Ja …, nein …, Herr Kommissar … Ich weiß doch ganz genau, was ich Sie …«

»Das klang aber gerade ganz anders, Herr Peters. Amateurhaft irgendwie, um nicht zu sagen stümperhaft. Wie gesagt, üben Sie ein wenig, vielleicht helfen ja Rollenspiele mit den Kollegen, und dann versuchen Sie es noch einmal.«

Ohne eine Antwort abzuwarten, drückte Lenz die rote Taste und steckte das Gerät zurück in die Jacke.

»Peters, der Schmierfink?«, wollte Hain mit angewidertem Gesichtsausdruck wissen.

»Genau der«, bestätigte Lenz. »Es scheint sich bereits zur Lokalpresse herumgesprochen zu haben, wer letzte Nacht in meinem Bett gelegen hat.«

»Was willst du …?«

Wieder klingelte Lenz' Telefon. Der Hauptkommissar griff danach.

»Ja, Lenz«, meldete er sich erneut, diesmal mit deutlich genervtem Ausdruck in der Stimme.

»Herr Lenz, hier ist noch mal Peters, bitte legen Sie nicht gleich wieder auf. Ich habe wirklich nur ein paar kurze Fragen an Sie, aber die sind, wie gesagt, sehr privater Natur.«

»Dann fragen Sie doch, Herr Peters.«

Der Journalist schien kurze Pausen zu mögen, denn er machte wieder eine.

»Stimmt es, dass Sie und die Frau von Oberbürgermeister Zeislinger ein Paar sind?«

»Warum wollen Sie das denn wissen, Herr Peters?«

»Nun, das interessiert unsere Leser, meine ich.«

»Verstehe ich nicht. Was ist denn so interessant daran?«

»Na ja, Sie und die Frau des OB? Das wäre schon eine Sensation in unserem beschaulichen Kassel.«

»Für wen?«

»Für unsere Leser, das sagte ich doch.«

»Das wiederum glaube ich nicht, Peters.«

»Wie? Warum?«

»Weil es niemanden zu interessieren hat, ganz einfach. Was ich in meiner Freizeit mache, und mit wem ich sie verbringe, ist ganz allein meine Sache. Und darüber will ich auch nichts in der Zeitung lesen. Haben Sie das verstanden?«

Die obligatorische Pause.

»Ja, schon, aber ganz so einfach, wie Sie sich das denken, geht das nicht. Wir haben immerhin den Auftrag, die Bevölkerung darüber zu informieren, was wichtig ist.«

»Und Sie meinen, das sei wichtig?«

»Durchaus.«

»Dann schreiben Sie halt darüber. Aber versichern Sie sich, dass alles, was dann in der Zeitung zu lesen ist, auch wasserdicht ist. Oder am besten kugelsicher. Weil, wie ich schon erwähnte, ich nichts über mein Privatleben in der Zeitung lesen möchte. Und wenn dann Dinge drinstehen, die Sie nicht belegen können, kann das ziemlich unangenehm werden für Sie.«

»Sie wollen mir drohen?«, echauffierte Peters sich.

»Gar nichts will ich«, schnauzte Lenz seinen Gesprächspartner an. »Ich will Sie nur vor einer großen Dummheit bewahren. Und ich bitte Sie, mich nicht mehr mit Fragen nach meinem Privatleben zu nerven, weil ich Ihnen ohnehin nichts dazu sagen werde. Verstanden?«

»Ja, ja, das habe ich schon verstanden. Aber ich muss Ihnen sicher nicht erklären, dass Sie sich durch diese Haltung keine Freunde machen, Herr Lenz. Ganz sicher nicht.«

Der Kommissar atmete tief durch. »Wenn ich Freunde brauche, Herr Peters, gehe ich mit einer großen Packung Futter in den Streichelzoo. Sie glauben gar nicht, wie schnell man dort Freundschaften schließt.«

Damit beendete er das Gespräch.

»Wow«, sah Hain ihn bewundernd an. »Dieser Satz ist ja was für die Geschichtsbücher.«

»Welchen meinst du?«, fragte Lenz grinsend zurück.

»Na, den mit dem Streichelzoo. ›Wenn ich Freunde brauche‹. Stark, echt stark.«

»Ja, da bin ich auch richtig stolz drauf. Klang doch gut, nicht?«

»Ja, sag ich doch. Aber die eigentliche Frage ist leider, wie du weiterhin mit diesem Problem umgehen willst.« Der junge Oberkommissar startete erneut den Motor und legte den Rückwärtsgang ein. »Die Medienfuzzis werden sich mit Verve auf dich und deine Maria stürzen, davon kannst du ganz verschärft ausgehen«, setzte er hinzu, während er den Mazda wendete und das Gelände verließ.

»Das mag am Anfang alles noch erträglich erscheinen, aber mit der Zeit könnte es dir ganz schön auf die Nerven gehen. Und weil ich weiß, dass deine Zündschnur in Bezug auf die Schmierfinken unserer Lokalpresse ziemlich kurz bis überhaupt nicht vorhanden ist, gehe ich sogar davon aus, dass es dich gewaltig gallig machen wird.«

»Hm«, machte Lenz. »Darüber will ich mir jetzt und hier lieber keine Gedanken machen, Thilo. Ich glaube zwar, dass du recht hast, aber wie soll ich jetzt damit umgehen? Ich bin nur Passagier auf dieser Fahrt, weil Erich Zeislinger der Busfahrer ist.«

Hain hielt vor einer geschlossenen Bahnschranke und sah seinen Boss fragend an.

»Na ja, Maria und ich würden einfach zusammenziehen und glücklich bis ans Ende unserer Tage leben. Leider ist das ganz und gar nicht im Interesse ihres Nochehemannes, unseres heiß geliebten OB, weil der sie nämlich wiederhaben will. Also, was kann ich anderes tun, als auf seine Aktionen zu reagieren?«

Sein Kollege dachte kurz nach. »Ganz akut zum Beispiel könntest du dir deinen Resturlaub nehmen und mit ihr ein paar Wochen verduften. Damit wärt ihr zumindest für den Moment aus der direkten Schusslinie.«

»Darüber hab ich auch schon nachgedacht«, stimmte Lenz ihm indirekt zu. »Aber ein bisschen feige wäre das schon, oder? Außerdem«, fuhr der Hauptkommissar fort, »an dem Tag, an dem wir zurückkämen, ginge das ganze Theater doch von vorne los. In Kassel passiert leider nicht genug, um Maria und mich nach einer oder zwei Wochen vergessen zu haben. Und außerdem würden wir dann irgendwo hocken und hätten keine Möglichkeit, auf Zeislingers Aktionen zu reagieren.«

»Auch wieder wahr.«

Lenz sah auf die Uhr in der Mittelkonsole. »Und jetzt lass uns nach Kassel fahren, vielleicht erwischst du Herrn

Witsch noch, bevor er in seinen wohlverdienten Feierabend abhaut.«

»Warte, warte«, bremste Hain den Elan seines Chefs, »im Mittelteil bin ich nicht ganz mitgekommen. Meinst du damit, dass ich allein zu diesem Irren gehen soll?«

»Genau das meine ich«, bestätigte Lenz.

»Und diesen Gedanken kannst du dir genauso schnell wieder abschminken, wie er dir gekommen ist«, widersprach der Oberkommissar. »Entweder wir halten den zusammen aus oder gar nicht. Zumindest nicht heute. Und damit basta.«

Um genau 16.30 Uhr betraten die Kommissare erneut das Gebäude des LWV in Kassel. Die Theke im Erdgeschoss war nicht mehr besetzt, also stiegen sie die Treppen hinauf und standen ein paar Sekunden später vor Witschs Bürotür. Hain klopfte vorsichtig an.

»Herein«, dröhnte es fröhlich von innen.

Die beiden sahen sich kurz an, verzogen die Gesichter, und traten ein. Witsch saß in der gleichen Haltung hinter seinem Schreibtisch, in der sie ihn ein paar Stunden zuvor verlassen hatten.

»Die Herren Polizisten«, begrüßte er die Beamten eine Spur zu heiter.

»Hallo, Herr Witsch«, erwiderte Lenz höflich. »Wir hätten noch ein Anliegen an Sie.«

Der dicke Mann, dessen ohnehin rote Gesichtsfarbe sich ein paar Nuancen ins Bordeauxfarbene abgetönt hatte, fing an zu grinsen. »Aber gern, kommen Sie nur herein«, forderte er die beiden mit schwerer Zunge auf. Lenz und Hain sahen sich unauffällig an. Kein Zweifel, Witsch war sternhagelvoll.

»Wir können auch morgen früh wiederkommen, Herr …«

»Ach was, so jung wie heute kommen wir doch nie mehr zusammen. Also, rein mit Ihnen.«

Wieder sah Hain zu seinem Kollegen. Dessen flehender Blick drückte aus, dass er keine Lust auf diese Vorführung hatte.

»Es geht immer noch um den Tod von Herrn Bauer«, übernahm Hain die Gesprächsführung und ging ein paar Schritte auf den Schreibtisch zu. Lenz folgte ihm langsam und widerstrebend.

»Ja? Dann haben Sie also den Mörder noch nicht gefasst?«, konstatierte der Sachbearbeiter.

»Nein, so schnell geht das leider nicht«, entgegnete der Oberkommissar. »Und deshalb wenden wir uns noch einmal an Sie, Herr Witsch. Wir bräuchten eine Liste aller Heimbewohner, mit denen Herr Bauer während seiner Zeit im Karlshof zu tun hatte.«

Witsch riss die Augen auf. »Alle?«, lallte er. »Das geht nicht.«

»Warum nicht?«, wollte Lenz wissen.

»Weil das Hunderte sind. Oder Tausende, ich weiß nicht. Im Karlshof waren ja, je nach Belegung, durchweg immer zwischen 90 und 100 Zöglinge untergebracht.«

»Nein, nein, Herr Witsch, nicht von allen. Wir bräuchten zunächst nur die Namen derjenigen, mit denen Herr Bauer direkt zu tun hatte. Die auf der Gruppe untergebracht waren, wo er die Leitung hatte.«

»Ach so«, gab Witsch erleichtert zurück. »Aber das geht auch nicht.«

Lenz sah sich in dem vollgestellten Büro um. Irgendwo muss es hier eine versteckte Kamera geben, die das Ganze aufnimmt, dachte er. Und am Samstag im Abendprogramm sind Thilo Hain und Paul Lenz dann für eine Viertelstunde die Deppen der Nation.

»Und warum geht das nicht?«, erkundigte sich Hain.

Der Mann vom LWV schüttelte den Kopf. »Weil wir dafür wissen müssten, auf welcher Gruppe er gewesen ist. Wissen Sie, die Gruppe, das ist das Wichtige.«

»Pavillon zwei«, warf Lenz ein. Er war Gruppenleiter im Pavillon zwei.«

»Soso«, murmelte Witsch, »Pavillon zwei.« Er sah den Polizisten streng an. »Und da sind Sie ganz sicher?«

»Absolut«, bestätigte der Hauptkommissar.

»Kein Zweifel möglich?«

»Kein Zweifel möglich.«

»Dann geht es doch. Vielleicht.«

»Wie lange würde es denn etwa dauern, die Daten herauszusuchen?«

»Oh, das kann dauern. Ich …« Er stockte und winkte die beiden Ermittler mit einer Handbewegung zu sich heran. Seine Fahne war abenteuerlich. »Ich muss mir nämlich erst Zugriff auf einen Server verschaffen, auf dem ich eigentlich gar nichts zu suchen habe«, eröffnete er den Beamten grinsend und legte dabei den rechten Zeigefinger vor die Lippen. »Aber pst.«

»Versprochen, von uns erfährt keiner etwas, Herr Witsch«, beruhigte Hain den Mann. »Aber wann können wir mit den Daten rechnen?«

Der Sachbearbeiter ließ sich in seinen alten, wackligen Bürostuhl zurückfallen und machte eine Grimasse. »Morgen.«

»Wann morgen?«

»Nicht vor zehn und nicht nach halb elf«, versuchte Witsch einen Scherz, über den er selbst herzhaft lachen musste.

»Dann sind wir morgen um viertel nach zehn bei Ihnen«, erklärte Lenz aus dem Hintergrund und nahm Kurs auf die Tür.

»Moment«, tönte es in seinem Rücken. Der Kommissar blieb stehen und drehte sich um.

»Sie wissen, dass diese Aktion gegen den Datenschutz verstößt, meine Herren?«

Wieder tauschten die Kripobeamten einen Blick aus.

»Wirklich?«, tat Hain überrascht. »Aber wir sind doch von der Polizei, Herr Witsch. Da kann ja nichts passieren, oder?«

Der LWV-Mann dachte einen Augenblick nach. »Das stimmt. Dann will ich mal nicht so sein.«

»Vielen Dank. Und bis morgen.« Damit waren die beiden auch schon aus dem Büro geflüchtet.

»Mein Gott«, stöhnte Lenz auf der Treppe.

»Altersalkoholismus ist eine böse Sache«, fasste Hain auf dem Weg zum Wagen den Besuch bei Herrn Witsch zusammen. »Speziell, wenn er so in der Öffentlichkeit ausgelebt wird.«

Lenz nickte. »Und ich frage mich, wie dieser total zugedröhnte Typ es schaffen will, bis morgen an die Namen der ganzen Heimkinder von damals zu kommen?«

»Tja, da müssen wir uns überraschen lassen. Außerdem sollten wir nicht übersehen, dass wir uns bis jetzt nur um diese Pseudospur so intensiv kümmern, weil sich keine andere anbietet. Vielleicht ist am Ende gar nichts dran an dieser Heimkindergeschichte.«

Ein paar Minuten später drängten sich die beiden Kommissare durch die hintere Eingangstür zum Präsidium und steuerten die Treppe an. Kurz bevor sie das Büro des Hauptkommissars erreicht hatten, klingelte Hains Telefon.

»Ja, Hain«, meldete er sich im Gehen.

»Ich bin's, RW. Wo steckt ihr?«

Der Oberkommissar gab Lenz einen Wink, ließ die Tür

zu seinem Büro rechts liegen und stürmte in Rolf-Werner Gecks' Zimmer.

»Hier«, antwortete Hain, grinste den verdutzt mit dem Telefon in der Hand dasitzenden Hauptkommissar an und steckte das Telefon zurück in die Sakkotasche. »Was gibt's denn?«

»Blödmann«, murmelte Gecks nach einer Schrecksekunde.

»Hallo, RW«, begrüßte Lenz, der sich ebenfalls ins Zimmer geschoben hatte, seinen Kollegen. »Hast du was für uns?«

»Und ob. Wir haben eine neue Leiche.«

Lenz sah den Kollegen mit versteinerter Miene an. Vor seinem geistigen Auge verpuffte gerade sein gemütlicher Abend auf der Couch mit Maria.

»Das ist doch scheiße.« Er sah genervt auf die Uhr. »Viertel nach fünf. So ein verdammter Mist.«

»Das ist aber noch nicht alles«, machte Gecks einen auf geheimnisvoll.

»Was denn noch? Liegt sie seit einem halben Jahr im Wasser?«

Wasserleichen waren in keinem Kriminalkommissariat der Welt beliebt. Und je länger ein toter Mensch im Nassen gelegen hatte, desto unappetitlicher war sein Anblick.

»Nein, wenigstens dahingehend kann ich dich beruhigen«, erklärte Gecks sachlich. »Es ist eine Frau. Sie wurde in ihrer Wohnung gefunden.«

»Fremdverschulden?«

»Definitiv, ja.«

Hain trat vor den Schreibtisch seines Kollegen, beugte sich zu Gecks hinab und sah ihn ernst an.

»Nun mach doch nicht so ein Geheimnis aus der Geschichte, RW. Erzähl, was du weißt, dann können wir sehen, wie wir damit umgehen.«

Für den Bruchteil einer Sekunde hatte Lenz die Befürchtung, dass Erich Zeislinger Maria etwas angetan haben könnte. Aber noch bevor der Gedanke in seinem Gehirn breiteren Raum einnehmen konnte, klärte Gecks ihn und Hain über die näheren Umstände des Todesfalles auf.

»Sie heißt …«, er griff nach seinem Notizblock auf dem Schreibtisch, »… Ruth Liebusch. Geboren am 22.11.1949 in Gütersloh.«

»Und?«, feixte Hain. »Sollte man die Frau kennen?«

»Das weiß ich nicht, ob man sie kennen sollte. Mir jedenfalls hat ihr Name nichts gesagt. Was mich aber stutzig gemacht hat, ist ihr Beruf. Sie ist nämlich Erzieherin gewesen.«

»Erzieherin?«, fragten Lenz und Hain wie aus einer Kehle zurück.

»Ja, Erzieherin.«

»In diesem Karlshof? In Wabern?«

»Das, Männer, werdet ihr sicher herausfinden, wenn ihr euch zum Tatort begebt. Die Spurensicherung ist verständigt, der Doc sollte auch auf dem Weg sein. Also, raus mit euch.«

9

Ruth Liebusch hatte in einer Seitenstraße der Wilhelmshöher Allee gelebt. Hain parkte etwa 100 Meter entfernt. Lenz stieg aus und gab seinem Kollegen zu verstehen, dass er schon vorgehen solle. Dann griff er zum Telefon und wählte Marias Nummer.

»Hallo, Paul«, meldete sie sich. »Bist du auf dem Heimweg?«

Der Hauptkommissar schluckte. »Nein, leider noch nicht. Ich muss mich noch um eine Sache kümmern, dann komme ich. Aber es kann noch eine Weile dauern.«

»Geht es um die Frau in der Kunoldstraße?«

»Ja«, bestätigte er erstaunt. »Woher weißt du davon?«

»Ich höre schon den ganzen Tag Radio FFH. Die haben eben darüber berichtet.«

Lenz sah sich um. Auf der anderen Straßenseite erkannte er einen der grünen Wagen des Senders. Davor stand die regionale Studioleiterin des Senders mit einem Mikrofon in der Hand.

»Ja, das kann sein. Auf jeden Fall tut es mir leid, dass ich nicht halbwegs pünktlich zu Hause sein kann.«

»Das macht ganz ehrlich nichts, Paul. Ich hab den ganzen Tag zu tun gehabt und bin eigentlich ganz froh, dass du dir noch ein bisschen Zeit lässt. Hier sieht es nämlich aus wie Kraut und Rüben.«

Dem Polizisten lagen ein paar Fragen dazu auf der Zunge, doch er würgte sie hinunter. »Also, ich muss Schluss machen. Soll ich irgendwas mitbringen, wenn ich nach Hause komme?«

»Nein, das brauchst du nicht. Ich habe den Kühlschrank gefüllt und auch die Tiefkühltruhe. Ruf einfach an, wenn du absehen kannst, dass du fertig bist, dann mache ich uns eine Kleinigkeit zu essen.«

Lenz hätte weinen können vor Freude. »Das ist unglaublich schön, Maria. Ich melde mich, sobald ich etwas abschätzen kann, aber wie gesagt, es kann noch dauern.«

»Ich warte und freue mich auf dich. Bis später.«

»Moment, Maria.« Der Kommissar lauschte, weil er dachte, sie hätte das Gespräch schon beendet.

»Ja, was gibt es noch, Herr Kommissar?«

»Hast du heute noch was von deinem Mann gehört?«

»Klar. Außerdem haben zwei Freunde von ihm bei mir angerufen und der Herr Polizeipräsident. Und nicht zu vergessen die Presse.«

»Bartholdy hat bei dir angerufen?«

»Ja. Es hat mich auch gewundert, weil ich mit dem eigentlich nie so richtig warm geworden bin, aber wie es aussieht, lässt Erich nichts unversucht, um mich aus deinen bösen Krakenarmen herauszulösen.«

»Und, willst du das?«

Sie lachte kurz auf. »Ich liebe dich, Paul. Und ich will mit dir alt werden. Da sollten wir diese Störfeuer doch gut aussitzen können, was meinst du?«

Wieder machte sein Herz einen Freudensprung. »Diese Störfeuer könnten aber ganz schön heiß werden.«

»Und wenn? In einem Vierteljahr redet niemand mehr von uns oder über uns. Ich wette, Erich hat bis dahin eine Neue, die viel jünger und schöner ist als ich.«

»Jünger als du, das könnte klappen. Aber schöner ist unmöglich.«

»Schwätzer. Und jetzt geh wieder an die Arbeit, damit ich nicht mehr ganz so lange auf dich warten muss. Ich habe nämlich einen Bärenhunger.«

»Ich tue was ich kann. Bis später.«

»Ja, bis später.«

»Alles klar?«, wurde der Hauptkommissar von Hain empfangen, der mit seinem Notizblock in der Hand vor der Tür des Hauses stand und sich mit einem Uniformierten unterhalten hatte.

»Ja, alles paletti.«

Der Oberkommissar blätterte eine Seite zurück. »Das hier ist eine ganz merkwürdige Sache«, begann er. »Der Radiosender FFH hat vor einer knappen Stunde eine Mail gekriegt, dass hier im Haus die Leiche einer Frau liegen soll, inklusive der genauen Daten. Connie Strack, die Reporterin, die da drüben mit dem Mikro in der Hand vor dem Auto steht, hat die Sache sofort bei uns gemeldet und ist gleichzeitig mit den Streifenwagen hier eingetroffen. Zuerst hielten alle Beteiligten es für ein Fake, aber nachdem die Kollegen Blutspuren vor der Wohnung entdeckt hatten, war es damit vorbei. Sie haben die Tür aufgebrochen und die Leiche gefunden.«

»Läuft die Anfrage wegen der IP-Adresse bei der Staatsanwaltschaft schon?«

»Habe ich veranlasst.«

»Und?«

»Was und?«

»Das ist alles?«

Hain sah seinen Chef missmutig an. »Es tut mir leid, dass ich den Fall nicht lösen konnte, während du sicher ganz wichtige Privattelefonate geführt hast. Also ehrlich.« Damit drehte der Oberkommissar sich um und verschwand im Hausflur.

»Warte, Thilo«, rief Lenz ihm hinterher. »Warte bitte. Ich hab's nicht so gemeint.«

Hain blieb stehen und sah über die Schulter zurück. »Wenn du es nicht so meinst, dann sag es halt auch nicht so.« Er war offensichtlich ernsthaft angefressen. Lenz trat mit zerknirschtem Gesichtsausdruck neben ihn.

»Es tut mir leid. Im Moment ist meine Zündschnur, wie du richtig erkannt hast, kaum vorhanden.« Er sah sich kurz in alle Richtungen um, doch es war niemand in unmittelbarer Nähe.

»Die Sache mit Maria nimmt mich doch mehr mit, als ich gedacht hab. Also, sei nicht angepisst, bitte.«

Hain sah ihm in die Augen und klopfte ihm auf die Schulter. »Schon vergessen. Und nun lass uns nicht weiter sentimentalisieren, sondern da hochgehen und uns die Tote anschauen.«

Die Tote, wie Hain sie nannte, hatte in einer großen Wohnung im dritten Stock des gepflegt wirkenden Altbaus gelebt. Vor der Tür stand ein Uniformierter, der die Kripobeamten kurz grüßte und einen Schritt zur Seite ging. Dabei wies er auf die Blutflecken am Boden.

»Vorsicht, bitte.«

»Danke, Kollege«, erwiderte Hain, zog zwei Paar Füßlinge aus der Jackentasche, von denen er eines an Lenz weiterreichte, und schlüpfte in die blauen Kunststoffüberzieher. Dann betrat er den Flur. Aus einem der Zimmer war das vertraute Pfeifen von Dr. Franz zu hören.

»Mein Gott, ist das riesig hier«, stellte Lenz beeindruckt fest.

Hain nickte und warf einen Blick in das erste Zimmer auf der rechten Seite, das Wohnzimmer. Dort gab es jedoch nichts zu sehen.

»Kommen Sie her, meine Herren, trauen Sie sich«, rief Dr. Franz. »Den Flur entlang bis zum Ende, dann links.«

Die beiden Polizisten folgten der freundlichen Aufforderung und standen ein paar Augenblicke später dem Arzt gegenüber, der mit einem Thermofühler in der Hand aus dem Fenster sah. Von einer Leiche war nichts zu sehen.

»Schöne Aussicht, nach hinten raus«, murmelte er ins Nichts.

Lenz trat neben ihn und folgte seinem Blick. Tatsächlich gab es hinter dem Haus einen idyllischen, eingewachsenen Garten.

Franz drehte sich um und deutete mit einer Kopfbewegung eine Begrüßung an. »So schnell sieht man sich wieder, meine Herren.«

Damit wandte er sich direkt an Hain. »Ich war letzte Nacht ein wenig unwirsch, was Ihre Person betrifft, Herr Kommissar. Dafür möchte ich mich entschuldigen.«

Hain glaubte, ein Problem mit seinen Ohren zu haben. Trotzdem machte er eine generöse, erledigende Handbewegung. »Schon vergessen, Doc.«

»Schön«, freute sich der Arzt. »Aber viel wichtiger als meine Entschuldigung dürfte für Sie die Tote sein, vermute ich.«

Beide nickten.

»Na, dann kommen Sie mal mit.«

Ruth Liebusch lag in der Badewanne. Bis auf ein paar rosafarbene Socken und eine sehr große, blutverschmierte Brille auf der Nase, die seltsam deplatziert wirkte, war sie nackt. Ihr faltiger Körper war übersät mit Wunden, die offenbar von Einstichen mit einem Messer oder etwas Ähnlichem herrührten. Überall in der Wanne klebte getrocknetes, verkrustetes Blut. Die offenen Augen der Frau fixierten einen Punkt irgendwo über dem Bidet.

»Ist das hier passiert?«, wollte Lenz wissen.

»Nein, vermutlich nicht«, antwortete Franz. »Wir können gleich rüber in ihr Schlafzimmer gehen und es uns anschauen, da hat das Übel vermutlich seinen Ausgang genommen.«

Hain zog ein paar Einweghandschuhe über und hob den rechten Arm der Toten an. »Die war gefesselt«, bemerkte er.

»Ja, das ist mir ebenfalls schon aufgefallen. Und einen

Knebel hat sie vermutlich auch im Mund gehabt.« Der Arzt verließ das Badezimmer, winkte die Polizisten hinter sich her und nahm Kurs auf das mittlere Zimmer der linken Flurseite. Dort stand an der langen Wand ein kleines Bett, daneben eine Kommode. Die andere Seite des Zimmers wurde vollständig von einem riesigen, deckenhohen Kleiderschrank eingenommen, dessen kompletter Inhalt im Zimmer verteilt lag. Überall war Blut.

»Haben Sie schon eine Idee zum Todeszeitpunkt, Herr Doktor?«, fragte Lenz den Mediziner.

Der nickte. »Sie ist höchstens 24 Stunden tot, vermutlich etwas weniger. Und um Ihrer nächsten Frage gleich vorzugreifen, ich vermute, dass der Fall hier und der von letzter Nacht von ein und demselben Täter verübt wurden.«

»Das sollte man annehmen«, gab Lenz leise zurück.

»Natürlich sollte man das annehmen«, verfiel Franz wieder in den ihm eigenen, ziemlich arrogant daherkommenden Dozierstil. »Erstens gleichen sich die Tatorte doch in auffallender Weise. Zweitens teilen oder teilten die ermordeten Herrschaften den Beruf, denn, wie Sie sicher schon wissen, hat die Dame in der Badewanne ihre Brötchen ebenfalls als Pädagogin erwirtschaftet.«

Er sah von einem Polizisten zum anderen, als erwarte er eine Würdigung seiner Erkenntnisse. »Und drittens«, fuhr er fort, nachdem weder Lenz noch Hain seine Ausführungen kommentieren wollten, »sind beide vor ihrem Tod auf die gleiche, grausame Weise misshandelt worden.«

Nun wurde Lenz hellhörig. »Wie meinen Sie das? Mit den Messerstichen?«

Der Arzt schüttelte den Kopf. »Nein. Ich vermute sogar, dass sie die Messerstiche gar nicht mehr als Schmerzen wahrgenommen haben.«

»Weil sie bewusstlos waren?«, fragte Hain dazwischen.

Wieder das Kopfschütteln. »Nein. Der oder die Täter haben ihnen die motorische und sensible Wahrnehmung genommen.« Er wies mit dem Kopf Richtung Badezimmer. »Kommen Sie, ich zeige es Ihnen.«

Im Bad angekommen, bat er Hain, den Oberkörper der Frau vorsichtig nach vorne zu bewegen. Dann deutete er auf ein hässliches, dunkelblaues Hämatom etwa vier Zentimeter unterhalb des Haaransatzes, das begleitet wurde von einer ungewöhnlichen Veränderung der Haut auf einer Fläche von etwa drei mal drei Zentimetern.

»Scheiße«, murmelte Hain, der mit schief gelegtem Kopf die Verletzung betrachtete.

»Was ist das?«, wollte Lenz wissen.

Franz bedeutete Hain, dass er die Leiche wieder in ihre ursprüngliche Position zurückführen konnte.

»Das ist ein zerschmettertes Rückgrat, um es für Laien einfach und verständlich darzustellen.«

Hain warf dem Arzt einen angewiderten Blick zu. »Wollen Sie damit sagen, dass der Täter ihr …« Er stockte.

»Genau das will ich sagen«, bestätigte Franz. »Aber das ist noch nicht alles. Denn der Tote von letzter Nacht, dieser Bauer, hatte genau die gleiche Verletzung. Zunächst ist es mir nicht aufgefallen, aber als er gereinigt war und ich ihn auf dem Tisch hatte, war es deutlich zu erkennen. Dem Mann wurde, und das ist ganz wichtig, *bevor* er getötet worden ist, der Vertebra Prominens, also der siebte Halswirbel, mit massiver Gewalt zerstört. Genau wie bei der armen Frau hier.«

»Was genau passiert bei einem Menschen, wenn man ihm diese Vertreba irgendwas, also den siebten Halswirbel, mit massiver Gewalt zerstört?«, erkundigte sich Hain.

Dr. Franz machte ein trauriges Gesicht. »Nun, das ist abhängig von der genauen Trefferlage. Wenn die Sache so eindeutig ist wie bei unseren beiden Opfern, gehe ich von einer augenblicklichen Tetraplegie aus. Das bedeutet eine sofortige, vollkommene Lähmung aller Extremitäten. Außerdem könnte es zu Problemen mit der Atmung kommen, aber das ist nicht in jedem Fall so.«

Lenz sah sich die Frau noch einmal an. »Sie wollen uns sagen, Doc, dass der Täter der Frau das Rückenmark zerstört hat, bevor er sie umgebracht hat?«

»Richtig. Genau wie bei diesem Bauer auch.«

Der Hauptkommissar schluckte. »Wer, verdammt noch mal, kommt denn auf so eine Idee? Streunern denn wirklich nur noch Irre über diesen Planeten?«

»Das kann ich Ihnen beim besten Willen nicht sagen, Herr Kommissar, aber der Täter, mit dem Sie es hier zu tun haben, der ist einer von der ganz kranken Sorte.«

Hain griff sich mit der linken Hand ins Genick. »Wie finde ich denn den siebten Halswirbel, Doc?«

Dr. Franz trat neben ihn und führte den Zeigefinger des Polizisten zu einer Erhöhung direkt oberhalb seines Hemdkragens. »Das hier ist der angesprochene Vertebra Prominens, der siebte Halswirbel. Was sie dort spüren, ist eigentlich der Dornfortsatz, aber das wollen wir nicht zu genau nehmen. Wenn man auf diese Erhöhung, die bei den meisten Menschen relativ gut zu ertasten ist, mit einem stumpfen Gegenstand, also beispielsweise einem Hammer, draufhaut, schiebt sich in aller Regel der Wirbel ins Rückenmark. Dort wird die Verbindung nach unten zerstört und es kommt zur sofortigen sensiblen wie motorischen Lähmung.«

»Und was heißt das jetzt wieder?«, wollte Lenz wissen.

»Den sofortigen Verlust jeglicher Muskelkontrolle sowie das Fehlen von Empfindungen aller Art ab der Läsionshöhe.«

Für einen Augenblick herrschte Stille im Badezimmer. Lenz fasste sich als Erster wieder. »Warum bricht ein Mörder seinem Opfer erst das Kreuz, um es danach zu misshandeln und schließlich umzubringen?«

»Das herauszufinden, Herr Lenz, obliegt Ihren Ermittlungen. Aber insgeheim bin ich schon froh, dass mein Beitrag zur Aufklärung dieser unappetitlichen Morde mit den dazugehörigen Leichenschauen erledigt ist.«

Der Hauptkommissar nickte. »Da haben Sie doch mal richtig Glück gehabt, Herr Doktor.«

Die Polizisten überließen den Mediziner seinen weiteren Untersuchungen und sahen sich in der Wohnung um. Das Schlafzimmer klammerten sie aus, weil sie wussten, dass die Männer der Spurensicherung und speziell Heini Kostkamp es nicht gern sahen, wenn der Tatort oder Teile davon untersucht wurden, bevor sie ihre Arbeit beendet hatten. Insgesamt gab es fünf Zimmer plus einer kleinen Speisekammer, in der sie auf Konserven und Unmengen von eingekochtem Obst stießen. Offenbar hatte die Frau des Hauses ein Faible, was die Versorgung mit Essbarem anging. Hain ging kurz zurück zum Schlafzimmer und warf einen Blick auf die Kleidungsstücke.

»Alles Frauenkleidung. Wie es aussieht, hat sie allein gelebt.«

»Ja, das hab ich auch schon festgestellt. Trotzdem müssen wir herausfinden, ob es vielleicht einen Herrn Liebusch gibt oder gegeben hat«, gab Lenz zu bedenken. Hain griff nach seinem Mobiltelefon und wählte.

»Hallo, RW, ich bin's«, meldete der Oberkommissar sich. Dann beauftragte er seinen Kollegen mit der Recherche nach einem Herrn Liebusch.

»Na, du kommst mir ja recht, so kurz vor Feierabend«, polterte Rolf-Werner Gecks. »Glaubst du, ich bin auf der Brennsuppe ins Präsidium geschwommen? Oder ich hätte mir in den letzten 90 Minuten die Falten aus dem Sack gehauen?«

»Nein, so hab ich das doch gar nicht gemeint, RW.«

»Gut«, meinte Gecks, noch immer mit anständig Dezibel.

»Ruth Liebusch lebte seit mehr als 30 Jahren in dieser Wohnung, deren Eigentümerin sie auch war. Einen Herrn Liebusch gab es in der ganzen Zeit nicht, zumindest nicht offiziell. Oder, so vereinfacht ausgedrückt, dass es auch ein aufstrebender, junger Oberkommissar versteht: Die Dame war nie verheiratet.«

»Aha«, machte Hain zerknirscht.

»Außerdem hat sie zwölf Jahre ihres Berufslebens im Karlshof in Wabern zugebracht, als Sozialpädagogin. Und zwar von 1973 bis 1985. Weitere Fragen?«

»Nö, vielen Dank«, erklärte Hain, noch immer zerknirscht.

»Gut, mein junger Freund. Dann richte bitte unserem gemeinsamen Chef aus, dass ich jetzt Feierabend mache, weil ein Arzttermin ansteht, den ich schon dreimal verschoben hab. Schönen Abend allerseits.«

Damit war die Verbindung unterbrochen.

»Oh je.«

»Was war denn los?«

»Ich hab RW verärgert. Außerdem soll ich dir ausrichten, dass er jetzt Feierabend macht, weil er noch einen wichtigen Arzttermin hat.«

»Womit hast du ihn denn verärgert?«

Hain winkte ab. »Vergiss es. Er war mal wieder hypersensibel. Aber er hat immerhin schon herausgefunden, dass es niemals einen Herrn Liebusch gegeben hat, dass die Wohnung hier, in der sie seit mehr als 30 Jahren gelebt hat, ihr Eigentum gewesen ist, und dass sie von 1973 bis

1985 als Sozialpädagogin in Wabern im Karlshof gearbeitet hat.«

»Scheiße«, murmelte Lenz.

*

Die nächste Stunde verbrachten die beiden Polizisten damit, die Nachbarn im Haus nach Ruth Liebusch und möglichen Beobachtungen zur Tatzeit zu befragen, während zwei Uniformierte das Gleiche in den umliegenden Häusern taten. Die zuvor angekommenen Männer der Spurensicherung kümmerten sich derweil um den Tatort.

Offenbar hatte die Frau ein sehr zurückgezogenes Leben geführt, denn keiner der Befragten hatte ein intensiveres Verhältnis zu ihr gepflegt. Ein älterer Herr, der in der Wohnung unter ihr lebte, gab zu Protokoll, dass sie hochnäsig und arrogant gewesen sei. Dagegen erklärte die Bewohnerin der Dachwohnung, dass Frau Liebusch sich stets um die Belange anderer gekümmert habe und ein gutes und verlässliches Mitglied der Hausgemeinschaft war. Trotzdem hielt sich ihre Bestürzung über den gewaltsamen Tod der Sozialpädagogin in sehr engen Grenzen. Jedoch war ihr die Sorge über das durch die Bluttat möglicherweise schwindende Renommee des Hauses deutlich anzumerken. Beobachtungen zur vermuteten Tatzeit hatte keiner der Bewohner gemacht, auch, weil die Mehrzahl der anderen Mieter ebenfalls Singles waren, die nach der Arbeit nach Hause kamen und sich in ihren wunderbar sanierten, renovierten und gestylten Wohnungen regelrecht verschanzten.

»Das hätten wir uns auch sparen können«, kommentierte Hain die wenig weiterhelfenden Auskünfte der Hausbewohner.

»Stimmt«, gab Lenz ihm recht. »Das war nix. Meinst du denn, dass die ganze Sache wirklich auf die Arbeit der beiden in Wabern zurückgeht?«

Hain zuckte mit den Schultern. »Bietet sich an, oder?«

Die beiden Kommissare wurden durch den Pfiff von Martin Hansmann, einem der Mitarbeiter der Spurensicherung, unterbrochen, der mit einer Klarsichthülle in der Hand auf sie zukam. In der Kunststofftüte steckte ein gefaltetes DIN-A4-Blatt. »Das ist für euch«, ließ er sie emotionslos wissen und reichte Hain den Fund. Der warf einen Blick darauf und sah Lenz an.

»Da hast du deine Antwort«, erklärte er und hob das Beweismittel hoch, damit sein Chef es sich ansehen konnte.

›K E I N R A U B M O R D‹, las der Hauptkommissar. »Kommt mir bekannt vor.«

»Braucht ihr es im Moment?«, wollte Hansmann wissen.

»Nein, lass mal, Martin, das ist bestimmt mit dem gleichen Gerät gedruckt wie das von letzter Nacht. Ihr vergleicht es, dann sehen wir weiter. Wo hast du es gefunden?«

»Im Schlafzimmer, unter den Klamotten. Lag ganz harmlos da rum.«

»Aber so, dass wir es finden mussten.«

»Genau«, bestätigte Hansmann.

»Dann erstmal danke. Wir machen uns jetzt los.«

»Gut«, murmelte der Mann von der Spurensicherung und trabte zurück in die Wohnung. Lenz holte tief Luft und stieß einen gequälten Laut aus.

»Es hilft nichts, Thilo, wir müssen Herrn Witsch um Hilfe bitten.«

Der Oberkommissar blickte auf seine Uhr. »Es ist viertel nach sechs, Paul. Der Kerl liegt wahrscheinlich längst im Bett, um seinen nicht zu unterschätzenden Rausch auszuschlafen.«

»Das ist mir egal, Thilo. Hier rennt ein Irrer rum, der Mitarbeiter des Karlshofes aus den 70er- und 80er-Jahren abschlachtet. Und wir können es als Tatsache betrachten, dass in dieser Zeit noch mehr Menschen dort gearbeitet haben, die diesem Idioten auf die Füße getreten sind.« Wieder holte er tief Luft. »Also müssen wir herausfinden, um wen es sich dabei handelt, und ob die alle noch bei guter Laune und ebensolcher Gesundheit sind. Wenn ja, stellen wir ihnen einen Streifenwagen vor die Tür, wenn nicht, muss die Spurensicherung viele, viele Überstunden machen.«

Hain dachte ein paar Sekunden nach. »Dagegen ist leider nichts zu sagen, mein Vorbild und Mentor. Also versuche ich, die Telefonnummer dieses netten Menschen herauszubekommen, während du dich unten umsiehst und die Kollegen interviewst, die in den umliegenden Häusern unterwegs waren.«

»Genau so machen wir es«, erwiderte Lenz und steuerte auf die Treppe zu. »Oder halt, warte. Die merkwürdige Erzieherin von heute Morgen, diese Erika Schäfer. Hat die nicht gesagt, dass sie mit Bauer zusammen auf einer Gruppe gearbeitet hat?«

»Stimmt, das hat sie.«

»Dann müssen wir dafür sorgen, dass sie gewarnt wird. Und sie braucht Schutz, kümmer dich drum.«

»Mach ich.«

Direkt vor der Tür lief der Hauptkommissar in die Arme der Radioreporterin, die noch immer vor dem Haus ausharrte.

»Hallo, guten Abend, Herr Lenz. Darf ich Ihnen ein paar Fragen stellen?«

»Ach, Frau Strack, Sie wissen doch, wie ich das liebe. Wenden Sie sich an Uwe Wagner, der kann Ihnen viel besser weiterhelfen als ich.«

»Der gute Uwe ist aber nicht zu erreichen. Sicher tobt er schon mit seinen Kindern im Garten herum. Außerdem erzählt der mir immer nur das, was er von Ihnen oder Ihren Kollegen gesteckt bekommen hat.«

Lenz wusste, dass die Reporterin und der Pressesprecher der Kasseler Polizei sich gut kannten und schätzten. Wagner ließ nichts auf die Frau kommen, was bei einem Journalisten ziemlich viel zu bedeuten hatte.

»Also?«, fragte er mit einem vielsagenden Blick auf das Aufnahmegerät in ihrer Hand. Sie bemerkte seinen Blick und winkte ab.

»Das Ding ist ausgeschaltet. Interviews bei mir nur mit Zustimmung des Gesprächspartners, das wissen Sie doch.«

»Jaja«, murmelte der Polizist. »Was wollen Sie denn wissen?«

Sie lächelte ihn charmant an. »Stimmt es, dass es zwischen der Geschichte hier und der von letzter Nacht in Baunatal eine Verbindung gibt?«

»Wer sagt das?«

Wieder ihr Lächeln. »Die Spatzen auf den Dächern.«

Der Kommissar kniff die Augen zusammen. »Ja, könnte sein.«

»Wo ist die Verbindungslinie?«

»Das ist noch nicht ganz klar«, log er.

»Ich habe gehört, dass es in der Wohnung ziemlich übel aussehen soll?«

»Das kann ich bestätigen, obwohl ich glaube, dass Sie bereits einen Blick hineingeworfen haben.«

Sie nahm Aufnahmegerät und Mikrofon in die Linke, hob die rechte Hand und streckte drei Finger in die Luft. »Bestimmt nicht, Ehrenwort.«

»Gut.«

»Was meinen Sie …?«, weiter kam die Frau nicht. Hain

hatte sich von hinten genähert und sich zwischen sie und seinen Chef gedrängt.

»Wir müssen los, Paul. Ich hab die Adresse.«

Lenz warf der Reporterin einen entschuldigenden Blick zu. »Tut mir leid, Frau Strack, aber Sie sehen ja selbst.« Er drehte sich um und wollte hinter Hain herlaufen, der schon auf halbem Weg zum Wagen war, doch die Journalistin bat ihn, einen Augenblick zu warten.

»Ich hätte noch eine private Frage an Sie, die ich jedoch nicht an die große Glocke hängen möchte.«

»Ja?«

Sie kam mit ihrem Kopf so nah an sein Ohr, dass er ihr Parfüm riechen konnte. »Stimmt es, dass Sie und die Frau von Oberbürgermeister Zeislinger ein Paar sind?«

Lenz wich ein paar Zentimeter zurück. »Wollen Sie das im Radio bringen?«

»Nein. Es würde mich interessieren, weil ich es gerade nicht im Radio bringen will.«

»Kann ich mich darauf verlassen?«

Sie nickte.

»Dann stimmt es«, erwiderte er mit einem Lächeln. »Aber jetzt würde mich im Gegenzug interessieren, woher Sie diese Information haben.«

»Aus dem Rathaus. Aber ich bitte um Ihr Verständnis, dass ich zu den genauen Hintergründen nichts sagen kann.«

»Selbstverständlich. Und warum bringen Sie nichts darüber?«

»Weil es Grenzen gibt, Herr Lenz. Und weil sich ein Radiosender nicht instrumentalisieren lassen darf. Von nichts und niemandem.«

»Danke.«

»Gern.«

»Was wollte sie?«, fragte Hain, als Lenz das kleine Cabriolet erreicht hatte und sich in den Sitz fallen ließ.

»Jemand hat ihr die Sache mit Maria gesteckt.«

»Warum überrascht mich das jetzt überhaupt nicht?«

»Keine Ahnung. Was ist mit Erika Schäfer?«

»Die wohnt in Oberzwehren. Zwei Streifenwagen sind auf dem Weg zu ihrer Adresse und melden sich, sobald sie etwas wissen.«

»Prima. Und nun fahr los.«

*

Leonhard Witsch bewohnte ein kleines Reihenendhaus im Stadtteil Bettenhausen. Am Klingelschild war nur sein Name zu lesen, einen Hinweis auf eine Frau Witsch gab es nicht. Aus dem Innern des Hauses drang leise Musik. Volksmusik.

»Na, das sieht doch gut aus«, frohlockte Hain, und legte den Finger auf die Klingel. Als auch nach dem zweiten Läuten keine Reaktion kam, hämmerte er mit der Faust gegen die Tür.

Lenz ging nach rechts in den kleinen Vorgarten und versuchte, durch eines der Fenster etwas zu sehen. »Alles leer. Ich gehe mal ums Haus herum, vielleicht ist er ja am Rasen mähen.«

»Und in Rom fährt der Papst mit der Lambretta um den Petersdom, Gina Lollobrigida auf dem Rücksitz«, kommentierte Hain zynisch und trommelte erneut mit der Faust gegen die Tür. Der Hauptkommissar ging an der Hauswand vorbei, warf einen kurzen Blick in das andere Fenster im Erdgeschoss und bog dann links um die Ecke. Hier gab es kein Fenster im Erdgeschoss, nur ein kleines im ersten Stock. Er quetschte sich durch wild wuchernde Büsche, hatte kurze Zeit später die Rückseite des Hauses erreicht und stand in einem kleinen, total verwilderten Garten, der von einer blickdichten Hecke zum Nachbargrundstück hin abgetrennt wurde. Eingefasst wurde das Ganze von drei hohen Fichten, die ebenfalls für abgeschiedene Diskretion sorgten. Innerhalb dieses Areals gab es ein etwa vier mal vier Meter großes Rasenstück, in dessen Mitte Leonhard Witsch schnarchend und mit geschlossenen Augen auf einem Liegestuhl pennte. Daneben lag eine halb geleerte Schnapsflasche im Gras. Der Mitarbeiter des LWV trug eine bunte, kurze Bermudahose und ein weißes Feinrippunterhemd.

»Scheiße«, murmelte Lenz, und machte sich auf den Rückweg. »Hör auf da rumzurüpeln und komm her, er liegt hinten im Garten«, steckte er Hain.

»Herr Witsch«, rief Lenz laut, als sie vor der Liege angekommen waren. »Hallo, Herr Witsch, aufwachen!«

Der Mann rührte sich nicht einmal.

Hain gab ihm einen Schubs mit der Hand. »Hallo, aufwachen!«

Wieder keine Reaktion.

Noch ein Schubs, diesmal deutlich kräftiger. Und nun kam so etwas wie Leben in den mächtigen Körper.

»Was, wie?«, machte er und öffnete kurz die Augen, jedoch nur, um sie gleich wieder zusammenzukneifen. Dann richtete er umständlich den Oberkörper auf und blinzelte die Polizisten an. Dabei schwankte er bedrohlich.

»Sie kenne ich. Was machen Sie denn hier?«, lallte er und kratzte sich dabei am nicht vorhandenen Hosenlatz.

»Wir sind die Polizisten, die Sie heute Vormittag besucht haben, Herr Witsch. Wir sind hier, weil wir Ihre Hilfe brauchen, und zwar dringend.«

Witsch ließ sich nach hinten fallen. »Kommt gar nicht in die Tüte, ich habe Feierabend. Außerdem habe ich auf dem Nachhauseweg ein Bier getrunken und bin leicht beschwipst.«

Lenz und Hain sahen sich an.

»Das macht nichts«, versuchte Hain den Mann zu beruhigen. »Und Sie können sicher sein, dass wir nicht hier wären, wenn wir nicht wirklich in großen Schwierigkeiten wären.«

Er sah sich um. »Leben Sie allein?«

Witsch schloss die Augen, blinzelte und nickte. »Meine Frau ist weg. Schon lange.«

»Wer wollte es ihr verdenken«, murmelte der Oberkommissar, postierte sich hinter Witschs Kopf, griff ihm unter die Schultern und hob seinen Oberkörper an.

»Lassen Sie das, ich will das nicht«, protestierte der Sachbearbeiter, schüttelte sich, ließ sich wieder zurücksinken und schloss die Augen. Lenz sah ihn an und zuckte mit den Schultern.

»Vielleicht ist es wirklich besser, wenn wir es lassen, Thilo.«

Hain verzog grimmig das Gesicht. »Und was machen wir, wenn heute Nacht ein weiterer ehemaliger Erzieher des Karlshofs das Zeitliche segnen muss, nur weil Kamerad Schnürschuh hier uns nicht helfen konnte oder wollte?«

Er sah sich erneut im Garten um, trat ein paar Schritte zur Seite und griff nach einer Gießkanne.

»Vergiss es, Thilo, das kannst du nicht machen.«

»Und ob ich das kann.« Damit stapfte der junge Oberkommissar zum in der Wand neben der Terrassentür angebrachten Wasserhahn, hielt die Plastikkanne darunter und drehte auf. Danach ging er zurück, drückte das Brausemundstück auf die Tülle und positionierte sich neben der Liege.

»Damit es nicht weh tut«, kommentierte er den schwarzen Aufsatz und fing an zu gießen. Es dauerte mehr als fünf

Sekunden, bis Witsch reagierte, dann allerdings unvermutet heftig. Der massige Mann sprang prustend auf, was jedoch seinen Kreislauf überforderte, sodass er gleich wieder auf den Rasen stürzte. Mit tapsigen Bewegungen versuchte er, die Kontrolle über seine Sinne zu erlangen, was jedoch nur im Ansatz gelang.

»Bleiben Sie erstmal unten, Herr Witsch«, forderte Lenz ihn auf.

»Warum … machen Sie … das?« Wieder prustete er wie ein Wal beim Luftholen und funkelte dabei die beiden Polizisten bedrohlich an. »Das wird Ihnen noch leid tun! Ich habe nichts verbrochen und kann in meinem Garten liegen, wie ich will«, brüllte er.

»Das ist ganz richtig, Herr Witsch«, stimmte Lenz ihm mit sanfter Stimme zu. »Aber ich bitte Sie, uns zu verstehen und, noch viel wichtiger, uns zu helfen. Wenn Sie es nicht tun, sind unter Umständen Menschen in großer Gefahr.«

Das Wort Gefahr bewirkte bei Witsch so etwas wie einen Sinneswandel. Er ließ sich auf dem Hintern nieder und strich sich durch die Haare.

»Aber was kann ich denn so Wichtiges für Sie tun? Ich bin doch nur ein kleiner Sachbearbeiter.«

»Wir brauchen eine Aufstellung aller Mitarbeiter des Karlshofs in den Jahren …« Der Hauptkommissar überlegte.

»Am besten die Zeit, in der auch die Liebusch dort gearbeitet hat«, half Hain ihm weiter, »also erstmal zwischen 1973 und 1985.«

»Ja, das ist gut«, bestätigte Lenz. »'73 bis '85.« Er wandte sich wieder zu Witsch. »Können Sie das für uns heraussuchen, Herr Witsch? Alle Mitarbeiter, die in dieser Zeit im Karlshof gearbeitet haben?«

Der LWV-Mitarbeiter stakste umständlich von einem Bein auf das andere, bevor er antwortete. »Gehen würde das schon, aber es dauert bestimmt. Vielleicht müsste ich sogar in den alten Mikrofiches nachsehen, ich weiß nicht. Wenn ich gleich morgen früh anfange, könnten Sie vielleicht mittags eine Liste haben. Oder am Nachmittag.«

Hain stöhnte auf. »Sie haben uns nicht richtig verstanden, Herr Witsch. Wir brauchen die Aufstellung nicht morgen Mittag oder Nachmittag, wir brauchen sie gleich.«

»Gleich?«

»Am besten sofort.«

»Aber das geht nicht. Ich habe Feierabend«, empörte sich der LWV-Mitarbeiter schwankend.

»Herr Witsch«, versuchte Lenz es noch einmal ganz behutsam, »wir stecken wirklich in der Klemme, und Sie sind der Einzige, der uns helfen kann. Also bitten wir Sie, jetzt mit uns in Ihr Büro zu fahren, den Computer anzuwerfen und alles zu versuchen, um uns mit den Daten zu versorgen, die wir benötigen.«

Witsch sah den Kommissar mit glasigen Augen an. »Sie sehen schon, wie es mir geht? Ich bin, wie gesagt, ein bisschen beschwipst.«

Nun wurde es Lenz zu dumm. »Sie sind nicht beschwipst, Sie sind sternhagelvoll, und das waren Sie schon, als wir Sie heute Nachmittag in Ihrem Büro besucht haben. Sie haben während der Arbeit angefangen zu trinken, also hören Sie auf, uns etwas von ein paar Bierchen auf dem Heimweg zu erzählen. Was Sie mit Ihrem Leben anfangen und wie Sie es verbringen, ist ganz allein Ihre Sache. Wir allerdings müssen dafür sorgen, dass nicht noch ein Mord passiert, den wir am Ende mit Ihrer Hilfe hätten verhindern können. Und nun reißen Sie sich zusammen, ziehen sich etwas an und fahren mit uns zu Ihrem Büro.«

Witsch hatte während Lenz' Brandrede die Augen immer weiter aufgerissen. »Sie halten mich für einen Alkoholiker.

Geben Sie es doch zu, Sie halten mich für einen alten, dummen Alkoholiker«, schnaubte er.

»Das stimmt. Aber wie ich schon gesagt habe, jeder kann mit seinem Leben anfangen, was er will. Nur wenn es um Mord geht …«

»Mord …«, wurde er von Witsch unterbrochen. »Wer ist denn ermordet worden?«

Lenz warf Hain einen kurzen Blick zu. Der Oberkommissar kochte. »Herr Witsch, Sie müssen nicht mit uns gehen, und Sie müssen uns auch nicht helfen. Sie können es gern lassen. Allerdings werden wir dann morgen Ihrem Arbeitgeber berichten, wie Sie uns heute in Ihrem Büro empfangen haben.«

Damit wandte er sich zu Lenz. »Komm Paul, wir hauen ab. Den Typen können wir wirklich vergessen.«

»Nein«, schrie der Sachbearbeiter nun völlig hysterisch. »Tun Sie das bitte nicht. Alles, nur das nicht.« Er sprang auf. »Ich gehe kurz nach oben und mache mich frisch, dann können wir losfahren. Ich helfe Ihnen gern, aber bitte verraten Sie mich nicht.«

Die beiden Polizisten starrten mit offenen Mündern hinter dem nun erstaunlich behände wirkenden Schwergewicht her, das durch die Terrassentür im Innern des Hauses verschwand. »Alle Achtung, Thilo. Das war nicht übel.«

»Danke. Und damit sich unser neuer Freund nicht noch ein wenig Mut antrinkt«, erwiderte der Oberkommissar im Gehen Richtung Tür, »sollten wir gut auf ihn aufpassen, bis wir das haben, was wir brauchen.«

*

Hain hatte Witsch nicht mehr aus den Augen gelassen, bis er neben Lenz im Fond des Taxis saß, das der Hauptkommissar noch aus dem Garten heraus geordert hatte. Ein paar Minuten später schloss der LWV-Mitarbeiter den Hintereingang des alten Gebäudes auf und führte die Polizisten in den zweiten Stock.

»Gibt es hier keine Alarmanlage?«, fragte Hain irritiert.

»Nein. Es wird zwar immer mal wieder darüber diskutiert, aber bis jetzt gibt es keine. Was sollte man auch hier schon stehlen?«

Hains Drohung, ihn bei seinem Arbeitgeber zu verpfeifen, schien auf Witsch definitiv Eindruck gemacht zu haben. Seit er in seinem Haus verschwunden war, verbesserte sich sein Allgemeinzustand von Minute zu Minute. Er wirkte zwar noch immer angetrunken, hatte sich jedoch weitaus besser unter Kontrolle als noch eine Stunde zuvor. Nachdem sein PC hochgefahren war, begann er, nach Anweisung der Polizisten zu arbeiten.

Hain stand mit dem Telefon in der Hand hinter dem Sachbearbeiter und sah ihm dabei zu, wie er sich durch 40 Jahre Personalwesen des Landeswohlfahrtsverbandes kämpfte.

»Alles klar mit Erika Schäfer«, gab er an Lenz weiter. »Es geht ihr gut. Insgesamt vier uniformierte Kollegen bewachen sie und ihre Wohnung.«

»Erika Schäfer?«, tönte Witsch. »Eine Erika Schäfer habe ich gerade auf die Liste gesetzt, weil sie zur fraglichen Zeit in Wabern gearbeitet hat.«

»Das haben Sie ganz klasse gemacht, Herr Witsch. Es ist nur so, dass wir die Frau heute Morgen schon kennengelernt haben.«

»Ach so.«

»Wo wohnt sie?«, wollte Lenz wissen.

»In Oberzwehren.«

»Diese Frau Schäfer«, mischte Witsch sich wieder ein,

»arbeitet noch immer für den Landeswohlfahrtsverband. Und immer noch in Wabern im Karlshof.«

»Ja, das wissen wir.«

»Also kann ich auch Mitarbeiter auf die Liste setzen, die später noch in Wabern gearbeitet haben?«

Lenz und Hain warfen sich einen entsetzten Blick zu.

»Aber ja, natürlich«, verlangte der Oberkommissar.

»Dann haben wir uns bis jetzt missverstanden. Ich dachte, ich soll mich nur um Leute kümmern, die in der fraglichen Zeit bei uns gearbeitet haben.«

»Nein, nein, Herr Witsch«, stellte Lenz klar, »es geht um alle Personen, die in dieser Zeit und vielleicht auch danach noch dort gearbeitet haben.«

»Ach so … Dann fange ich besser gleich noch mal von vorne an.«

Hain hätte kotzen können. So wird das im Leben nichts, dachte er, und ging neben Witsch in die Knie. »Ich schaue Ihnen ein bisschen zu, vielleicht sehen vier Augen ja mehr als zwei, was meinen Sie?«

»Das finde ich nett von Ihnen. Meine Augenlider sind nämlich schon richtig schwer, Herr Kommissar.«

Eine halbe Stunden später schnarchte der Sachbearbeiter auf einem Aktenstapel in der Ecke des Büros. Ein feiner Spuckefaden lief ihm über das Kinn. Hain blickte konzentriert auf den klobigen, altertümlichen Monitor vor seinen Augen.

Bald, nachdem er begonnen hatte, Witsch bei dessen Arbeit zu beobachten, waren ihm die Grundlagen des Programms klar gewesen, mit dessen Hilfe der alkoholisierte Mann an die Daten gelangen wollte, die von den Polizisten so dringend gebraucht wurden. Und nach einer halben Stunde bot er sich an, einen Teil der Arbeit zu übernehmen. Witsch hatte sein Angebot gern angenommen und war ein paar Minuten später eingeschlafen. Der Kommissar drang danach tiefer und tiefer in die Unterverzeichnisse des Computerprogramms vor und hatte in einem alten, sicher längst vergessenen Ordner die jährlichen Aufstellungen der Verpflegungsabrechnungen aller Karlshofmitarbeiter gefunden.

»Das hier«, freute er sich verhalten, »könnte unser Schlüssel sein. Die Leute haben in dieser Zeit Geld abgezogen bekommen, weil sie in der Einrichtung gegessen haben. Die Gesamtsumme wurde ihnen einmal im Jahr ausgewiesen; vielleicht wegen des Finanzamtes, keine Ahnung. Das bedeutet allerdings, dass alle Mitarbeiter, die dort gegessen haben, auf der Liste stehen.«

»Und was machen wir mit denen, die das Futter dort nicht vertragen haben oder von Muttern mit Stullen versorgt wurden?«

Hain zuckte mit den Schultern und sendete die ersten Seiten an den Drucker. »Die haben das, was man umgangssprachlich Pech nennt.«

Er sah wieder auf den Monitor. »Das hier sind jedes Jahr mindestens 80 Leute, eher mehr. Das Risiko, dass uns einer durch die Lappen geht, müssen wir eingehen, sonst sitzen wir morgen Abend noch hier, weil wir jede Personalakte des LWV einzeln durchgehen müssten.«

»Gut«, stimmte Lenz ihm zu, »dann machen wir es so.«

»Wenn ich dich richtig einschätze, halten wir die Auswertung der guten Erika Schäfer unter die Nase und fragen sie, wer von denen noch alles auf dieser ominösen Gruppe gearbeitet hat.«

»Genau so hab ich mir das gedacht, Thilo«

10

Während Leonhard Witsch, versorgt mit dem Hinweis, trotz seines Sondereinsatzes nicht die Daten der Heimzöglinge zu vergessen, die er den Polizisten für den nächsten Tag versprochen hatte, im Taxi auf dem Heimweg war, rasten Lenz und Hain durch den Feierabendverkehr Richtung Oberzwehren.

»Hast du die Adresse?«, fragte Lenz seinen Kollegen, während er den warmen Wind in den Haaren genoss.

»Sie wohnt in einem der Hochhäuser da draußen, auf dem Angel.«

»In den Hochhäusern?«

»Was tust du denn so erstaunt?«

»Na ja, so sah die gar nicht aus.«

Hain wich einem VW-Golf aus, dessen Fahrerin die Geschwindigkeit des kleinen Cabrios unterschätzt hatte.

»Und wie sah die aus?«

»Eher wie Fachwerkhaus auf dem Land.«

»Aha.«

Kurz darauf stellte Hain den Wagen in der Parkreihe vor dem Ensemble jener Hochhäuser ab, die dem Stadtteil Oberzwehren in den letzten Jahrzehnten ihren optischen Stempel aufgedrückt hatten. Direkt vor der Eingangstür parkte ein Streifenwagen, besetzt mit zwei Uniformierten. Hain nahm die Sonnenbrille ab und ging auf die beiden zu.

»Alles klar, Männer?«

Der Beifahrer nickte. »Sie ist oben und hat sich eingesperrt. Ich hab ihr zur Sicherheit meine Mobilfunknummer gegeben, falls was sein sollte. Die andere Streife ist am Hintereingang postiert.«

»Sehr gut. Wir gehen dann rauf.«

Die beiden grüßten kurz, danach fuhr die Seitenscheibe wieder nach oben und der Motor wurde angelassen.

Oho, mit Klimaanlage, dachte Hain.

Erika Schäfer wohnte in 15. Stock. Lenz stand mit geschlossenen Augen und dem Gesicht zur Wand im Fahrstuhl.

»Na, noch immer nicht höhenfest?«, meinte Hain in Anspielung auf Lenz' Probleme in Fahrstühlen und großen Höhen. Gleichzeitig ging der junge Oberkommissar einige Male schnell in die Knie, sodass die Kabine jeweils für Sekundenbruchteile ins Stocken geriet.

»Oh oh, ob das gut geht?«, grinste er Richtung Lenz.

»Hör auf mit dem Scheiß, Thilo.«

»Aber du bist doch letzten Sommer nach Amerika geflogen, Paul. Da sollten dir die paar Meter hier doch nichts mehr ausmachen.«

Der verlangsamende und schließlich abstoppende Aufzug ersparte dem Oberkommissar einen bissigen Kommentar seines Chefs. Im Flur roch es nach kaltem Rauch und Essen, an der Decke flackerte eine defekte Leuchtstoffröhre.

»Herrje, hier möchte ich nicht tot überm Zaun hängen«, bilanzierte Hain seine Eindrücke.

Erika Schäfer empfing die Polizisten in einem dunkelroten Hauskleid und mit einer Zigarette in der Rechten.

»Guten Abend, meine Herren. Ihre Kollegen in den blauen Uniformen haben Ihren Auftritt so spannend gemacht, dass ich Ihr Eintreffen vor Anspannung kaum mehr erwarten konnte«, begrüßte sie die Kripobeamten mit einer kaum verhehlten Portion Zynismus und ging voraus in die kleine Wohnung. Lenz konnte deutlich das Geschrei eines Kleinkindes hören.

»Nein, ich habe keine Kinder mehr im Stillalter, Herr Kommissar«, erklärte die Frau, nachdem sie seinen verwunderten Blick wahrgenommen hatte. »Das ist das Baby meiner Nachbarn im Stockwerk unter mir. Und um es gleich vorweg zu nehmen, meine Herren: Ich bin mir durchaus darüber im Klaren, dass dieses Umfeld hier in keiner Weise zu meinem gesellschaftlichen und sozialen Status passt. Aber mein geschiedener Mann, der seit unserer Trennung vor vier Jahren das Geldverdienen komplett eingestellt hat, und unser glorreiches bundesdeutsches Scheidungsrecht haben dafür gesorgt, dass ich mir nichts Besseres mehr leisten kann.«

Lenz schluckte. »Das tut mir leid, Frau Schäfer.«

»Dafür kann ich mir auch nichts kaufen.« Sie setzte sich auf eine Ledercouch, die schon deutlich bessere Tage gesehen hatte, und bot den Polizisten die beiden gegenüberstehenden Sessel an. »Und, was führt Sie zu mir an diesem lauen Sommerabend?«

»Wir haben die Bitte an Sie«, nahm Hain mit einem Griff in die Innentasche seines Sakkos den Faden auf, nachdem er sich gesetzt hatte, »diese Liste mit den Namen ehemaliger Karlshofmitarbeiter durchzugehen und diejenigen zu identifizieren, die mit Ihnen und Herrn Bauer zusammen auf der Gruppe im zweiten Pavillon gearbeitet haben.«

»Warum sollte ich das tun?«

»Weil wir glauben, dass diese Menschen, genau wie Sie, in großer Gefahr schweben. Als wir Sie heute Mittag aufgesucht haben, war noch nicht abzusehen, dass Dieter Bauer nicht das einzige Opfer sein würde. Mittlerweile müssen wir von einem Serientäter ausgehen.«

»Wen hat es denn noch erwischt?«, fragte sie völlig emotionslos.

»Ruth Liebusch. Sie wurde vermutlich schon gestern, also vor Dieter Bauer, getötet.«

Erneut lachte Erika Schäfer aus vollem Hals. »Die gute Ruth. Ich dachte, die hätte sich längst selbst erledigt.«

»Wie darf ich das verstehen?«, mischte Lenz sich ein.

»Depressionen. Sie litt an schweren Depressionen, wie viele ehemalige Mitarbeiter des Karlshofs übrigens.«

»Woher wissen Sie das?«

»Es gab einmal eine Selbsthilfegruppe, wo sich Betroffene einmal die Woche zusammengefunden haben. Sie war eine der Initiatorinnen.«

»Aber sie hat doch schon lange nicht mehr im Karlshof gearbeitet?«

»Das stimmt. Trotzdem hat sie den Kontakt nie abreißen lassen. Manchmal kam sie einfach so vorbei, auf einen Kaffee.«

»Zu Ihnen?«

Erika Schäfer lachte laut auf. »Nein, zu mir ganz gewiss nicht. Wir mochten uns nicht so gern.«

»Wen hat sie besucht?«

»Ihre alte Gruppe. Dieter Bauer und die anderen. Die Neuen.«

»Wissen Sie, was Frau Liebusch gemacht hat, nachdem sie den Karlshof 1985 verlassen hatte?«, wollte Hain wissen.

»Ja, natürlich. Zunächst hat sie in einem Wohnprojekt hier in Kassel angeheuert, aber das war eher ein Übergang. Danach war sie ein paar Jahre, bis zu ihrer Frührente, in einer Suchtberatungsstelle angestellt.«

»Ach, sie war in Rente?«

»Schon seit 1999, wenn ich mich richtig entsinne.« Sie wies auf die Blätter, die Hain noch immer in der Hand hielt. »Wäre es nicht besser, wir würden zunächst die Dinge klären, deretwegen Sie so einen Aufstand gemacht haben?«

»Ja, gern«, erwiderte der Oberkommissar, reichte ihr die Papiere, zog einen Kugelschreiber aus der Jackentasche und hielt ihn der Frau hin.

»Die Verpflegungsabrechnung«, murmelte sie kaum hörbar. »Das waren noch Zeiten.«

»Bitte, was sagen Sie?«, fragte Hain mehr aus Höflichkeit zurück.

»Nichts, nichts.« Sie suchte mit wachen Augen die Aufstellung ab, bis ihr Blick an einem Namen hängen blieb. »Geht es nur um die Vollzeitkräfte oder wollen Sie auch die Berufspraktikanten aussortiert haben?«

Lenz und Hain sahen sich unsicher an. »Was haben denn die Berufspraktikanten zu tun gehabt?«

»Die haben ganz normal auf der Gruppe mitgearbeitet.«

»Für wie lange?«

Sie überlegte. »Zur damaligen Zeit war es Standard, dass Sozialpädagogen ein praktisches Jahr absolvieren mussten, bevor ihre Ausbildung beendet war. Also höchstens ein Jahr.«

»Dann nehmen wir sie mit auf«, entschied Lenz.

»Wie Sie wollen«, gab sie schnippisch zurück und hakte einen Namen ab. Keine fünf Minuten später reichte sie die Papiere zurück an Hain. »Das war's. Mich selbst habe ich nicht vermerkt, aber Sie wissen ja, dass ich zur fraglichen Zeit ebenfalls auf der Gruppe Dienst geschoben habe.«

Der Oberkommissar warf einen Blick auf die wenigen Zeilen, die sie gekennzeichnet hatte. »Und das sind wirklich alle?«

Erika Schäfer bedachte ihn mit einem bösen Augenaufschlag. »Was glauben Sie denn? Denken Sie, ich will dem Irren, den Sie suchen, einen ehemaligen Kollegen ans Messer liefern?«

»Nein, das nicht. Aber es sind nicht viele, die Sie angekreuzt haben.«

»Das, junger Mann, liegt daran, dass es auf unserer Gruppe wenig bis gar keine Fluktuation gegeben hat. Außer den paar Praktikanten, die ich aufgeführt habe, gab es nur fünf weitere Erzieher. Und die eine, Rosemarie Schnitzler, können

Sie schon streichen, von ihr weiß ich sicher, dass sie seit Jahren tot ist.«

Hain machte eine Markierung hinter dem Namen. »Was ist mit den anderen? Wissen Sie etwas über deren Verbleib?«

Frau Schäfer schüttelte den Kopf. »Eine der Praktikantinnen, diese Dagmar Zitter, hat nach ihrem Jahr bei uns fest im Karlshof angefangen, aber auf einer Gruppe im Haupthaus. Ansonsten kann ich Ihnen leider nicht helfen, die Weiteren sind weggezogen oder haben Kinder bekommen und dann aufgehört.«

»Ich muss noch einmal auf eine Frage zurückkommen, die ich Ihnen heute Mittag schon gestellt habe, Frau Schäfer«, wandte Lenz sich wieder an die Frau. »Gibt es jemanden von den damaligen Heimbewohnern, denen Sie zutrauen würden, einen Menschen zu ermorden?«

»Und ich kann Ihnen nur noch einmal sagen, dass ich den meisten der Jungs damals so was zugetraut hätte. Aber nach so vielen Jahren? Keine Ahnung.«

»Wirklich nicht?«, bohrte Hain nach.

Sie ließ sich mit ihrer Antwort ein paar Augenblicke Zeit. »Die Füchse würden dafür infrage kommen.«

»Wer sind die Füchse?«

»Ein Zwillingspaar, das ursprünglich aus dem Saarland kam. Nach ihrer Entlassung haben sie sich zuerst in Wabern und dann in Fritzlar niedergelassen. Später sind sie nach Kassel gezogen, aber ob sie heute noch in der Gegend leben, kann ich Ihnen natürlich nicht sagen.«

»Haben Sie die Vornamen der beiden?«

»Horst und Wolfgang. Horst und Wolfgang Fuchs. Zwei wirklich unsympathische, grobschlächtige Schlägertypen, und damals waren sie kaum älter als 15 oder 16.«

»Wie standen die beiden zu Herrn Bauer und Frau Liebusch?«

»Wie zu allen Erwachsenen, die nicht im Knast gesessen hatten oder aus ihrem familiären Umfeld kamen. Sie haben sie gehasst.«

»Und das haben sie auch zum Ausdruck gebracht?«

»Jeden Tag und mit jeder Geste.«

»Wenn ich Sie bis jetzt richtig verstanden habe«, fragte Lenz, »dann müssen die beiden doch zur Schule gegangen sein, sonst wären sie doch sicher nicht auf der Schülergruppe im zweiten Pavillon gewesen?«

»Sie waren in Homberg auf der Sonderschule, ja. Aber wenn ich für jeden Tag, an dem sie damals nicht in der Schule aufgetaucht sind, zehn Mark bekommen hätte, könnte ich jetzt ohne finanzielle Sorgen in Rente gehen. Und hätte vermutlich noch immer mein kleines Fachwerkhaus in der Schwalm.«

Lenz bedachte seinen Kollegen mit einem für Frau Schäfer nicht wahrnehmbaren Gewinnerblick.

»Die beiden gehörten also nicht zu den Klügsten im Land?«

Wieder zögerte sie. »Das würde ich so nicht unterschreiben. Wenn es darum ging, irgendetwas auszuhecken, waren sie nicht doof, ganz und gar nicht. Ihre, ich nenne es mal kriminelle Intelligenz, war durchaus auf einem hohen Niveau angesiedelt.«

»Sie sind also damals straffällig geworden.«

»Natürlich. Aber es kam nie zu einer Verurteilung, auch da waren sie einfach ziemlich clever. Der eine hat dem anderen jeweils ein Alibi verschafft, und als Zwillingspaar hat man es ja, was das angeht, etwas leichter.«

Hain ging die Liste durch. Insgesamt hatte Erika Schäfer 13 Namen markiert, acht davon mit einem P.

»P steht für die Praktikanten?«

Sie nickte.

»Dann bleiben noch vier Erzieher, wenn wir die verstorbene Frau Schnitzler abziehen, um die wir uns kümmern müssen. Zwei Männer und zwei Frauen.«

Lenz verstand den dezenten Hinweis seines Kollegen zum Aufbruch und erhob sich. »Das war's fürs Erste, Frau Schäfer. Die Streifenkollegen bleiben Ihnen bis auf Weiteres zu Ihrem Schutz erhalten. Bitte gehen Sie in den nächsten Tagen nicht zur Arbeit; am besten melden Sie sich krank.«

»Na, Sie sind witzig. Wie stellen Sie sich das denn vor?«

Lenz ging um den Sessel herum und stand schon in der Tür, bevor er ihr antwortete. »Ich glaube, Sie begreifen noch nicht ganz den Ernst der Situation, Frau Schäfer. Zwei Ihrer ehemaligen Kollegen sind umgebracht worden, und bis sie tot waren, hat der Täter mit ihnen Dinge angestellt, nach denen Sie mich besser nicht fragen sollten. Also: Bleiben Sie zu Hause, und öffnen Sie nur Personen, die Sie gut kennen. Sollte sich jemand an Ihre Tür verlaufen, den Sie nicht kennen, auch wenn er Ihnen nur eine Zeitung verkaufen will, rufen Sie die Kollegen im Revier Südwest an. Die Nummer haben Sie?«

Sie nickte. Offenbar konnte sie mit direkten Anweisungen gut umgehen.

»Gut. Dann lassen wir Sie jetzt allein. Schönen Abend noch.«

11

»Soso, die Füchse waren im Karlshof«, sinnierte Hain im Lift auf dem Weg nach unten.

»Du kennst die?«

»Jeder bei der Sitte kennt die. Alternde Aushilfsluden dritter Klasse.«

»Was heißt denn das?«

»Die beiden waren in früheren Jahren so was wie die Putztruppe von ein paar Zuhältern. Türsteher, Geldeintreiber, Schläger, solche Sachen halt. Ich hatte mit ihnen zu tun, als ich noch bei der Sitte war.«

»In welchem Zusammenhang?«

»Es ging um eine junge Frau, die sie zusammengeschlagen hatten. Ich glaube, sie war Ukrainerin. Oder Russin. Als wir die Zwillinge gefunden hatten, saßen sie mit ziemlich verbeulten Visagen in ihrer Stammkneipe rum. Offenbar waren die Beschützer des Mädchens schneller gewesen als wir. Und als es dann zur Gegenüberstellung kam, konnte die Frau sich plötzlich an nichts erinnern.«

Der Fahrstuhl stoppte ruppig. Hain drückte die Tür nach außen und trat in den Hausflur. »Allerdings steht es seither um ihren Ruf als Schläger nicht mehr zum Besten, was man ja durchaus verstehen kann. Die Jungs aus dem Ostblock sind 20, 30 Jahre jünger und schnell mit dem Messer oder anderen Utensilien, die sehr weh tun können.«

»Traust du den beiden einen Mord zu?«

»Bin ich ein Seelenklempner? Meiner Erinnerung nach sind die beiden zu doof, ihren eigenen Namen zu schreiben. Die haben beim Verteilen der Intelligenz bei 60 oder 70 ganz laut geschrien, dass es ihnen reicht. Was weiß ich, ob die im Alter auf den Trichter gekommen sind, sich an den bösen Erziehern aus ihrer verkorksten Kindheit und Jugend zu rächen.«

Lenz sah auf die Uhr. »Eigentlich bin ich hundemüde und will nur noch nach Hause, aber anschauen würde ich mir die beiden schon gern. Wo finden wir sie denn?«

»Die Sache mit dem festen Wohnsitz nehmen sie, glaube ich, nicht ganz so ernst. Aber sie haben oder besser, hatten damals eine Stammkneipe, in der man sie in der Regel antreffen konnte. Den Rothenditmolder Hof.«

»Die heruntergekommene Pinte auf der Wolfhager Straße?«

»Genau.«

»Dann los.«

Der Rothenditmolder Hof machte von innen einen noch schäbigeren Eindruck als von außen. Die Polizisten sahen sich kurz im Schankraum um, doch bis auf ein paar Gestalten an der Theke war die Kneipe leer. Acht Mann, zählte Hain, und das Zwillingspaar Fuchs war nicht unter ihnen.

»'n Abend«, raunte der Oberkommissar dem etwa 60 Jahre alten, gelbgesichtigen Mann hinter der Theke zu, der ihn und seinen Kollegen abfällig musterte. »Wir suchen jemanden.«

»Schön für euch«, grunzte der Wirt, griff zum Aschenbecher und zog an einer filterlosen Selbstgedrehten.

Hain warf wieder einen Blick in die öde Gaststube.

»Ganz schön groß hier für eine Raucherkneipe«, stellte der Oberkommissar fest.

»Komm zur Sache, Junge, und dann mach ganz schnell die Biege«, polterte der Mann hinter der Theke eine Spur zu laut. »Dass ihr von der Schmiere seid, riecht man zehn Meilen gegen den Wind.« Er nahm einen weiteren Zug. »Also, ihr sucht jemand. Schlecht für euch. Ich und meine

Gäste haben ihn nämlich ganz sicher nicht gesehen. Oder, Jungs?«

Die komplette Thekenbesatzung nickte feixend.

»Wollen Sie gar nicht wissen, um wen es geht?«

»Nee, interessiert mich nicht. Ich sag doch, dass wir hier eigentlich nie jemanden sehen. Sonst noch was?«

Wieder war seine Erwiderung ein paar Dezibel zu laut. Hain sah sich die Männer an, die mit gesenktem Kopf und stierem Blick auf den Barhockern saßen, und schritt die Reihe ab. Vor einem, der mit seiner Zigarre Rauchringe blies, blieb er stehen und deutete auf den Aschenbecher auf dem Tresen, in dem eine Zigarettenkippe vor sich hin dampfte.

»Na, Doppelraucher?«

»Entschuldigung«, erwiderte der Mann völlig akzentfrei, »aber ich spreche kein Deutsch.«

»Soso.« Damit wandte sich Hain um und sah dem Wirt ins Gesicht. »Wo sind denn die Klos? Ich muss mal ganz dringend.«

»Leider defekt. Müssen Sie woanders pinkeln gehen.«

Lenz, der an der Ausgangstür stehen geblieben war, machte mit dem Kopf eine Bewegung in die hintere Ecke des Raumes. »Ich muss auch mal ganz dringend, Thilo. Bleib du doch hier und leiste den Herrschaften Gesellschaft, so lange ich mir das Wasser abschlage.«

»Ich sag euch doch, dass das Klo außer Betrieb ist. Verstopft, um genau zu sein.«

Hain lächelte den Mann an. »Lass mich lieber zuerst gehen, Paul, du kennst doch meine Sextanerblase. Nicht, dass mir noch ein Missgeschick passiert.«

»Wie du willst. Dann bleibe ich eben so lange hier stehen und leiste den Herren Gesellschaft.«

Der Oberkommissar nickte und setzte sich in Bewegung.

»Hehe, ich sag doch …«, machte der Mann hinter der Theke einen letzten Versuch, wurde jedoch von Lenz unterbrochen.

»Ich nehme ein Bier. Gibt es bei Ihnen auch was in der Büchse?«

Hain stieg die etwa 15 Stufen hinab, wo ihn der Geruch einer lange nicht mehr grundgereinigten Toilette empfing. Auf dem kurzen Flur gab es drei Türen. Links jeweils die Damen- und die Herrentoilette, rechts eine mit der Aufschrift *Privat*. Der Oberkommissar zog seine Dienstwaffe aus dem Holster und schob vorsichtig die Tür zur Herrentoilette auf. Der Geruch steigerte sich zu einem ausgewachsenen Gestank. Im Schummerlicht einer einzelnen Energiesparlampe über seinem Kopf spähte er in die beiden offen stehenden Toilettenseparees. Dort war niemand zu sehen. Hinter ihm war das Waschbecken, daneben, durch eine Schamwand abgetrennt, zwei Urinale. Er steckte die Pistole zurück, drehte sich um, trat wieder auf den Flur und hatte schon die ersten Stufen der Treppe genommen, als er es sich anders überlegte, stoppte, und umkehrte. Vor der Tür mit der Aufschrift ›Privat‹ blieb er kurz stehen und lauschte. Dann drückte er die Klinke langsam nach unten und schob die Tür nach innen. Der Geruch von abgestandenem Bier schlug ihm entgegen, als er mit der rechten Hand nach dem Lichtschalter griff. Auch hier gab es eine einzelne Energiesparlampe, die nur sehr langsam so etwas wie Helligkeit verbreitete. Ein Fass Bier, ein paar Kisten Cola und eine Kohlensäureflasche, sonst gab es in dem Raum, in dem sich der Putz großflächig von der Wand löste, nichts zu sehen. Der Polizist schaltete das Licht aus, schloss die Tür, drehte sich um und musste dabei ein klein wenig über sich grinsen. Vielleicht raucht der Kerl an der Theke wirklich gleichzeitig Zigarre und Zigarette, sinnierte er, legte die Hand auf die Klinke zur Damentoilette und zog an der Tür. Immer noch mit einem Lächeln auf dem Gesicht suchte er nach dem Lichtschalter, doch noch bevor er ihn auch nur ertastet hatte, wurde es schlagartig leuchtend hell um ihn herum. Das Letzte, was ihm durch den Kopf ging, bevor er bewusstlos wurde, war die Verabredung mit seiner Freundin. Sternchentag, dachte er. Passt ja.

*

Lenz trippelte unruhig von einem Fuß auf den anderen. Hain war seit mehr als fünf Minuten auf der Toilette verschwunden. Die Männer an der Theke unterhielten sich mittlerweile miteinander, als ob der Polizist nicht im Raum wäre. Es ging um Frauen und deren Brüste, die gerade zu Ende gegangene Fußball-Weltmeisterschaft, und einen Glückspilz unter ihnen, der offenbar mit einer Wette auf den neuen Weltmeister Glück gehabt hatte. Der Hauptkommissar griff zu seinem Telefon und wählte Hains Nummer. Es klingelte. Einmal, zweimal, dreimal, doch sein Kollege nahm das Gespräch nicht an. Lenz ließ den Arm sinken und lauschte Richtung Toilette, doch es war zu laut um ihn herum, als dass er etwas von dort hätte hören können. Er nahm das Telefon wieder ans Ohr und war heilfroh, als er Hains Stimme hörte, doch diese Erleichterung dauerte nur ein paar Sekundenbruchteile, dann war ihm klar, dass die Mailbox den Anruf entgegengenommen hatte.

»Na, Ihr Kollege scheint es sich auf meinem Klo gemütlich gemacht zu haben«, blökte der Wirt von links, während er sich eine neue Zigarette drehte.

»Vielleicht wischt er ja mal durch«, grölte einer der Gäste. Alle lachten.

»Sehr witzig«, murmelte Lenz und setzte sich in Bewegung.

Alle Blicke waren auf ihn geheftet, als er an der Theke vorbei in Richtung Toilette ging, und das Lachen der Männer wurde leiser. Der Kommissar drückte die Tür zum Flur auf, sah die Treppe hinunter und erkannte im Halbdunkel die Hosenbeine und Schuhe seines Kollegen, die aus einer Tür im Untergeschoss herausragten. Mit einem Griff hatte er seine Dienstwaffe in der Hand und stürmte die Stufen hinunter. Im Unterbewusstsein hörte er, noch bevor er Hain erreicht hatte, dass die Tür zum Schankraum zuschlug. Dann kniete er neben seinem Freund, beugte sich über ihn und hob vorsichtig dessen Oberkörper an.

»Thilo«, sprach er ihn leise an, »hey, Thilo, hörst du mich?«

Hain fing an zu stöhnen und schlug die Augen auf. »Boh ey, da hat's aber eine aufs Dach gegeben«, murmelte er und versuchte, sich aufzurichten.

»Bleib liegen, Junge. Ich rufe einen Krankenwagen.«

Der Oberkommissar winkte ab. »Nie im Leben. Hilf mir lieber hoch.«

»Du hast wohl einen Vogel«, protestierte Lenz, doch sein Kollege gab sich unbeirrbar.

»Diesen Gefallen tue ich denen nicht, Paul. Wenn wir hier raus sind, können wir gern ins Krankenhaus fahren, aber verlassen werde ich die Kneipe auf meinen eigenen Beinen.«

Damit setzte er sich aufrecht, tastete seinen Kopf ab und betrachtete seine Hand. »Wenigstens keine Platzwunde«, stellte er mit einem Anflug von Zufriedenheit fest. »Aber eine mächtige Beule wird's schon geben.«

Lenz dachte kurz darüber nach, ob Hain vielleicht Unsinn redete wegen des Schlages auf den Kopf, verwarf den Gedanken jedoch im gleichen Moment.

»Hast du ihn gesehen?«, fragte er, während er ihm in die Vertikale half.

»Quatsch. Ich hatte kaum die Tür aufgezogen, da hat es auch schon eingeschlagen.« Er bewegte sich schwankend auf das Waschbecken zu, ließ für ein paar Sekunden das Wasser laufen und goss dann mit zusammengelegten Handflächen mehrere Ladungen in sein Gesicht. »Anfängerfehler«, konstatierte er ungerührt, während Lenz ihm ein Papiertuch nach dem anderen reichte.

»Auf dem Herrenklo hätte ich mit ihm gerechnet, vielleicht noch nebenan im Bierkeller. Aber auf dem Frauenklo?«

Lenz atmete tief durch. »Wenn das publik wird, wie wir uns hier angestellt haben, gibt es richtig Ärger, Thilo. Wir hätten uns nie trennen dürfen.«

»Stimmt. Also erzählen wir es doch lieber niemandem, was meinst du?«

»Und wie willst du den Kollegen die fette Beule, die sich da auf deiner Schädeldecke abzeichnet, erklären? Mal ganz abgesehen von der Gehirnerschütterung.«

»Darüber denken wir nach, wenn wir hier raus sind. Jetzt machen wir einen Versuch, ob ich ohne fremde Hilfe laufen kann.« Er drehte sich um und verließ die Toilette. »Geht doch«, murmelte er, und setzte umständlich den rechten Fuß auf die unterste Stufe der Treppe.

*

Der Mann hinter dem Tresen polierte gelangweilt ein Bierglas. Außer ihm war niemand mehr in der Kneipe.

»Na, haben es Ihre Gäste vorgezogen, zu verschwinden?«, fragte Hain den Mann im Plauderton, als die Polizisten die Theke erreicht hatten. Wenn es ihm schwer fiel, ließ er es sich zumindest nicht anmerken.

»Weiß auch nich. Vielleicht ist ja Fußball im Fernsehen?«, erwiderte der Wirt hämisch grinsend.

»Na, dann dreimal zicke zacke, zicke zacke, hoi hoi hoi«, skandierte der Oberkommissar und strebte auf den Ausgang zu.

»50 Cent«, schallte es hinter den Polizisten her. Die beiden blieben stehen und drehten sich um.

»Was war das?«, fragte Lenz drohend.

»Ich kriege 50 Cent von dem da. Hier reinschneien, nichts konsumieren und dann noch mein Klo vollpissen läuft nicht. Solche Nassauer zahlen bei mir 50 Cent Toilettenbenutzungsgebühr.« Er deutete auf ein altes, verblichenes DIN-A4-Blatt in seinem Rücken. »Hier, für die ganz Doofen hab ich es sogar aufgeschrieben«, grinste er feist.

Lenz warf Hain einen kurzen Blick zu, der leicht schwankend in der Tür stand. Dann ging er langsam auf den Mann hinter dem Tresen zu, baute sich vor ihm auf, sah ihm ein paar Sekunden lang in die Augen und schlug dann völlig unvermittelt zu. Nicht mit der Faust, nein, mit der flachen Hand. Eine Backpfeife. Der Wirt drehte eine Pirouette, bei der ihm Glas und Handtuch aus der Hand rutschten, und schlug mit dem Gesicht zuerst auf dem Boden auf. Dort blieb er stöhnend liegen. Der Kommissar griff in die rechte Hosentasche, sortierte aus seinem Kleingeld ein Eurostück heraus und warf es neben dem Mann auf die alten, speckigen Dielen.

»Stimmt so. Der Rest ist für die freundliche Bedienung.«

»Mein lieber Dirty Paule, wo hast du denn auf einmal das ganze Testosteron hergenommen?«, wunderte sich Hain, während Lenz ihm auf den Beifahrersitz half.

»Hör auf. Du weißt, dass ich mich damit nicht wohl fühle. Aber dieses Arschloch hat es einfach eine Spur zu weit getrieben.«

»Das stimmt. Hast du Sorgen, dass da was nachkommt?«

Lenz winkte ab.»Nicht bei dem, das kannst du vergessen. Der hat die Geschichte wahrscheinlich jetzt schon abgehakt.«

»So eine Backpfeife ist aber auch demütigend. Und das hat mächtig geklatscht.«

»Mir tut auch die Hand ganz schön weh. Aber trotzdem hast du eine Beule am Hirn und wir sind keinen Deut weitergekommen. Was machen wir nun mit diesen Füchsen? War der, der dir das Ding da oben verpasst hat, einer von den beiden?«

Hain betastete die immer dicker werdende Beule auf seinem Kopf. »Keine Ahnung, aber anzunehmen wäre es. Schreiben wir sie halt zur Fahndung aus.«

»Aus welchem Grund?«

»Angriff auf einen Vollstreckungsbeamten und Körperverletzung.«

»Dazu müssen wir mit deiner Verletzung zum Arzt. Und wir müssen in unserem Bericht den nicht so ganz erfreulichen Umstand erwähnen, wie es dazu kam.«

»Auch wieder wahr«, stimmte Hain zu.

»Es wird uns aber nichts anderes übrigbleiben, Thilo. Wenn einer von den Füchsen oder gar beide mit den Morden zu tun haben, können wir unmöglich das Risiko eingehen, sie frei in der Gegend herumlaufen zu lassen.«

Hain dachte kurz nach. »Dann lass es uns so machen, dass wir sie wegen *eines* Angriffs auf mich zur Fahndung ausschreiben. Die Beule halte ich heute Nacht schön kühl, dann ist sie bis morgen etwas zurückgegangen. Ich will nicht, dass im Präsidium darüber geredet wird, dass mir irgendein Strolch auf dem Damenklo des Rothenditmolder Hofs die Lichter ausgeknipst hat.«

»Gut, machen wir es so. Dann bringe ich dich jetzt nach Hause und kümmere mich anschließend darum, dass die beiden zur Fahndung ausgeschrieben werden. Außerdem sorge ich dafür, dass wir schnellstmöglich die Daten zu den Namen der Erzieher bekommen, die Erika Schäfer uns gegeben hat.«

»Schön«, gab Hain erfreut zurück. »Ich will den Abend nämlich lieber mit Carla verbringen als im Krankenhaus.«

»Ach so«, fiel es Lenz ein, »das hatte ich gar nicht mehr auf dem Schirm. Es ist ja Sternchentag.« Er warf seinem Kollegen und Freund einen zweifelnden Blick zu, während er den Motor des kleinen Cabrios startete. »Vielleicht solltest du lieber heute auf alle Aktivitäten verzichten, die eine Fortpflanzung zur Folge haben könnten, Thilo.«

»Warum denn das? Ich fühle mich schon wieder richtig gut.«

»Das mag sein«, erwiderte Lenz und deutete auf die Beule des Oberkommissars. »Rein mental könnte das passen, aber so richtig ästhetisch wäre es nicht, wenn dein Sohn oder deine Tochter mit so einem Ding da auf dem Kopf geboren würde.«

Hain ließ sich in den Sitz zurückfallen und holte tief Luft. »Fahr einfach los«, grummelte er.

*

Um Viertel nach zehn warf Lenz die Tür seiner Wohnung hinter sich ins Schloss. Maria kam auf ihn zugestürmt und warf sich mit solcher Wucht in seine Arme, dass er mit dem Rücken gegen das Türblatt gepresst wurde, und noch bevor er ihr einen guten Abend wünschen konnte, hatte sie sein ganzes Gesicht mit Küssen eingedeckt.

»Ho ho, so bin ich in diesem Haus noch nie begrüßt worden«, schnaufte er.

»Bin ich dir zu schwer?«, fragte sie, und schwang die Arme noch etwas fester um seinen Rücken.

»Nein, natürlich nicht«, erwiderte er, trug sie in die Küche und setzte sie auf dem Tisch ab.

»Ich hab mich ganz narrisch auf dich gefreut«, erklärte sie ihm fröhlich. »Schon den ganzen Tag.«

Erst jetzt nahm Lenz den Duft wahr, der seine Nase umwehte. »Was riecht denn hier so gut?«, wollte er wissen.

»Unser Abendbrot. Es ist fertig, ich muss es nur noch kurz aufwärmen. Hol doch schon mal die Kartoffeln aus dem Bett.«

Er sah sie an wie eine Außerirdische. »Was soll ich …?«

»Guck nicht so. Ich hab die Kartoffeln im Bett warm gestellt. Daran wirst du dich gewöhnen müssen; es sei denn, du bist ab heute jeden Abend pünktlich zu einer bestimmten Uhrzeit zu Hause.«

»Nein, das bin ich ganz bestimmt nicht«, murmelte er und machte sich auf den Weg, um den Topf mit den Kartoffeln unter der Bettdecke hervorzukramen.

»Rouladen habe ich seit bestimmt zehn Jahren keine mehr gegessen«, bilanzierte er nach der Mahlzeit. »Und so gute schon gar nicht.«

»Es freut mich, wenn es dir schmeckt. Und es freut mich noch mehr, für dich zu kochen. Das habe ich nämlich, auch seit mehr als zehn Jahren, nicht mehr mit solchem Vergnügen gemacht.«

»Wenn das die Ouvertüre zu unserem neuen Leben ist, muss ich mich ganz schnell in einem Fitnessstudio anmelden«, flachste er. »Sonst kann ich meinem Bauch beim Wachsen zuschauen.«

»Keine Sorge«, bremste sie ihn. »Da passen wir schon auf.«

Ihr rechter Zeigefinger fuhr an ihre Stirn. »Apropos aufpassen. Das hat mein zukünftiger Exmann heute auch zu mir gesagt: dass ich aufpassen soll.«

»In welchem Zusammenhang?«

»Generell. Wahrscheinlich denkt er, dass ich ihn finanziell ausnehmen will, und in diesem Glauben lasse ich ihn auch noch ein paar Wochen.«

»Aber du willst nichts von ihm?«

»Nur den Rentenausgleich, meine persönlichen Sachen und ein paar Möbel. Sonst nichts.«

»Dann scheinst du tatsächlich eine gute Partie zu sein?«

»Und eine, die sich auf einen Job freut.«

»Weißt du schon, was du machen willst?«

»Als Allererstes suche ich eine größere Wohnung für uns. Das hat auf jeden Fall Vorrang. Die richten wir uns schön ein, und danach kommt der Job von ganz allein.«

Lenz stand auf, räumte das Geschirr in die Spülmaschine und wischte über den Tisch.

»Hattest du einen harten Tag?«, wollte sie wissen.

Er zog sie zu sich heran, küsste ihre Stirn und schob sie sanft vor sich her ins Wohnzimmer. Dort stieß er sie auf die Couch, drehte sich um und legte eine CD in den Spieler.

»Ja, den hatte ich. Aber wenn ich dich vorhin am Telefon richtig verstanden habe, war deiner auch nicht ganz ohne.«

Maria sprang auf, lief in die Küche, kam kurze Zeit später mit zwei Gläsern Rotwein in der Hand zurück, die sie auf dem Tisch abstellte, und rollte sich in ihn ein.

»Wie hast du das vorhin am Telefon genannt? Störfeuer?«

Sie griff nach einem der Gläser und nippte daran. »Das sind Störfeuer, die mich nur am Rand beschäftigen. Viel wichtiger ist für mich, dass wir den Übergang von unserem schlamperten Verhältnis zu einer geregelten Beziehung hinbekommen.«

»Machst du dir Sorgen deswegen?«

»Nicht wirklich. Aber so was geht nicht ohne Arbeit ab, daran müssen wir halt denken. Das regelt sich nicht von selbst.«

»Was willst du mir damit sagen?«

Sie lächelte ihn an. »Nichts Schlimmes. Aber ich habe natürlich, bevor ich mich dazu entschlossen habe, Erich zu verlassen, auch darüber nachgedacht, wie es dann mit uns werden würde. Und manchmal ist mir schon angst und bange geworden bei dem Gedanken, so mir nichts, dir nichts von ihm zu dir überzulaufen.«

»Jetzt werde ich ja richtig neugierig«, merkte Lenz erstaunt an.

Sie griff ihm in den Nacken und streichelte über seinen Rücken. »Aber es gibt keinen Grund, sich deswegen Sorgen zu machen. Ich war so viele Jahre mit ihm verheiratet, da denkt man eigentlich nur noch ans gemeinsame Altwerden. Aber das hast du ja gründlich torpediert mit deinem Erscheinen in meinem Leben.«

»Was immerhin fast acht Jahre her ist, Maria.«

»Es geht nicht um die Zeit, Paul. Eine Trennung, das habe ich speziell heute gemerkt, ist mehr als der Abschied von einem Menschen. Da hängt so viel mehr dran, was man oder besser ich, gar nicht bedenken konnte.«

»Zum Beispiel?«

»Nimm doch nur den Anruf von diesem Bartholdy, deinem Chef. Der Kasseler Polizeipräsident, mit dem ich in meinem Leben wirklich nicht sehr viel zu tun hatte, und wenn, dann weil Erich ihn wegen irgendwas hofiert hat, ruft bei mir an und will mir ins Gewissen reden, bei meinem Ehemann zu bleiben. Das ist doch völlig gaga, was meinst du?«

»Kein Widerspruch«, bestätigte Lenz.

»Dann ruft die Presse in Form dieses schleimigen Werner Peters bei mir an, um mich zu fragen, ob an der Sache mit der Trennung von meinem Mann etwas dran sei. Geht's noch?« Maria kam nun richtig in Fahrt. »Und zu allem Überfluss nervt mich der Mann, den ich so gern hinter mir lassen würde, den ganzen Tag mit Telefonterror. Droht mir, schmeichelt mir, macht mir Vorhaltungen. Nennt mich eine verdammte Nutte. Wie gesagt, das habe ich mir in meinen kühnsten Träumen so nicht ausgemalt.«

Sie nahm einen Schluck Wein. »Und das ist erst der Anfang. Wer weiß, was diese Irren sich noch alles ausdenken?«

»Wie wäre es, wenn du dir eine neue Telefonnummer zulegen würdest?«

»Darüber hab ich auch schon nachgedacht. Wahrscheinlich gehe ich gleich morgen in einen Telefonladen und hol mir eine. Dann können die mich alle mal kreuzweise.«

»Ich auch?«, fragte er scheinheilig

Sie griff nach seinem Hemd, zog es aus der Hose und strich über seine nackte Haut. »Ja, du auch«, brummte sie. »Aber nur, wenn du dich scheiße benimmst. Dann gehe ich einfach nicht dran, wenn du anrufst.«

»Das hättest du heute auch so machen können.«

»Nein, hätte ich nicht. Erstens bin ich, wie du weißt, von Hause aus extrem neugierig, und zweitens haben diese ganzen Idioten mit unterdrückter Nummer angerufen.«

Lenz stöhnte leise auf, weil ihre Hand den Weg zu seiner Brustwarze gefunden hatte.

»Das müsste verboten werden«, hauchte er.

Maria sah ihn erstaunt an. »Was? Das was ich hier mache?«

»Nein. Das Anrufen mit unterdrückter Nummer. Und wenn du so weitermachst, werde ich dich …«

Weiter kam er nicht, weil sie sich auf ihn warf und ihm mit fliegenden Fingern das Hemd aufknöpfte.

12

Am nächsten Morgen frühstückte Lenz zum ersten Mal seit sehr langer Zeit zu Hause. Maria war mit ihm aufgestanden und hatte Rührei mit Schinken gemacht.

»Aber gewöhn dich wie gesagt nicht dran, ich kann auch anders.«

»Wer weiß das besser als ich«, hatte er geantwortet.

Um kurz nach sieben rief er bei Hain an, um sich nach dessen Befinden zu erkundigen.

»Alles klar«, antwortete sein Kollege. »Carla hat sich fast die ganze Nacht aufopfernd um mich gekümmert. Ich fühle mich frisch und voller Tatendrang.«

»Dann sollte dem angestrebten Nachwuchs ja nichts mehr im Weg stehen«, frotzelte Lenz. »In einer Viertelstunde stehe ich vor deiner Hütte. Bis dahin.«

Auf dem Weg zu Hains Wagen, mit dem er am Vorabend nach Hause gefahren war, fiel Lenz am Ende der kleinen Seitenstraße, in der er wohnte, eine dunkelblaue Skoda-Limousine auf, in der ein Mann saß und Zeitung las. Er warf einen Blick auf das Kennzeichen und schlenderte los.

»Morgen, Herr Peters«, begrüßte er den Journalisten, der mit geöffneter Seitenscheibe im Wagen saß.

»Morgen, Herr Lenz.«

»Haben Sie hier zu tun?«

»Sozusagen, ja.«

»Was heißt das?«

Peters knüllte die Zeitung zusammen und warf sie auf den Beifahrersitz, wo unter ihr eine große Digitalkamera verschwand. »Das heißt, dass wir in einem freien Land leben und ich meine Zeitung lesen kann, wo und wie und wann ich will. Und ich lasse mir es von niemandem verbieten.«

Lenz hob die Arme. »Um Gottes willen, Herr Peters, ich will Ihnen doch nichts verbieten. Das ist, wie Sie richtig gesagt haben, ein freies Land. Allerdings muss ich Sie der Fairness halber darauf hinweisen, dass die Bewohner das Haus auch durch die Waschküche verlassen könnten. Wenn sie wollten. Der Ausgang endet auf der anderen Seite des Gebäudes.«

»Wie?«, machte der Zeitungsmann.

»Schönen Tag noch, Herr Peters. Das Wetter soll heute ja ganz angenehm werden. Bisschen heiß vielleicht.«

Damit wandte der Kommissar sich ab und ließ den Journalisten zurück. Natürlich wusste er, dass der Weg von der Waschküche durch den kleinen Garten hinter dem Haus bis zur Hauptstraße durch eine Hecke sowie ein sich anschließendes Gebüsch führte und eher beschwerlich war, doch er war sich sicher, dass Peters nun völlig verunsichert im Auto saß. Und mehr hatte er nicht erreichen wollen.

*

Hains Ansage am Telefon war nicht übertrieben gewesen. Er sah tatsächlich nicht aus wie jemand, der am Abend zuvor einen kurzzeitigen, völligen Stromausfall im Hirn hatte hinnehmen müssen. Vielmehr stand er mit einer dunkelblauen Baseballkappe auf dem Kopf vor dem Haus und grinste seinen Chef an.

»Was geht?«, begrüßte Lenz seinen Kollegen.

»Alles«, erwiderte Hain fröhlich, sprang auf den Beifahrersitz und blickte in den blauen Himmel. »Lass uns Räuber und Gendarm spielen. Mir ist, als hätten wir heute gute Karten.«

Lenz legte den ersten Gang ein und schielte dabei verstohlen nach rechts.

»Du bist sicher, dass alles in Ordnung ist? Wir sollten nicht besser kurz im Klinikum vorbeifahren, um ein Röntgenbild machen zu lassen? Mal ganz ehrlich?«

»Vergiss es. Ich hab heute Nacht keine zwei Stunden geschlafen, nachdem ich vor nicht einmal zehn Stunden eine über die Rübe gekriegt habe. Aber meine Freundin ist, wie du weißt, Krankengymnastin und hat mich, wie ich dir schon am Telefon erklärt hab, bestens versorgt.«

»Hast du sie auch … *bestens versorgt*?«, fragte Lenz vorsichtig.

Der Oberkommissar nickte und fasste sich an die Beule auf seinem Kopf. »Nach menschlichem Ermessen müssten wir in einem guten Dreivierteljahr glückliche Eltern eines Eggheads sein.«

»Na bittschön«, prustete Lenz, und fuhr los.

Die gute Laune, mit der die beiden Kripobeamten durch die Stadt gefahren waren, verging ihnen im Präsidium schnell. Rolf-Werner Gecks empfing seine Kollegen mit aschfahlem Gesicht und Tränen in den Augen.

»Was ist los, RW?«, fragte Hain mit echter Besorgnis.

»Ich bin nur hier, um die Dinge so weit zu regeln, dass ihr eine Weile ohne mich auskommt«, erwiderte der altgediente Hauptkommissar. Lenz schluckte, trat neben ihn und legte ihm die Hand auf die Schulter.

»Warum denn das, RW?«

»Mein Besuch beim Arzt gestern Abend war nicht so erheiternd, wie ich ihn mir vorgestellt hatte. Wie es aussieht, habe ich Prostatakrebs.«

»Ach du große Scheiße«, murmelte Lenz.

Gecks nickte. »Ja, das finde ich auch. Ich war vor einer

Woche zur Vorsorge, dabei hat der Arzt einen PSA-Test gemacht. Der ist bei mir wichtig, weil ich schon immer mit erhöhten Werten zu tun hatte. Und jetzt war der Wert regelrecht explodiert. Gestern Abend hat er dann auch was ertastet. Klein, wie er sagt, aber eben tastbar.«

»Vielleicht«, gab Hain zu bedenken, »ist das Ding ja gutartig.«

Gecks schüttelte den Kopf. »Nicht bei diesen Werten, das kannst du vergessen.«

»Und wie geht es jetzt weiter?«, wollte Lenz wissen.

»Heute Abend bin ich in der Klinik, morgen früh wird eine Biopsie gemacht. Danach sehen wir weiter, aber ich richte mich darauf ein, dass es eine richtige Operation geben wird.«

»Was dann heißt?«

»Raus mit dem Ding, hat der Arzt gesagt.«

»Komplett?«

Gecks zuckte mit den Schultern. »Was weiß ich, Paul. Das ist mir im Augenblick auch so was von Latte, das glaubst du gar nicht.« Er ließ sich in seinem Stuhl zurückfallen. »Bis gestern Abend habe ich gehofft, natürlich, dass sich das alles in Wohlgefallen auflösen würde. Weil Krebs haben ja immer nur die anderen. Aber das war wohl nichts. Also habe ich die Erste von vermutlich vielen weiteren schlaflosen Nächten verbracht, und ohne die Beste von allen wäre ich wohl akut suizidgefährdet ge …«

»Nun mach uns mal keine Angst, RW«, rief Hain dazwischen.

»Nein, es geht ja auch schon wieder. Aber es ist definitiv scheiße, mit dem Gedanken ins Krankenhaus zu gehen, als Sex- und Pinkelkrüppel wieder rausgelassen zu werden.«

Lenz atmete tief durch. »Ist das denn wirklich so?«

Wieder zuckte Gecks mit den Schultern. »Kann gut so kommen. Manche haben Glück, bei ihnen sind die Einschränkungen und Ausfälle nicht so gravierend, bei anderen geht im Bett und so gar nichts mehr. Von Impotenz und Inkontinenz könnte ich auf jeden Fall betroffen sein, hat mich der Arzt schon vorgewarnt.«

Es entstand eine Pause, weil keiner der Männer etwas dazu sagen wollte. Dann jedoch setzte sich bei Gecks wieder der von ihm bekannte Pragmatismus durch. »Was soll's? Mein Großvater ist an Krebs gestorben, aber er hat nach der Diagnose noch mehr als zwölf Jahre gelebt. Ich bin jetzt 58, wenn ich die zwölf Jahre auch hinkriege, will ich mich nicht beschweren.«

»Und vergiss nicht«, machte Hain ihm Mut, »dass die Behandlungsmethoden sich in den letzten Jahrzehnten extrem verbessert haben.«

»Das kommt noch dazu«, bestätigte Gecks hoffnungsfroh, »aber wir können nicht den ganzen Tag damit vertrödeln, uns über den Knubbel in meinem Unterleib zu unterhalten. Immerhin läuft in der Stadt ein Serienkiller herum, der es offenbar nicht so mit den ehemaligen Erziehern des Karlshofs hat.«

Lenz berichtete seinem Kollegen von den zertrümmerten Halswirbeln der Opfer.

»Das ist ja ekelhaft«, kommentierte Gecks angewidert die Praxis des Mörders. »Wie krank muss man denn sein, um so etwas zu machen? Wenn ich mir überlege, was …«

Er wurde von Lenz' Mobiltelefon unterbrochen, das zu klingeln begann. Der Hauptkommissar nahm den Anruf an und meldete sich.

»Franz hier«, hörte er den Anrufer sagen.

»Ach, Dr. Franz. Schön, dass Sie sich melden. Gibt es schon erste Erkenntnisse?«

»Sozusagen, ja. Aber ich bin nicht sicher, ob sie Ihnen gefallen werden.«

»Warum das denn? Lassen Sie hören.«

Lenz vernahm ein Rascheln. Der Mediziner sortierte vermutlich Papiere.

»Gut. Die originäre Todesursache ist bei beiden Opfern die gleiche, nämlich der große Blutverlust infolge der Stichverletzungen. Dazu muss ich Ihnen hoffentlich nichts weiter erklären?«

»Nein, alles klar«, bestätigte der Polizist.

»Auch die massiven Verletzungen des siebten Halswirbels sind bei beiden identisch, aber darüber haben wir ja gestern Abend schon ausführlich gesprochen. Ich habe mir das Verletzungsbild noch einmal genau angesehen und bin sicher, dass beide in den letzten Minuten ihres Lebens keine Schmerzen und keine Gefühle mehr empfunden haben. Obwohl, in der Literatur heißt es dazu, dass die Betroffenen knapp oberhalb der Läsionsstelle schon heftige Schmerzen verspüren können, aber das gehört jetzt nicht hierher.« Wieder raschelte Papier. »Weiterhin gehe ich davon aus, dass sowohl der Mann als auch die Frau vor ihrem Tod gefoltert wurden. Aufgrund meiner nicht sehr großen Erfahrung auf diesem Gebiet würde ich tippen, dass der Täter sich schon eine Stunde, vielleicht auch etwas mehr, Zeit dafür genommen hat.«

Lenz bekam immer mehr den Eindruck, dass Franz noch irgendeinen Knaller im Ärmel hatte, dessen Zündung er gerade vorbereitete.

»Aber sonst gibt es nichts Bemerkenswertes?«, fragte er deshalb vorsichtig.

»Doch, allerdings«, kam Dr. Franz nun langsam zum Wesentlichen.

»Und?«

»Es geht um die Todeszeitpunkte.«

Lenz hasste dieses Spiel genauso sehr, wie der Pathologe es liebte. Trotzdem blieb er ruhig.

»Was ist damit, Herr Doktor?«

Erneut bewegte Franz Papiere. »Sie sind in etwa identisch, Herr Kommissar.«

Lenz brauchte ein paar Sekunden, um die Brisanz der Worte zu verstehen, die er gehört hatte. »Wie jetzt, identisch? Und was heißt in etwa in diesem Zusammenhang genau?«

Dr. Franz blies ungehalten ins Telefon. »Wenn ich es genauer wüsste, würde ich Ihnen eine genauere Zeitangabe machen, Herr Lenz, aber auf die Sekunde ist in diesem Fall leider nicht möglich. Möglich ist maximal die Eingrenzung auf, sagen wir mal, plus minus 20 oder 30 Minuten. Wobei die Dinge bei Herrn Bauer wesentlich klarer sind als bei der Frau, was in der Natur der Sache liegt. Trotzdem ist es so, dass der Todeszeitpunkt der beiden um nicht mehr als eine halbe Stunde differiert.«

Lenz lag die Frage auf der Zunge, ob sich Franz wirklich ganz sicher sei, aber er schluckte sie klugerweise hinunter, weil er wusste, dass damit das Telefonat beendet wäre.

»Und um Ihrer nächsten Frage gleich vorzugreifen: Ja, ich bin ganz sicher. Ich mache meinen Job nämlich nicht erst seit gestern.«

»Das weiß ich, Herr Doktor, und deshalb wäre mir diese Frage auch nie in den Sinn gekommen«, log der Kommissar. »Aber merkwürdig ist es schon, weil, wie Sie selbst erwähnt haben, der Täter sich doch eine ganze Weile mit den Opfern beschäftigt hat. Und wenn ich mal von der Stunde ausgehe, die Sie ins Spiel gebracht haben, kann das doch eigentlich nicht sein.«

»Wenn man von ein und demselben Täter ausgeht, Herr

Lenz. Wenn es zwei verschiedene Täter gewesen wären, sieht die Sache gleich ganz anders aus.«

Dieser Gedanke war dem Polizisten natürlich auch schon gekommen, doch er wollte sich noch nicht geschlagen geben. »Aber die Vorgehensweise legt doch nun wirklich eindeutig nahe, dass es sich um einen Täter handelt, der zuerst Frau Liebusch und danach Dieter Bauer umgebracht hat.«

Der Pathologe lächelte deutlich hörbar in die Muschel des Telefons. »Das müssen Sie so sehen, weil es Ihre Arbeit um einiges leichter macht, Herr Lenz. Ich hingegen kann mich nur an jene Fakten halten, die meine Obduktionen ergeben haben.«

Nun hatte Lenz keine Argumente mehr. »Dann freue ich mich auf Ihren detaillierten Bericht. Schönen Tag noch, Herr Doktor.«

»Wir haben ein Problem«, fasste Lenz das Gespräch mit dem Mediziner zusammen. Sowohl Gecks als auch Hain sahen ihn irritiert an.

»Wenn ich das, was du dem Doc geantwortet hast, richtig gedeutet habe, müssen wir von identischen Todeszeitpunkten bei den beiden Opfern ausgehen?«, wollte Hain wissen.

Lenz nickte.

»Aber das geht doch gar nicht«, widersprach der Oberkommissar vehement. »Diesmal muss er sich irren.«

Lenz sah ihn mitleidig an, zog sein Telefon aus der Sakkotasche und hielt es seinem Kollegen hin. »Er wird begeistert sein, wenn du ihn mit deinen Zweifeln konfrontierst. Hier, die Nummer ist abgespeichert.«

Hain hob abwehrend die Arme. »Ich bin doch nicht verrückt. Der Typ kann mich eh schon nicht leiden, da werde ich ihm gerade noch so eine Steilvorlage liefern.«

Lenz ließ das Telefon zurückgleiten. »Noch jemand einen guten …«

Uwe Wagner, der Pressesprecher, stand mitten im Raum. »Moin, Männer, euer Geschrei ist auf dem ganzen Flur zu hören. Was ist denn hier los?«

»Morgen, Uwe«, begrüßte Lenz seinen Freund. Im Anschluss klärte er ihn über die Hintergründe der Kontroverse auf.

»Gut, dass du davon anfängst«, meinte Wagner, »was das angeht, habe ich ohnehin eindeutige Informationsdefizite. Wie wäre es, wenn ihr mich auf die Schnelle auf euren Stand bringen würdet?«

Ein paar Minuten später saß der Mann für die Öffentlichkeitsarbeit schweigend in einem Stuhl vor dem Schreibtisch. »Die Welt wird immer verrückter«, kommentierte er das Gehörte. »Und wenn es sich herausstellen sollte, dass Dr. Franz recht hat mit seinen Todeszeitpunkten, seid ihr nicht zu beneiden. Aber vielleicht haben ja wirklich diese Füchse was damit zu tun, das würde zumindest einiges erklären.«

»Er hat natürlich recht«, polterte Gecks. »Ich kenne den Mann jetzt seit mehr als 20 Jahren, genau wie du übrigens, Paul, und wenn er sagt, dass es so ist, dann ist es so. Basta. Außerdem haue ich jetzt ab, weil ich nämlich krank geschrieben bin und hier gar nichts mehr zu suchen habe.«

»Was fehlt dir denn?«, wollte Wagner wissen.

Lenz winkte ab. »Erzähl ich dir später.« Damit wandte er sich zu Gecks. »Und dir alles Gute, RW. In welches Krankenhaus gehst du denn?«

»Ins Klinikum, wie bereits gesagt. Aber wenn ihr mir einen Gefallen tun wollt, lasst mich erstmal ein paar Tage in Ruhe, ja? Ich melde mich, wenn ich was Genaues weiß und es euch erzählen will.«

»Versprochen«, versicherte Lenz ihm. »Müssen wir zu den zwei Toten noch irgendwas wissen?«

Gecks griff sich an die Stirn. »Das hätte ich jetzt fast vergessen, dabei ist es der einzige Grund, der mich heute hierher getrieben hat.« Er langte nach einem Zettel auf dem Schreibtisch. »Diese Ruth Liebusch hat ein Girokonto, was an sich ja nichts Erwähnenswertes ist. Darauf wird ihre Rente gutgeschrieben und die Einnahmen, die sie aus der Vermietung von, wie ich es gesehen habe, sechs Wohnungen erzielt.«

»Die Frau war Großgrundbesitzerin?«, wunderte sich Thilo Hain und strich über seine Beule am Kopf.

»Na ja«, widersprach Gecks sanft, »als Großgrundbesitzerin würde ich sie nicht bezeichnen, aber die Mieteinnahmen der sechs Wohnungen können sich schon sehen lassen. Nach meiner Rechnung sind es, inklusive der Nebenkosten natürlich, über 4.300 Euro, die jeden Monat auf ihr Konto geflattert sind, zusätzlich zu ihren rund 1.500 Euro Berufsunfähigkeitsrente.« Gecks holte tief Luft.»Aber um die Einnahmen geht es mir gar nicht.«

Er reichte Lenz den Zettel, den er in der Hand gehalten hatte. »Hier gibt es neben dem ganzen normalen Kram wie Strom und Telefon, der vom Konto abgebucht wird, einen Dauerauftrag, der mich stutzig gemacht hat. Sie hat bis vor zwei Monaten regelmäßig 250 Euro an eine Petra Soffron überwiesen. Und das hat dann einfach aufgehört.«

»Was hat dich daran stutzen lassen?«, wollte Lenz wissen.

Gecks lächelte. »Der Verwendungszweck. Der Dauerauftrag lief unter dem Verwendungszweck ›bekannt‹. Und wann immer ich auf einem Kontoauszug ›bekannt‹ lese, werde ich ganz wuschig.«

»Warum denn das?«, fragte Uwe Wagner skeptisch.

»Weil jemand, der Geld so überweist, in der Regel etwas zu verbergen hat, ihr Superbullen.«

»Hm«, machte Lenz, ebenfalls ein bisschen skeptisch. »Hast du schon herausgefunden, wer diese Petra Soffron ist?«

»Wer sie ist, kann ich dir nicht sagen, aber was sie ist, das hab ich rausgefunden.«

»Und?«

»Sie ist vor drei Monaten gestorben.«

»Wie?«

Gecks winkte ab.»Völlig unspektakulär. Ihr Arzt hat mir erzählt, dass sie schon im Herbst des letzten Jahres einen ersten Schlaganfall hatte, von dem sie sich nie ganz erholen konnte. Dann, vor etwa drei Monaten, kam der nächste, der ihr den Rest gegeben hat. Und es gibt keinen Zweifel, dass sie an diesem Schlaganfall, und nur daran, gestorben ist.«

»Weißt du schon, was sie mit Ruth Liebusch zu tun gehabt hat? Oder wofür die Kohle gewesen ist, die sie ihr überwiesen hat?«

Gecks griff kopfschüttelnd nach seiner Jacke, die über dem Stuhl hing, und ging Richtung Tür. »Ich habe zwar überhaupt nicht geschlafen, aber das ging dann doch nicht so weit, dass ich die Nacht hier verbracht hätte. Also, Kollegen, ein bisschen was müsst ihr schon noch selbst tun. Und der Letzte von euch macht hier das Licht aus und schließt ab.«

Damit reichte er jedem die Hand und verließ ohne ein weiteres Wort sein Büro.

»Was fehlt ihm?«, wollte Uwe Wagner wissen, nachdem sie in Hains Büro umgezogen waren.

»Er hat Prostatakrebs«, antwortete Lenz mit belegter Stimme.

»Aber wie es aussieht, hat man den Tumor relativ früh erkannt.«

»Scheiße«, fluchte der Pressesprecher.

»Morgen wird er operiert, du hast es ja gehört«, fuhr Lenz fort.

Wagner goss ein Glas Wasser ein und ließ sich wieder in den Stuhl fallen. »Ich hab erst neulich mit meiner Liebsten zusammengesessen und darüber geredet, wie es wäre, wenn einem von uns das passieren würde. Und richtig witzig war das Gespräch nicht.«

»Was soll daran schon witzig sein«, wollte Hain wissen.

»Witzig ist daran gar nichts, Thilo. Wichtig hingegen ist allerdings, dass man bis zu dem Tag der Diagnose gelebt hat. Richtig gelebt. Und da, das ist uns klar geworden, haben wir noch ein paar Defizite aufzuarbeiten.«

Lenz sah ihn aufmerksam an. »Die da wären?«

»Zum Beispiel machen wir zu wenig Urlaub. Und wenn wir wegfahren, dann kommen wir nur ganz schwer dort an, wo wir sind, weil uns immer wieder Sachen beschäftigen, die mit der Arbeit zu tun haben.«

»Und was wollt …«

Der Hauptkommissar wurde vom Klingeln seines Mobiltelefons unterbrochen.

»Ja, Lenz«, meldete er sich.

»Ich bin's, Ludger.«

»Hallo, Ludger. Zu dir wollte ich eh gleich kommen.«

»Mach es am besten sofort«, erwiderte der Kriminalrat und direkte Vorgesetzte von Lenz kühl. »Bis gleich.«

Damit war das Gespräch beendet.

Lenz sah verwundert in die Runde. »Das war Ludger; er erwartet mich. Sofort, hat er gesagt. Und er klang echt angepisst.«

Ludger Brandt empfing seinen besten Mann mit herunterhängenden Mundwinkeln. »Setz dich.«

Lenz sah ihn erwartungsvoll an. »Was ist los, Ludger?«

Der Kriminalrat holte tief Luft. »Das musst du mich fragen? Ausgerechnet du? Hast du sie nicht mehr alle?«

Nun wusste Lenz, woher der Wind wehte. »Es ist wegen Maria Zeislinger?«

Brandt nickte mit geschlossenen Augen. »Genau wegen der. Mensch, Paul, hättest du es dir nicht ein wenig einfacher machen können? Musste es unbedingt die Frau des OB sein?«

Der Hauptkommissar zuckte mit den Schultern. »Wo die Liebe hinfällt, Ludger.«

Wieder atmete Brandt tief ein. »So einfach ist das leider nicht, mein Freund. Hier brennt nämlich der Baum, und das nicht nur am Stamm, sondern komplett und lichterloh. Schoppen-Erich hat mit Wiesbaden telefoniert, die haben mit Bartholdy telefoniert, und der hat mit mir telefoniert, nachdem er mit dir keine Einigung erzielen konnte.«

»Und was wollte er von dir?«

»Ich soll dich beurlauben.«

»Na bittschön. Und was wirfst du mir vor?«

»Ach, Paul, nun tu nicht so stur. Du weißt doch genau, worum es geht.«

»Genau. Um mein Privatleben nämlich. Und das geht, wie das Wort es schon sagt, nur mich etwas an.«

»Das ist so nicht ganz richtig. Wenn du dir etwas zuschulden kommen lässt, das dem Ansehen des Beamtentums schadet, ist das ganz und gar nicht deine Privatsache.«

Lenz' Kopfadern schwollen an. »Und du willst mir allen Ernstes erklären, dass meine Beziehung zu Maria Zeislinger dem Ansehen des Beamtentums schadet? Jetzt muss ich dich ernsthaft fragen, ob du noch ganz dicht bist.«

Brandt lief rot an. »Vergiss bitte nicht, mit wem du redest, Paul Lenz«, brüllte er und schlug dabei mit der rechten Hand auf die Tischplatte. »Ich bin immer noch dein Vorgesetzter.«

»Das stimmt«, erwiderte Lenz ruhig. »Und in dieser Funktion hätte ich mir von dir eindeutig mehr Rückendeckung erwartet, um es ganz offen zu sagen. Und diese Scheiße mit dem Ansehen des Beamtentums kannst du dir sonst wohin stecken, weil du genauso gut wie ich weißt, dass du oder ihr oder wer auch immer damit nie durchkommen werdet. Und wenn ich gleich hier rausgehe und beurlaubt bin, kannst du dich auf was gefasst machen. Dagegen werde ich nämlich mit allem vorgehen, was das Dienstrecht mir bietet, und das ist eine ganze Menge.«

Bei seinem letzten Satz hatte Lenz die Stimme ein klein wenig erhoben. Brandt schloss die Augen, presste die Lippen aufeinander und atmete hörbar aus.

»Natürlich weiß ich, dass du spätestens morgen wieder im Dienst wärst, so ganz doof bin ich ja auch nicht. Aber ich bitte dich, auch mal meine Lage zu sehen. Was soll ich deiner Meinung nach machen?«

»Ruf Bartholdy an und sag ihm, dass die Liebesgeschichten deiner Mitarbeiter ihre Privatsache sind. Und frag dich dabei, was er denn überhaupt machen kann, außer mit solch einem hanebüchenen Unsinn zu drohen? Peters von der Zeitung sitzt ohnehin schon vor meinem Haus, um ein Bild von Maria zu schießen, wie sie ihr neues Liebesnest verlässt. Wollen diese Idioten denn die Sache noch bis ins Privatfernsehen ziehen?« Er deutete sich an die Stirn. »Ich bin sicher, dass Schoppen-Erich verletzt ist und seine Frau wiederhaben will, aber das geht mir letztlich am Arsch vorbei. Er hat seine Chance gehabt und nichts draus gemacht. Also bitte.«

Brandts Gesichtsausdruck veränderte sich ein wenig in Richtung reumütig. »Wie lange geht das denn schon mit euch beiden?«, fragte er, und sein Tonfall klang dabei um einiges versöhnlicher als zuvor.

»Ludger, das willst du gar nicht wissen, sonst brüllst du mich gleich wieder an.«

»Wie lange?«

»Kein Kommentar.«

Brandt beugte sich nach vorne und sah Lenz lange und tief in die Augen. »Es tut mir leid, dass ich mich vor den Karren von Bartholdy und Zeislinger hab spannen lassen, Paul, und das meine ich ehrlich. Mir ist eben klar geworden, dass es hier wirklich um deine ureigenste Privatsache geht, und ich mich benommen habe wie ein Depp. Also frage ich dich jetzt als Freund und aus purer Neugierde, wie lange Erich Zeislinger schon mit Hörnern durch die Gegend läuft, mit denen er eigentlich durch keine Tür mehr passt.«

»Und du gibst mir dein Ehrenwort, dass es von dir niemand erfährt?«

»Außer meiner Frau, und da bitte ich um Verständnis, weil sie unseren OB aus tiefstem Herzen hasst und ihm alles erdenklich Schlechte wünscht.«

Lenz nickte zustimmend. »Genehmigt.«

»Schön. Also, wie lange geht das schon mit euch?«

»Knapp acht Jahre.«

Brandt saß ein paar Sekunden stumm da, bevor er reagierte. »Na, nach einer so langen Zeit sollte man schon wissen, wie der Furz des anderen riecht.«

»Pfui, Ludger. Das denke ich nicht mal.«

»Acht Jahre«, resümierte der Kriminalrat fassungslos. »Und ihr konntet in der ganzen Zeit die Geschichte geheim halten?«

»Hast du was darüber in der Zeitung gelesen?«

Brandt winkte ab. »Dumme Frage. Ich ziehe sie zurück. Trotzdem, wie geht es nun weiter mit euch? Bei dir ist es ein bisschen klein, wie ich vermute. Und unter einem Dach mit Schoppen-Erich in dessen Haus dürfte es auch nicht so richtig funktionieren.«

Lenz konnte sich ein Grinsen nicht verkneifen. »Stimmt. Wir suchen uns was Größeres, sobald der Pulverdampf sich ein wenig verzogen hat. Bis dahin genießen wir unser junges Glück in meiner kleinen Butze unter erschwerten Bedingungen.«

Sein Chef nickte und sah eine Weile wortlos aus dem Fenster. »Manchmal bin ich wirklich ein Idiot, Paul. Ich schäme mich regelrecht dafür, dass mir nichts Besseres eingefallen ist, als dir die blöden Erpressungsversuche von Zeislinger und seinen Schergen im Ministerium und hier im Präsidium eins zu eins weiterzureichen. Ich kann nur noch mal sagen, dass es mir aufrichtig leid tut.«

Der Hauptkommissar winkte ab. »Schon in Ordnung. Du steckst halt auch nur in deiner Haut. Viel dringender erscheint mir jetzt die Frage, wie du deinen Sinneswandel nach oben verkaufen willst.«

»Das lass mal meine Sorge sein. Ich glaube, in den paar Jahren, die mir noch bis zur Pension bleiben, wird mir nichts Schlimmes mehr zustoßen können. Bei dir dagegen bin ich mir da nicht ganz so sicher. Immerhin ist dein Kontrahent der OB der Stadt und in Politik und Gesellschaft bestens vernetzt.«

Lenz lehnte sich entspannt zurück. »Das halten wir aus.«

»Gut«, nickte Brandt. »Gibt es was in der Sache mit den Karlshof-Erziehern, das ich wissen sollte?«

»Ja«, bestätigte Lenz, und brachte seinen Chef auf den neuesten Sachstand in den Mordfällen Bauer und Liebusch, ohne auf die Details vom Vorabend in der Kneipe näher einzugehen.

»Und wenn ich nicht beurlaubt werde, gehe ich mit deiner freundlichen Genehmigung jetzt wieder an die Arbeit«, beendete er seine Ausführungen.

»Mach das. Hast du heute schon mit RW gesprochen?«

»Ja, vorhin.«

»Er wird eine Zeit lang ausfallen. Brauchst du einen Mann als Ersatz?«

Lenz schüttelte den Kopf. »RW ist nicht zu ersetzen. Außerdem hoffe ich für ihn und für uns, dass er baldmöglichst wieder im Dienst sein wird.«

»Das hoffe ich auch«, beendete der Kriminalrat das Gespräch.

13

Die Fahndung nach Horst und Wolfgang Fuchs lief, war jedoch bis zum jetzigen Zeitpunkt erfolglos geblieben. Deshalb beschlossen die beiden Polizisten, sich zunächst um die ominösen Überweisungen an die verstorbene Petra Soffron zu kümmern. Die letzte Meldeadresse der Toten war ein heruntergekommenes Haus am hinteren Ende der Hafenstraße gewesen, etwa zwei Kilometer von der Kasseler Innenstadt entfernt. Lenz hatte sich geweigert, Hain das Steuer zu überlassen und parkte deshalb das kleine Mazda-Cabriolet an der Einfahrt zum Kasseler Hafen, der in früheren Jahren einmal eine gewisse Bedeutung als gewerblich genutzter Umschlagplatz für auf der Fulda transportierte Güter gehabt hatte. Diese Zeiten waren allerdings lange vorbei. Heute war daraus ein reiner Sportboothafen geworden.

Sie gingen auf das Haus zu, an dessen Mauern der Putz bröckelte und dessen Vordach bedrohlich schief und lose aus der Wand ragte. Neben der Eingangstür fanden die Polizisten auf einem verblichenen, ausgefransten Schild den Namen Soffron am Klingelbrett. Insgesamt gab es sechs Wohnungen, zählte Hain, und läutete. Zur großen Überraschung der Beamten ertönte kurze Zeit später eine blecherne Stimme aus der Sprechanlage.

»Ja, was ist los?«, fragte eine verschlafen klingende Frau.

»Wir sind von der Kriminalpolizei und haben ein paar Fragen zu Frau Soffron, die bis zu ihrem Tod hier gewohnt hat.«

Stille in der Leitung.

»Hallo?«, rief Hain in das alte, silberfarbene Gehäuse vor seiner Nase.

»Ja, ich bin noch da. Aber zu Frau Soffron kann ich Ihnen nichts sagen, da müssen Sie schon jemand anders fragen.«

»Sind Sie die Nachmieterin?«

Wieder ein paar Sekunden Pause in der Kommunikation, und dazwischen eine erneute Nachfrage von Hain.

»Hallo?«

»Ja, ja. Was wollen Sie denn von mir?«

»Zunächst würde mich interessieren, mit wem ich das Vergnügen habe«, erwiderte der Oberkommissar so freundlich wie möglich. Seine Frage wurde mit einem Klicken in der Leitung beantwortet. Offenbar hatte die Frau in der Wohnung die Verbindung gekappt.

»Na«, zischte Hain genervt und drückte erneut den Klingelknopf, jedoch ohne Erfolg.

»Was machen wir jetzt?«, fragte er Lenz. Der zuckte mit den Schultern.

»Was sollen wir schon machen? Ihr Verhalten ist zwar merkwürdig, aber eine Handhabe gegen sie haben wir nicht. Oder siehst du das anders?«

»Nein«, antwortete Hain und drückte auf einen Klingelknopf nach dem anderen. »Aber im Haus umsehen können wir uns ja mal.«

»Wassnlos?«, ertönte eine Frauenstimme aus dem Lautsprecher.

»Die Paketpost«, gab Hain säuselnd zurück. »Können Sie mich kurz reinlassen?«

Ohne Kommentar gab es das bekannte Knacken, danach jedoch wurde der Summer gedrückt. Der Oberkommissar schob die Tür nach innen und lächelte zufrieden dabei.

»Geht doch«, murmelte er leise.

Der Hausflur empfing die Polizisten mit einem dezenten Geruch nach Essen und Reinigungsmitteln. Außerdem war es hier viel sauberer, als das Äußere des Gebäudes es hatte vermuten lassen. Sie sahen sich kurz um, doch im Treppenhaus war nichts zu holen.

»Wollen wir es noch einmal direkt an der Tür versuchen?«, fragte Hain seinen Chef. Der überlegte kurz.

»Zu verlieren haben wir nichts. Also los.«

Leise stiegen sie die Treppe nach oben und sahen auf die Türschilder. Im zweiten Stock stand neben einer in hellem Rosa bemalten Tür einfach *Petra*. Der Oberkommissar sah sich nach einem Klingelknopf um, doch es gab keinen, also klopfte er vorsichtig zweimal an. Sofort begannen mehrere Hunde im Innern der Wohnung zu kläffen. Hain warf Lenz einen irritierten Blick zu und trat zwei Meter zurück.

»Ruhe«, rief die Frau, die vorher an der Sprechanlage zu hören gewesen war. Darauf folgten ein Klatschen und das Aufjaulen eines Hundes. Sofort war Stille in der Wohnung. Dann näherten sich Schritte der Tür.

»Ich hab dir doch gesagt«, erklärte die Stimme aus dem Off, »dass ich heute Morgen ausschlafen …«

In diesem Moment wurde die Tür aufgerissen. Die Kripobeamten blickten in das erschrockene Gesicht eines etwa 45-jährigen Mannes, der in einem verwaschenen, blauen Morgenmantel und mit einem kleinen Hund auf dem Arm vor ihnen stand und sie anglotzte. Um seine Beine wuselte etwa ein halbes Dutzend weiterer Vierbeiner, keiner davon höher als seine Waden. Aus der Wohnung drang ein übler Gestank.

»Wer sind Sie?«, fragte er mit einer für einen Mann ungewöhnlich hohen Stimme. »Und was wollen Sie von mir? Ich dachte, meine Nachbarin …« Er brach seine Erklärung ab. Der Hund auf seinem Arm knurrte die Polizisten nun bedrohlich an.

»Still, Peggy«, forderte er und gab der Töle einen Stups auf die Nase, woraufhin sie von seinem Arm sprang und sich zu dem Rudel gesellte, das hinter ihm Aufstellung genommen hatte und neugierig, aber auch ängstlich in Richtung der Menschen blickte.

»Wir sind von der Kriminalpolizei und haben ein paar Fragen zu der Mieterin, die vorher in dieser Wohnung gewohnt hat. Petra Soffron.«

»Ich habe Ihnen doch schon über die Sprechanlage gesagt, dass ich Ihnen da nicht weiterhelfen kann«, echauffierte er sich mit der ungewöhnlichsten Falsettstimme, die Lenz und Hain jemals von einem Mann gehört hatten.

»Aber Sie wohnen doch in ihrer Wohnung. Und die Namensschilder haben Sie auch nicht geändert.«

Der Mann sah an den Polizisten vorbei, als könne jemand im Hausflur auftauchen und ihm zu Hilfe eilen.

»Und Ihren Namen wollten Sie mir auch nicht sagen, wenn ich Sie richtig verstanden habe«, fuhr Hain fort. »Kannten Sie Frau Soffron, Herr …?«

»Nein … Ja … natürlich kannte ich sie.«

»Aber Ihren Namen wollen Sie uns nicht verraten?«, hakte Lenz nach.

»Nein, eigentlich nicht.« Der Mann im blauen Morgenmantel trat einen Schritt zurück und griff nach der Türklinke. »Und außerdem, wer sagt mir denn, dass ihr wirklich Bullen seid?«, fragte er mit seiner noch immer hohen Stimme, jedoch in völlig verändertem Tonfall. Die Polizisten kramten ihre Dienstausweise hervor, während Hain ein paar Schritte auf die Tür zuging und seinen linken Fuß vorschob.

»Ich kannte Petra zwar, aber sagen werde ich Ihnen deshalb trotzdem nichts zu ihr«, erklärte der Mann resolut, »und meinen Namen muss ich Ihnen auch nicht auf die Nase binden.«Damit wollte er die Tür zuknallen, doch Hains Schuh verhinderte den Versuch.

»Moment, Moment«, rief der Oberkommissar, »so einfach geht das jetzt aber nicht mehr. Sie haben mich und meinen Kollegen mit Ihrem Verhalten ja richtig neugierig gemacht. Außerdem war das, wenn wir es ganz eng auslegen, ein tätlicher Angriff auf mich und meinen Fuß.« Er schob die Tür nach innen, griff sich den linken Arm des Bewohners, drehte ihn nach hinten, sodass der Mann eine halbe Drehung hinlegte, und hatte einen Augenblick später ein paar Handschellen um dessen Handgelenke gelegt. Zu seiner und Lenz' Überraschung fing der Mann auf der Stelle an zu weinen.

»Aber ich habe doch gar nichts getan«, jammerte er.

Die Tölen, die noch immer die Szenerie beobachteten, schienen den Ernst der Lage zu verkennen und stimmten fröhlich in sein Geheul ein.

»Ihren Namen«, forderte Hain, nachdem er den Mann umgedreht hatte und ihm ernst ins Gesicht sah.

»Martin Melchers. Martin Melchers.«

»Na bitte, war doch gar nicht so schwer.«

»Aber ich habe doch wirklich nichts getan«, jammerte der Mann weiter. »Und ich wollte Ihnen auch nicht wehtun, ganz bestimmt nicht.«

»Schon gut, Herr Melchers«, übernahm Lenz das Kommando, »wenn Sie ab jetzt keinen weiteren Blödsinn machen und mit uns kooperieren, vergessen wir diesen kleinen Fauxpas.«

Melchers drehte den Kopf und sah den Hauptkommissar unschlüssig an. Offenbar war er mit ins Deutsche eingestreuten französischen Allgemeinplätzen nicht vertraut.

»Na, diesen Unfug mit der Tür und so«, präzisierte Lenz deshalb seine Ausführungen. Der Mann in Handschellen nickte eifrig.

»Das mache ich. Ganz bestimmt mache ich das.«

»Gut. Was also haben Sie in der Wohnung der verstorbenen Frau Soffron zu schaffen?«

Offenbar missinterpretierten die Hunde erneut die Lage, denn sie kamen nun vorsichtig näher und knurrten die Polizisten an.

»Ruhig«, rief Melchers mit seiner hohen Stimme. »Ruhig, sonst hole ich die Hausschläppchen.« Er drehte den Kötern seinen Rücken zu, wendete den Kopf und deutete mit den gefesselten Händen auf eine offen stehende Tür. »Ab in eure Körbchen, loslos.«

Obwohl die Hunde ihn völlig blöde ansahen, drehte sich einer nach dem anderen um und verschwand in dem Raum.

»Alle Achtung«, lobte Lenz den Mann, »die hören ja aufs Wort.«

Melchers Gesicht hellte sich schlagartig auf. Doch bevor er etwas sagen konnte, kam Hain ihm mit einer Frage zuvor.

»Sind Sie allein in der Wohnung?«

»Äh, nein. Mein … Freund ist zu Besuch.«

»Wo ist denn Ihr … Freund?«

»Er liegt im Bett und schläft. Wir sind spät nach Hause gekommen.«

»Wo?«, wollte der Polizist wissen und zog seine Dienstwaffe. Melchers riss die Augen auf und starrte auf die Pistole in der Hand des Polizisten.

»Bitte tun Sie ihm nichts. Er ist noch ganz jung und …«

Hains auf die Lippen gelegter linker Zeigefinger ließ ihn abbrechen. Der Oberkommissar deutete auf eine verschlossene Tür im Rücken des Gefesselten. Der nickte ängstlich.

»Bitte …«, flüsterte er.

Hain trat an die Tür, drückte die Klinke nach unten und

schob das alte, rissige Holzblatt nach innen. Das Zimmer war bis auf das wenige Licht, das vom Flur hineinschien, völlig dunkel. Er tastete nach dem Lichtschalter und betätigte ihn. Eine alte, milchige Leuchte mit einer Energiesparlampe im Zentrum begann matt zu glimmen. Hain erkannte auf dem Boden eine Matratze, darauf die Umrisse eines auf der Seite liegenden Körpers. Vorsichtig, die Pistole auf das Bett gerichtet, bewegte er sich vorwärts. Im heller werdenden Licht nahm er wahr, dass der knochige Brustkorb des jungen, langhaarigen, hellblonden Mannes, der auf dem Bett lag, sich rhythmisch hob und senkte. Mit schnellen Schritten ging Hain zum Fenster und riss mit einem hässlichen Geräusch den schweren, dunklen Vorhang herunter. Sofort war das Zimmer sonnendurchflutet, doch der Mann auf dem Bett rührte sich nicht. Der Polizist steckte die Waffe weg, trat vor den Mann, bückte sich und rüttelte an seiner Schulter.

»Er schläft immer ganz, ganz fest«, kam aus seinem Rücken die Fistelstimme Melchers.

Hain sah in das Gesicht des Mannes vor ihm auf dem Bett. Dann griff er sich dessen linken Arm, drehte die Innenfläche ins Licht und betrachtete die mit Einstichstellen übersäte Haut.

»Das war klar.«

»Nein«, wimmerte Melchers von hinten. »Er ist kein Junkie, ganz bestimmt nicht. Er ist Diabetiker.«

Der Oberkommissar ließ den schlaffen Arm fallen und warf dem nun schrill weinenden Melchers einen sehr bösen Blick zu. »Sie machen Ihre Situation nicht besser, wenn Sie weiter solch einen Scheiß erzählen«, zischte er ihn an. »Der Kerl ist ein Junkie, und Sie wissen es ganz genau. Wann hat er sich den Schuss gesetzt, der ihn hier so friedlich schlummern lässt?«

Er stand auf und ging langsam und mit drohendem Gesichtsausdruck auf Melchers zu. »Und keine Märchen, sonst nehmen wir Sie mit aufs Präsidium.«

Nun brach der schlanke, feingliedrige, aber völlig ungepflegte Mann völlig zusammen. Sein nervtötendes Schluchzen wurde von Tränenbächen begleitet, die ihm über das Gesicht liefen. »Ich liebe ihn doch. Er will damit aufhören, ehrlich, aber es ist einfach zu schwer.«

»Wie finanziert er seine Drogen?«

Melchers senkte den Kopf und startete einen erneuten Weinkrampf. »Das ist alles so furchtbar«, jammerte er, ohne auf die Frage des Polizisten einzugehen. Hain griff zu seinem Telefon.

»Sagen Sie mir seinen Namen«, forderte er von seinem Gegenüber.

»Was wollen Sie machen?«

»Ich will seine Personalien klären. Also brauche ich seinen Namen.«

Wieder senkte Melchers den Kopf. »Bitte … Ich brauche ihn. Wenn Sie ihn mir wegnehmen, weiß ich nicht, wie ich weiterleben soll.«

Hain drückte eine Kurzwahltaste. Er hatte genug gehört. »Sein Name ist Louis oder so ähnlich. Stimmt's?«

Der Mann im blauen Morgenmantel starrte ihn an. »Woher …?«

»Oberkommissar Hain, hallo. Ich brauche einen Streifenwagen«, knurrte er ins Telefon und gab dann die Adresse durch. »Oder Kollege, schick gleich zwei vorbei, wer weiß, wozu es gut ist. Und einen Krankenwagen auch noch. Aber keinen Schnickschnack, ein einfacher Krankenwagen mit einem Arzt reicht.« Danach lauschte er einen kurzen Moment. »Danke, bis gleich.«

Der Oberkommissar beendete das Gespräch und warf

Lenz einen beruhigenden Blick zu, weil er dessen irritiertes Gesicht gesehen hatte.

»Und nun zu Ihnen, Herr Melchers. Warum leben Sie in der Wohnung der verstorbenen Frau Soffron?«

»Wollen Sie Louis mitnehmen? Wollen Sie ihn mir wegnehmen?«

Hain trat hinter ihn und nahm ihm die Handschellen ab. »Wenn Sie vernünftig sind, legen wir ein gutes Wort für ihn ein. Wenn nicht …«

»Oh Gott«, schluchzte Melchers.

»Mein Kollege und ich warten noch immer auf eine Antwort«, mischte Lenz sich wieder ein.

Melchers massierte sich die Handgelenke und holte tief Luft. »Petra und ich haben hier schon seit ein paar Jahren zusammengelebt. Sie war wie eine Schwester für mich.« Er wischte sich über die feuchten Wangen, bevor er weitersprach. »Im Herbst hatte sie einen Schlaganfall, seitdem habe ich sie gepflegt. Und vor einem Vierteljahr, nach dem zweiten, ist sie dann gestorben.«

»Hatte Frau Soffron keine Angehörigen? Kinder, Verwandte oder so was?«

»Nein, außer mir hatte sie niemanden.«

Lenz sah sich in der Wohnung um. »Und Sie haben zusammen hier gelebt? Wie soll das denn gegangen sein?«

Melchers Arm fuhr nach oben und deutete auf das Zimmer, in dem die Hunde verschwunden waren. »Das war ihr Zimmer, das andere meins.«

Der Hauptkommissar drückte die Tür ganz auf und sah ins Innere. Dort lagen die Hunde ineinandergerollt in drei mit schmuddeligen Decken ausgelegten Körben. An der Wand stand ein kleines Bett, davor ein Rollstuhl und ein kleiner Fernseher. Auf dem Boden lagen ein paar alte, zerfledderte Bücher.

»Sie hat gern gelesen?«

Melchers schüttelte den Kopf. »Nein, damit hat sie ihr Geld verdient. Sie ist mit den Büchern auf Flohmärkte gegangen und hat sie verkauft. Gelesen hat sie nie in ihnen.«

Es klingelte. Hain bediente den Taster für die Haustür, wartete kurz, bis seine uniformierten Kollegen die Wohnung erreicht hatten, und ließ die vier Männer herein. Dann deutete er auf den Raum, in dem Melchers Geliebter auf dem Bett lag.

»Da drin liegt eine männliche Person. Nehmt ihn mit zur Überprüfung seiner Personalien, aber seid vorsichtig, er ist drogenabhängig. Am besten warten wir auf den Krankenwagen, dann kann der Arzt nach ihm sehen und entscheiden, wie er transportiert werden soll.«

Die Uniformierten nickten und stellten sich vor der Tür auf.

Melchers fing wieder an zu weinen.

»Kennen Sie eine Ruth Liebusch?«, wollte Lenz nun von ihm wissen.

Er überlegte kurz, bevor er antwortete. »Ja, warum?«

»Woher kennen Sie sie?«

»Aus dem Karlshof in Wabern. Sie hat dort gearbeitet. Aber das ist doch schon eine Ewigkeit her. Warum fragen Sie mich nach ihr?«

Lenz und Hain hoben wie elektrisiert die Köpfe.

»Haben Sie etwa auch dort gearbeitet?«, wollte Hain ungläubig wissen.

»Quatsch«, widersprach Melchers eine Spur zu heftig. »Ich war dort im Erziehungsheim.«

»Als … Zögling?«

»So nannten diese …« Er suchte offenbar nach einem Wort, sprach es jedoch nicht aus, »das damals, ja.«

»Dann kennen Sie wahrscheinlich auch den Erzieher Dieter Bauer?«

»Ja. Aber die Liebusch und er waren alle auf einer anderen Gruppe. Ich glaube, bei den Picos. Ich war zuerst im Pavillon drei und dann im Haupthaus, im zweiten Stock.«

»Haben Sie einen von den beiden in der letzten Zeit mal gesehen?«, wollte Lenz wissen.

Wieder dachte Melchers ein paar Sekunden nach. »Nein, ganz bestimmt nicht. Keinen von denen, seit ich aus dem Karlshof raus bin.«

»Wann war das?«

Erneut ein Moment des Nachdenkens. »1978.«

»Und danach sind Sie nach Kassel gezogen?«

»Ja.«

»Und Sie haben immer hier gelebt?«

Er nickte.

»Was arbeiten Sie, Herr Melchers?«, fragte Lenz, obwohl er sich über die Antwort keine großen Illusionen machte.

»Ich bin krank und kann nicht arbeiten.«

»Dann beziehen Sie Sozialhilfe?«

Wieder nickte der Mann. Offensichtlich war ihm das Thema peinlich.

»Wissen Sie, ob Frau Soffron Kontakt zu Frau Liebusch hatte?«

»Nein, davon hätte sie mir erzählt. Außerdem waren die Liebusch und die Petra nie zusammen auf einer Gruppe …« Er stockte. »Also ich meine, die Liebusch war nie Erzieherin auf der Mädchengruppe gewesen.«

Erneut ging ein Ruck durch die beiden Polizisten. »Frau Soffron war auch im Karlshof?«

»Ja, klar«, gab Melchers erstaunt zurück. »Sage ich Ihnen doch. Auf der Mädchengruppe.«

»Und auch in der gleichen Zeit wie Sie?«

»Ungefähr, ja.«

»Von wann bis wann genau waren Sie dort?«

»Von 1974 bis 1978. Aber warum wollen Sie das denn alles wissen? Ich will an die Zeit am liebsten überhaupt nicht mehr denken.«

»Und Frau Soffron war auch von 1974 bis 1978 dort untergebracht?«, ignorierte Lenz sein Anliegen.

»So genau …«

Das erneute Rasseln der Klingel unterbrach Melchers Antwort. Kurze Zeit später betraten ein Arzt und ein Rettungssanitäter die Wohnung und wurden von Hain eingewiesen. Nach einem kurzen Blick ins Gesicht des noch immer leblosen jungen Mannes auf dem Bett winkte der Arzt ab.

»Louis Bracht. Der Kerl ist Stammgast bei uns.« Er griff sich das rechte Handgelenk des Bewusstlosen und fühlte dessen Puls. »Vermutlich hat er sich in der Nacht oder heute Morgen weggeschossen.«

In diesem Augenblick öffnete Bracht zitternd die Augenlider und sah verdutzt in die Runde. »Was …?«

Weiter kam er nicht, weil ihm die Augen wieder zufielen. Der Arzt schlug ihm zweimal leicht auf die Backe. »Hallo, Herr Bracht, hören Sie mich?«

»Leider, ja«, antwortete der Junkie müde und öffnete erneut die Augen. »Was soll denn der Auflauf? Seid ihr alle wegen mir hier?«

»Auch leider, ja«, bemerkte der Arzt süffisant.

»Wir müssen ihn mitnehmen, weil ich glaube, dass was gegen ihn vorliegt, Herr Doktor«, klärte Hain den Mediziner auf. »Die Frage ist nur, ob er zuerst in die Klinik muss oder ob wir ihn gleich mit aufs Präsidium nehmen können.«

»Von mir aus können Sie ihn mitnehmen«, antwortete der Arzt emotionslos. »Seien Sie vorsichtig, dass Sie sich nichts holen. Mehr darf ich dazu aber nicht sagen. Vom medizinischen Standpunkt aus spricht auf jeden Fall nichts dagegen, dass er zuerst aufs Präsidium kommt. Sie werden allerdings nicht lange Freude haben an ihm, weil spätestens heute Abend sein Turkey, also seine Entzugserscheinungen, einsetzen werden.«

»Das werden wir berücksichtigen. Danke auf jeden Fall, dass Sie vorbeigekommen sind.«

»Keine Ursache«, erklärte der Mediziner und streifte sich die Einweghandschuhe von den Fingern. »Schönen Tag noch.«

Damit verließen die beiden bunt gekleideten Männer die Wohnung. Einer der Uniformierten hatte zuvor über Funk Brachts Namen an die Kollegen im Präsidium durchgegeben und lauschte nun angestrengt der Antwort.

»Er ist zur Fahndung ausgeschrieben«, gab er knapp an die Runde weiter. »Wegen mehrerer voneinander unabhängiger Sachverhalte.«

Martin Melchers saß wie ein Häufchen Elend mit einem Glas Wasser in der Hand auf einem Stuhl in seiner Küche und weinte. Die Festnahme und der Abtransport seines Freundes hatten ihm schwer zugesetzt.

»Wir sind vorhin unterbrochen worden, Herr Melchers«, nahm Lenz den Faden wieder auf. »Frau Soffron war also, genau wie Sie, von 1974 bis 1978 im Karlshof untergebracht?«

Melchers stierte einen imaginären Punkt neben der seit Monaten nicht mehr gereinigten Spüle an. »Nein«, antwortete er apathisch, »die Petra war ein Jahr länger drin als ich. Sie ist seit '73 dort gewesen. Als ich hinkam, war sie schon da.«

»Und Sie beide haben sich von Anfang an gut verstanden?«

»Ja, warum nicht?«

»War nur so 'ne Frage«, beschwichtigte der Hauptkommissar.

Melchers schnäuzte sich und sah den Kommissar an. »Aber warum wollen Sie das denn alles von mir wissen? Nur, weil ich hier in der Wohnung wohne? Was hat das denn mit der Liebusch und diesem blöden Bauer zu tun?«

»Darüber sprechen wir später. Kannten Sie Herrn Bauer gut?«

»Nein, Gott sei Dank hatte ich mit dem nicht viel zu tun. Ein- oder zweimal im Jahr hat er bei uns Vertretung gemacht, wenn einer unserer Erzieher krank geworden ist. Aber dann haben wir uns immer alle in die Stuben verzogen und irgendwas gemacht, weil diesen Typen keiner leiden konnte. Und alle haben sich darauf gefreut, wenn es abends 22 Uhr geworden ist, weil er Feierabend hatte und nach Hause gefahren ist.« Wieder lief eine dicke Träne über sein Gesicht.

»Aber Sie sind sich sicher, dass Frau Soffron in den Jahren nach ihrer Entlassung aus dem Karlshof nicht in irgendeiner Verbindung zu Frau Liebusch oder Herrn Bauer gestanden hat?«

Melchers schüttelte so energisch den Kopf, dass die nächste Träne auf dem fleckigen Tischtuch landete. »Nein, ich sage es Ihnen doch. Warum sollte Petra was mit denen zu tun gehabt haben? Die war doch genauso froh wie ich, als sie aus dieser elenden Kaserne raus war. Ich weiß noch, was wir für eine Party gemacht haben, als es endlich so weit gewesen ist.«

»Sind Sie gemeinsam entlassen worden?«

»Nein, ich war ein paar Wochen früher dran als sie. Aber dann war es irgendwann auch bei ihr so weit.«

»Und Frau Soffron ist ebenfalls nach Kassel gezogen?«

»Ja, sie hatte damals eine Freundin aus Kassel.«

»Eine Freundin?«

»Spreche ich undeutlich? *Sie hatte eine Freundin.* Petra hat sich ihr ganzes Leben lang nichts aus Männern gemacht. Deshalb haben wir uns auch so gut verstanden. Wir waren uns in vielen Dingen ganz ähnlich.«

»Aber nicht bei Männern?«, wollte Hain wissen.

Melchers funkelte ihn böse an. »Nein, bei denen nicht.«

»Wissen Sie zufällig, warum Frau Soffron im Karlshof gelandet ist, Herr Melchers?«, fragte Lenz weiter.

»Warum wohl? Das waren doch bei den meisten, die dort waren, die gleichen Gründe. Mieses Elternhaus, Karriere auf der Straße, nicht in die Schule gegangen, und zum guten Schluss noch ein paar Dinger gedreht.«

»Und es war bei Frau Soffron auch so?«

Melchers nickte. »Ja, soweit ich weiß, schon. Petra war zwar in den meisten Dingen offen und ehrlich zu mir, aber über ihr Leben vor dem Karlshof hat sie nicht gern geredet. Da war sie richtig verschlossen. Manches wolle sie einfach für sich behalten, hat sie gesagt.« Er fuhr sich durch die fettigen Haare. »Aber ich weiß, dass sie ganz schön was auf dem Kerbholz hatte. Einbrüche und so. Eine Erzieherin der Mädchengruppe hat einmal beim Kartenspielen so eine Andeutung gemacht, was Petra furchtbar aufgeregt hat. Wenn sie nicht in den Karlshof gegangen wäre, hätte sie in den Jugendknast gemusst, das weiß ich genau.«

»Und Sie beide, also Petra Soffron und Sie, sind irgendwann zusammengezogen?«

»Vor ein paar Jahren. Es ging ihr gesundheitlich nicht gut, da haben wir das einfach beschlossen.«

»Was hat ihr gefehlt?«

»Sie hatte es am Herzen. Und hohen Blutdruck.«

»Hat sie etwas gearbeitet?«

»Petra war Schneiderin, das konnte sie perfekt. Wenn sie gut drauf war, hat sie an einem Tag einen kompletten Anzug genäht. Aber sie konnte es schon lange nicht mehr machen, weil sie eben so krank gewesen ist.«

»Also hat sie auch von Sozialhilfe gelebt?«, fragte Hain.

»Das heißt nicht …«

»Schon gut, geschenkt«, blaffte der Oberkommissar zurück. »Sie hat Hilfe zum Lebensunterhalt bekommen, ist Ihnen das lieber?«

Melchers drehte den Kopf langsam von links nach rechts. »Nein, das wollte sie nicht. Sie hat gesagt, dass sie mit den Leuten vom Amt nie in ihrem Leben etwas zu tun haben wolle. Sie hat ihre Bücher verkauft und bescheiden gelebt.«

»Aber sie brauchte doch eine Krankenversicherung? Und diese Wohnung? Wie hat sie das alles mit den Büchern finanzieren können?«

»Ich sage Ihnen doch, sie war bescheiden.«

Lenz stand auf und ging ein paar Schritte in der Küche auf und ab. »Herr Melchers, ich muss Sie noch einmal nach einer möglichen Verbindung zwischen Frau Soffron und Frau Liebusch fragen. Ist es möglich, dass es da etwas gab, von dem Sie nichts wussten? Oder vielleicht nichts wissen wollten?«

Wieder schüttelte der Mann im blauen Morgenmantel den Kopf, nun deutlich ungehalten. »Hören Sie endlich auf mit diesem Müll. Petra hat mit der Liebusch nie auch nur irgendwas zu tun gehabt. Und das sage ich Ihnen nicht noch einmal.«

»Schon gut«, beschwichtigte Hain den Mann. »Sie müssen sich nicht wieder aufregen. Aber ich habe ein Problem, bei dem Sie mir vielleicht helfen könnten. Es geht um zwei Männer, ein Brüderpaar, um genau zu sein. Sie heißen Horst und Wolfgang Fuchs, und wenn ich richtig informiert bin, waren sie zur gleichen Zeit wie Sie in Wabern im ...«

Der Oberkommissar brach ab, weil Melchers kreidebleich geworden war und sich sang- und klanglos vom Stuhl kippen ließ. Die beiden Kommissare sahen sich verwirrt an, bückten sich, und beugten sich über den scheinbar leblos auf dem Boden kauernden Melchers.

»Hallo, Herr Melchers, was ist mit Ihnen?«, fragte Lenz ernsthaft besorgt. Der Mann in der Embryohaltung hob langsam den Kopf und sah von einem zum anderen.

»Woher kennen Sie die Füchse? Und was wollen die von mir?«

»Kommen Sie«, forderte Hain ihn auf, griff ihm unter die schmalen Achseln und zog ihn zurück auf den alten, wackligen Küchenstuhl. »Die beiden wollen nichts von Ihnen, Herr Melchers, zumindest wissen wir davon nichts.«

»Und warum fragen Sie mich dann nach den beiden?«

»Wir suchen nach ihnen«, antwortete Lenz so ruhig und sanft wie möglich.

»Ach so«, machte Melchers erleichtert. »Warum denn? Was haben sie denn schon wieder verbrochen?«

»Ob sie etwas verbrochen haben, kann ich Ihnen nicht sagen. Wir suchen sie, zunächst als Zeugen, im Zusammenhang mit zwei Tötungsdelikten.«

Melchers sah erneut von einem Polizisten zum anderen. »Wer ist denn getötet worden?«

Lenz und Hain warfen sich einen unsicheren Blick zu. Hain nickte.

»Frau Liebusch und Herr Bauer, die beiden ehemaligen Erzieher des Karlshofs«, erwiderte Lenz schließlich. Melchers nahm die Nachricht völlig emotionslos auf. Er ließ den Kopf sinken und legte die Wange auf die Innenfläche der rechten Hand.

»Die Füchse haben mich, solange ich sie kenne, immer nur drangsaliert und gedemütigt. Das ging an dem Tag los, an dem sie in den Karlshof kamen, und aufgehört hat es nie. Ich gehe jeden Tag mit Angst aus dem Haus, weil ich mich davor fürchte, ihnen zu begegnen.«

»Wann haben Sie die beiden zum letzten Mal gesehen?«, wollte Hain wissen.

Der Mann im Morgenmantel überlegte. »Vor einem Monat ungefähr. Ich war mit den Hunden an der Fulda unterwegs, als sie mir begegnet sind.«

»Und?«

Melchers zog laut die Nase hoch. »Es war wie immer. *Schwuli*, haben sie mich beschimpft, und *Homosau*, so wie immer. Dann haben sie mir mein Geld abgenommen und mich geklatscht.«

»Wie meinen Sie das, *geklatscht*?«

»Die Backen verhauen. Am Anfang, im Karlshof, haben sie mich mit den Fäusten verdroschen, dann sind sie dazu übergegangen, mich mit Backpfeifen zu verhauen. Das haben sie an der Fulda auch gemacht.«

»Und was haben Sie gemacht?«, fragte Lenz.

»Was sollte ich schon machen? Ich habe es über mich ergehen lassen und bin weggelaufen, als sie fertig waren.«

Der Hauptkommissar schüttelte fassungslos den Kopf. »Und das ging dauernd so, wenn Sie die beiden getroffen haben?«

Melchers nickte. »Ich kenne es nicht anders.«

»Wissen Sie, wo die Brüder wohnen?«, fragte Lenz nach einer kurzen Pause weiter.

»Soweit ich weiß, leben sie in einem Container auf dem Gelände eines Schrottplatzes, gar nicht weit von hier.«

Hain schrieb sich die ungefähre Adresse auf. »Und Sie

sind in den ganzen Jahren nicht auf die Idee gekommen, zur Polizei zu gehen, Herr Melchers?«

Der Mann am Küchentisch sah ihn an wie einen Außerirdischen. »Sind Sie irre? Ich hänge an meinem Leben, auch wenn es eigentlich ein Scheißleben ist und Sie das bestimmt nicht verstehen können. Aber ich würde die Füchse nicht dadurch reizen wollen, dass ich sie anzeige oder so was. Das würden die nämlich gar nicht gut finden.« Er putzte sich die Nase. »Was die mit mir machen, wenn ich ihnen begegne, weiß ich, weil ich es seit mehr als 30 Jahren kenne. Die beiden sind furchtbare Menschen und echte Schweine, aber sie lassen mich am Leben. Ob das noch so wäre, wenn ich sie irgendwann angezeigt hätte, weiß ich nicht.«

»Trauen Sie den beiden einen Mord zu?«

»Den beiden, Herr Kommissar«, antwortete Melchers überzeugt, »traue ich alles zu.«

*

Lenz drehte sich um und warf noch einmal einen Blick auf das Haus, in dem Melchers lebte. »Was für ein armes Schwein«, meinte er, und meinte es durchaus ernst.

»Nun werd mal nicht zum Sozialromantiker, Paul«, bremste Hain den sentimentalen Anflug seines Chefs aus. »Gib mir den Schlüssel, ich fühl mich wieder richtig gesund«, erklärte er ihm stattdessen mit einem Griff zu seiner Beule am Kopf. »Fahren wir allein zu diesem Schrottplatz oder lassen wir das Mobile Einsatzkommando kommen?«

»Lass uns erstmal allein hinfahren. So schlimm wird es schon nicht werden. Was mich aber viel mehr interessieren würde, ist, warum du auf diesen Louis so gezielt reagiert hast. Kanntest du ihn?«

Hain fing an zu grinsen und nickte. »Seit meinem ersten

Tag bei der Sitte. Mein damaliger Chef hatte ihn gerade hopsgenommen und war dabei, ihn zu verhören. Danach hat er mir ein paar Takte zu ihm erzählt.«

»Und?«, bohrte Lenz, nachdem Hain keine Anstalten machte, fortzufahren.

»Ein fixender kleiner Drecksack, der schon damals, und da war er noch keine 17, auf den Strich ging. Seine Spezialität war Beischlafbetrug. Die Freier sind reihenweise auf sein Engelsgesicht reingefallen.«

»Von dem ja nicht viel übriggeblieben ist.«

»Und von seinem einstmals güldenen Haar ist auch nicht mehr viel vorhanden.«

Sie erreichten den Mazda, stiegen ein und fuhren Richtung Müllheizkraftwerk. Auf Höhe des alten Hafens klingelte Lenz' Telefon.

»Lenz«, meldete er sich und bedeutete Hain gleichzeitig, ein wenig langsamer zu fahren.

»Hallo, Paul, hier ist Lemmi vom KDD. Wir haben eure Anfrage zu den Adressen bearbeitet. Die Jungs von der Nachtschicht haben mir gesagt, dass es bei dir ziemlich eilig ist, deswegen rufe ich gleich an.«

Horst Lehmann, ehemaliger Profifußballer, Hauptkommissar beim Kriminaldauerdienst, und von allen im Präsidium nur Lemmi gerufen, raschelte mit ein paar Blättern.

»Ja, das ist richtig«, bestätigte Lenz. »Schön, dass du dich gleich meldest.«

»Also«, begann Lehmann, »über die eine Frau, die auf der Liste steht, haben wir noch nichts herausgefunden, wir arbeiten aber mit Hochdruck dran, dass sich das ändert. Die andere lebt seit 1999 in Almeria in Spanien, soweit sich das rekonstruieren ließ. Eine Anfrage an die spanischen Kollegen läuft, aber du weißt ja, wie das in Iberien so geht. Bei den beiden Männern sieht es so aus, dass der eine vor langer Zeit gestorben ist. Der andere …«, Lemmi blätterte in seinen Unterlagen, »lebt in Vellmar.«

Er nannte Lenz die Adresse. Der Hauptkommissar versuchte, so gut es auf dem Schoß ging, mitzuschreiben.

»Kannst du dafür sorgen, dass ein paar uniformierte Kollegen an dem Haus des Mannes postiert werden? Es könnte sein, dass ihm jemand nach dem Leben trachtet.«

»Derjenige, der auch die beiden anderen Erzieher abgeknipst hat, vermute ich«, erwiderte Lehmann gelassen. »Deshalb habe ich die blauen Jungs schon losgejagt. Aber um den Rest müsst ihr euch doch noch selbst kümmern.«

»Danke, Lemmi, du bist der Beste.«

»Immer wieder gern für die Jungs von Mord- und Totschlag«, lachte sein Kollege und legte auf.

Kurze Zeit später umrundete Hain das riesige Gelände des Müllheizkraftwerks, bog links von der Straße ab und parkte den Mazda in der Einfahrt des Schrottplatzes, von dem Melchers gesprochen hatte. ›Willi Hambacher, Schrott und Edelmetalle‹, stand in großen Lettern über dem Eingang. ›Tägliche Abholung von Alt- und Schrottfahrzeugen‹, hatte jemand mit einem dicken Pinsel in leuchtendem Orange darunter geschrieben. Hain schloss seinen Wagen ab und ging auf das offen stehende, große Tor des heruntergekommen wirkenden Hauptgebäudes zu, hinter dem ein ölverschmierter junger Mann im blauen Overall dabei war, einen alten Passat Kombi auszuschlachten. Lenz ging etwa einen Meter versetzt hinter seinem Kollegen her. Aus den Augenwinkeln heraus sondierte er das weitläufige Gelände. Neben dem Haus, in dem der Mann arbeitete, befanden sich vier Container, jeweils zwei übereinandergestapelt. Daneben begannen die Reihen der Schrottfahrzeuge, an deren Ende in einiger Entfernung der Kommissar drei weitere 40-Fuß-Container erkannte.

»Moin«, rief Hain dem Arbeiter zu, der gerade dabei war, die Frontscheibe des Passats nach außen zu drücken.

»Guten Morgen«, kam es freundlich, aber angestrengt zurück.

»Sind Sie der Chef hier?«

»Nein«, ertönte eine laute, extrem tiefe Stimme hinter den Beamten, die zu einem knapp zwei Meter großen Kerl gehörte, der die Muckibude scheinbar nur zum Schlafen und zum Essen verließ. Und, natürlich, um an diesem Morgen die beiden Kripobeamten unfreundlich zu begrüßen. »Das bin ich. Wer will das wissen?«

Lenz und Hain streckten ihm ihre Dienstausweise hin.

»Und?«, fragte der Riese missmutig weiter. »Liegt was vor?«

»Wir suchen zwei Männer, die sich nach unseren Informationen auf Ihrem Gelände aufhalten könnten.«

Der etwa 55-jährige Bodybuilder, der seine langen grauen Haare zu einem Zopf gebunden hatte, tat mit zusammengekniffenen Augen so, als würde er sich auf dem Gelände umschauen.

»Ich sehe außer zwei netten Herren von der Polizei niemanden, der hier nicht hingehört«, ließ er die Beamten ohne Regung im Gesicht wissen.

»Können wir uns ein bisschen hier umsehen?«, fragte Hain höflich. »Nicht, dass wir Ihnen misstrauen würden, ganz bestimmt nicht, aber wir würden uns schon gern selbst davon überzeugen.«

Der Schrottplatzbesitzer verschränkte die Arme vor der Brust und spuckte gekonnt zur Seite aus. »Das könnt ihr vergessen. Auf meinem Gelände treibt sich niemand rum, der hier nichts zu suchen hat.« Erneut ein Spucken. »Außer euch natürlich. Und solange ihr nicht mit einem roten Schein wedelt, geht ihr keinen Schritt weiter.«

Er sprach von einem Durchsuchungsbeschluss.

»Nein«, bestätigte Hain, »einen roten Schein haben wir nicht. Aber Sie könnten für uns ja eine Ausnahme machen, Herr …?«

»Hambacher.«

»Willi Hambacher?«, fragte Hain weiter in Anspielung auf das Schild über dem Eingang. Der Riese rührte sich keinen Millimeter.

»War mein Vater. Und Ausnahmen gibt's keine.«

»Kennen Sie einen Wolfgang Fuchs?«, fragte Lenz. »Oder seinen Bruder Horst?«

»Nie gehört. Wer soll das sein?«

Lenz winkte genervt ab. »So kommen wir nicht weiter, Herr Hambacher. Wenn Sie es auf die harte Tour haben wollen, können Sie es natürlich so kriegen. Dann rufen wir unsere Kollegen an und lassen uns einen Durchsuchungsbeschluss bringen. Derweil bleiben wir hier stehen und sorgen dafür, dass niemand das Gelände betritt oder verlässt. Wollen Sie das so?«

Über das Gesicht des Riesen huschte die Andeutung eines Lächelns. »So machen wir es. Ich geh jetzt zurück in meine Hütte, ruf meinen Advokaten an und guck dann ein bisschen Fernsehen.«

Er deutete auf eine Kamera an der Hauswand. »Und wenn ihr euch nicht an meine Ansage haltet, habt ihr ruck, zuck eine Anzeige wegen Hausfriedensbruch am Arsch.«

Damit ließ er die Beamten zurück und verschwand im Haus. Lenz und Hain tauschten einen bedeutsamen Blick aus. Der Bluff des Hauptkommissars war wirkungslos verpufft, so viel war klar. Und die Sache mit dem Durchsuchungsbeschluss stand auf denkbar wackligen Füßen, weil es nach Lage der Dinge keine hinreichende Begründung dafür gab. In diesem Moment räusperte sich der junge Mann leise, der die ganze Zeit über nahezu regungslos auf dem Beifahrersitz des Passats gehockt und den Auftritt seines Chefs verfolgt hatte. Sein Kopf machte eine kaum wahrnehmbare Bewegung nach rechts, die Augen rollten hinterher. Die Polizisten tauschten einen weiteren Blick aus und sahen dann zurück zu dem Mann im Auto, der schon wieder mit angezogenen Beinen dahockte und die Füße von innen gegen die Frontscheibe presste. Lenz wusste, dass er sich schnell entscheiden musste. Entweder, sie drangen weiter auf das Gelände vor, was als nicht zu unterschätzende Folge eine Anzeige durch den Eigentümer nach sich ziehen konnte, oder sie zogen ab und warteten auf eine bessere Gelegenheit. Er warf einen erneuten Blick auf den Mann im Auto, dem es in diesem Moment gelang, die Frontscheibe mit einem lauten Krachen nach vorne aus der Gummidichtung zu treten. Die Polizisten zuckten erschrocken zusammen, doch der Mechaniker stieg ganz cool aus dem Wagen und ging zwei Schritte zurück in Richtung der offen stehenden Kofferraumklappe. Dort hob er kurz den Kopf und wies auf eine zweite Kamera im Eingangsbereich der Halle, aus deren Sichtfeld er sich offensichtlich entfernt hatte. Mit einer weiteren Handbewegung deutete er erneut in Richtung der Container, dann hob er die rechte Hand und machte ein Victory-Zeichen mit Zeige- und Mittelfinger.

Vielleicht will er uns verarschen und ins offene Messer rennen lassen, schoss es Lenz durch den Kopf.

Der Mechaniker bewegte sich wieder am Auto vorbei nach vorne und griff nach der Scheibe, die sich noch immer nicht komplett aus der Dichtung gelöst hatte. Dabei zuckte er mit den Schultern, als wolle er damit ausdrücken, dass es an ihm nicht gelegen hatte.

Lenz hatte sich entschieden. Er nahm sein Telefon aus der Jacke, wählte die 110 und forderte ein paar Streifenwagen an. Dann zogen er und Hain ihre Dienstwaffen und gingen um die Hausecke auf die gestapelten Container zu. Vorsichtig und mit den Waffen im Anschlag umrundeten sie die Stahlquader, bis Hain stehen blieb und auf ein verrostetes Ofenrohr deutete, das aus der linken oberen Seite des an der Hauswand stehenden Containerpaares ragte. Auf dem unteren Seitenteil war in oranger Leuchtfarbe *Kotflügel* aufgemalt, auf dem oberen stand *Scheiben*. Hain trat an die grobschlächtig eingeschweißte Feuerschutztür der unteren Stahlbox, drückte die Klinke nach unten und zog daran. Langsam und mit einem lauten, ziehenden Geräusch öffnete sich die Tür und gab den Blick frei auf ein buntes Sammelsurium von Kotflügeln aller Marken und Modelle. Der Oberkommissar ließ die Tür offen stehen und trat bedächtig an die rostige, steile Stahltreppe mit dem Geländer auf der linken Seite, die zu dem Container im ersten Stock führte. Lenz blieb neben der Treppe stehen und beobachtete seinen Kollegen, der oben angekommen war und nach der Klinke greifen wollte. Im gleichen Moment flog die nach außen öffnende Tür auf, und ein Mann stürmte auf den jungen Polizisten zu. Hain drehte sich um 90 Grad und duckte sich geschickt zur Seite, sodass der Angreifer mit seinem ungestümen Elan und seinem ganzen Gewicht ungebremst auf den mit Riffelblech belegten oberen Treppenabsatz schlug. Damit jedoch war die Energie des Mannes noch nicht restlos aufgebraucht. Er überschlug sich, vollführte eine komplette Drehung um die eigene Achse und versuchte dabei, sich irgendwie am Geländer festzuhalten, doch dieser Plan war schon im Ansatz zum Scheitern verurteilt. Ein paar Zehntelsekunden später knallte sein Kopf hart auf die zweite Stufe von oben, und damit war sein Abgang endgültig nicht mehr zu stoppen. Mit lautem, scheppernden Klong, Klong, Klong wurde sein längst bewusstloser Körper vom ersten Stock ins Erdgeschoss durchgereicht und landete direkt vor Lenz' linkem Schuh. Der Hauptkommissar versicherte sich durch einen kurzen Stups mit dem Fuß, dass von dem Mann wirklich keine Gefahr mehr ausging, bückte sich, fühlte den Puls des mächtig aus dem Kopf Blutenden, nickte, und sah hinauf zu Hain. Der stand mit einem breiten Grinsen und der Waffe im Anschlag neben der Tür.

»Darf ich vorstellen: einer der Füchse. Leider etwas verbeult unten angekommen«, erklärte er seinem Chef. Dann wurde er wieder ernst und deutete mit dem Kopf auf das Innere des Containers. »Komm hoch und sichere mich ab. Der da unten braucht unsere Zuwendung im Augenblick nicht so dringend, und vielleicht ist ja der andere auch zu Hause.«

In der Ferne ertönten die Sirenen der angeforderten Streifenwagen. Lenz zog erneut sein Telefon aus der Tasche und ließ einen Notarztwagen kommen. Danach stieg er die Treppe hinauf, wobei er darauf achtete, sich möglichst dicht am Geländer aufzuhalten. Oben angekommen, nickte er Hain zu, der mit nach vorne gerichteter Waffe durch die Tür trat. Zu dessen Erstaunen war der Container sonnendurchflutet, weil das Dach mit mehreren Fenstern versehen war. Die Kommissare blickten auf eine Küchensituation wie in einer Puppenstube, allerdings passten der kalte Rauch, die überall herumstehenden Bier- und Schnapsflaschen und der Gestank nach Schweißfüßen nicht wirklich dazu. Auf der linken Seite gab es eine kleine Kochzeile, rechts einen Tisch mit Resopalplatte und vier Stühlen. Das hintere Areal des Containers war durch eine mit einer Stahltür versehene Holzwand vom vorderen Teil abgetrennt. Die Polizisten sahen sich kurz um, dann richtete Hain seine Waffe auf die Trennwand und deutete mit dem Kopf nach vorne. Lenz trat mit der Pistole in beiden Händen neben die Tür und nickte, doch sein Kollege war noch dabei, die Richtung herauszufinden, nach der die Tür öffnete. Dann nickte auch der Oberkommissar, griff nach der Klinke und schob sie ruckartig nach vorne. Lenz drehte sich in den kleinen Raum, der ebenfalls von Tageslicht durchflutet war, und schwenkte seine Waffe hin und her, doch außer zwei Drahtgestellbetten, die an den Längsseiten standen und einem großen Flachbildfernseher in der Mitte dazwischen, gab es auch in diesem Raum nicht viel zu sehen.

»Hallo?«, bellte jemand von draußen. Lenz drehte sich um und ging zurück zum Eingang. Unten standen vier Streifenpolizisten mit gezogenen Waffen, die den noch immer bewusstlosen Fuchs-Bruder im Auge behielten.

»Der Rettungswagen muss gleich da sein«, rief der Hauptkommissar den Männern zu.

*

Bernd Hambacher, der bodybuildende Besitzer des Schrottplatzes, hatte nichts von seiner arroganten Attitüde eingebüßt. Er stand vor der Werkstatt und sah kopfschüttelnd zu dem Notarzt, der sich um den noch immer nicht ansprechbaren Fuchs kümmerte.

»Hausen diese Penner doch einfach so auf meinem Schrottplatz«, echauffierte er sich. »Direkt vor meinen Augen – und ich kriege nichts davon mit. Das muss man sich vorstellen. Die Menschen schrecken ja vor gar nichts mehr zurück.«

Lenz, der sich auf den Notarzt konzentriert hatte, drehte sich langsam zu ihm um und fing laut an zu lachen. »Woher wissen Sie denn, dass da oben gleich mehrere gehaust haben?«

Hambachers Adamsapfel erreichte für einen Sekundenbruchteil fast sein Kinn. »Ich …, na ja, ich dachte, weil Sie doch nach zwei Männern gefragt haben, die gesucht werden.«

Lenz hatte keine Lust mehr auf den Typen. Er gab den Streifenbeamten einen Wink, woraufhin der Riese abgeführt wurde.

»Was wird mir denn vorgeworfen?«, brüllte er, als die Handschellen klickten.

»Das überlege ich mir noch«, erwiderte der Hauptkommissar ruhig. »Wie es aussieht, haben Sie einer polizeilich gesuchten Person Unterschlupf geboten. Das macht man nicht.«

»Aber ich wusste doch nichts davon, dass die da oben hausen.«

Er lernt es nicht, dachte Lenz und nahm Kurs auf Thilo Hain, der neben dem Notarzt stand und mit ihm sprach.

»Was hat er sich denn getan?«, wollte Lenz wissen.

Der Mediziner zog sich die blutigen Einweghandschuhe über die Finger. »Sieht ziemlich übel aus für den Mann. Wir haben ihn erstmal soweit stabil bekommen, aber sein Kopf hat eine ganze Menge abgekriegt. Was genau, können die Kollegen im Klinikum Ihnen sagen, dort bringen wir ihn nämlich jetzt hin.«

»Aber er kommt durch?«

»Wie es aussieht, ja. Aber seine Grundkonstitution ist vermutlich nicht die allerbeste. Schauen Sie sich nur seine Finger an.«

Die Polizisten drehten sich um und betrachteten die dunkelbraun verfärbten Zeige- und Mittelfinger beider Hände.

»Und das ist noch längst nicht alles. Vermutlich hat er ein massives Alkoholproblem. Zumindest würde ich das vermuten.«

Lenz dachte an das Bild, das sich ihnen im Container geboten hatte, und nickte zustimmend.

»Können Sie schon was darüber sagen, wann er ungefähr vernehmungsfähig sein wird?«

»Das kann dauern. Zuerst müssen die Kollegen ihn wieder ins Leben zurückholen, dann sehen wir weiter.« Damit verabschiedete er sich und half den Sanitätern, die Trage in den Wagen zu laden.

»Wo ist eigentlich der junge Mann im Arbeitsoverall, dem wir diesen Fahndungserfolg letztlich zu verdanken haben?«, fragte Lenz seinen Kollegen.

»Keine Ahnung. Ich hab ihn auch schon vermisst.«

14

Erich Zeislinger wuchtete seinen massigen Körper aus dem Bürostuhl, strebte auf die Tür zu und bat seinen Besucher in sein Arbeitszimmer.

»Keine Störungen, bis ich Ihnen was anderes sage, Frau Weber«, rief er seiner Sekretärin über den Flur zu. Dann drehte er sich um und folgte dem Mann im dunklen Anzug.

»Bitte, nehmen Sie doch Platz«, forderte er ihn auf.

»Danke.«

»Aber ich bin es doch, nicht, der Ihnen zu Dank verpflichtet ist, Herr Brenner. Ich danke Ihnen, dass Sie sich so schnell bei mir einfinden konnten.«

»Gern, Herr Zeislinger.« Der Besucher sah den OB mit einem Anflug von Unsicherheit an. »Ist es Ihnen recht, wenn ich Sie mit Herr Zeislinger anspreche oder möchten Sie lieber mit Herr OB angeredet werden?«

»Einfach Herr Zeislinger, das reicht. Ich bin ja nicht der Bundeskanzler oder der Bundespräsident.«

»Gut«, meinte Lutz Brenner, der Eigentümer einer kleinen Detektei im Süden der Stadt. »Was kann ich also für Sie tun, Herr Zeislinger?«

Der OB ließ sich in seinem Stuhl zurückfallen und stierte ein paar Sekunden an die Decke. »Die Sache«, sagte er schließlich, »ist überaus delikat, Herr Brenner. Deshalb brauche ich Ihre Zusicherung, dass alles, was wir miteinander besprechen, der *absoluten* Diskretion unterliegt, nicht. Der absoluten Diskretion.«

Der Privatdetektiv lehnte sich zurück und verschränkte die Hände vor dem Bauch wie ein Kleriker. »Diskretion ist, und das muss ich Ihnen sicher nicht extra versichern, die Basis meines Geschäftes, Herr Ober ..., ich meine, Herr

Zeislinger. Ich bin seit mehr als 20 Jahren in diesem Business tätig und hätte mich nie so lange halten können, wenn ich mir Indiskretionen hätte zuschulden kommen lassen.«

»Das weiß ich doch, Herr Brenner, das weiß ich doch. Ich wollte es nur noch einmal erwähnen, nicht, damit wir die Basis unserer Zusammenarbeit definiert haben.«

»Was hiermit geschehen ist. Also, worum geht es?«

Für Zeislinger schien das Thema Diskretion noch nicht abschließend diskutiert worden zu sein, doch er riss sich zusammen. »Es geht, wie meistens, wenn sich jemand an Sie wendet, um eine Frau, Herr Brenner, in diesem sehr speziellen Fall um meine. Sie hat ein Verhältnis.«

Der Detektiv sah ihn irritiert an. »Die Tatsache, dass Sie über die außerehelichen Aktivitäten Ihrer Frau informiert sind, überrascht mich ein wenig, Herr Zeislinger. Normalerweise werde ich engagiert, um meinen Auftraggebern eben genau jene Informationen zu beschaffen, die Sie scheinbar längst haben.«

»Ja«, erwiderte Zeislinger leicht erregt, »diese Informationen habe ich tatsächlich längst. Ich weiß, mit wem es meine Frau treibt, nicht, aber ich will ihr austreiben, das noch länger zu tun.«

»Ich verstehe nicht ganz.«

»Ich will alles über den Mann erfahren, mit dem sie mich betrügt. Alles. Ich will, dass Sie jeden Stein umdrehen, an dem er irgendwann vorbeigegangen ist, nicht. Ich will irgendetwas über ihn wissen, das niemand weiß und niemand wissen darf, Herr Brenner. Verstehen Sie mich?«

Lutz Brenner holte tief Luft, bevor er antwortete. »Ich glaube schon, dass ich Sie verstehe, Herr Obe …, Zeislinger, aber das ist nun wirklich nicht mein Spezialgebiet. Ich bin darauf spezialisiert, Ehebrecher zu überführen. Das kann ich, darin bin ich versiert.«

»Nun, dann lernen Sie eben dazu. So groß kann der Unterschied doch ganz bestimmt nicht sein.«

Der Detektiv dachte ein paar Sekunden nach. »Gut«, sagte er. »Ich mache es. Aber richten Sie sich darauf ein, dass diese Art der Materialbeschaffung nicht billig ist. Ganz und gar nicht billig …«

»Ich stehe für alle Kosten gerade. Machen Sie, was Sie für notwendig erachten, aber bringen Sie mir die Informationen, um diesen Scheißkerl zur Strecke zu bringen.« Zeislinger tat so, als blicke er sich erschrocken um. »Verzeihung, so redet der OB der Stadt Kassel natürlich nicht. Oder nur in Ausnahmefällen.«

»Schon gut«, winkte Brenner ab. »Jetzt sollten Sie mir vielleicht noch sagen, gegen wen sich die Aktion richtet, Herr Zeislinger.«

»Richtig. Der Mann heißt Lenz. Paul Lenz.«

»Der Kripokommissar Paul Lenz?«

»Genau. Der Kripokommissar Paul Lenz«, echote der Oberbürgermeister angewidert und öffnete eine Schreibtischschublade. »Ein Bild habe ich auch schon für Sie besorgt.«

15

»Was für ein Tag«, stellte Lenz mit einem Augenzwinkern fest, fuhr sich durch die immer grauer werdenden Haare, und stieg in den Mazda. Der junge Mechaniker, nach dem die beiden Polizisten das ganze Schrottplatzgelände abgesucht hatten, war nicht aufzufinden gewesen.

»Und es kommt noch besser«, feixte Hain. »Wir müssen jetzt nämlich zu Herrn Witsch und uns die Daten abholen, die er hoffentlich für uns rausgesucht hat.« Sein Blick traf sich mit dem seines Chefs. »Na, die Daten der Heimbewohner auf der Gruppe von Bauer und Liebusch. Die Zöglinge.«

»Ja, ich weiß«, erwiderte Lenz matt. »Aber vielleicht ist es besser, du gehst allein da rauf und holst den Kram, Thilo. Ich weiß nämlich nicht, ob ich den Kerl heute Morgen aushalten kann.«

Hain lächelte nur müde. »Das könnte dir so passen. Entweder beide oder gar keiner, das ist der Deal. Und weil wir die Liste brauchen, müssen wir wohl oder übel beide in den sauren Apfel beißen.«

»Vielleicht …«, wollte Lenz erwidern, wurde jedoch vom Klingeln seines Telefons dabei gestört.

»Lenz«, meldete er sich.

Am anderen Ende war Rüdiger Ponelies.

»Was gibt's, Rüdiger?«

»Ich habe hier eine junge Frau, die gern mit dir sprechen würde. Es geht um den Fall der beiden toten Erzieher.«

»Was will sie denn?«

»Sie will nur mit dir darüber reden.«

»Scheiße«, murmelte Lenz. »Ist es wenigstens wichtig?«

Ponelies stöhnte auf. »Hör auf, mich zu löchern, Paul, ich weiß es nicht. Könnt ihr nicht mal für ein paar Minuten hier vorbeikommen? Sie sitzt draußen auf dem Flur und sieht wirklich unglücklich aus.«

»Ich bin in fünf Minuten da. Gib ihr ein Glas Wasser, vielleicht macht sie das in der Zwischenzeit glücklich.«

»Vergiss es«, drohte Hain, noch bevor Lenz' Telefon wieder in der Sakkotasche verschwunden war.

»Was denn nun schon wieder?«

»Du hast gesagt, dass du gleich da sein wirst. Dabei hattest du vermutlich die Vision, dass ich doch als Solist bei diesem irren Alkoholiker auflaufe, aber das kannst du, wie gesagt, voll vergessen. Was gibt es denn im Präsidium?«

»Eine junge Frau will mich sprechen.«

»Dich? Warum macht sie denn so was?«

Die junge Frau saß aufrecht auf einem Stuhl vor Lenz' Bürotür und las in einer Zeitschrift.

»Annalena Seute«, stellte sie sich vor. »Ich komme wegen der Sache mit den beiden ehemaligen Erziehern aus dem Karlshof in Wabern.«

Lenz bat die blonde Frau in sein Büro und bot ihr ein Glas Wasser an, das sie höflich ablehnte. Dann setzte er sich. Hain nahm neben ihr Platz.

»Also, was können wir für Sie tun, Frau Seute?«

»Es geht um einen Freund von mir. Eigentlich um seinen Vater, um genau zu sein.«

»Was ist mit ihm?«

»Er war im Karlshof. Als Heimbewohner.«

Die beiden Polizisten wurden schlagartig hellhörig.

»Wann war das?«, fragte Lenz.

»So genau weiß ich das gar nicht. Aber 30 Jahre ist es bestimmt her, sagt Jens.«

»Jens ist der Sohn?«

»Ja. Wir sind in Fritzlar ein paar Jahre zusammen zur Schule gegangen, als sein Vater dort stationiert war. Und jetzt tanzen wir manchmal gemeinsam.«

»Und mit diesem Jens haben Sie über die beiden getöteten Erzieher gesprochen?«

»Ja, heute Morgen. Mein Freund und ich waren mit ihm zum Frühstück verabredet, aber Jens war völlig durch den Wind. Wir haben fast nur über diese Sache geredet.«

»Was hat Herr …?«

»Schlieper. Sein Vater heißt Werner Schlieper.«

»Was hat dieser Herr Schlieper mit den Getöteten zu tun? Wissen Sie etwas darüber?«

»Herr Schlieper ist Ausbilder bei der Bundeswehr. Er hat, wenn ich es richtig verstanden habe, seinen Heimaufenthalt bei der damaligen Bewerbung verschwiegen, und das macht ihm jetzt schwer zu schaffen. Er meint wohl, dass er deswegen richtig Ärger bekommen könnte.«

»Aber das ist doch schon so viele Jahre her«, gab Hain zu bedenken.

»Das habe ich Jens auch gesagt, aber das ändert ja nichts. Sein Vater ist völlig aufgelöst wegen der Geschichte. Er hat auch Angst, dass die Polizei ihn an der Arbeit aufsucht und ihn befragt.«

»Wissen Sie, ob er die Erzieher kannte, um die es geht?«

»Ganz sicher, ja. Jens hat mir vorhin erzählt, dass er mit seinem Vater die ganze Nacht zusammengesessen hat, und da hat Herr Schlieper zum ersten Mal so richtig über die Zeit damals erzählt. Er war auf einer Station untergebracht, wo die beiden ermordeten Erzieher zuständig waren.«

»Hat er davon gesprochen, welche Station oder Gruppe das gewesen ist?«, wollte Hain wissen.

»Nein, tut mir leid, darüber haben wir nicht geredet.«

Lenz kratzte sich hörbar am Kinn. Eine Folge der unterlassenen morgendlichen Rasur.

»Weiß einer von den beiden, dass Sie hier sind und mit uns über Herrn Schlieper sprechen?«

»Jens weiß es. Er wollte eigentlich selbst kommen, hat sich dann aber doch nicht getraut.«

»Umso schöner, dass Sie sich getraut haben, Frau Seute.«

Die junge Frau wurde ein klein wenig rot. »Danke.«

Hain zog seinen Notizblock aus der Tasche. »Wo können wir denn Herrn Schlieper senior erreichen?«

Sie nannte ihm die Adresse einer Ausbildungsstätte der Bundeswehr in Kassel. »Aber bitte sagen Sie ihm nicht, dass ich bei Ihnen war.«

Sie warf einen erschrockenen Blick auf ihre Armbanduhr. »Wow, jetzt muss ich aber los. In einer Stunde muss ich an der Arbeit sein.«

»Wohnen Sie noch in Fritzlar?«

»Nein, schon länger nicht mehr. Ich wohne in Hann. Münden und arbeite in Göttingen.«

»Darf ich fragen, was Sie machen?«

Sie stand auf. »Ich bin Konditorin.«

»Dann machen Sie Torten und solche Sachen?«, begeisterte sich Hain.

»Auch. Aber ich muss mich jetzt wirklich losmachen, sonst komme ich zu spät.«

Lenz stand auf und reichte ihr die Hand. »Danke, dass Sie zu uns gekommen sind, Frau Seute. Und Sie können sich darauf verlassen, dass wir Sie gegenüber Herrn Schlieper nicht erwähnen werden. Versprochen.«

»Vielen Dank, und auf Wiedersehen«, erwiderte sie erleichtert und war auch schon durch die Tür.

»Komische Sache«, fasste Hain das Gespräch mit Annalena Seute zusammen. »Glaubst du, so einer wie dieser Schlieper kriegt nach so langer Zeit noch Ärger, wenn sich herausstellt, dass er bei der Einstellung gelogen hat?«

»Was weiß ich? Wir kennen uns mit den Gepflogenheiten bei der Bundeswehr nicht aus, weil wir halt nie gedient haben.«

»Gott sei Dank«, winkte Hain ab. »Aber jetzt müssen wir noch kurz Rüdiger damit beauftragen, irgendwie an die Fingerabdrücke von dem Fuchs zu kommen, der den Treppenstunt aufgeführt hat, damit wir weiter nach dem anderen fahnden können.«

Lenz fasste sich an den Kopf. »Du spinnst wohl? Wir lassen die beiden zur Fahndung ausgeschrieben. Stell dir vor, der noch auf freiem Fuß Befindliche hat die Ausweise von beiden. Das sind Zwillinge, die kann man nicht einfach so auseinanderhalten. Also weist er sich mit dem Dokument aus, das seinem Bruder gehört, weil der ja eh schon bei uns ist und die Fahndung ergo eingestellt wurde. Dann wären wir ganz schön angeschissen, was meinst du?«

Hain deutete eine Verbeugung an und das Ziehen eines imaginären Hutes. »Mein lieber Mann. Manchmal bin ich wirklich überrascht, was du so alles auf der Pfanne hast.«

Der kurze Besuch bei Leonhard Witsch, dem alkoholkranken Mitarbeiter des Landeswohlfahrtsverbandes Hessen, war wesentlich weniger spektakulär, als die beiden Kripobeamten es sich ausgemalt hatten. Witsch hatte sie in aufgeräumter Stimmung und mit einem frischen Hemd bekleidet empfangen, sich ausdrücklich dafür bedankt, dass sie ihn nicht bei seinem Arbeitgeber verpetzt hatten, und ihnen die gewünschte Liste in die Hand gedrückt.

›Und seien Sie sicher, dass mir die Ereignisse von gestern

Abend und der vergangenen Nacht eine Lehre sein werden‹, hatte er den Polizisten als Versprechen mit auf den Weg gegeben.

Na ja, hatte Lenz gedacht.

Die Aufstellung, die Witsch ausgedruckt hatte, bestand aus 122 Namen mit den dazugehörigen Geburtsdaten.

»Dass er uns die Geburtstage mitgeliefert hat, macht die Sache um einiges leichter«, fiel Hain dazu ein, der die Papiere überflog. »Die Füchse sind drauf, und auch Werner Schlieper. Das bedeutet, dass die Daten so schlecht nicht sein können.«

»Und wo fahren wir jetzt zuerst hin, nachdem wir diese Liste mit der Bitte um die Klärung der Aufenthaltsorte bei den Kollegen abgegeben haben?«, fragte Lenz mehr sich selbst als seinen Kollegen. »Zu dem ehemaligen Erzieher nach Vellmar oder zu Werner Schlieper?«

Hain rümpfte die Nase. »Von ehemaligen Heimzöglingen haben wir nach den Auftritten von diesem Melchers und dem einen Fuchs für heute doch genug? Andererseits könnte uns dieser Schlieper vielleicht eher weiterhelfen als dieser Grufti, ähh, ich meine Pensionär.«

Lenz dachte einen Moment nach. »Zur Kaserne«, ordnete er im Befehlston an.

*

Die Ausbildungsstätte lag oberhalb des Bahnhofs Wilhelmshöhe, in einer Seitenstraße der Eugen-Richter-Straße. Selbst Hains Navigationssystem konnte mit der Elisabeth-Consbruch-Straße nichts anfangen, sodass die Polizisten erst nach einigem Suchen das Schild mit der Aufschrift ›Bundeswehrfachschule Kassel‹ entdeckten.

»Hast du gewusst, dass es bei uns in Kassel eine Bundeswehrfachschule gibt?«, fragte Hain seinen Chef.

»Woher denn? Vielleicht haben die ganz neu aufgemacht, was weiß denn ich.«

Der Oberkommissar stellte den Mazda auf einen der vielen Parkplätze in der Nähe des Hauses und stieg aus. »Meine Güte, dröhnt mir die Birne«, ließ er Lenz wissen.

»Soll ich dich lieber nach Hause bringen?«

»Nein, lass mal. Es wird schon gehen.«

Ein netter junger Mann in grüner Uniform brachte sie in den dritten Stock und geleitete sie zu einer Tür am Ende des langen, frisch gebohnerten Korridors. »Hier finden Sie Oberleutnant Schlieper. Einen schönen Tag noch, meine Herren.«

Lenz klopfte und musste ein paar Sekunden warten, bis aus dem Innern ein lautes und klares »Herein« zu hören war. Er trat ein, hielt Hain die Tür auf, drückte das leichte Holzblatt wieder zu und stellte sich und seinen Kollegen vor.

»Sie müssen sich keine Mühe machen, meine Herren«, erklärte der groß gewachsene, graumelierte und sympathisch wirkende Mann hinter dem Schreibtisch, der nun aufstand und die Kripobeamten mit einem festen Händedruck begrüßte. »Ich habe mit Ihrem Besuch gerechnet.«

Er legte eine Akte zur Seite und deutete auf die beiden Stühle vor dem Tisch. »Bitte, nehmen Sie doch Platz. Darf ich Ihnen etwas zu trinken anbieten? Ein Glas Wasser vielleicht, gegen die Hitze?«

Die Polizisten nahmen das Angebot freudig an.

»Ich war es nicht«, erklärte er seinen Besuchern, nachdem er sie mit Getränken versorgt und sich wieder gesetzt hatte. »Ich habe die beiden nicht umgebracht.«

»Zunächst«, begann Lenz behutsam, »sind wir nicht hier, um Sie als Beschuldigten zu vernehmen, Herr Schlieper. Sie sind einer von vielen, die auf einer Liste stehen, weil Sie damals, also in dem Zeitrahmen, in dem die ermordeten

Erzieher Bauer und Liebusch im zweiten Pavillon des Karlshofs gearbeitet haben, dort untergebracht waren.«

Der Soldat nickte. »Das stimmt. Ich war von 1971 bis 1977 dort.«

Lenz sah sich in dem hellen, freundlich eingerichteten Büro um, bevor er vorsichtig und mit Bedacht seinen nächsten Satz formulierte. »Es ist sicher ein weiter und oft nicht einfacher Weg vom Karlshof in Wabern bis in dieses schöne Büro hier in Kassel gewesen, Herr Schlieper.«

»Da haben Sie recht, Herr Kommissar. Und ich bin sicher, wenn meine Vorgesetzten von meinem Aufenthalt dort Kenntnis erlangen, habe ich die längste Zeit hier zugebracht.«

»Sie haben ihn bei Ihrer Einstellung verschwiegen?«, fragte Lenz und fühlte sich dabei ein wenig unwohl.

Schlieper nickte. »Aber ich fürchte, dieses Fehlverhalten wird mir, auch wegen der jetzigen Ereignisse, noch auf den Kopf fallen, um es salopp auszudrücken.«

»Ist das nicht ein bisschen lang her, um Ihnen heute daraus einen Strick drehen zu können?«, schaltete Hain sich in das Gespräch ein.

»Das hätte vielleicht ohne die Grenzöffnung '89 so sein können, ja. Aber im Zuge der Eingliederung der Soldaten der ehemaligen DDR mussten auch wir unterschreiben, dass wir nie für die Stasi gearbeitet und bei der Bewerbung und der Einstellung immer bei der Wahrheit geblieben sind. Und das stimmt ja in meinem Fall leider nicht ganz.«

Lenz schüttelte kaum merklich den Kopf. »Ihre damalige Bewerbung geht uns nichts an, Herr Schlieper, und von uns wird auch niemand erfahren, dass Sie ein paar Jahre im Karlshof verbracht haben. Wobei ich allerdings nicht ganz nachvollziehen kann, dass diesem Umstand seinerzeit eine so große Bedeutung beigemessen wurde.«

Schlieper ließ sich in seinen Stuhl zurückgleiten, entspannte sich ein wenig und nahm einen Schluck Wasser. »Weil Sie nicht dabei gewesen sind, Herr Lenz. Jeder, der damals in dieser Anstalt war, ist sich vorgekommen wie der letzte Dreck, und er wurde von vielen Menschen auch so behandelt.« Er stellte das Glas auf dem Tisch ab. »Wie der letzte Dreck. Der Aufenthalt im Karlshof galt als Vorstufe zum Knast, für viele der Insassen war es auch so. Ich kann es nicht belegen, aber ich vermute, dass 90 Prozent der damaligen Heimbewohner im Gefängnis gelandet sind. Zuerst Jugendknast, später der richtige.«

»Was macht Sie da so sicher?«

»Die Dummheit der Zöglinge und das völlige Fehlen jeglichen pädagogischen Konzeptes vonseiten der Anstaltsleitung. Wir wurden verwaltet und verwahrt, nicht mehr.«

Wieder blickte Lenz sich um. »Aber bei Ihnen ist es doch offensichtlich ganz anders gelaufen. Was ist passiert, das Ihnen das Gefängnis erspart hat?«

Schlieper kniff die Lippen zusammen und schloss für einen Moment die Augen. Dann legte er die Hände vor sich auf den Tisch. »Meine beiden Elternteile sind 1970 bei einem Autounfall ums Leben gekommen. Ich war der einzige Sohn, und mein Patenonkel, ein Polizist übrigens, erklärte sich bereit, mich bei sich im Haushalt aufzunehmen. Das hat allerdings nicht funktioniert, was zum Teil natürlich auch an mir gelegen hat. Ich habe ihm wohl ein paar Widerworte zu viel gegeben, und damit war für ihn das Maß voll. Zwei Tage später stand ich mit einem kleinen Koffer in der Hand und jeder Menge Schmerzen im Bauch vor Pavillon 2 des Karlshofs. Ich war knapp 13 Jahre alt, hatte von Tuten und Blasen keine Ahnung, weil ich aus einem Dorf in der Rhön kam, und habe in der Nacht meiner Ankunft so dermaßen die Fresse vollgehauen bekommen, dass ich eine Woche nur flüssige Nahrung zu mir nehmen konnte und im Gesicht aussah wie eine Skulptur von Frankenstein. Das war mein Einstieg.«

»Haben Sie nie daran gedacht, sich in eine andere Einrichtung verlegen zu lassen?«

»Keine Chance. Einmal Karlshof, immer Karlshof. Ich wollte schon am Morgen des zweiten Tages abhauen, aber mir war bei aller Demütigung und allem Schmerz klar, dass meine Situation sich dadurch nicht verbessern würde.«

»Was haben die Erzieher unternommen, als sie Sie sahen?«

»Die haben erstmal gefrühstückt. Zum Arzt haben sie mich jedenfalls nicht gehen lassen. Vermutlich hatten sie Angst, dass dadurch was an die Öffentlichkeit geraten würde. Dass publik werden könnte, wie viel Gewalt und Terror es im Karlshof gibt.«

»War es wirklich so schlimm?«, fragte Lenz ein wenig verlegen.

»Schlimmer.« Über das Gesicht des braun gebrannten Mannes huschte die Andeutung eines Lächelns. »Aber Sie wollten doch wissen, was bei mir so ›schrecklich schiefgelaufen‹ ist, dass ich eben nicht im Knast gelandet bin.«

»Gern, ja.«

»1976 habe ich während eines Landschulheimaufenthaltes ein Mädchen kennengelernt, aus Homberg. Sie ist übrigens noch heute die Frau, mit der ich sehr gern und sehr glücklich verheiratet bin, aber das nur als Randnotiz. Zunächst war es schwierig für uns, weil ich eben ein Karlshöfer war, und mit denen gaben sich anständige Mädchen aus der Gegend um Wabern nun mal nicht ab. Ihr Vater war, wie alle anderen in ihrer Familie auch, am Anfang strikt dagegen, dass wir *miteinander gingen*, wie es damals hieß, aber mit der Zeit hat er gemerkt, dass ich kein allzu übler Bursche bin. Er war Lehrer und ein ganz feiner Mann, dessen Tod letztes Jahr mich sehr, sehr traurig gemacht hat. Er hat mich unter seine Fittiche genommen, was nicht immer ganz einfach gewesen ist, weil da zwei Dickköpfe miteinander auskommen mussten, aber es hat letztlich geklappt. 1980 haben meine Frau und ich geheiratet, im Jahr darauf habe ich mein Abitur gebaut und bin danach bei der Bundeswehr eingestiegen. Allerdings, wie gesagt, ohne denen von meiner Vergangenheit im Karlshof zu erzählen.«

Lenz zog anerkennend die Augenbrauen hoch. »Meinen Glückwunsch, Herr Schlieper. Ihr Leben hätte auch anders verlaufen können.«

»Danke. Eigentlich hätte es anders ausgehen müssen, und ich bin bis heute meiner Frau und ihrer Familie, speziell ihrem Vater, zutiefst dankbar, dass mir das durch ihre Hilfe erspart geblieben ist.«

»Können wir Ihnen trotzdem noch ein paar Fragen stellen zu Namen von damals?«

Der große Soldat atmete tief ein und wieder aus. Er wirkte auf Lenz, als sei ihm eine Zentnerlast von den Schultern genommen worden. »Natürlich«, gab er freundlich zurück.

»Können Sie sich an das Brüderpaar Fuchs erinnern?«

Nun lachte Schlieper sarkastisch auf. »Klar kann ich das. Jeder Mensch, der einmal mit denen zu tun hatte, wird sich zeitlebens an sie erinnern.«

»Warum?«

»Sind Sie sicher, dass Sie das wirklich wissen wollen?«

»Ja.«

»Weil das die größten Dreckschweine sind, die jemals auf dieser Erde gelebt haben. Deshalb.«

Hain kramte seinen Notizblock hervor. »Das ist starker Tobak, Herr Schlieper«, sagte er.

»Und es ist noch eine Untertreibung, Herr Kommissar. Wenn die Füchse Lust hatten, jemandem weh zu tun, und das hatten sie eigentlich immer, gab es keine Rettung. Man konnte beten, bitten, wimmern und weinen, es hat nichts geholfen. Sie haben erst aufgehört zuzuschlagen, wenn man aus allen Löchern geblutet hat. Und oft auch dann noch nicht.«

»Gab es überhaupt keinen Schutz durch die Erzieher?«

»Die hatten doch selbst Angst vor denen. Bleiben wir bei Dieter Bauer, der war in der ganzen Zeit, in der ich im zweiten Pavillon war, mein Gruppenerzieher. Und in all den Jahren hat er nicht ein einziges Mal eingegriffen, wenn die Füchse sich einen rausgesucht hatten.« Er schüttelte traurig den Kopf.

»Wissen Sie, wie man damals Erzieher wurde?«, wollte er von den Kommissaren wissen, die sich fragend ansahen.

»Na ja, durch eine fundierte Ausbildung, würde ich sagen«, erwiderte Hain.

Schlieper lachte erneut laut auf. »Das wäre schön gewesen. Nur leider war es nicht so. Mitte der 60er-Jahre gab es einen eklatanten Erziehermangel im LWV. Die männliche Kriegsgeneration war tot oder alt, und die Zahl der Zöglinge stieg rasant. Beatmusik und das Aufkeimen der ersten Ansätze von Auflehnung gegen das, was man später den Muff von tausend Jahren nennen würde, brachten viele Jungs und auch ein paar Mädchen ins Heim. Die Pille war damals, wegen der geltenden Moralvorstellungen, noch lange nicht so verbreitet wie heute, deswegen haben oft Kinder Kinder bekommen, die in vielen Fällen bei Pflegefamilien oder im Heim gelandet sind.«

Er nahm einen Schluck Wasser. »Wie auch immer, es gab in diesen Jahren einen Erziehernotstand, den der LWV dadurch beseitigt hat, dass er wahllos Bäcker, Monteure, Fleischer oder was weiß ich für Menschen in viermal vier Wochenkursen zu

Erziehern weitergebildet hat. Der Abschluss galt zwar nur innerhalb des Landeswohlfahrtsverbandes, aber das hat ja gereicht. Und mit diesem bunt zusammengewürfelten Haufen mussten wir als Zöglinge dann zurechtkommen.«

»Wow«, machte Hain.

»Ganz richtig. Wow ist das richtige Wort dafür. Manche von denen waren nämlich so dämlich, dass es selbst einem Pimpf wie mir aufgefallen ist. Neben der alltäglichen und allgegenwärtigen Gewalt der Zöglinge untereinander gab es nämlich noch die Gewalt, die von den Erziehern ausgeübt wurde, und das war nicht immer, obwohl das auch viel zu häufig vorkam, nur physische Gewalt. Die haben zum Beispiel unser Taschengeld und unser Kleidergeld verwaltet. Ich kann Ihnen nicht mehr genau sagen, wie viel das war, aber für damalige Verhältnisse war es sehr viel Geld. Und wenn den Erziehern etwas nicht gepasst hat, haben sie einfach das Taschengeld oder das Kleidergeld gesperrt. Das Blöde daran war nur, dass nicht verbrauchte Mittel mit Ende des Abrechnungsmonats komplett und unwiederbringlich verfielen. Was nichts anderes hieß, als dass man der Willkür dieser Menschen völlig ausgeliefert war.«

»Gab es keinen Ombudsmann oder etwas Ähnliches?«, fragte Hain.

Wieder das herzhafte Lachen von Schlieper. »Wo denken Sie hin? Das waren die 70er, da hat man über so etwas noch nicht nachgedacht.«

»Aber es gab doch sicher einen Heimleiter, an den man sich hätte wenden können?«, bohrte der Oberkommissar weiter.

»Einen Heimleiter gab es, ja. Ich kann mich sogar noch an seinen Namen erinnern. Und daran, warum er mir so genau in Erinnerung geblieben ist.«

»Ja?«, fragte Hain neugierig.

»Es muss irgendwann 1975 oder 1976 gewesen sein, als bei uns auf der Gruppe ein neuer Erzieher angefangen hat, Michi aus Kassel. Ein echter Erzieher, der die Berufsbezeichnung auch verdient hatte. Zeitgleich mit ihm fing seine Freundin an, eine wirklich hübsche Frau, hinter der die größeren Jungs immer hergepfiffen haben, wie ich mich erinnere. Die beiden waren überall bei den Heimbewohnern beliebt und eine Art Anlaufstelle für alle Fragen, die sich aus der Pubertät und den daraus folgernden Veränderungen des jungen Menschen ergaben. Sie waren einfach für uns da, wenn wir sie brauchten. Und sie fuhren ein cooles Auto, zumindest für damalige Verhältnisse. Einen Jeanskäfer. Kennen Sie den?«

Die beiden Kripobeamten schüttelten den Kopf. Thilo Hain etwas energischer als sein Kollege.

»Das war ein Käfermodell in Quietschgelb mit Sitzbezügen aus echtem Jeansstoff. Wir Jungs haben ihn geliebt, weil er eben cool war.« Der Soldat legte die Stirn in Falten. »Na ja, zumindest für damalige Verhältnisse«, schränkte er wieder ein. »Eines Tages jedenfalls kam dieser Erzieher nicht mehr zur Arbeit, seine Freundin ebenfalls nicht. Und es machte schnell die Runde, dass sie etwas mit dem Heimleiter angefangen hatte, einem Familienvater von über 40, der mit seiner Frau und seinen vier Kindern in der Heimleitervilla wohnte. Dann ging alles ganz schnell. Der Heimleiter wurde ausgetauscht und durch einen neuen ersetzt, die Frau und die Kinder zogen weg, und unser Lieblingserzieher kam noch einmal, um sich von uns zu verabschieden. Das war's dann. Hängengeblieben sein dürfte bei den Jungs, dass man sich nehmen kann, was man will, wenn man es nur durchsetzungsfähig und brutal genug anstellt.«

Er trank erneut einen Schluck Wasser. »Leider habe ich nie herausbekommen, was aus dem netten Michi geworden ist«, ergänzte er traurig.

Lenz und Hain lauschten gebannt den Ausführungen des Mannes. Es war für die Beamten wie das Eintauchen in eine unbekannte, fremde Welt.

»Gibt es unter denjenigen Heimbewohnern, an die Sie sich erinnern, jemanden, dem Sie die Morde an den Erziehern zutrauen?«, wollte Lenz wissen.

Schlieper überlegte lange. »Dazu sind meine Erinnerungen zu sehr verblasst, Herr Kommissar. Es gibt welche, an die ich mich gut erinnere, wie zum Beispiel die Füchse. Denen würde ich die Morde von der Sache her auch ohne Zweifel zutrauen, aber trotzdem können sie es meiner Meinung nach nicht gewesen sein.«

»Warum nicht?«, fragte Lenz überrascht zurück.

»Weil in der Zeitung stand, dass der oder die Täter ein Schriftstück am Tatort zurückgelassen hätten.«

»Und? Was bedeutet das?«

»Die Füchse haben nie schreiben und lesen gelernt.«

Lenz hatte das Gefühl, sich verhört zu haben.

»Glauben Sie mir, Herr Kommissar. Die Jungs sind Analphabeten. Ich weiß es genau, weil sie mich oft genug gezwungen haben, für sie Briefe an irgendwelche Gerichte oder das Jugendamt zu schreiben. Und die Erzieher haben es auch alle gewusst, weil sie in engem Kontakt mit ihren Lehrern standen.«

»Vielleicht haben sie es im Lauf der Zeit ja doch noch gelernt«, gab Hain zu bedenken.

»Nicht in diesem Leben«, widersprach Schlieper energisch. »Ich persönlich glaube, dass die beiden einfach zu doof dafür sind. Gut und schnell mit der Faust waren sie, das muss man ihnen lassen, aber bei allem anderen hat es an fundamentalsten Dingen gefehlt. Die waren nicht einmal in der Lage, einen vernünftigen Satz zu bilden. Und gefördert hat sie ohnehin nie jemand.«

Lenz nickte in einem Anflug von Betroffenheit. Hain griff sich an die noch immer schmerzende Beule an seinem Kopf, ließ aber keine Betroffenheit erkennen.

»Können Sie sich an einen Martin Melchers erinnern?«, fragte er den Soldaten.

»Klar. Martina. Bei dem bin ich mir aber nicht sicher, ob er das mit AIDS und dem allem überlebt hat.«

Schlieper dachte ein paar Sekunden mit geschlossenen Augen nach. Offenbar kamen immer mehr Bilder aus der damaligen Zeit vor seinem geistigen Auge hoch.

»Wenn es je einem Jungen im Karlshof schlecht gegangen ist, dann Martina. Oder besser Martin. Wir haben ihn immer Martina gerufen, wegen seines androgynen Auftretens. Der war der Blitzableiter für alle. Jeder, der gerade Lust hatte, hat sich an ihm ausgetobt, ihn vermöbelt. Auch wenn es den anderen und mir dort richtig schlecht ging, im Vergleich zu ihm waren wir immer noch gut dran.«

»Würden Sie ihm die Morde zutrauen?«

»Martina? Äh, Martin?« Wieder dachte er mit geschlossenen Augen nach. »Schreiben kann er zumindest, das weiß ich genau. Aber im Ernst, dazu kann ich nichts sagen. Wer weiß, was die ganzen Schläge von damals mit ihm und seinem Kopf angestellt haben? Wenn Sie so nach ihm fragen, dürfte er noch am Leben sein, oder?«

Hain nickte. »Haben Sie auch Erinnerungen an Mädchen, die im Karlshof untergebracht waren?«

»Wenn, dann eher blasse. Mit denen hatten wir als Schüler, also der niedersten Kaste innerhalb der Anstalt, wenig bis gar nichts zu tun. Die haben sich an die älteren, stärkeren Jungs aus dem Haupthaus gehalten.«

»Petra Soffron?«, warf der Oberkommissar den Namen der kürzlich Verstorbenen in den Raum.

»Petra Soffron? Ja, an die kann ich mich erinnern, aber

ganz, ganz verschwommen. Eine Rumtreiberin vor dem Herrn, und irgendwie war sie immer schwanger.«

»Wie meinen Sie das, immer schwanger?«, hakte Hain irritiert nach.

»Na, wie ich es sage. Petra rannte eigentlich die ganze Zeit mit einem dicken Bauch durch die Gegend.«

Lenz dachte an das, was Martin Melchers den Polizisten ein paar Stunden zuvor erzählt hatte. Dass er sie bis zu ihrem Tod gepflegt habe, weil sie sonst niemanden gehabt hatte. Keine Kinder.

»Sind Sie ganz sicher, dass wir von der gleichen Frau sprechen, Herr Schlieper? Nach unseren Informationen war Frau Soffron, die übrigens vor ein paar Monaten verstorben ist, kinderlos.«

Der Mann in der grünen Uniform legte den Kopf zurück und dachte ein wenig nach. »Petra Soffron. Nein, da bin ich ganz sicher, dass ich mich an sie erinnere. Sie war so eine Mittelgroße, hatte ein bisschen Akne, ging auf die Hauptschule und trug eine markante Tätowierung auf einem Arm. Fragen Sie mich aber bitte nicht, auf welchem.«

Wieder hatte es den Anschein, als durchlebe er ein wenig die lange zurückliegende Zeit. »Obwohl, das mit der Tätowierung, das würde ich jetzt nicht unbedingt als Erkennungszeichen gelten lassen.«

»Warum?«, wollte Lenz wissen.

»Weil die allermeisten der Heimbewohner tätowiert waren, obwohl es natürlich strengstens verboten war, sich zu tätowieren.«

»Trotzdem haben es fast alle gemacht?«, meinte Hain mit einem Blick auf die freiliegenden Unterarme des Mannes hinter dem Schreibtisch skeptisch. »Sie auch?«

Schlieper bewegte den Kopf langsam hin und her. »Nein, ich bin nicht tätowiert, und ich habe auch nie bereut, es nicht gewollt zu haben oder, besser gesagt, mich immer dagegen gewehrt zu haben.«

»Wurde man auch tätowiert, obwohl man es gar nicht wollte?«

»Selbstverständlich, das kam auch vor. Allerdings war es oftmals gar nicht nötig, denn um dazuzugehören, taten die meisten der Jungs alles, was ihnen dabei half. Und das schließt eben auch die Tattoos mit ein, obwohl damals niemand die Dinger so nannte.«

»Das heißt, dass die meisten der Heimbewohner den Karlshof bunt bemalt verlassen haben?«, fasste Lenz zusammen.

»Ja. Obwohl einige der Zöglinge auch schon mit den Dingern im Karlshof ankamen. Meistens waren das welche, die schon im Jugendknast gesessen hatten.«

»Was wurde denn so tätowiert?«, zeigte Hain sich neugierig.

»Grundsätzlich alles. Bilder, Namen, Zahlen, alles.« Schlieper hob die rechte Hand und deutete auf das Hautstück zwischen der Daumenwurzel und der Handfläche. »Zuerst natürlich die berühmt-berüchtigten drei Punkte an dieser Stelle hier. Damit wollte man, so ging zumindest das Gerücht, klarmachen, dass man niemals etwas verraten würde: nichts sehen, nichts hören, nichts sagen. Eine andere Deutung meinte, das hieße *Tod allen Bullen*.«

Er trank sein Wasserglas in einem großen Schluck leer. »Meistens kamen Unterarmtätowierungen dazu. Der Name der gerade aktuellen Freundin zum Beispiel. Das gab mit den Jahren eine ziemliche Liste bei manchen.« Er fing an zu grinsen. »Bei einigen trieb das schon seltsame Blüten. Mir fällt gerade ein Junge aus Eschwege ein, den Namen kann ich Ihnen leider nicht mehr sagen, der hatte eine Freundin. Oder nein, er war verliebt in ein Mädchen, sie war gar nicht seine Freundin. Auf jeden Fall hieß die Gute Ilona, und das wollte er sich auch auf dem Arm verewigen. Aber wie es manchmal so kommt, während der Tätowieraktion, die im Übrigen mit drei zusammengebundenen Nähnadeln bewerkstelligt wurde, haben die Beteiligten ein bisschen was getrunken, und am nächsten Morgen hatte er tatsächlich statt Ilona Iloma auf dem Arm stehen. *Iloma*!« Schlieper schüttelte sich. »Und mit dieser Verunstaltung musste er wahrscheinlich durch sein ganzes Leben gehen.«

»Warum«, wollte Lenz wissen, »wollten Sie keine Tätowierung?«

Der Soldat legte die Stirn in Falten. »Sie können davon ausgehen, dass ich mehr als einmal darüber nachgedacht habe, mir so ein Ding machen zu lassen. Allein, um ruhig schlafen zu können. Wenn ich mich richtig erinnere, standen mindestens dreimal nachts irgendwelche Jungs mit den Nadeln und der Tinte in der Hand vor meinem Bett. Das hat mich immer viel Geld gekostet, es abzuwenden. Aber ich hatte einfach das Gefühl, dass ich mich nicht an so etwas binden will, und eine Bindung hätte es ja auf jeden Fall bedeutet. Damals sprach auch noch niemand von weglasern und diesen Dingen, die es heute gibt.«

»Kennen Sie sonst noch Ehemalige, die sich im Raum Kassel niedergelassen haben?«

Wieder überlegte der Soldat. »Nein, tut mir leid. In den Anfangsjahren, nachdem ich da raus war und in Homberg gewohnt habe, sind mir noch ab und zu welche über den Weg gelaufen, aber das hat dann rapide abgenommen. Vermutlich sind die meisten wieder dahin zurückgegangen, wo sie hergekommen waren. Er zuckte mit den Schultern. »Oder sie sind im Knast gelandet.«

Lenz wollte sich schon für die Hilfe des Mannes bedanken, als Hain den Arm hob und ihn unterbrach.

»Herr Schlieper, ich hätte doch noch eine Frage. Oder besser zwei. Zum einen müssen wir wissen, wo Sie sich vorgestern Abend zwischen 18 Uhr und 22 Uhr aufgehalten haben. Zum anderen …«

Nun wiederum unterbrach der Soldat den Oberkommissar sanft. »Das ist ganz leicht zu beantworten, meine Herren. Wir haben in drei Tagen bei uns das Bezirksfeuerwehrfest. Und mir als Vorsitzendem der Freiwilligen Feuerwehr fallen dabei jede Menge Aufgaben zu. So bin ich seit fast einer Woche jeden Abend nach dem Dienst im Gerätehaus, um die Veranstaltung vorzubereiten.« Er holte tief Luft. »Dabei bin ich immer von mindestens 20 anderen Feuerwehrleuten umgeben gewesen. Und zu meinem Glück haben wir uns vorgestern Abend mit zwei Kollegen von Ihnen von der Schutzpolizei getroffen, um die Absperrungen für den Vergleichswettbewerb zu besprechen. Wir waren um Punkt 21 Uhr fertig.«

Er nannte Hain die Namen der Streifenpolizisten, mit denen er zusammengesessen hatte.

»Das sollte als Alibi vermutlich reichen«, bemerkte Hain zufrieden. »Aber natürlich werden wir es überprüfen müssen.«

Schlieper nickte. »Selbstverständlich. Es würde mich freuen, wenn Sie gegenüber meinen Feuerwehrkollegen nicht von Mord sprechen würden«, bat er den Polizisten, der abwehrend die Hände hob.

»Auf gar keinen Fall«, gab Hain zurück und steckte den Block in die Sakkotasche.

»Bliebe Ihre letzte Frage.«

Der Oberkommissar zog den Block erneut heraus. »Sorry, aber vermutlich war ich von Ihrem Alibi so beeindruckt, dass ich sie völlig verdrängt habe«, gestand er ein, um mit leicht errötetem Kopf fortzufahren. »Sie können sich an Frau Liebusch erinnern, und Sie können sich an Frau Soffron erinnern. Können Sie sich vielleicht auch daran erinnern, ob die Frauen etwas verbunden hat, das über die reine Erzieher-Zöglings-Beziehung hinausging?«

Schlieper sah ihn erstaunt an. »Wie meinen Sie das?«

»Die Frage meines Kollegen«, präzisierte Lenz, »zielt darauf ab, ob die beiden sich vielleicht irgendwie angefreundet haben könnten? Eine Verbindung vielleicht, die über die Zeit, die Frau Soffron im Karlshof zugebracht hatte, hinausging?«

»Wenn ich es nicht besser wüsste, würde ich sagen, Sie fragen mich, ob die Liebusch und die Soffron etwas miteinander gehabt haben«, schlussfolgerte Schlieper.

»So weit müssen wir nicht gehen, aber es gibt auch keinen Grund, es auszuschließen.«

Wieder dachte der Soldat eine Weile nach. »Wenn Sie mich so direkt fragen, kann ich Ihnen sagen, dass Ruth Liebusch in der Zeit, in der ich mit ihr zu tun gehabt habe, nie etwas mit einem Mann hatte. Zumindest nicht offiziell.«

Er schenkte allen am Tisch Wasser nach. »Bei den meisten oder besser gesagt, allen anderen Erziehern, haben wir irgendwann die Partner kennengelernt, spätestens auf dem Sommerfest im Park des Karlshofs. Aber die Liebusch hat nie jemanden mitgebracht, nie. Wir Jungs konnten das gut verstehen, weil sie wirklich keine Schönheit war mit ihrem Pickelgesicht, der dicken Brille und den schiefen Zähnen. Aber darüber, ob sie vielleicht eher auf Frauen gestanden haben könnte, haben wir nie nachgedacht. Wir haben unseren Fokus mehr auf die Erzieherinnen gerichtet, die hübsch waren. Und bei Petra Soffron kam der Gedanke ohnehin nie auf, weil sie, wie gesagt, immer schwanger gewesen ist. Und das ist, auch heute noch, ein ziemlich sicheres Indiz, dass die Frau etwas mit einem Mann gehabt haben muss. Von Boris Beckers Gespielinnen einmal abgesehen.«

16

Lutz Brenner stand an der Pforte des Klinikums Kassel und sah auf das Display seines modernen Smartphones. ›Er ist im OP. Sieht schlecht aus für ihn. Wenn er durchkommt, könnte er ein Pflegefall bleiben.‹

Der Privatdetektiv löschte die Mail und wählte danach eine Telefonnummer. »Richie? Ja, ich bin's, Lutz. Ich brauche ein paar Informationen von dir … Ja, ich weiß, wie spät es ist … nein, nicht morgen, es muss gleich sein … gut, bis dann.« Er steckte das Gerät zurück in die Sakkotasche, stieg auf seinen Motorroller, stülpte den Helm über den Kopf und fuhr los. Ein paar Minuten später parkte er vor dem Eingang eines Hauses in der Wolfhager Straße.

»Warum kommst du mit diesem Scheiß ausgerechnet zu mir, Lutz?« Dem Mann, der das sagte, Richard Welker, zitterten die Hände bedenklich. Er griff zu einer Flasche auf dem Tisch und nahm gierig einen großen Schluck.

»Weil du die beiden kennst. Und streite es jetzt nicht ab, ich weiß es genau.«

»Ich sag ja auch gar nicht, dass ich sie nicht kenne. Aber du musst mir zumindest sagen, worum es dabei geht. Sie haben es nämlich nicht so gern, wenn ihnen ein Privatschnüffler auf den Pelz rückt.«

Brenner dachte einen Augenblick darüber nach, wie viel er diesem Wrack am Tisch erzählen konnte und wollte. »Zuerst solltest du wissen, dass es einem der beiden nicht gut geht. Er wurde heute von zwei Bullen hopsgenommen und hat dabei ganz übel was abgekriegt.«

»Wie? Einer der Füchse?«

»Ja, einer der Füchse.«

»Welcher denn?«

»Was weiß ich? Kannst du die beiden auseinanderhalten?«

»Ja, klar. Ich kenn die Jungs seit bald 40 Jahren, was glaubst du denn?«

»Das ist im Moment egal, Richie. Ich muss mit dem anderen reden, daran führt kein Weg vorbei. Und erzähl mir nicht, dass ich es auf dem Schrottplatz versuchen soll, da wimmelt es nämlich von Polizei.«

Welker riss die Augen auf. »Der Schrottplatz ist aufgeflogen? Ach du große Scheiße.«

»Ja. Und dabei ist der eine Fuchs eine Treppe runtergesegelt, so hat es mir zumindest ein Kumpel bei der Polizei verklickert. Er hat schwere Kopfverletzungen davongetragen, soweit ich erfahren konnte, und liegt gerade auf dem OP-Tisch.«

»Und was genau willst du jetzt von dem anderen?«

Der Detektiv stöhnte auf, zog einen Hunderteuroschein aus der Jackentasche und ließ ihn langsam auf den Tisch segeln. »Mit ihm reden, mehr nicht. Es geht mir eigentlich viel mehr um den Bullen, der ihn drangekriegt hat.«

»Was für einen Bullen meinst du denn?«

»Das musst du nicht wissen, Richie, glaub mir.«

Der Mann am Tisch nahm einen weiteren Schluck der klaren Flüssigkeit. »Ich frag nur so, weil es gestern Abend auch mit ein paar Bullen Schwierigkeiten gegeben hat, ganz hier in der Nähe. Und einer der Füchse mittendrin.«

Brenner kniff die Augen zusammen und sah seinen Gastgeber mit schief gelegtem Kopf an. »Erzähl!«

Dann hörte der Schnüffler ihm ein paar Minuten sehr interessiert zu, bevor er sich hastig verabschiedete.

*

Die Tür zum Rothenditmolder Hof stand offen. Brenner hetzte die zwei Stufen mit einem Satz hinauf und stürmte in den heruntergekommenen Laden. Hinter der Theke stand ein Mann mit einem Scheuertuch in der Hand.

»Lutz Brenner, guten Tag«, stellte der Detektiv sich vor. »Richie schickt mich.«

»Und was wollen Sie?«

»Sie hatten gestern Abend Ärger mit einem Polizisten. Stimmt das?«

»Warum wollen Sie das wissen?«

Brenner griff in seine Tasche, kramte den nächsten Hunderter hervor und legte ihn auf den Tresen. »Reicht das als Antwort?«

Der Mann hinter der Theke betrachtete misstrauisch den Schein. »Weiß nich. Kommt drauf an.«

Der Detektiv langte in die andere Sakkotasche, beförderte ein Foto heraus und legte es neben den Schein. »War das der Polizist, der nach Horst und Wolfgang Fuchs gesucht hat?«

Wieder ein Schulterzucken von hinter der Theke. Dann beugte der Wirt sich nach vorne, warf einen kurzen Blick auf das Bild und nickte. »Der und ein Jüngerer. Beides Arschlöcher.«

»Gut. Und jetzt möchte ich, dass Sie mir ganz genau schildern, was sich hier abgespielt hat. Und zwar in allen Einzelheiten.«

Der Mann hinter der Theke deutete auf den Hunderteuroschein. »Hat der noch Kumpels, die sich in Ihrer Tasche versteckt halten?«

»Viele. Aber ob die zu ihrem Kollegen wollen und dürfen, hängt davon ab, wie auskunftsfreudig Sie sind.«

17

»Wir müssen mehr über diese Petra Soffron herausfinden«, merkte Lenz an, während ihm die Schweißperlen auf die Stirn schossen.

Die beiden Polizisten saßen vor einem Thai-Imbiss auf der Wilhelmshöher Allee und nahmen eine schnelle, scharfe Mahlzeit ein.

»Es kann doch nicht sein, dass der eine, nämlich dieser Melchers, sagt, dass sie keinerlei Verwandtschaft gehabt hat, während der andere, also Schlieper, davon spricht, sie als permanent schwanger in Erinnerung zu haben. Irgendjemand wird sich doch daran erinnern, was nun richtig ist.«

»Das hab ich auch gedacht, als Schlieper, den ich im Übrigen ziemlich sympathisch finde, davon gesprochen hat, dass er sich an sie nur schwanger erinnern kann. Aber ob wir dem so viel Bedeutung beimessen müssen, steht auf einem anderen Blatt.«

»Dann fahren wir jetzt nach Vellmar und knöpfen uns den Erzieher vor, der übriggeblieben ist.«

*

Die Adresse in Vellmar lag in einer Einfamilienhaussiedlung. Am Eingang zur Straße und vor dem Haus stand jeweils ein Streifenwagen. Der gepflegte kleine Garten, der zum Haus hinführte, hatte etwas Einladendes.

Auf das Klingeln der Polizisten hin öffnete eine etwa 70-jährige Frau mit schlohweißen Haaren die Tür.

»Ja, bitte?«, fragte sie höflich, aber sehr reserviert.

»Wir kommen von der Kriminalpolizei in Kassel«, begann

Hain, nachdem er sich und seinen Kollegen vorgestellt hatte. »Sind Sie Frau Aurich?«

»Die bin ich. Aber ich habe Ihren Kollegen, die vorhin hier waren, schon gesagt, dass mein Mann krank ist. Er ist pflegebedürftig und will bestimmt nicht mit Ihnen sprechen.«

»Das tut uns sehr leid, Frau Aurich«, reichte Lenz ihr die Hand. »Bitte glauben Sie uns, dass wir Sie auf keinen Fall stören würden, wenn es nicht wirklich von immenser Wichtigkeit wäre, mit Ihrem Mann zu sprechen. Außerdem ist nicht auszuschließen, dass Ihr Mann in akuter Gefahr schwebt.«

Sie schüttelte unwirsch den Kopf. »Aber was reden Sie denn da? Mein Mann ist 76 Jahre alt und sehr, sehr krank. Wer sollte ihm also etwas antun wollen?«

»Es geht um die Zeit, in der er als Erzieher im Karlshof gearbeitet hat«, versuchte Hain, die Frau neugierig zu machen.

»Mein Mann hat mehr als sein halbes Berufsleben im Karlshof gearbeitet, junger Mann. Er ist aber schon seit mehr als fünf Jahren im Ruhestand.«

»Und Sie meinen, dass er uns nicht vielleicht doch empfangen könnte? Und wenn es nur für ein paar Minuten wäre? Wir wären über jede noch so winzige Information dankbar, Frau Aurich.«

»Um welche Zeit im Karlshof geht es denn?« Sie schien ein wenig zugänglicher zu werden.

»Hauptsächlich um die Jahre zwischen 1974 und 1978.«

Sie trat zur Seite. »Na, dann kommen Sie mal rein. Wenn das so ist, könnten Sie Glück haben.« Sie hob drohend den rechten Zeigefinger. »Aber wirklich nur kurz. Er sollte sich so wenig wie möglich aufregen.«

Bertram Aurich saß in einem hellen Ledersessel und sah sich das Nachmittagsprogramm im Fernsehen an. Als die Polizisten neben ihn traten, hellte sich sein Gesicht sofort auf.

»Mensch, Ottmar, schön, dass du kommen konntest.« Er griff nach der Hand des Hauptkommissars. »Wie geht es den Eltern?«

Dann wandte er sich zu Thilo Hain. »Und deinen Filius hast du auch mitgebracht. Schön. Und groß ist er geworden! Wie war noch dein Name, Junge?«

Die Kripoleute warfen einen hilfesuchenden Blick zu Frau Aurich.

»Bertram, das sind nicht der Ottmar und sein Sohn. Die waren doch erst letzte Woche hier. Das sind zwei Herren von der Polizei aus Kassel, die ein paar Fragen an dich haben.«

Aurich zog Lenz am Ärmel zu sich herunter. »Sag dieser Person, dass sie gehen soll, Bertram. Meine Frau kommt bald nach Hause, und ich möchte nicht, dass sie dann noch hier ist. Was soll denn meine Anita denken, wenn hier jeden Tag eine andere fremde Frau herumschwirrt?«

»Aber das ist doch …«, begann der Kommissar, wurde jedoch von Frau Aurich mit einer Kopfbewegung unterbrochen.

»Damit kommen Sie nicht weiter. Stellen Sie ihm Ihre Fragen, dann werden wir sehen, was dabei herauskommt.«

Lenz machte sich vorsichtig von Aurichs Hand frei und stellte sich wieder auf. »Herr Aurich, wir haben ein paar Fragen zu Ihrem alten Arbeitsplatz, in Wabern, im Karlshof.«

Der Mann im Ledersessel schenkte ihm ein Grinsen. »Ottmar, du musst mich doch nicht siezen. Sag einfach weiter Bernhard zu mir. Nein, Bertram. Bertram musst du sagen.«

»Gut, Bertram«, beugte sich Lenz wieder zu ihm hinunter. »Kannst du dich an deine Zeit in Wabern erinnern?«

»Wabern«, echote Aurich.

»Kannst du dich an die Zeit dort erinnern?«

»Klar. Hat immer nach Zuckerfabrik gestunken dort. Jeden Tag hat es nach Zuckerfabrik gestunken. Aber besonders im Herbst, wenn die Rüben geerntet worden sind.«

Der klein gewachsene Mann mit dem vollen, schwarzen Haar bekam plötzlich wache, helle Augen. »Ich weiß alles über Wabern. Ich habe dort gearbeitet. Im Karlshof. Ich war Erzieher!«

»Das ist gut«, lobte Lenz ihn. »Und genau dazu haben wir ein paar Fragen.«

»Dann los«, stimmte der Erzieher zu, um es sich im nächsten Moment wieder anders zu überlegen und auf Anita Aurich zu deuten. »Aber die Frau da muss draußen warten. Ich will nicht, dass sie mithört. Wer weiß, was sie wieder alles den Nachbarn erzählt? So wie beim letzten Mal, als ihr hier wart.«

Wieder warf Lenz ihr einen hilfesuchenden Blick zu.

»Ich gehe für ein paar Minuten nach draußen. Aber bitte, regen Sie ihn nicht zu sehr auf. Das muss am Ende doch wieder ich ausbaden.«

Der Kommissar sah der Frau zu, wie sie langsam und mit hängendem Kopf das Zimmer verließ.

»So ist gut«, brummte Aurich. »Sie beklaut mich nämlich auch.« Er zog ein ledernes Portemonnaie aus der Gesäßtasche seiner Hose und öffnete es. »Da, alles weg. Ich glaube, die ist nicht gut, diese Frau. Wisst ihr, wer das Frauenzimmer ist?«

»Nein, keine Ahnung, ehrlich«, beeilte Hain sich zu erklären.

»Ihr müsst mir versprechen, dass ihr sie mitnehmt, wenn ihr geht, ja?«

»Versprochen«, bestätigte Lenz. »Aber jetzt musst du uns

was erklären, Bertram. Du warst doch Erzieher im Karlshof?«

Aurich überlegte kurz. »Ja. Im Haupthaus, im zweiten Stock. Immer nur Auszubildende.«

»Nur im Haupthaus? Nie woanders?«

Wieder ein Moment des Überlegens. »Doch, aber nur zwei Jahre. Knapp zwei Jahre. Bei den Picos, im zweiten Pavillon.«

»Und dort hast du Dieter Bauer kennengelernt?«

»Ach was, was redest du da. Den kannte ich doch schon vorher.«

»Und Ruth Liebusch?«

»Die Ruth, ja, die kenne ich auch. Was macht sie denn jetzt?«

Lenz atmete tief durch. Er fühlte sich absolut unwohl. »Es geht ihr gut. Sie wohnt immer noch in Kassel. Mit Petra Soffron zusammen.«

»Mit wem?«

»Petra Soffron. Kennen Sie … ich meine, kennst du die nicht?«

»Soffron? Wer …« Der alte Mann schlug sich mit der rechten Handinnenfläche an die Stirn. »Die zwei? Na ja, das war ja nicht anders zu erwarten. Dass die Ruth … andersrum ist, wurde doch immer gemunkelt. Aber die Soffron? Das hätte ich jetzt nicht erwartet, dass das auch so eine ist.«

»Dann hatten die damals also noch nichts miteinander?«

Aurich sah ihn empört an. »Bist du verrückt? Das hätten wir im Leben nicht geduldet! Das gab es damals nicht.« Er rückte sich die Brille zurecht und deutete auf den Fernseher, der noch immer lief. »So was wie heute, dass die alle nackt in der Gegend herumrennen, das wollten wir nicht. Schamlos sind die alle geworden!«

»Hat die Frau Soffron Kinder gehabt, Bertram?«

Aurich nickte wissend. »Klar, weißt du das denn nicht mehr? Wie viele es waren, daran kann ich mich nicht erinnern, aber dass sie welche hatte, das weiß ich.«

»Und du weißt auch noch, von wem sie die hatte?«

Wieder sah Aurich den Hauptkommissar an, als rede er in Rätseln. »Na, von ihrem holden Gatten, was glaubst du denn?«

Dann drückte der demente Mann genießerisch sein linkes Auge zu. »Oder weißt du etwa mehr als ich? Sind die Gören am Ende gar nicht von ihrem Mann gewesen, dem alten Schwerenöter?«

Lenz kratzte sich am Kopf und warf Hain einen Blick zu. Der junge Oberkommissar zog die Schultern hoch und schüttelte kaum merklich den Kopf.

»Aber du kannst dich schon an Petra Soffron erinnern, Bertram? Dieses junge Mädchen?«

»Na, so jung und knackig war die auch nicht mehr, da musst du dich vertun. Die war bestimmt schon über 40, als sie weggezogen ist.«

»Wie, über 40? Petra Soffron war auf der Mädchenstation im Karlshof. Das war eine Heimbewohnerin.«

Nun griff Aurich sich wütend an den Kopf. »Du spinnst doch! Petra Soffron war die Frau vom Chef, vom Heimleiter. Und als der alte Schürzenjäger damals die Erzieherin flachgelegt hat, ist sie ausgezogen, mitsamt der Gören. Und wenn du was anderes behauptest, kannst du gleich wieder gehen.«

»Das wird sowieso das Beste sein«, murmelte Lenz leise. »Wir müssen auch schon wieder los, Bertram. Es war schön, dich mal wieder gesehen zu haben.« Er reichte dem Mann im Ledersessel die Hand.

»Wenn du das nächste Mal kommst, bring mir eine Tafel

Schokolade mit. Die Anita hält mich ganz schön kurz, und du weißt doch, wie gern ich Schokolade esse.«

»Ich werde daran denken«, versprach Lenz, gab Hain mit dem Kopf ein Zeichen und strebte auf die Tür zu.

»Und denk dran, dass du diese schreckliche Frau da draußen mitnimmst. Ich will sie nicht im Haus haben, sie ist nicht gut zu mir.«

»Auch daran werde ich denken«, bemühte Lenz sich zu versichern und hatte die Tür erreicht. »Aber sie ist …«

»Lassen Sie es«, wurde er von Anita Aurich unterbrochen, die leise die Tür geöffnet hatte und die Kommissare mit auf die Lippen gelegtem Zeigefinger in die Küche bat. Im Wohnzimmer wurde der Ton des Fernsehers lauter gedreht.

»Möchten Sie etwas trinken?«, fragte die Frau mit Tränen in den Augen.

»Sehr gern, vielen Dank«, antworteten die Polizisten mit belegter Stimme.

»Es hat vor drei, nein, knapp vier Jahren angefangen«, erklärte Anita Aurich den Beamten. »Zuerst war es gar nicht so schlimm, aber mit der Zeit ist es nahezu unerträglich geworden. Und jetzt bin ich an einem Punkt angelangt, wo ich einfach nicht mehr weiterweiß.«

Lenz nickte zustimmend. »Das kann ich verstehen, Frau Aurich. Was machen Sie denn, wenn er von Ihnen verlangt, das Haus zu verlassen, weil er auf seine Frau wartet?«

»Die ganze Zeit habe ich es mit Gleichmut ertragen. Letzte Woche ist es mir aber zu viel geworden und ich bin wirklich gegangen, für eine halbe Stunde etwa.«

»Und?«

»Als ich wiederkam, hat er mich erkannt und sich anfangs auch richtig gefreut, nach einer Viertelstunde jedoch ging das ganze Theater von vorne los.«

»Haben Sie daran gedacht, sich professionelle Hilfe zu organisieren?«

»Einen Pflegedienst? Was soll der denn machen? Ihm erklären, dass ich seine Frau bin? Nein, das würde nichts bringen, weil er erstaunlicherweise seinen Körper hegt und pflegt wie vor der Erkrankung.«

Der Hauptkommissar zuckte hilflos mit den Schultern.

»Ja, da weiß man auch als gestandener Mann nicht, was man sagen soll«, war die Reaktion der Frau, die Lenz mit einem weiteren verlegenen Schulterzucken quittierte.

»Trotz alledem hätten wir uns natürlich von Ihrem Mann ein wenig Hilfe erwartet.«

»Es geht, wenn ich richtig vermute, um seine beiden getöteten ehemaligen Kollegen, oder?«

»Ja. Aber leider waren die Erinnerungen an die damaligen Ereignisse bei ihm nicht mehr ganz korrekt.«

»Sie haben ihn nach Ruth Liebusch und Dieter Bauer gefragt?«

»Ja.«

»Eigentlich sollte er sich an sie erinnern können, die beiden waren einige Zeit mit ihm auf der gleichen Gruppe.«

»An die beiden konnte er sich erinnern, er hat aber leider eine Heimbewohnerin mit der Frau des damaligen Heimleiters verwechselt.«

»Frau Schemsky? Inge Schemsky?«

»Den Namen habe ich noch nie gehört«, gab Lenz erstaunt zurück.

»Das war die Frau eines ehemaligen Heimleiters, der irgendwann mit einer jungen Erzieherin durchgebrannt ist.«

»Ja, die Dame hat er mit einer ehemaligen Bewohnerin des Karlshofs verwechselt.«

»Um welche Zeit geht es bei Ihrer Untersuchung?«

»Die 70er-Jahre.«

»Hm«, machte sie. »Eine wilde Zeit. Damals, Ende der 60er-, Anfang der 70er-Jahre, hat mein Mann umgeschult und danach im Karlshof angefangen.«

»Ach«, mischte Hain sich interessiert ein, »Ihr Mann war auch einer von den Erziehern, die ...« Er stockte.

»Ja, sprechen Sie es nur aus«, nahm sie seinen Faden auf. »Dass er einer von denjenigen war, die auf dem dritten oder vierten Bildungsweg Erzieher geworden sind. Aber er hat wenigstens später seinen Abschluss nachgemacht, damit er nicht weiter unter den Anfeindungen der ›richtigen‹ Pädagogen leiden musste.«

»Wie hat er das gemacht?«

»Der LWV hat denjenigen Erziehern, die er zehn Jahre zuvor händeringend gesucht und eingestellt hatte, die Pistole auf die Brust gesetzt. Entweder ihr macht einen richtigen Abschluss oder ihr könnt dahin zurückgehen, wo ihr hergekommen seid. Nach zehn Jahren! Mein Mann, genauso wie Dieter Bauer übrigens, haben es auf sich genommen und auch bestanden, was nicht vielen gelungen ist. Er ist zwei Jahre lang immer wieder nach Wiesbaden gependelt dafür.«

»Wann genau hat er mit Herrn Bauer und Frau Liebusch auf der gleichen Gruppe gearbeitet?«

»1973 und 1974.«

»Und Sie machen sich gar keine Gedanken darüber, warum man die beiden umgebracht hat?«

Sie lächelte verhalten. »Doch, natürlich.«

»Warum lachen Sie?«

»Was, glauben Sie, sollte ich tun, wenn einer käme, der Bertram etwas antun will? Sollte ich mich opfern, um es zu verhindern? Sollte ich nach ihm schlagen oder treten? Sollte ich sofort die Polizei rufen? Wegen eines Menschen, der Tag für Tag mehr zum geistigen Wrack wird? Der in ein paar Wochen in einem Pflegeheim vor sich hinvegetieren wird? Was meinen Sie, meine Herren von der Polizei?«

Lenz und Hain sahen sich unsicher an.

»Wir können und dürfen das nicht moralisch bewerten, Frau Aurich«, fiel Hain schließlich dazu ein. »Wir sind Polizisten, und aufgrund dessen ist es unsere Pflicht, jeden Bürger ohne Ansehen der Person vor allem zu beschützen, was sein Leib und Leben oder seine körperliche Unversehrtheit bedrohen könnte.«

Sie nickte sarkastisch. »Das kann ich verstehen. Und ich versichere Ihnen, dass ich auch weiterhin nachts die Tür gut verschließen werde.«

»Das ist gut so«, wurde sie von Lenz gelobt, der nicht sicher war, ob er ihr glauben sollte.

»Haben Sie mit Ihrem Mann über das gesprochen, was er auf der Arbeit erlebt hat?«, wollte er wissen.

»Manchmal, ja. Aber nicht in den letzten Jahren, da wurde ihm sein Beruf sehr, sehr schwer.«

»Nein, ich meine schon die frühen Jahre.«

»Ja, damals schon. Aber Sie müssen verstehen, dass ich das meiste davon sicher vergessen habe.«

»Können Sie sich vielleicht an den Namen Petra Soffron erinnern?«

»Petra Soffron? Nein, das tut mir leid. Aber vielleicht finden Sie etwas über die Frau in den Tagebüchern meines Mannes.«

»Ihr Mann hat Tagebuch geführt?«

»Ja, sehr pedantisch sogar. Er sagte immer, dass er im Alter gern ein paar Erinnerungshelfer für das hätte, was er erlebt hat.« Sie legte resignierend die Stirn in Falten. »Gerade so, als ob er eine Ahnung davon gehabt hätte, was ihm im Leben noch alles blühen würde.«

»Haben Sie ihm die Bücher mal wieder gezeigt?«, wollte Hain wissen.

»Ja, natürlich. Aber er kann nicht mehr viel damit anfangen, und das macht ihn dann nur mehr und mehr aggressiv.«

»Würden Sie uns erlauben, einen Blick in die Bücher zu werfen?«

»Sehr gern, wenn Sie das, was er über unsere Ehe geschrieben hat, ausblenden.«

»Großes Ehrenwort«, versprach Hain, und hob zur Bestätigung Daumen, Zeige- und Mittelfinger der rechten Hand.

18

Martin Melchers lag auf dem Bett, in dem sein Partner ein paar Stunden zuvor geschlafen hatte, und weinte. Vor seinem geistigen Auge liefen wirre Filme mit Vergewaltigungsszenen in Gefängnissen und anderen Gräueltaten ab. Er griff nach der Packung mit den Papiertaschentüchern auf dem Boden, zog eins heraus und schnäuzte sich.

Ich vermisse dich so sehr, Louis.

Melchers und der Stricher kannten sich seit mehr als fünf Jahren. Vom ersten Augenblick an war er begeistert und fasziniert gewesen von dem quirligen und gut aussehenden Jungen, der sich so gar nicht für ihn zu interessieren schien. Einen Monat später war Martin Melchers einer von Brachts Stammfreiern. Wann immer er es sich leisten konnte, nahm er die Dienste des gut gebauten, aber trotzdem zierlichen Jungen in Anspruch. Dann, vor etwa sechs Wochen, hatte es nachts bei ihm geklingelt, und Louis Bracht in der Tür gestanden.

Kann ich bei dir schlafen?, hatte er gefragt.

Und ob er konnte.

In den Tagen danach waren sie sich näher und schließlich ganz nah gekommen, diesmal allerdings ohne Bezahlung. Und Martin Melchers hatte sich Hals über Kopf und mit Haut und Haaren verliebt.

Ich vermisse dich so sehr, Louis.

Zwar waren Melchers immer wieder Zweifel gekommen, ob sich hinter Brachts plötzlichem Auftauchen in der Nacht vielleicht andere Motive verbargen als das Finden der großen Liebe, doch er hatte sie stets mit ein paar Gedanken an den guten Sex und das treue Gesicht seines Partners weggewischt.

Mit zitternden Fingern tastete der Mann, der noch immer den blauen Bademantel trug, nach einem Bild auf dem Nachtschränkchen neben dem Bett. In diesem Moment rasselte die Klingel. Melchers sprang hoch, wischte sich kurz mit dem rechten Ärmel übers Gesicht, und rannte zur Tür.

Ich habe dich so sehr vermisst, dachte er voller Freude.

Dann riss er aufgeregt an der Türklinke und blinzelte hinaus in den dunklen Flur. Die Faust, die sein Nasenbein zertrümmern sollte, sah er erst, als sie schon fast an ihrem Ziel angekommen war.

Als er wieder zu sich kam, schmeckte er Blut und roch den Gestank des alten, abgewetzten Teppichs, auf dem er lag. Aus dem Zimmer nebenan hörte er das leise Wimmern der Hunde.

»Wie geht's?«, fragte eine Männerstimme über ihm.

Er holte Luft und wollte etwas antworten, doch stattdessen fing er laut an zu weinen.

»Psst«, machte die Stimme. »Hör auf zu jammern.«

Der Mann, der das sagte, klang kalt und bedrohlich. »Wenn du auch nur einen Mucks machst, der mir zu laut ist, schlage ich dich tot.«

Melchers nickte. Er hatte immer genickt, wenn es brenzlig geworden war. Gewehrt hatte er sich nie.

»Du hast sie irgendwie geliebt?«

Der Mann am Boden hatte keine Ahnung, von wem der Fremde sprach. »Wen denn?«, flüsterte er leise.

»Petra.«

»Wie meinen Sie das, geliebt?«, wieder geflüstert.

»Na, geliebt. Wie man eine Schwester eben liebt.«

»Ja.«

Einc längere Stille.

»Was dich aber nicht daran gehindert hat, sofort nach

ihrem Tod die meisten ihrer Bücher an einen Trödler zu verhökern.«

Melchers erschrak. Woher wusste der Mann das?

»Ich brauchte das Geld. Petra war doch tot.«

Wieder Stille.

»Und ihr Konto? Was hast du mit ihrem Konto gemacht?«

Vor Melchers Augen tanzten Armeen von Sternen. Wer war der Mann, und was wollte er von ihm? Woher wusste er auch noch, dass er das Konto von Petra Soffron in den Tagen nach ihrem Tod mit Hilfe ihrer EC-Karte geplündert hatte?

»Es war doch so viel zu bezahlen«, antwortete er. »Die Beerdigung und das alles.«

»Du lügst«, zischte die Stimme über ihm. »Das war längst erledigt.«

»Aber …«

»Ja?«

»Wer sind Sie?«

»Wer kann ich wohl sein? Hast du keine Idee?«

Melchers überlegte fieberhaft, doch es fiel ihm nichts ein. Die Stimme? Nein, niemals gehört.

»Nein«, murmelte er leise.

Wieder eine Pause.

»Du hast seit Jahren auf ihre Kosten gelebt und es dir gut gehen lassen«, kam es von oben.

»Nein, das stimmt nicht«, protestierte Melchers eine Spur zu laut.

»Psst.«

»Ja, es tut mir leid.« Er schluckte. »Aber ich habe nicht auf ihre Kosten gelebt, ganz bestimmt nicht.«

»Aber du brauchtest doch deine ganze Kohle für den Stricher.«

Nun schwieg Melchers.

»Ich höre nichts von dir?«

»Woher wissen Sie das alles?«

Ein arrogantes Lachen. »Sagen wir, ich habe gute Verbindungen.«

»Und was wollen Sie jetzt von mir?«

»Mit dir reden.«

»Und dann?«

»Und dann, und dann? Sei nicht so neugierig, mein Freund.«

Wieder ein paar Sekunden Stille.

»Ich habe schreckliche Angst«, wimmerte Melchers.

»Du weißt, dass dir das Gejammer nichts bringen wird? Weil du immer der Fußabtreter gewesen bist, für alle und jeden, weißt du das?«

Vielleicht ist er ein Freund der Füchse, dachte Melchers. Ein Irrer, dem es auch Spaß macht, andere zu quälen und zu erniedrigen. Dem es Freude macht, wenn andere Schmerzen leiden.

»Wer sind Sie?«, fragte er noch einmal ängstlich.

Ohne ihm eine Antwort zu geben, sprang der Eindringling auf den bewegungslos am Boden liegenden Melchers und brach ihm mit den Knien ein paar Rippen. Ein lauter, entsetzter, gepeinigter Aufschrei.

Der Peiniger drehte seinen Körper um 90 Grad, ließ die beiden Knie neben dem gehetzt nach Luft japsenden Melchers nieder, und zog ein Messer aus der Tasche. Damit trennte er den Bademantel auf etwa 30 Zentimetern in der Mitte des Rückens auf. Mit der rechten Hand tastete er kurz über die Halswirbel, bis er offenbar die Stelle gefunden hatte, nach der er suchte.

*

Martin Melchers spürte einen Schlag, der ihm die Luft zum Atmen raubte. Und mit diesem Schlag lösten sich die Schmerzen, die ihm zuvor seine gebrochenen Rippen bereitet hatten, in ein absolutes Nichts auf. Für einen Sekundenbruchteil war er erleichtert und zufrieden, doch im gleichen Moment wurde ihm klar, dass etwas mit ihm nicht stimmte. Etwas viel, viel Schwerwiegenderes als ein paar gebrochene Rippen. Er versuchte, seine Lungen mit Atemluft zu füllen, doch es war ihm nahezu unmöglich. Wieder und wieder riss er den Mund auf, saugte, zog, doch der Erfolg war eher homöopathischer Natur.

Mit den Schmerzen war auch der Mann verschwunden, der auf seinem Rücken gesessen hatte. Bang und weg. Melchers versuchte, sich auf die Seite zu rollen, um nachsehen zu können, ob der Mann wirklich weg oder ob er nur von ihm aufgestanden war, aber diese Aktion löste den nächsten, diesmal endgültigen Schock aus. Er war nicht in der Lage, Befehle an seine Extremitäten zu senden. Es war, als hätte jemand den Kontakt zu ihnen unterbrochen. Keine Bewegung, kein Gefühl.

Doch, jetzt. Nun stellte sich ein stechender Schmerz knapp unterhalb des Genicks ein, wie aus dem Nichts. Ein Schmerz, der rasant stärker wurde. Aua, wollte er schreien, doch auch seine Stimme schien ihm nicht zu gehorchen.

Beruhig dich, schoss es ihm durch den Kopf. Beruhig dich! Er dachte an Louis Bracht und fragte sich, ob er ihn jemals wiedersehen würde. Vor seinen Augen tanzten nun bunte Sterne, was er auf die Unterversorgung mit Sauerstoff zurückführte. Himmel, ich werde sterben, dachte er. Ich liege hier im Flur dieser versifften Wohnung und werde sterben. Dann plötzlich wurde ihm warm. Sein ganzer Körper wurde von einer heimeligen Woge erfasst, die ihn schlagartig beruhigte. Schön, dachte er, hob die Augen, und ließ den Blick über den Teppich gleiten. Direkt vor ihm, aber trotzdem in unerreichbarer Ferne, lag das Bild von Louis Bracht, das er kurz vor dem Läuten der Türklingel vom Nachttisch genommen und die ganze Zeit über in der Hand gehalten hatte.

Wenn du nur hier wärst, Louis.

Melchers wusste, dass etwas Schreckliches mit ihm passiert war. Dass der Mann, der ihm die Nase gebrochen hatte, es ihm angetan hatte. Was es genau war, konnte er sich nicht vorstellen.

Dann wurde es schwarz um ihn herum.

19

Lenz saß auf dem Beifahrersitz in Hains kleinem Mazda-Cabriolet und blätterte in einem Jahresplaner mit der Aufschrift ›1974‹. Dann legte er das kunstledergebundene Diarium auf der Mittelkonsole ab, hob die Arme, streckte sich, und sah seinen Kollegen an.

»Bis auf diesen Schlieper waren alle aus dem ehemaligen Karlshof, egal, ob Bewohner oder Erzieher, bis jetzt völlige Pflegefälle, Thilo. Wer weiß, vielleicht haben die damals was ins Essen gemischt gekriegt, das erst viel später seine schwerwiegenden Folgen offenbart hat.«

Hain sah ihn mit einem strafenden Blick an. »Sei froh, dass ich dich schon ein paar Tage kenne und deine spinnerten fünf Minuten einordnen kann. Sonst hättest du jetzt gute Karten, für längere Zeit in der Geschlossenen zu verschwinden, mein Freund.« Damit griff er zu dem Tagebuch und fing an, darin zu schmökern. Zunächst fand er eher langweilige, sich ständig wiederholende Einträge aus dem Winter 1974, die, ebenso wie die anderen Vermerke, auch noch in einer sehr schwer zu entziffernden Schrift verfasst waren. Einträge, die sich mit Aurich und seiner Frau beschäftigten, ignorierte er, dem Versprechen, das er ihr gegeben hatte, folgend.

Kollege Guderjahn wird auch immer fetter, las der Oberkommissar unter dem Datum vom 18. November 1974.

Hat wieder gefressen wie ein Schwein in der Kantine.

Oder, eingetragen am 12. Oktober 1974: *Die Heimleitung weist zum wiederholten Mal darauf hin, dass sich die Zöglinge ihre Schallplatten nicht vom Kleidergeld kaufen dürfen (!!!).*

Hain blätterte zurück und blieb an einem Eintrag vom

19. September 1974 hängen. »Hier wird es langsam interessant«, sprudelte er hervor.

Dieter Bauer ist und bleibt ein eitler, selbstgefälliger Parvenü, der am besten als Gockel auf der Mädchengruppe aufgehoben wäre.

Lenz nahm dem Kollegen das Buch aus der Hand, las den Satz noch einmal laut vor, und blätterte ein paar Seiten zurück. Am 10. September 1974 hatte Aurich neben ein paar anderen Gedanken auch etwas über Ruth Liebusch zu Papier gebracht.

Schöner, sonniger Spätsommertag heute. Bin leider eine Stunde zu spät zum Dienst gekommen, weil der Keilriemen des Käfers gerissen war. 2,82 DM plus 3,-- DM fürs Wechseln.

Aufruhr auf der Gruppe, nachdem D. Bauer ihnen mitgeteilt hat, dass es ab dem nächsten Jahr weniger Taschengeld geben wird.

Ruth steckte heute mal wieder bis zum Anschlag in Dieters Hintern. Diese hässliche, dumme Pute glaubt wohl, dass es mit ihr und ihm doch wieder etwas werden könnte.

(Noch zwei Monate, dann habe ich es endlich geschafft und kann ins Haupthaus zurück!)

Außerdem hat sie wieder dermaßen aus dem Maul gestunken, dass es kaum auszuhalten war. Kann ihn gut verstehen, dass er sie gegen etwas Jüngeres ausgetauscht hat.

»Offenbar hatte dieser Bauer was mit Ruth Liebusch gehabt«, fasste Lenz zusammen, nachdem er laut vorgelesen hatte.

»Behauptet Bertram Aurich in diesem 35 Jahre alten Tagebuch«, relativierte sein Kollege. Lenz überflog ein paar weitere Seiten und kam zum 22. Juni 1974.

Großes Palaver, weil Wolfgang Westler heute von der Polizei auf die Gruppe zurückgebracht wurde. Er hatte sich wieder nachts abgesetzt, ein Auto geklaut, und es kaputtgefahren. Bauer meint, die Gruppe habe davon gewusst, und hat ihnen den Fernsehabend gestrichen. Deutschland gegen die DDR, und die Jungs sitzen da und drehen Däumchen. Was soll das?

Westler kommt wohl jetzt um die Jugendstrafanstalt nicht mehr herum, aber die anderen für seine Taten in Sippenhaft zu nehmen, das ist unter aller Kanone!

Der Hauptkommissar blickte auf. »Aurich scheint sich mit Bauer nicht richtig grün gewesen zu sein, zumindest könnte man das anhand der Einträge hier vermuten«, schloss er aus dem Gelesenen.

»Und, hilft uns das in irgendeiner Form weiter?«

Lenz blätterte zurück, überflog dabei die Einträge und scannte nach den Namen, die für die Polizisten von Interesse waren. Am 18. Mai 1974 blieb er hängen.

Ruth ist die ganze Schicht mit verheulten Augen über die Gruppe gerannt. Selbst den Jungs bleibt es nicht verborgen, dass irgendetwas nicht stimmt. Dieter redet kein Wort mehr mit ihr, seit er sie abserviert hat, behauptet sie. Und das alles wegen dieser Schickse, die seine Tochter sein könnte! Der spinnt doch, der Kerl. Wenn sie ihn diesmal erwischen, kommt er hoffentlich nicht wieder mit einer Verwarnung davon. Manchmal denke ich darüber nach, ihn anzuzeigen, aber was würde das bringen? Am Ende verliere ich meinen Arbeitsplatz und kann wieder als Fliesenleger anfangen. Vielen Dank, aber das möchte ich nicht.

Anita hat …

Lenz hob ungläubig den Kopf. »Das, was er da beschrieben hat, müssen wir genau auswerten, Thilo. Aber wie es sich für mich darstellt, könnte Bauer damals etwas mit einer Heimbewohnerin angefangen haben. Vielleicht ja mit Petra Soffron?«

Hain nickte. »Möglich«, bestätigte er, »obwohl die, trotz ihrer mysteriösen Schwangerschaften, nach Aussage von Melchers mit Männern nichts anfangen konnte.«

»Auch wieder wahr«, gab Lenz ihm recht. »Aber nachgehen müssen wir der Sache schon. Wir müssen jemanden danach fragen, der sie zu dieser Zeit kannte. Gut kannte.«

Der Oberkommissar startete den Motor. »Martina … äh, Martin Melchers«, sprudelte es aus ihm heraus, während er den ersten Gang einlegte.

*

Die Tür zum Haus, in dem Melchers wohnte, war wieder geschlossen. Nachdem er ein paar Mal bei ihm geklingelt hatte, probierte Hain den gleichen Trick mit der Nachbarin wie am Vormittag. 20 Sekunden später standen sie im zweiten Stock und klopften.

»Herr Melchers, wir sind es. Machen Sie bitte auf, wir haben noch ein paar Fragen an Sie«, rief Hain so gedämpft er konnte. Aus dem Innern kam als Antwort nur das Winseln der Hunde.

»Herr Melchers! Es passiert Ihnen nichts.«

Keine Reaktion.

Wieder ein Klopfen des Oberkommissars, nun etwas energischer. »Hallo, Herr Melchers!«

Die Tür der Wohnung gegenüber wurde aufgerissen und ein Mann im ehemals weißen Feinrippunterhemd sah die Beamten feindselig an. Sein Körpergeruch war abenteuerlich.

»Was wollt ihr denn von der Schwuchtel?«, blaffte er sie an. »Der ist garantiert zu Hause, weil er nie ohne seine Tölen vor die Tür geht. Klopft von mir aus leise oder haut ab, aber hört auf, so einen Alarm zu schlagen, sonst werde ich echt unleidlich, und da hättet ihr garantiert keinen Spaß dran. Verstanden?«

Hain zog seinen Dienstausweis aus der Tasche und hielt ihn dem Mann unter die Nase. Der zog den Kopf zurück und las.

»Oh, das konnte ich ja nicht wissen«, machte er nun auf freundlich. Keine Sekunde später fiel seine Tür mit einem lauten Schlag ins Schloss.

»Na bitte, geht doch«, murmelte der Oberkommissar und schob die grüne Karte zurück in die Jacke. Dann klopfte er erneut. Mit dem bekannten Ergebnis.

»Wenn der Unsympath von gegenüber richtig liegt, und Melchers zu Hause ist, warum macht er uns dann nicht auf?«, wunderte er sich.

Nun war von innen ein Hundechor zu hören, dessen Gewinsel immer lauter wurde. Lenz warf einen Blick auf das Schloss in der Tür. »Kriegst du das auf?«, fragte er seinen Kollegen, der ein paar Jahre zuvor ein Seminar besucht hatte, in dem es ausschließlich um das gewaltlose Öffnen von Verriegelungen gegangen war.

Hain folgte seinem Blick und nickte. »Klar. Aber warum sollte ich das machen?«

»Weil ich es sage«, erwiderte Lenz trotzig.

»Der liegt im Bett und pennt«, schnaubte der junge Oberkommissar zurück. »Und wir kommen in Teufels Küche, weil wir uns illegal Zugang zu seiner Wohnung verschafft haben. Nein, lass uns abhauen. Wir können ja zu Erika Schäfer nach Oberzwehren fahren. Die weiß bestimmt auch das eine oder andere, glaub mir.«

»Aufmachen«, forderte Lenz nun mit Nachdruck. »Ich halte die Rübe dafür hin.«

»Musst du doch sowieso«, nölte Hain, griff in seine Gesäßtasche und kramte ein kleines dunkles Lederetui heraus. »Wenn er unflätig wird, schmier ich ihm eine und sag, du hättest es so von mir verlangt.«

»Von mir aus. Aber jetzt mach die verdammte Tür auf!«

Es dauerte keine zehn Sekunden, dann zog der Oberkommissar die Tür zu sich heran, überwand die Schlossfalle, und schob das alte Holzblatt nach innen.

»Oh, mein Gott«, schnaubte Lenz.

Der Mann auf dem Boden war, auch von hinten, an seinem blauen Bademantel leicht zu erkennen. Er lag regungslos auf dem Bauch, zwischen seinem Kopf und dem Rücken, kurz unterhalb des Genicks, war überdeutlich ein riesiges Hämatom und eine merkwürdig verformte Hautstelle mit einer Delle auszumachen. Der Bademantel war in diesem Bereich aufgetrennt. Der Hauptkommissar, der sich zu dem Verletzten oder Toten hinunterbeugte, hörte, wie Hain telefonisch einen Notarztwagen anforderte und die Adresse durchgab. Lenz legte Melchers vorsichtig Zeige- und Mittelfinger der rechten Hand an den Hals.

»Lebt er noch?«, wollte Hain wissen, der mit seiner Pistole im Anschlag an ihm vorbeiglitt und rasch jedes Zimmer sicherte. Zum Schluss warf er einen Blick in die Küche, dann steckte er die Waffe zurück und trieb die jammernden Hunde in den Raum, in dem Melchers sie am Morgen ebenfalls untergebracht hatte.

»Ich kann es dir nicht sagen, Thilo«, murmelte Lenz. »Wenn ja, dann nicht mehr sehr viel.«

In diesem Augenblick hob Melchers ein Augenlid und versuchte, den Kommissar anzusehen, doch es gelang ihm nicht. Lenz beugte sich nach vorne, kniete sich neben den Kopf des Verletzten und griff nach dessen Hand. Sie war eiskalt.

»Herr Melchers, können Sie mich hören?«

Das Augenlid fiel langsam nach unten.

Lenz warf einen Blick auf die Verletzung des Mannes. Wie hieß dieser Halswirbel noch?

»Bitte bewegen Sie sich nicht, Herr Melchers. Bleiben Sie ganz ruhig liegen. Mein Kollege hat schon den Notarztwagen gerufen. Der wird gleich da sein, dann wird Ihnen geholfen.«

Wieder zog Melchers das Augenlid nach oben, und diesmal wurde die Bewegung von einem sehr leisen, krächzenden Laut begleitet. Offenbar wollte Melchers ihm etwas mitteilen.

Der Kommissar drückte sich mit dem Ohr, so dicht es ging, an seinen Mund, konnte jedoch nichts verstehen. Vielleicht lag es allerdings auch daran, dass Melchers Kraft zu Ende ging. Sein Kopf fing leicht an zu vibrieren, und Lenz konnte dabei das gedämpfte Klappern seiner Zähne hören. Dann wurde Melchers plötzlich ruhig und jede Bewegung erstarb. Der Kommissar legte erneut die Finger an den Hals des Mannes.

»Shit«, murmelte Hain über ihm.

In diesem Moment stoppte vor dem Haus ein Rettungswagen mit Sirenengeheul. Der Oberkommissar griff zur Sprechanlage und öffnete die Haustür. Ein paar Sekunden später stürmten drei Männer in die Wohnung, zuerst zwei Rettungsassistenten, dann der Arzt. Lenz sprang zur Seite. Der Mediziner betrachtete zuerst die Verletzung im Rücken des Mannes auf dem Boden, dann drehte er den Kopf und warf den Polizeibeamten einen skeptischen Blick zu. Im Anschluss griff er in seinen Koffer und holte einen kleinen Spiegel heraus, den er Melchers kopfschüttelnd vor den Mund hielt.

»Ex?«, fragte einer der Assistenten. Der Arzt zuckte mit den Schultern.

»Ich denke, ja. Natürlich würde ich ihn gern reanimieren, aber wir können an seiner Position nichts verändern, ohne ihm aufs Ärgste zu schaden.« Er deutete auf das Hämatom im Rücken des Mannes vor ihm. »Das ist eine von außen herbeigeführte massive Verletzung der Halswirbelsäule im Bereich der Vertebra Prominens, des siebten Halswirbels. Wenn ich die Situation richtig einschätze, ist es nicht möglich, ihn zu drehen oder ihn, zumindest mit unseren Mitteln, in eine für eine Reanimation sinnvolle Position zu bringen. Er hat keinen Atemreflex mehr, was ich bei dieser Verletzung auch nicht anders erwartet hätte. Also …«

Der Arzt stand auf und zog sich die Einweghandschuhe von den Fingern. »Der Mann ist tot«, fuhr er in Richtung der Kripobeamten fort, »und Sie können mir glauben, dass es das absolut Beste für ihn ist, meine Herren.«

20

Lutz Brenner drückte sich seit mehr als zwei Stunden vor der verschlossenen Eingangstür zur chirurgischen Intensivstation des Kasseler Klinikums herum. Eigentlich hatte die Frau, auf die er wartete, schon seit längerer Zeit Feierabend, doch sie war noch nicht erschienen. Erneut wurde die Tür von innen geöffnet, und diesmal tauchte das Gesicht auf, das er mehr als sehnsüchtig erwartet hatte.

»Bist du verrückt?«, zischte die Frau mit einem Blick nach rechts und nach links. »Du kannst mir doch nicht einfach hier auflauern. Wenn uns jemand zusammen sieht, der eins und eins zusammenzählen kann, bin ich meinen Job los.«

Und ich eine gute Informantin, dachte der Detektiv.

»Es tut mir leid«, erwiderte er devot, »aber ich habe gedacht, dass ich vielleicht mal nach ihm sehen könnte.«

»Du spinnst tatsächlich«, erwiderte die Frau empört. »Wir können doch keine Sightseeingtour über die Intensivstation machen, nur weil du dir diesen Halbtoten ansehen willst.«

»Keine Chance?«, fragte er mit Dackelblick und ließ ein paar Geldscheine in der Seitentasche ihres blütenweißen Kittels verschwinden. Die Frau blickte sich erneut nervös um und atmete dabei kräftig aus.

»Lass uns gehen. Ich erzähle dir auf dem Weg nach draußen, was mit dem Kerl ist.«

»Er hat keine große Chance, durchzukommen«, begann sie im Fahrstuhl leise. »Seine Kopfverletzungen sind so gravierend, dass er nur mit Mühe die Nacht überstehen wird. Und das wird auch das Beste für ihn sein, wenn ich die Ärzte richtig verstanden habe.«

»Hast du irgendwas davon mitgekriegt, wie es passiert ist?«, wollte er wissen.

»Nichts Konkretes. Er hat sich seiner Festnahme widersetzt, glaube ich.«

»Und dabei wird man so übel zugerichtet, dass man stirbt?«

Die Krankenschwester stöhnte auf. »Herrgott, ich weiß es nicht, Lutz. Frag doch einen der Bullen, mit denen du so dicke bist, der wird dir dazu sicher mehr sagen können als ich.«

Die Lifttüren fuhren zur Seite und gaben den Blick frei auf die großzügige Lobby des Krankenhauses.

»Hat er außer den Sachen am Kopf noch was abgekriegt? Eine Schussverletzung vielleicht?«

Sie schüttelte den Kopf. »Nein, nichts dergleichen. Sein Körper ist zwar übersät mit Hämatomen, aber immerhin ist er ja eine Treppe runtergefallen. Und jetzt muss ich los, ich treffe mich gleich mit meiner Mutter. Tschüss.« Damit ließ sie ihn stehen und verließ mit schnellen Schritten das Krankenhaus.

Braves Mädchen, dachte Brenner. Bisschen pummelig geworden vielleicht, aber zuverlässig.

Eine knappe Stunde später stand er im Eingang eines amerikanischen Schnellrestaurants in der Kohlenstraße, sah sich um, und entdeckte seinen Gesprächspartner auf der Terrasse. Mit einer großen Cola in der Hand ging er nach draußen.

»Hallo, Werner«, begrüßte er Werner Peters, den Reporter der Lokalzeitung. »Wie läuft's immer so bei dir?«

Peters nahm den riesigen Burger, von dem er gerade ein üppiges Stück abgebissen hatte, vom Mund weg, nickte Brenner kauend zu, und deutete auf den Stuhl gegenüber. »Alles Banane«, gab er kaum verständlich von sich, nachdem er das meiste seiner Mundfüllung hinuntergeschlungen hatte, und spülte den Rest mit einem großen Schluck aus dem Pappbecher hinterher. »Wir haben uns ja ewig nicht mehr gesehen. Wie kommt's denn, dass du Sehnsucht hast nach mir?«

Brenner nahm ebenfalls einen kräftigen Schluck, zog sein Sakko aus, zündete sich eine Zigarette an und warf Zigarettenpackung und Einwegfeuerzeug auf den Tisch. »Kennst du einen Hauptkommissar Paul Lenz?«

Peters sah ihn verwundert an. »Klar. Aber was hast du mit dem zu tun?«

Der Detektiv zuckte mit den Schultern. »Kann ich mich darauf verlassen, dass alles, was ich dir erzähle, unter uns bleibt?«

»Selbstverständlich«, erwiderte Peters.

»Erich Zeislinger hat mich auf ihn angesetzt. Er will den Kerl hängen sehen. Wenn's geht, am höchsten Baum der Stadt.«

»Meine Fresse«, schnalzte der Journalist mit der Zunge, »der gute Schoppen-Erich will seine Maria aber mit allen Mitteln zurück haben.«

»Wie meinst du das?«

»Er hat bei uns im Haus ganz schön getrommelt, damit wir was über die beiden Turteltauben bringen. Deshalb bin ich auch an der Sache dran.«

Die Miene des Detektivs hellte sich auf. »Das wird ja immer besser, Werner.«

Während der nächsten 20 Minuten tauschten die beiden ihre jeweiligen Informationen aus.

»Und du meinst wirklich«, fasste Peters das Gehörte zusammen, »dass man ihm einen reindrehen könnte wegen der Geschichte mit diesem Fuchs?«

Brenner hob beschwörend die Hände. »Aber logisch. Dieser Fuchs, und dabei ist es völlig egal, ob es sich um

Horst oder Wolfgang handelt, ist dem Tod näher als dem Leben. Und das seit dem Augenblick, als Hauptkommissar Paul Lenz ihn festnehmen wollte. Wenn das kein Knüller ist?«

»Aber«, zeigte der Journalist sich noch ein wenig skeptisch, »du hast doch bis auf die Aussage von diesem Schrottplatzheini gar keinen belastbaren Beweis, dass Lenz und sein Kollege dem Mann tatsächlich was angetan haben.«

»Was spielt das denn für eine Rolle? Es geht darum, ihn wie einen brutalen und rücksichtslosen Schimanski-Typen aussehen zu lassen. Zeislinger will sich das im Übrigen ganz schön was kosten lassen, mein Lieber.«

Peters dachte ein paar Sekunden nach. »Na ja, schlecht wäre das nicht, sondern eigentlich ganz und gar nach meinem Geschmack. Der Arsch hat mich erst heute Morgen wieder mächtig auflaufen lassen.«

»Deswegen müssen wir doch zusammenarbeiten, Werner. Wir schmeißen unser gebündeltes Wissen in einen Topf, und du bringst es in der Zeitung.«

Peters winkte ab. »Das ist noch nicht ganz sicher. Über solche brisanten Themen muss ich natürlich mit meinem Chef reden.«

»Schon klar. Aber ein bisserl was geht doch immer.«

»Das stimmt«, bestätigte Peters. »Allerdings muss ich mich tausendprozentig darauf verlassen können, dass sich die Geschichte mit diesem Fuchs genau so abgespielt hat, wie du sie mir erzählt hast.«

»Mein Ehrenwort. Dieser Hambacher, der Schrottplatzbetreiber, hat seinem Anwalt gesteckt, dass er Stein und Bein schwören würde, dass die beiden Bullen diesen Fuchs über die Klinge haben springen lassen.«

Wieder dachte Peters ein wenig nach. In seinem Kopf baute er nach und nach die Puzzleteile einer geilen Story zusammen. Nur seinen Boss musste er noch von der Qualität überzeugen.

»Gut, dann machen wir es so. Wenn in der Redaktion alles glattgeht, kannst du morgen früh in der Zeitung lesen, dass ein Mann im Sterben liegt. Und die Frage, inwieweit der Polizist Paul Lenz, der diesen armen, unbescholtenen Bürger festnehmen wollte, daran eine Mitschuld trägt. Alles so vage, dass es im Möglichen, im Ungewissen bleibt, aber doch so genau, dass garantiert etwas an dem feinen Herrn Kriminaler hängen bleiben dürfte.«

Er wollte einen weiteren Schluck aus dem Pappbecher nehmen, als ihm noch etwas einfiel. »Und es ist sicher, dass außer diesem Hambacher zu dem Zeitpunkt niemand auf dem Schrottplatz gewesen ist?«

»Hab ich auch sofort gefragt«, wurde er von Brenner beruhigt, »ist aber todsicher. Nur die beiden Bullen, der Fuchs und Hambacher sind zum fraglichen Zeitpunkt dort gewesen.«

»Dann sollte es klappen.«

»Ja, das meine ich auch.«

Kurz nachdem er sich von Peters verabschiedet hatte, schlenderte Brenner in Hochstimmung über den Parkplatz der Burgerbude. Dass er seinem Auftraggeber so schnell Ergebnisse würde präsentieren können, versetzte ihn in eine nahezu euphorische Stimmung. Als er an seinem Wagen angekommen war und den Türgriff in der Hand hatte, klingelte sein Mobiltelefon.

»Ja, bitte«, meldete er sich wie gewohnt.

»Wer spricht da?«, wollte eine dunkle Männerstimme wissen.

»Das kommt darauf an, wer mich anruft. Manchmal bin ich Brad Pitt, an anderen Tagen aber auch George Clooney.«

»Lutz Brenner?«

Nun lief es dem Detektiv siedend heiß den Rücken hinunter. »Herr Fuchs?«

»Kein Name, du Idi! Wo könne mir uns treffe?«

»Wo sind Sie?«

Der kleine Lautsprecher im Telefon des Schnüfflers übertrug ein übles Schimpfwort.

»Was glaubst'n, wer du bist? Wenn du misch verhöre willst, musste früher uffstehe.«

»Herr …, ich will Sie nicht verhören. Unser gemeinsamer Freund, der Wirt, der Ihnen auch diese Nummer weitergegeben hat, sagt, dass Sie an Informationen zum Gesundheitszustand Ihres Bruders interessiert sind. Im Gegenzug könnten Sie vielleicht auch etwas für mich tun. Deshalb würde ich mich gern mit Ihnen treffen, und nur deshalb.«

Es herrschte ein paar Sekunden Stille in der Leitung.

»Um sechs in der Kneip. Un komm allein, sonst garantier ich für nix.«

Es machte Klack, und die Verbindung war beendet.

21

Lenz verabschiedete sich von Dr. Franz, dem Rechtsmediziner, der noch mit der Untersuchung des Toten beschäftigt war, und ging hinter Hain her die Treppe hinunter. An der Haustür nickte er den beiden Uniformierten zu, die dort postiert waren, und überquerte die Hafenstraße. Er war froh, dass es Freitagnachmittag war und das Wochenende vor der Tür stand.

»He, wo willst du hin?«, rief sein Kollege hinter ihm her.

Der Hauptkommissar drehte sich um und warf einen Blick auf das Haus, in dem sowohl Petra Soffron als auch Martin Melchers gewohnt hatten. Beide waren tot.

»Warum musste dieses arme Schwein dran glauben, Thilo?«, fragte er den jungen Oberkommissar, der ihm über die Straße gefolgt war und nun gleichfalls auf das Haus starrte.

»Hat er etwas gewusst, das uns einen Hinweis auf den oder die Täter hätte geben können? Oder einfach so, weil er sowieso immer der Fußabtreter für alle gewesen ist?«

Hain legte die Stirn in Falten, zog sein Jackett aus und hängte es über die Schulter. »Keine Ahnung. Noch nicht jedenfalls. Aber ich glaube, dass hier in diesem Haus der Schlüssel zu dem ganzen Schlamassel liegt.«

»Und?«, wollte Lenz wissen, nachdem sein Kollege nicht weitergesprochen hatte. »Hast du ihn gefunden?«

»Nein, sag ich doch. Aber wenn wir mit Melchers hätten sprechen können, hätte uns das vermutlich ein gutes Stück weitergeholfen.«

Lenz hob den Kopf, wischte sich ein wenig Schweiß von der Stirn und betrachtete den makellosen Sommerhimmel.

»Der tote Erzieher Dieter Bauer hatte was mit einem Mädchen aus dem Karlshof; sagt zumindest das Tagebuch von Bertram Aurich.«

»Nachdem er seine Kollegin Ruth Liebusch gevögelt hatte«, brachte Thilo Hain die Chronologie ein wenig ins Lot.«

»Ich weiß nicht, ob das für die Ermittlungen von großer Bedeutung ist, Thilo, aber wir behalten es im Hinterkopf.«

»Vergiss nicht, dass Ruth Liebusch jeden Monat eine beträchtliche Summe Geld an Petra Soffron überwiesen hat. Zwischen den beiden gibt es also irgendwas, von dem wir aber noch so was von keine Ahnung haben, dass wir uns schämen sollten.«

Lenz kletterte auf ein Mäuerchen, setzte sich, und ließ die Beine baumeln. »Hast du eine Idee dazu?«

»Leider nicht.«

Der Hauptkommissar dachte daran, dass er in früheren Jahren in Momenten wie diesem immer eine Zigarette im Mund gehabt hatte. Jetzt war ihm eher nach einem Glas Wasser.

»Auf jeden Fall starb Petra Soffron vor ein paar Monaten, und das löste scheinbar eine Kettenreaktion aus. Weiterhin war sie nach Angaben von Werner Schlieper immer, das heißt wohl mehrmals, schwanger, hat aber offensichtlich keine Angehörigen gehabt. Wie geht das zusammen?«

»Vielleicht hat sie ja abgetrieben? Das ist doch in den 70ern gerade richtig in Mode gekommen, wenn ich es recht in Erinnerung habe.«

Der Hauptkommissar dachte über die These seines jungen Mitarbeiters nach, und noch während er sinnierte, sprang er von der Mauer und lief mit schnellen Schritten auf den

Mazda zu. »Komm«, rief er in Richtung seines verdutzten Kollegen.

»Was …?«

»Hör auf zu lamentieren und komm«, brüllte Lenz.

*

»Du könntest mir wenigstens erzählen, warum wir so einen Alarmstart hinlegen mussten«, nörgelte Hain, während er sich durch den sommerlichen Feierabendverkehr mühte. Lenz saß mit geschlossenen Augen neben ihm und dachte offensichtlich nicht daran, etwas zu antworten.

»He, ich rede mit dir!«

»Nicht so laut, Thilo, ich bin nicht taub«, entgegnete sein Chef ruhig. »Lass mich noch ein paar Sekunden nachdenken, vielleicht bin ich dann selbst nicht mehr so überzeugt von meinen Gedanken von eben.«

Aus den Sekunden wurden mehrere Minuten.

»Dann eben nicht«, murmelte Hain angepisst, als er das Cabrio neben den Streifenwagen bugsierte, der fast an der gleichen Stelle parkte wie am Tag zuvor. Im Fahrstuhl nach oben, in den 13. Stock, tippelte Lenz von einem Bein aufs andere, an diesem Tag jedoch nicht aus Nervosität.

Erika Schäfer empfing die Polizisten mit einem verschlafenen Gesicht und mieser Laune. »Was wollen Sie denn schon wieder?«, brummelte sie.

Gute Frage, das wüsste ich auch gern, lag es Hain auf der Zunge, doch er konnte sich beherrschen.

»Wir haben noch ein paar Fragen an Sie, Frau Schäfer«, antwortete Lenz und schob sich an der Frau vorbei in die Wohnung.

»Muss das sein?«, erwiderte sie gereizt. »Ich habe irrsinnige Kopfschmerzen und fühle mich gerade nicht gut.«

»Und ob das sein muss. Und ich will nicht wieder die gleiche Soße hören, die Sie uns gestern aufgetischt haben. Heute brauchen wir Fakten, Frau Schäfer«, beschied der Hauptkommissar ihr in schneidendem Ton. »Setzen Sie sich.«

»Ich weiß nicht …«, wollte sie widersprechen, war aber ganz offensichtlich ein wenig beeindruckt von Lenz' konsequentem Auftritt und ließ sich auf das Sofa sinken. Lenz nahm ebenfalls ungefragt Platz.

»Hatte Dieter Bauer ein Verhältnis mit Petra Soffron?«

Sie zögerte. »Was fragen Sie mich? Keine Ahnung«, reagierte sie schnippisch.

»Ich glaube Ihnen nicht. Ich bin im Gegenteil sogar davon überzeugt, dass Sie genau wissen, dass er ein Verhältnis mit ihr hatte. Und ich bin weiterhin davon überzeugt, dass Sie noch viel mehr wissen.«

»Wie kommen Sie auf diesen Unsinn?«

Lenz verengte die Augen zu schmalen Schlitzen und sah sie ernst an. »Sie können die Wahrheit für sich behalten, Frau Schäfer. Ich kann Sie nicht zwingen, die Karten auf den Tisch zu legen, aber ich verspreche Ihnen, dass ich Sie belangen werde, wenn dadurch, dass Sie jetzt nicht reden, noch jemand zu Schaden kommt.« Den letzten Teil seiner Ausführungen hatte er mehr gezischt als gesprochen. »Und nun machen Sie endlich den Mund auf! Wir wissen, dass Dieter Bauer die Soffron geschwängert hat.«

Im gleichen Moment, in dem Lenz gesprochen hatte, verschwand die Farbe aus Erika Schäfers Gesicht. Es dauerte ein paar Sekunden, bis sie sich wieder gefangen hatte.

»Wenn Sie es wissen, warum brüllen Sie dann so hier rum?«, schleuderte sie dem Kommissar mit zu einer Grimasse verzerrten Gesicht entgegen. »Ja, es stimmt, dass er diese kleine Schlampe gebumst hat. Und es stimmt, dass er sie zweimal geschwängert hat. Und wenn Sie es genau wissen wollen, es stimmt auch, dass sie es gar nicht wollte.«

Sie griff zu den Zigaretten auf dem Tisch und steckte sich mit zitternden Fingern eine davon an. »So, jetzt ist es raus. Dieter ist tot, seine Frau ist tot, und dieser Soffron ist es ohnehin immer egal gewesen, was mit ihren Gören passiert ist.«

Hain war den Ausführungen der Frau mit immer größer werdenden Augen gefolgt. Er warf seinem Chef einen bewundernden Blick zu, dem Lenz jedoch keine Beachtung schenkte.

»Was soll das heißen, dass Petra Soffron *es nicht wollte*?«

»Was soll das schon heißen? Er hat nicht gefragt, ob sie will oder nicht.«

»Wollen Sie damit sagen«, fragte Hain ungläubig dazwischen, »dass er sie vergewaltigt hat?«

»Nein, das will ich ganz bestimmt nicht sagen, junger Mann. Er hat sie … er hat sie gefügig gemacht, das will ich damit sagen.«

»Und wie macht man sich jemanden gefügig, der einem als Heimkind anvertraut worden ist?«

»Nun werden Sie nicht albern. Diese jungen Dinger damals, die hatten es faustdick hinter den Ohren. Manchmal sind die nackt über den Flur gelaufen, nur um die Erzieher aufzugeilen.«

»War Frau Soffron auch eine von denen, die so was gemacht haben?«, wollte Lenz wissen.

Sie zögerte. »Das weiß ich nicht mehr, beim besten Willen nicht. Irgendwer hat mal erzählt, sie sei lesbisch, aber das war mehr ein Gerücht.«

Lenz konnte kaum fassen, was er da hörte. »Wir haben noch nicht geklärt, wie er sie sich gefügig gemacht hat.«

Wieder zögerte die Frau einen Augenblick, bevor sie antwortete. »Ich kann mich an viele Details nicht mehr erinnern, Herr Kommissar, aber ich glaube, dass sie was auf dem Kerbholz hatte und ihr das Jugendgefängnis gedroht hat. Die Zöglinge wussten, dass bei einer anstehenden Verhandlung vor Gericht auch immer das Verhalten im Heim eine große Rolle spielte, und das hat Dieter Bauer, wenn ich es richtig zusammenkriege, ausgenutzt.« Sie winkte mit beiden Händen ab. »Aber glauben Sie bloß nicht, dass es diesen Dingern keinen Spaß gemacht hätte. Die hatten es, wie gesagt, doch selbst faustdick hinter den Ohren. Und Jungfrau war von denen sowieso keine mehr, das können Sie mir glauben.«

Der Kommissar war kurz davor, der Frau eine runterzuhauen. »Haben Sie nie darüber nachgedacht, die Sache zur Anzeige zu bringen? Immerhin ging es hier mindestens um Nötigung, meiner Meinung nach sogar um Vergewaltigung.«

Frau Schäfer machte eine abfällige Geste. »Das Nest beschmutzen? Wie stellen Sie sich das vor? Dann hätte ich mir gleich einen neuen Job suchen können. Nein danke, das wollte ich ganz bestimmt nicht. Und Sie können mir glauben, dass ich für die Mädchen kein Mitleid empfunden habe. Ganz und gar nicht.«

Lenz rechnete kurz nach. Vermutlich waren die Taten an Petra Soffron verjährt, und ganz sicher waren auch die Taten von Erika Schäfer, deren sie sich durch Unterlassung schuldig gemacht hatte, verjährt.

»Was ist aus den Kindern geworden, die Petra Soffron bekommen hat?«

Sie schluckte. »Die wurden zur Adoption freigegeben. Was danach aus ihnen geworden ist, weiß ich nicht. Vermutlich weiß das niemand.«

»Wusste Bauers Frau von der Sache?«

Erika Schäfer sah die Beamten an, antwortete jedoch nicht.

»Wusste sie es?«, brüllte Lenz die Frau an.

»Ja, sie wusste es. Sie wusste es, weil ich es ihr erzählt habe.«

»Sie haben …? Warum haben Sie das gemacht?«

»Das würde zu weit führen«, erwiderte sie kühl.

Lenz hatte den Eindruck, dass sie ihre Fassung wieder erlangt hatte. »Wir haben Zeit. Erzählen Sie.«

»Ich möchte nicht.«

»Es spielt keine Rolle, was Sie möchten oder was nicht. Reden Sie, verdammt noch mal!«

Hain warf seinem Chef einen Blick zu, der ihn zur Ruhe ermahnen sollte.

»Ich habe schon viel zu viel gesagt und werde ohne einen Anwalt jetzt gar nichts mehr sagen. Außerdem bitte ich Sie, meine Wohnung zu verlassen.« Sie drückte ihre Zigarette aus und stand auf. »Sofort. Gehen Sie, bitte.«

Lenz warf ihr einen bösen, wütenden Blick zu. »Sie sollten nicht denken, dass die Sache für Sie ausgestanden ist, indem Sie uns hinauswerfen. Sie haben sich mitschuldig gemacht an schweren Straftaten, und wenn es irgendwie geht, werde ich Sie dafür zur Verantwortung ziehen.«

Erika Schäfer sah ihn mitleidig an. »Das, was man mir hätte vorwerfen können, mein lieber Herr Kommissar, ist lange, sogar sehr lange, verjährt. Und ich schäme mich nicht einmal dafür, dass ich damals so gehandelt habe, das sollten Sie noch wissen. Und jetzt guten Abend, meine Herren.«

Die Augen des Hauptkommissars funkelten sie an, doch Hain schob ihn aus dem Zimmer. Ohne einen Gruß verließen sie die Wohnung. Im Fahrstuhl war Lenz zum ersten Mal, seit er denken konnte, ohne Angst. Nachdem die Kabine sich in Bewegung gesetzt hatte und nach unten schwebte, schlug er voller Zorn mit der Faust gegen die Edelstahlverkleidung.

*

Die beiden Polizisten gingen langsam auf den Mazda zu und ließen sich in die heißen Ledersitze fallen. Noch immer waren es mindestens 30 Grad.

»Sie hat recht, Paul. Was immer sie getan haben mag, es ist längst verjährt.«

»Das weiß ich. Und das macht mich ja so gallig. Wir können ihr nichts, aber auch gar nichts anhängen deswegen.«

»Immerhin wissen wir jetzt, dass dieser Bauer ein echtes Arschloch gewesen ist, der mit einer Schutzbefohlenen zwei Kinder gezeugt hat.«

»Er hat das Mädchen vergewaltigt, Thilo. Missbraucht. Etwas anderes lasse ich nicht gelten. Und vermutlich hat das ganze Personal des Karlshofs davon gewusst und geschwiegen. Das ist doch total krank.«

Hain kratzte sich am Kinn. »Da will ich dir gar nicht widersprechen, Paul. Aber so schlimm das auch sein mag, sowohl Täter als auch Opfer sind tot.«

Lenz schloss die Augen und atmete tief und langsam ein und aus. Dann öffnete er die Augen wieder und betrachtete eine Weile den blauen Himmel. »Immerhin wurde der Vater der Kinder ermordet. Wer sagt uns, dass nicht die beiden dahinterstecken?«

»Nun bleib mal auf dem Teppich, mein Lieber. Die Nummer wäre wirklich ein bisschen weit hergeholt. Und außerdem: Woher hätten die beiden Kinder denn wissen sollen, wer ihre leiblichen Eltern sind? Immerhin hat Petra Soffron noch nicht einmal ihrem Intimus Martin Melchers die Wahrheit gesteckt.«

»Kennst du dich mit Adoptionen aus?«, fragte Lenz seinen Kollegen.

»Nicht die Bohne.« Der Oberkommissar sah auf die Uhr. »Es ist Freitag, kurz nach halb sechs. Vor Montagmorgen können wir es ohnehin vergessen, irgendjemanden zu erreichen, der uns in dieser Sache weiterhelfen könnte.«

»Leider, ja«, stimmte Lenz zu. Dann jedoch griff er zum Telefon und wählte die Nummer des Präsidiums.

»Lenz hier. Können Sie mir bitte die Nummer des Karlshofs in Wabern raussuchen?«

Eine halbe Minute später hatte er eine Verbindung.

»Lenz, guten Tag«, meldete er sich. »Können Sie mich bitte mit Pavillon zwei verbinden?«

»Ich kann es versuchen«, ließ die sympathisch klingende Frau am anderen Ende ihn wissen, »aber vermutlich werden Sie kein Glück haben, weil gerade Essenszeit ist. Bleiben Sie bitte dran.«

Es knackte in der Leitung, dann ertönte eine Hip-Hop-Melodie. Lenz kräuselte skeptisch die Stirn.

»Pavillon zwei, von Bissingen«, hörte er kurze Zeit später.

»Lenz, Kripo Kassel, guten Tag, Frau von Bissingen. Können Sie sich an mich erinnern? Mein Kollege und ich waren gestern bei Ihnen.«

»Natürlich«, erwiderte sie freundlich. »Gibt es noch etwas? Haben Sie etwas vergessen?«

»Ja, es gibt tatsächlich etwas, das wir gern noch mit Ihnen besprechen würden. Und es ist auch ziemlich dringend.«

»Das klingt aber spannend, Herr Kommissar. Wann würde es Ihnen denn passen?«

»Wie wäre es mit gleich?«, fragte er vorsichtig.

»Gleich? Dann muss es aber wirklich dringend sein. Wenn es Sie nicht stört, dass ich hier am Arbeiten bin und wir vielleicht manchmal unterbrochen werden, können Sie gern vorbeikommen. Ich bin bis 22 Uhr hier.«

»Das ist ja klasse. Dann machen wir uns sofort auf den Weg. Und vielen Dank schon mal.« Er beendete das Gespräch und schaute Hain an, der alles andere als glücklich aussah.

»Vielen Dank, dass du meinen Feierabend so wertschätzend und respektvoll behandelst«, echauffierte der sich ein wenig gekünstelt.

»Wenn du nicht mitwillst, bringst du mich zum Präsidium und ich nehme mein eigenes Auto«, gab der Hauptkommissar in der festen Überzeugung zurück, dass sein Kollege viel zu neugierig war, um ihn allein fahren zu lassen.

»Nein, lass mal. Ich rufe nur schnell Carla an und sage ihr, dass ich etwas später komme, dann passt es schon.«

Während der Fahrt hatte nicht nur Thilo Hain seine Freundin angerufen, auch Lenz hatte kurz mit Maria telefoniert und ihr erklärt, dass er noch am Arbeiten war.

Das macht gar nichts, Paul, hatte sie geantwortet, ich bin eh noch am Pflanzen umtopfen.

Welche Pflanzen?, hatte der Polizist sich einen Sekundenbruchteil lang gefragt, auf eine Antwort jedoch verzichtet. In seiner Wohnung gab es keine Pflanzen, so viel war sicher, doch Maria würde schon wissen, was sie tat.

Er genoss die Geschwindigkeit und das Tosen des warmen Windes in seinen Haaren, während Hain über die Autobahn raste. Die restlichen Kilometer über die Landstraße saß er ruhig da und hing seinen Gedanken nach. Dann hatten sie Wabern erreicht und rollten langsam über das Gelände des ehemaligen Jagdschlosses. Aus dem langen Trakt, der gegenüber dem Eingang lag, strömten einige Jugendliche und verteilten sich in den einzelnen Häusern.

»Geile Karre«, meinte einer mit rotem Irokesenschnitt, als Hain den Zündschlüssel umdrehte und der Motor abstarb.

»Wie viel PS hat der denn?«, wollte ein anderer wissen.

Hain stieg aus, sah sich die kleine Gruppe an und machte die Alarmanlage scharf.

»160«, meldete sich ein kleiner, unscheinbarer Junge mit dicker Brille auf der Nase und ein paar Kilo Übergewicht. »160 PS, zwei Liter Hubraum, 1.130 Kilo Gewicht. Geht wie die Sau.« Er trat ein paar Schritte näher und deutete auf das Schlüsselbund mit dem Auslöser für die Alarmanlage in Hains Hand. »Und das Ding da kannste gleich vergessen, den Pimmelkram hab ich nämlich in einer Minute geknackt.«

Lenz und Hain sahen sich an.

»Mach das nicht«, bat der Oberkommissar gespielt unterwürfig mit viel Verve in der Stimme. »Ich bin nur ein ganz mies bezahlter, kleiner Bulle, der die Karre noch ein paar Jahre abstottern muss. Und diebstahlversichert ist sie auch nicht.«

»Oh, ein Bulle«, meinte der Junge anerkennend. »Das bin ich gar nicht gewöhnt, dass die Schmiere mit solchen Autos auftaucht. Bei uns zu Hause haben die immer Fünfsitzer mit einem blauen Pickel auf dem Dach.«

Die anderen Jugendlichen grölten los.

»Den hätten wir auch nehmen können«, klärte Hain ihn auf. »Aber wir wollten nicht auffallen.«

»Wo wollt ihr denn hin? Können wir irgendwie helfen?«

Hain winkte ab und deutete auf Pavillon 2. »Nein, lass mal, wir haben einen kurzen Termin da oben. Und ich würde mich echt freuen, wenn meine Karre noch genauso aussehen würde wie jetzt, wenn wir wiederkommen.«

»Geht klar«, beschied ihm der Junge mit einem Blick ins Innere des kleinen Japaners. »Deine Alarmanlage ist kacke, deine Stereoanlage ist kacke, und über deine Felgen will ich erst gar nicht reden.« Er zuckte mit den Schultern. »Also, was sollte uns an dem Ding reizen?«

Die kleine Gruppe zog weiter zu einer Bank unter einer großen Kastanie. Der Kleine mit der dicken Brille warf Hain einen freundlichen Blick zu.

»Mach dir keine Sorgen, deiner Karre passiert schon nichts. Wir werfen ein Auge drauf.«

»Danke«, rief der Polizist zurück. »Das beruhigt mich ungemein«, murmelte er mehr zu sich selbst.

Vera von Bissingen empfing die Kriminalbeamten in ihrem Büro. Dort standen die beiden Fenster offen und es herrschte ein leichter, angenehmer Durchzug.

»Nehmen Sie sein Getue nicht so wichtig«, riet sie Hain. »Der Junge übertreibt zwar nicht, aber wir haben eine Vereinbarung mit ihm, dass er, solange er hier ist, keine Autos klaut.«

»Ach, ist das sonst sein Hobby?«, fragte Hain zurück.

Die Frau bot ihnen die gleichen Stühle an wie am Tag zuvor und setzte sich ebenfalls. »Das könnte man so sagen«, beantwortete sie die Frage des Oberkommissars. »Er hat etwa 400 Verfahren laufen, allesamt wegen Fahrzeugdiebstahls. Der Junge ist knapp 16 und kann die meisten der serienmäßigen Wagentypen in Deutschland in kürzester Zeit knacken. Seine Geschichte geisterte vor etwa einem halben Jahr mal durch die Gazetten.«

Sie griff in die Schreibtischschublade, nahm eine Packung Pfefferminzpastillen heraus, steckte sich eine in den Mund

und bot den Beamten etwas an, die jedoch dankend ablehnten.

»Das ganze Ruhrgebiet hat er unsicher gemacht, bis man ihn letztlich doch erwischt hat. Er ist jetzt hier und hofft, dadurch um den Jugendknast herumzukommen.«

Sie sah, dass Hain sich hochbeugte, um einen Blick auf sein Auto zu werfen, und fing an zu lachen. »Das können Sie lassen. Unsere Erfahrungen mit ihm haben gezeigt, dass man sich hundertprozentig auf das verlassen kann, was er verspricht. Wenn er sagt, dass Ihrem Wagen nichts passiert, dann meint er das auch so.«

»Und da sind Sie sich ganz sicher?«

»Absolut, ja.«

»Na denn«, zuckte Hain mit den Schultern und zog den Kopf wieder ein.

»Aber Sie sind doch garantiert nicht hierhergekommen, um mit mir über Marius zu sprechen, oder?«

»Nein, das stimmt«, meldete Lenz sich zu Wort. »Wir haben ein paar weiterführende Fragen zu Ihrem ehemaligen Kollegen Dieter Bauer.«

»Das habe ich mir schon gedacht. Wie kann ich Ihnen also helfen?«

Der Hauptkommissar räusperte sich. »Die Angelegenheit, wegen der wir kommen, ist sehr unappetitlich, Frau von Bissingen. Und sie hat vermutlich stattgefunden, lange bevor Sie hier angefangen haben zu arbeiten.«

Sie nickte. »Also, worum geht es?«

»Ist Ihnen irgendetwas darüber bekannt, dass Herr Bauer mit einer der Heimbewohnerinnen eines oder mehrere Kinder gezeugt hat?«

Der Gesichtsausdruck der Frau veränderte sich keinen Iota. Sie holte tief Luft und setzte sich aufrecht, bevor sie anfing zu sprechen. »Genaues kann ich Ihnen dazu natürlich nicht sagen, weil, wie Sie richtig anmerken, diese Sachen vor meinem Erscheinen hier stattgefunden haben könnten.«

»Das heißt …?«, wollte Lenz nachhaken, wurde jedoch von ihr unterbrochen.

»Das heißt zunächst einmal gar nichts, Herr Kommissar. Es gab und gibt Gerüchte über viele Dinge, die in jener Zeit hier passiert sein sollen, mehr nicht. Ich war nicht dabei, deshalb kann ich Ihnen vermutlich auch nicht weiterhelfen.«

»Aber von diesen Gerüchten, dass Bauer und eine ehemalige Bewohnerin eines oder mehrere Kinder miteinander gezeugt haben sollen, haben Sie gehört?«

Sie nickte vorsichtig. »Allerdings muss ich Ihnen sagen, dass diese ganzen Sachen nie über den Status eines Gerüchts hinausgekommen sind.«

»Haben Sie Herrn Bauer danach gefragt?«, wollte Hain wissen.

Sie tippte sich mit dem Zeigefinger an die Stirn. »Ich bin doch nicht verrückt, und das war ich auch damals nicht. Der Mann war hochgradig jähzornig. Vermutlich hätte er mich dafür verprügelt.«

»Wie auch immer«, meinte Lenz, »die Dinge von damals, diese Gerüchte, helfen uns im Moment nur bedingt weiter. Uns wäre viel wichtiger, zu erfahren, was aus den Kindern geworden ist.«

»Wenn sie denn zur Welt gekommen sind«, gab Vera von Bissingen zu bedenken.

»Das sollte so sein. Wir haben die Aussage eines ehemaligen Heimbewohners, dass er sich an dieses Mädchen nur mit einem dicken Bauch erinnern kann, also sollte sie nach menschlichem Ermessen nicht abgetrieben haben.«

»Dann gäbe es die Möglichkeit, dass sie die Kinder hier bekommen und aufgezogen hat. Heute ist es die übliche Vorgehensweise, wenn die schwangeren Mädchen ein gewisses

Alter erreicht haben; aber ich habe keine Ahnung, wie das damals gehandhabt wurde.«

»Auch das können wir vermutlich ausschließen. Sie hat hier nicht mit den Kindern gelebt.«

»Wenn das auch sicher ist, wurden die Kinder mit allergrößter Wahrscheinlichkeit zur Adoption freigegeben. Dann wird es mit großen Schwierigkeiten verbunden sein, ihre Identitäten festzustellen.«

»Warum?«

»Weil wir in Deutschland nur die sogenannte Inkognitoadoption kennen. Die leiblichen Eltern des adoptierten Kindes erfahren nicht, von welcher Familie ihr Kind adoptiert wurde. Das hat der Gesetzgeber aus guten Gründen so gewollt.«

»Ja?«, wollte Hain mehr darüber erfahren.

»Ganz wichtig ist, dass die Beziehung des Kindes zu den Adoptionseltern nicht gestört werden soll. Außerdem will man vermeiden, dass die leiblichen Eltern sich in die Erziehung des Kindes einmischen können.«

»Wer ist mit der Betreuung einer Adoption betraut?«

»Grundsätzlich immer die Jugendämter.«

»Diese Sache ist schon sehr lange her, Frau von Bissingen. Könnte es sein, dass die Unterlagen mittlerweile gar nicht mehr existieren?«

Sie überlegte. »Nach meinem Kenntnisstand werden die Unterlagen über Adoptionen 50 oder 60 Jahre aufbewahrt, nageln Sie mich bitte nicht fest. Wann soll sich diese Geschichte abgespielt haben?«

»Mitte der 70er-Jahre.«

»Dann sind die Papiere garantiert noch einsehbar«, entschied sie nach kurzem Rechnen.

»Und wo sind sie einsehbar?«

»Das dürfte das größte Problem sein. Sie brauchen natürlich den Namen der Mutter, und am besten noch den Herkunftsort oder -kreis. Der ist deshalb wichtig, weil viele Dinge, die mit den Heimbewohnern zu tun haben, über die für sie zuständigen Jugendämter abgewickelt wurden und werden.«

»Es gibt also keine zentrale Stelle, bei der die Daten verwaltet werden?«

»Nein, das ganz sicher nicht. Wissen Sie, woher das Mädchen stammte?«

»Nein, leider nicht.«

»Schade.«

»Und wo würden die Daten liegen, wenn die Adoption hier abgewickelt worden wäre?«

»Im Kreishaus in Homberg.«

»Und dort können wir frühestens Montag Morgen jemanden erreichen, nehme ich an.«

»Damit gehen die Schwierigkeiten erst los, denn der zuständige Mitarbeiter würde Ihnen nur dann Auskunft erteilen, wenn Sie eine richterliche Verfügung vorlegen können, die Ihren Einsichtsanspruch ausreichend begründet.«

»Die würden wir mit Sicherheit bekommen«, erklärte Hain der Pädagogin.

»Ja, vermutlich. Aber selbst wenn Sie diese Verfügung haben, muss das Jugendamt die Akteneinsicht noch immer nicht gewähren. Dagegen kann von Amts wegen Einspruch erhoben werden.«

»Warum das?«

»Weil das Jugendamt nach Aktenlage zu dem Schluss kommen kann, dass es dem Wohl aller Beteiligten Schaden zufügen könnte, wenn die Vermittlungsakte den Ermittlungsbehörden zugänglich gemacht werden würde.«

»Mist«, murmelte der Oberkommissar.

»Ja, da stimme ich Ihnen in diesem konkreten Fall durchaus zu, aber der stellt doch die berühmte Ausnahme dar. In der Regel sind diese hohen Hürden durchaus sinnvoll, glauben Sie mir.«

»Mag sein«, stimmte Lenz ihr zu. »Aber ein Trost ist das nicht. Wir ermitteln immerhin in einem Fall mit mehreren Toten.«

Die Pädagogin nickte ernst. »Das sehe ich genauso, aber so sind die Bestimmungen nun mal.« Sie stand auf, ging zum Fenster und betrachtete eine Weile die Szenerie der Jugendlichen auf der Bank unter dem Baum. Mittlerweile hatte einer einen Ghettoblaster angeschleppt und Musik hämmerte über den Platz.

»Wie hieß das Mädchen?«, fragte Vera von Bissingen, ohne die Beamten anzuschauen.

»Soffron. Petra Soffron.«

»Aha.«

»Warum fragen Sie? Das hat sich alles zu einer Zeit abgespielt, als Sie noch nicht hier gearbeitet haben.«

Sie drehte sich um. »Aber ich habe mit Dieter Bauer zusammengearbeitet. Das ist eine gute Erklärung.«

Lenz und Hain sahen sich verwundert an.

»Was heißt das?«, fragte der Oberkommissar.

»Das heißt, dass dieser Arsch sich auch noch kurz vor der Pensionsgrenze für den unwiderstehlichsten Typen der Welt gehalten hat. Wenn ich für jedes Mal, für das er mich in meinem ersten Jahr hier an den Hintern oder den Busen gefasst hat, einen Euro bekommen würde, bräuchte ich vermutlich einen Monat lang nicht zu arbeiten. Und immer wieder hat er *nur mal so* nachgefragt, ob ich nicht mit ihm *eine Runde drehen* wollte. Der Kerl war einfach ekelhaft.«

»Haben Sie sich nie beschwert?«

»Am Anfang schon, aber ich konnte es ja nicht beweisen. Und glauben Sie mir, das Netzwerk, das Bauer hier gespannt hatte, war sehr belastbar. Das Ganze war unfassbar, denn selbst der Heimleiter ist diesem Mann in den Hintern gekrochen.«

»Wie ging es weiter?«

»Irgendwann hat ihn ein Bewohner angezeigt, wegen Körperverletzung, und der konnte es beweisen. Nach tagelangem Manipulieren und Zureden hat er die Anzeige zwar zurückgezogen, aber danach war Bauer definitiv ruhiger. Mich jedenfalls hat er in Ruhe gelassen, weil ich ihm eindeutig zu verstehen gegeben habe, dass die nächste Anzeige von mir kommen würde. Und ein paar Monate später ist er dann in den Ruhestand gegangen, was hier niemand beweint hat.«

Sie setzte sich und griff nach einer Zigarettenpackung, legte sie vor sich auf den Tisch, nahm jedoch keinen Glimmstängel heraus. »Vielleicht kann ich Ihnen ein klein wenig helfen, meine Herren, aber wenn, müsste ich sicher sein, dass es unter uns bleibt.«

Die Polizisten sahen sie erstaunt an.

»Der Mann meiner besten Freundin arbeitet auf dem Jugendamt in Homberg. Ich weiß nicht, was er dort genau macht, weil er nicht gern über seine Arbeit spricht, aber wenn Sie wollen, rufe ich bei ihm an und frage, ob er irgendetwas für Sie tun kann.«

»Ja«, rief Lenz begeistert, »das wäre natürlich großartig. Wir sind für jeden Hinweis, selbst den kleinsten, dankbar.«

Vera von Bissingen griff in ihre Tasche, zog ein Mobiltelefon heraus und drückte eine Schnellwahltaste. Danach telefonierte sie etwa fünf Minuten. Hain und Lenz hörten erstaunt dabei zu, mit welcher Überzeugungskraft sie den Mann beackerte, sich mit den Polizisten zu treffen und ihnen zu helfen.

»Es geht übrigens bei der ganzen Sache um diesen Arsch, der …«, beendete sie einen Satz und lauschte dann in das kleine Gerät an ihrem Ohr. »Genau. Der, von dem ich immer angegrabscht worden bin.« Wieder hörte sie kurz zu. »Danke, Gerd. Warte, ich frage sie.«

Damit sah sie die beiden Polizisten an. »Er würde sich mit Ihnen treffen. Am besten jetzt gleich, weil er am Wochenende keine Zeit hat und die ganze nächste Woche auf einem Seminar ist.«

Beide nickten eifrig.

»Natürlich, gern«, rief Lenz.

»Sie kommen. Noch mal vielen Dank. Und liebe Grüße an Heike, ich ruf sie später an.«

*

Gerd Brommeis, ein hochgewachsener, hagerer Mann von etwa 40 Jahren, erwartete die Beamten wie vereinbart am hinteren Eingang des Kreishauses in Homberg, der Kreisstadt des Schwalm-Eder-Kreises. Er stellte sich kurz vor und betrachtete ausführlich die Dienstausweise der Polizisten.

»Sie wissen«, meinte er dann, »dass es nicht legal ist, was ich gleich für Sie machen werde. Ich habe, weil mir ernsthafte Zweifel gekommen sind, gerade eben auf der Fahrt noch einmal mit Vera telefoniert, und sie hat mir ein paar Details mehr zu der fraglichen Sache verraten. Deshalb bin ich mir nun sicher, dass ich Ihnen helfen möchte.«

Er zog einen Block aus der Tasche, bat Lenz um den Namen der leiblichen Mutter der Adoptivkinder und des möglichen Zeitraums der Adoptionen, und nickte kurz. »Bitte warten Sie hier, ich bin in etwa einer halben Stunde zurück.«

Damit drehte er sich um, schloss die alte, verwitterte

Holztür auf und verschwand im Gebäude. Hain sah ihm mit gerunzelter Stirn hinterher.

»Lass mal, Thilo«, reagierte Lenz ruhig, »der weiß bestimmt, was er macht. Und es stimmt, dass es alles andere als legal ist.«

»Richtig«, erwiderte der Oberkommissar. »Im Übrigen hab ich einen Bärenhunger, das Reisfutter von heute Mittag hat nicht so lange gewirkt. Ich geh schnell rüber in die Innenstadt und hol was aus einer Bäckerei. Willst du auch was essen?«

»Nein, danke. Aber einen Kaffee würde ich nehmen.«

Ein paar Sekunden später war Hain um die Ecke. Lenz zog sein Telefon aus der Tasche und wählte Marias Nummer.

»Maria Z.«, meldete sie sich fröhlich.

»Ich bin's.«

»Das hab ich mir fast gedacht. Und es ist einer der letzten Anrufe, die du unter dieser Nummer an mich absetzen kannst.«

»Ah, hast du dir eine neue Sim-Karte besorgt?«

»Genau. Und meine Lohnsteuerklasse habe ich auch ändern lassen.«

»Warum denn das?«

»Erklär ich dir später. Wie geht es dir? Du klingst müde.«

»Das bin ich auch, Maria. Und ich freue mich tierisch auf zu Hause.«

»Klasse. Lass dir aber noch ein bisschen Zeit, dann ist hier alles fertig, wenn du kommst.«

Lenz widerstand dem Reflex, sich die näheren Hintergründe von *alles* erklären zu lassen. »Und wie war dein Tag sonst so?«, wollte er stattdessen wissen.

»Ich war viel unterwegs. Wie gesagt, ich musste eine ganze

Menge erledigen. Ich war im Mobilfunkshop, auf dem Rathaus, ach ja, und vorher noch beim Anwalt.«

»Beim Anwalt? Was wolltest du dort?«

Sie fing laut an zu lachen. »Vielleicht ist es dir entgangen, mein Geliebter, aber seit ein paar Tagen weht in meinem Leben ein anderer Wind. Deshalb habe ich mich informiert, was ich in der nächsten Zeit beachten muss.«

»Du warst wegen deiner Scheidung beim Anwalt?«

»Na ja, Rainer, der Jurist, ist eher ein ganz alter Freund von mir, den ich auch lange nicht gesehen hatte. Und er hat mir ein paar echt gute Tipps gegeben, aber das erzähle ich dir wirklich alles später, wenn ich in deinen Armen liege.«

»Sonst gab es nichts? Keine Anrufe?«

Wieder ihr kehliges Lachen. »Was denkst du denn? Klar gab es Anrufe. Vier von Erich, zwei von einem befreundeten Arzt, und einen von diesem Peters von der Zeitung. Ich gehe aber nicht mehr dran, wenn ich die Nummer nicht sehen oder zuordnen kann. Dann warte ich, bis die Mailbox sich meldet. Oder auch nicht.«

»Was wollte dein Mann?«

»Was sollte er wollen? Mich zurück, was denn sonst? Wir haben übrigens die Phase der Drohungen hinter uns gelassen und befinden uns jetzt im Bereich des Bittens und Bettelns. ›Maria, denk doch auch mal an die schönen Zeiten, die wir hatten, und wirf das nicht alles wegen einer Romanze weg‹, oder so ähnlich. Aber ich bin sicher, dass die Drohungen noch nicht gänzlich ausgestanden sind, da kommt bestimmt noch was. Aber das ist mir egal.« Sie unterbrach kurz ihren Redefluss. »Viel wichtiger ist mir, dass es uns gut geht. Und dafür werde ich alles tun. Oder fast alles.«

»He, he«, protestierte Lenz. »Kaum aus den Klauen des Alten, schon die dicke Lippe.«

»Ich kann's mir leisten«, erwiderte sie flapsig. »Aber jetzt muss ich Schluss machen, hier ist nämlich noch eine ganze Menge zu tun, bevor unser Übergangsheim wieder vorzeigbar ist.«

»Mach dir keinen Stress«, beruhigte Lenz seine Freundin, »ich bin gerade in Homberg und brauche auch noch eine Weile. Vielleicht hast du ja nachher Lust, mit mir in einem Biergarten was zu essen.«

»Gern. Nur nicht in Kassel, ich habe keinen Bock auf die Blicke der Leute.«

»Nein, wir fahren irgendwohin aufs Land. Bis später.«

»Ja, bis später.«

Während der Hauptkommissar auf seinen Partner wartete, setzte er sich auf eine Bank, die einsam und verlassen am Rand des großen Parkplatzes stand, und dachte über den Fall nach, der sie nach Homberg geführt hatte.

Da waren die beiden toten Erzieher. Ältere Leute. Sie waren vermutlich umgebracht worden wegen Dingen, die sehr, sehr lange zurücklagen. Dieter Bauer, so stellte es sich im Augenblick zumindest dar, war ein mutmaßlicher Vergewaltiger gewesen. Aber warum hatte Ruth Liebusch dran glauben müssen? Weil sie Petra Soffron, aus welchen Gründen auch immer, alimentiert hatte? Und wie passte der Tod von Martin Melchers in dieses Bild? Ein armes Schwein, das sein ganzes Leben lang nur gemobbt und unterdrückt worden war.

Alle drei, das war Fakt, waren auf die gleiche brutale Art ermordet worden. Für Lenz kam definitiv nur ein Einzeltäter infrage, ganz gleich, was Dr. Franz wegen der Todeszeitpunkte behauptete.

Und die Füchse. Nach Meinung von Werner Schlieper konnten die beiden ehemaligen Karlshofzöglinge nicht die Täter sein, weil sie nicht in der Lage waren, zu lesen und zu schreiben. Aber war das ein Beweis?

Lenz blickte auf, weil die Tür des Hinterausgangs gegenüber sich knarzend öffnete und Gerd Brommeis auftauchte. Der Mitarbeiter des Jugendamtes kam mit skeptischem Blick auf den Kommissar zu, der aufstehen wollte.

»Bleiben Sie ruhig sitzen«, beschied er dem Polizisten mit einer knappen Geste. »Wir sind ohnehin ganz schnell fertig.« An der Bank angekommen, blieb er einen Moment stehen und sah sich um. »Wo ist Ihr Kollege?«, fragte er irritiert.

»Der ist kurz in die Stadt, um sich bei einem Bäcker etwas gegen seinen Hunger zu holen. Wir hatten heute ein eher knappes Mittagessen.«

»Ach so.« Brommeis sah auf die Uhr. »Hoffentlich bekommt er noch was. Die Uhren in der Homberger Innenstadt ticken nämlich anders als die in Kassel.«

Lenz überhörte den Hinweis. »Haben Sie etwas herausfinden können?«, fragte er gespannt.

Der Mitarbeiter des Jugendamtes nickte. »Ja, das habe ich. Aber ich befürchte, dass Ihnen das Ergebnis meiner Arbeit nicht gefallen wird.«

»Warum das?«, wollte der Polizist wissen.

»Weil es bei uns im Schwalm-Eder-Kreis definitiv keine Adoption dieser Kinder gegeben hat. Ich habe die relevanten Jahrgänge zweimal durchgesehen, dazu die drei Jahre vorher und die drei danach. Es gab in der ganzen Zeit 14 Adoptionen, aber der Name, den Sie mir gegeben haben, kam nicht vor. Nicht einmal der betreffende Vorname. Danach habe ich alles noch einmal nach dem Herkunftsort Wabern abgesucht, aber auch das hat kein positives Ergebnis gebracht. Die Kinder sind, wenn sie denn wirklich zur Adoption freigegeben wurden, in einem anderen Landkreis bearbeitet worden.«

Lenz sah ihn enttäuscht an. »Und Sie sind sich absolut sicher?«

»Absolut«, bestätigte er. »Es gibt keinen Zweifel.«

»Dann bedanke ich mich ganz herzlich bei Ihnen, Herr Brommeis. Es wäre zwar schön gewesen, wenn Sie zu einem anderen Resultat gekommen wären, aber das können wir nicht ändern.«

»Leider, ja. Ich hätte Ihnen wirklich gern geholfen. Und jetzt muss ich los, weil meine Frau mit dem Abendessen auf mich wartet.«

Die beiden Männer verabschiedeten sich voneinander, und Brommeis trabte mit federnden Schritten in Richtung seines Wagens. Kurze Zeit später hatte er den Parkplatz verlassen.

Shit, dachte Lenz.

22

Lutz Brenner näherte sich mit einem flauen Gefühl im Magen dem Eingang des Rothenditmolder Hofs. Vor der Tür sammelte er sich noch einmal und betrat dann langsam die Kneipe. Hinter der Theke stand der Mann, den er ein paar Stunden zuvor mit Hunderteuroscheinen gefüttert hatte, und polierte mit einer Zigarette in der Hand ein Glas. Sonst war niemand zu sehen.

»Hallo«, sagte Brenner.

»Na, auch wieder mal hier«, gab der Wirt zurück.

Brenner sah zuerst auf die Uhr und danach den Mann hinter der Theke an. »Ich bin hier verabredet.«

»Ich weiß«, kam als Antwort zurück. »Sind Sie allein?«

Nun sah der Detektiv sich genervt um. »Sehen Sie außer mir noch jemanden?«

Der Mann stellte das Glas mit dem schmuddeligen Handtuch darin auf die Theke, griff zu einem altertümlichen Mobiltelefon und wählte. »Er ist da«, nuschelte er in das Gerät, sonst nichts. Dann drückte er eine Taste und legte das speckige Ding zurück.

»Ihre Verabredung ist unterwegs. Wollen Sie was trinken?«

»Ja, ein Wasser.«

Der Wirt lachte hämisch auf. »Wasser? Gibt's unten auf'm Klo. Oder an der Fulda, aber nicht hier. Darf's vielleicht auch ein Bier sein?«

Noch bevor Brenner antworten konnte, stürmte ein etwa 60-jähriger Mann mit schlohweißen, langen Haaren in den Schankraum und drängte ihn in eine Ecke, die von außen nicht einsehbar war. Der Wirt kam um die Theke herum, schob die Eingangstür zu und drehte den Schlüssel zweimal um.

»Was willste von mir?«, brüllte der Mann, der Brenners Hals mit harten, schwieligen Händen umklammert hielt.

Der Detektiv wollte antworten, doch es kam nur ein jämmerliches Krächzen aus seinem weit aufgerissenen Mund.

»Ein falscher Ton, und ich brech dir's Kreuz«, zischte der Weißhaarige, nahm jedoch den Druck seiner Umklammerung etwas zurück. »Also, was willste?«

Brenner nutzte den Moment, um nach Luft zu schnappen. »Ich will mit Ihnen über den Polizisten reden, der Ihrem Bruder das angetan hat, weswegen er im Krankenhaus liegt«, japste er.

»Un warum soll mich des interessiere, was du mir zu sage hast? Hä?«

»Ich weiß, wer der Mann ist, und wo er wohnt.«

Die Umklammerung des Fuchses löste sich. »Un warum willste mir des alles verrate?«

Brenner holte tief Luft, steckte sich sein herausgerutschtes Hemd zurück in die Hose, und strich sich die Haare glatt. »Weil wir ein gemeinsames Interesse haben, Herr Fuchs. Wir wollen beide diesen Mann hinhängen.«

Er sah in das verständnislose Gesicht des Weißhaarigen. »Ihm schaden. Ihm eins auswischen. Uns an ihm rächen. Nennen Sie es, wie Sie wollen.«

»Un warum willst du des? Was hast du denn mit dem Kerl am laufe?«

»Das ist etwas sehr Persönliches, deshalb möchte ich lieber nicht darüber sprechen.«

Fuchs wandte sich von Brenner ab und grinste den Wirt an, der noch immer mit dem Glas in der Hand dastand und die Szene ungerührt beobachtete.

»En Geheimniskrämer. So welche habbe mir ja am liebste, oder, Willi?«

Willi, der Wirt, nickte.

»Aber damit kommste hier net durch, Freundsche. Raus mit de Sprach, was haste mit dem Bulle?«

Brenner schluckte und überlegte fieberhaft, was er dem Fuchs erzählen sollte. Dann kam ihm die rettende Idee. »Er hat Schulden bei mir, und es geht um eine größere Summe. Ich habe ihm ein Auto verkauft, und er hat nicht alles bezahlt. Jetzt droht er mir mit einer Anzeige, weil der Wagen nach seiner Meinung einen Unfallschaden hat.«

»Un?«

»Was und?«

»Haste ihm en faule Appel uffs Auge gedrückt?«

Brenner tat, als würde er sich zieren.

»Er hat dem Bulle en Unfallkarre verkaaft«, deutete Fuchs die Geste bewundernd in Richtung des Wirtes. »Er hat nem Bulle e Unfallkarre uffs Auge gedrückt. Alle Achtung, Mann.« Damit klopfte er dem Detektiv anerkennend auf die Schulter. »Un jetzt erzählste mir alles, was du weißt, un was ich wisse muss.«

»Gern«, nickte Brenner.

23

»Tja, das war ein Schuss in den Ofen«, kommentierte Hain mit einem Plunderstückchen in der Hand Lenz' Zusammenfassung des Ergebnisses von Brommeis Recherche. »Und was machen wir jetzt?«

Der Hauptkommissar schnitt eine ratlose Grimasse. »Was weiß ich. Am besten machen wir Feierabend und sehen, was das Wochenende uns an Überraschungen bringt.«

Hain steckte sich den Rest des Teilchens in den Mund und legte die Stirn in Falten. »Stammte Petra Soffron eigentlich aus Kassel? Hat da irgendjemand was zu gesagt?«

Lenz nickte. »Melchers hat in irgendeinem Nebensatz erwähnt, dass sie in Kassel geboren wurde, wenn ich mich richtig erinnere. Warum fragst du?«

»Weil das gut wäre.«

»Und wieso?«, fragte Lenz leicht gereizt weiter.

»Weil die Adoption dann unter Umständen in Kassel über die Bühne gegangen sein könnte, bei ihrem Heimatjugendamt. Und das würde eine Chance darstellen.«

»Mensch ,Thilo, nun lass dir nicht alles aus der Nase ziehen. Worauf willst du hinaus?«

Hain konnte ein süffisantes Grinsen nicht unterdrücken. »Wir hatten mal mit dem Leiter des Jugendamtes zu tun, wahrscheinlich kannst du dich nicht daran erinnern. Ich überlege noch, wie er hieß, bin allerdings noch nicht darauf gekommen. Wenn wir den fragen würden, ob er uns …«

»Vockeroth«, rief Lenz. »Der Mann hieß Vockeroth. Du hast absolut recht, Thilo, das ist eine Chance.«

Die beiden Polizisten hatten Hubert Vockeroth, den Leiter des Kasseler Jugendamtes, kennengelernt, als sie in einem Mord- und Erpressungsfall ermittelten, der sich im Umfeld der alle fünf Jahre in der Stadt durchgeführten Kunstausstellung Documenta ereignet hatte. Lenz griff zum Telefon, wählte die Nummer des Präsidiums in Kassel, und bat den Diensthabenden, ihm die Nummer des Amtsleiters herauszusuchen. Eine Minute später hatte er sie und wählte erneut.

»Ja, bitte«, meldete sich eine Frau.

»Hauptkommissar Lenz, Kripo Kassel«, eröffnete der Hauptkommissar das Gespräch so freundlich wie möglich. »Kann ich bitte mit Herrn Vockeroth sprechen?«

»Mein Mann ist leider nicht zu Hause. Ist etwas passiert?«, wollte sie besorgt wissen.

»Nein, nein«, beruhigte Lenz die Frau, »ich hätte nur ein paar Fragen an ihn, die sich um Amtsbelange drehen. Wann wird er denn zurück sein?«

»Das kann ich Ihnen beim besten Willen nicht sagen, Herr Hauptkommissar. Er ist bei seinem Skatabend, deshalb kann es sehr schnell gehen oder auch sehr lange dauern. Das ist ungewiss.«

»Würden Sie mir sagen, wo dieser Skatabend stattfindet? Das, was ich ihn fragen möchte, ist sehr, sehr wichtig.«

Sie überlegte einen Moment. »Eigentlich hat er strikte Order erteilt, ihn an Freitagabenden durch nichts und niemanden zu stören. Ist es wirklich so wichtig?«

»Das ist es leider, ja.«

Wieder eine Sekunde des Überlegens. »Dann will ich es Ihnen sagen, Herr Lenz. Er ist freitags immer im Lohmann. Kennen Sie das?«

Welche Frage, dachte der Polizist. »Ja, das kenne ich. Und ganz herzlichen Dank, Frau Vockeroth.«

»Gern. Hoffentlich habe ich das jetzt richtig gemacht.«

»Ganz bestimmt.«

*

Hain jagte den Mazda mit vollem Tempo über die Autobahn, sodass sie die Stadtgrenze von Kassel keine Viertelstunde später erreicht hatten. Trotz des Feierabendverkehrs stellte er das Cabriolet etwa fünf Minuten später gegenüber dem beliebten Restaurant mit dem herrlichen, eingewachsenen Biergarten ab. Die beiden Polizisten verstauten ihre Sakkos im Kofferraum, überquerten die Straße, betraten den leicht erhöht liegenden, etwa zur Hälfte besetzten Biergarten, und sahen sich um. Vockeroth saß allein vor einem großen Glas Weizenbier an einem der runden Tische im linken hinteren Bereich, direkt neben dem Eingang, und sah auf die Uhr.

»Guten Abend, Herr Vockeroth«, begrüßte Lenz den Jugendamtsleiter, der überrascht aufblickte. Er trug ein knallrotes T-Shirt, kurze Hosen und dicke Wanderschuhe.

»Guten Abend, Herr ... Jetzt habe ich doch glatt Ihren Namen vergessen. Aber dass Sie Polizist sind, daran kann ich mich erinnern.«

»Lenz. Hauptkommissar Paul Lenz. Und das ist mein Kollege ...«

»Hain«, fiel Vockeroth ihm ins Wort. »Daran kann ich mich erinnern.«

»Stimmt«, bestätigte der Oberkommissar.

»Dürfen wir Sie kurz stören?«

Wieder sah Vockeroth die beiden erstaunt an. »Soll ich daraus schließen, dass Sie hier sind, weil Sie zu mir wollen?«

Lenz nickte. »Ihre Frau war so freundlich, uns zu verraten, wo wir Sie finden können. Und sie hatte ein ganz schlechtes Gewissen dabei.«

»Aus gutem Grund, meine Herren«, entgegnete der Amtsleiter streng und mit erhobenem Zeigefinger, aber gleichzeitig einem gütigen Lächeln. »Der Freitagabend im Lohmann ist nämlich ein heiliger Termin.«

»Dann spielen Sie hier also Soloskat?«, wunderte Hain sich.

Nun fing Vockeroth laut an zu lachen. »So sieht es fast aus, ja. Meine Mitspieler haben mich sträflich im Stich gelassen, deshalb muss es Ihnen so erscheinen, als wartete ich wie ein Pennäler auf sein erstes Rendezvous.«

»Ganz so schlimm ist es dann doch nicht, oder?«

»Nein«, grinste Vockeroth, »ganz so schlimm ist es wirklich nicht. Das passiert leider öfter.«

Er sah die beiden Polizisten erwartungsvoll an. »Aber wie es ausschaut, habe ich eine unterhaltsame Alternative zu erwarten? Wenn Sie mich aufsuchen, noch dazu an einem Freitagabend und in der Kneipe, geht es doch sicher darum, dass Sie mich um Hilfe in irgendeinem Ihrer Fälle bitten wollen.«

»Genau darum geht es«, bestätigte Lenz und fing ohne weiteres Geplänkel an, dem Amtsleiter ihr Problem zu schildern.

»Wow«, machte der, nachdem er das Ansinnen der Beamten gehört und aufgenommen hatte. »Das heißt nicht mehr und nicht weniger, als dass Sie von mir erwarten, auf der Stelle mit Ihnen rüber ins Amt an den Tresor zu gehen und die fraglichen Dokumente durchzublättern?«

Die beiden Polizisten nickten.

»Hm«, brummte Vockeroth skeptisch. »Wobei Sie sich noch nicht einmal ganz sicher sind, dass die Frau, um die es geht, wirklich in Kassel geboren wurde?«

Wieder nickten beide.

»Das ist dann schon eine Herausforderung, die Sie mir mehr als fürstlich honorieren müssen, meinen Sie nicht auch?«, fragte Vockeroth verschmitzt. »Spielen Sie eigentlich Skat?«

Kurze Zeit später kamen die drei Männer in Vockeroths Büro an, das zu Fuß nur etwa fünf Minuten von der Kneipe entfernt lag.

»Warten Sie bitte hier, ich muss nur eben kurz in ein anderes Büro, um mir den Tresorschlüssel zu besorgen. In der Zwischenzeit können Sie die Daten der Frau aufschreiben, das erleichtert mir das Suchen.«

Damit verließ er das Büro. Hain schrieb den Namen und das Geburtsdatum von Petra Soffron auf ein Blatt seines Notizblocks und riss es ab. »Meinst du, er wird fündig werden?«, fragte er seinen Chef.

»Keine Ahnung«, erwiderte Lenz gähnend. »Im Augenblick weiß ich nur, dass ich hundemüde bin und auf der Stelle einschlafen könnte.«

Auf dem Flur war Vockeroths Pfeifen zu hören. »So, da bin ich wieder«, erklärte er und wedelte mit einem riesigen Schlüsselbund in der rechten Hand, während er mit der anderen nach dem Zettel griff. »Leider müssen Sie hier warten, das ist so Vorschrift. Und wir gehen von dem Zeitraum 1974 bis 1978 aus, wenn ich Sie richtig verstanden habe? In dieser Zeit sollen die Adoptionen stattgefunden haben?«

»Ja, das ist richtig«, bestätigte Lenz.

»Es wird ein bisschen dauern, meine Herren, weil der Tresor im Keller steht. Lehnen Sie sich zurück, genießen Sie die Aussicht, und wenn Sie Durst bekommen, finden Sie auf dem Gang einen Getränkeautomaten. Bis später also.« Er zog die Tür hinter sich ins Schloss und pfiff im Weggehen eine Melodie.

»Der hat doch die gute Laune gepachtet«, stellte Hain kopfschüttelnd fest.

»Ja, beneidenswert. Aber das war damals, als wir mit ihm zu tun hatten, doch auch schon so.«

»Da habe ich nicht mehr dran gedacht. Aber schön, dass es solche Leute gibt. Wir haben grundsätzlich doch eher mit den weniger humorvollen Menschen zu tun.« Der Oberkommissar stand auf und suchte in seiner Hosentasche nach Kleingeld. »Soll ich dir was zu trinken mitbringen?«

»Ein Wasser wäre gut.«

»Kriegst du.«

Während sein Kollege unterwegs war zu den Quellen des Kasseler Jugendamtes, lehnte Lenz sich in den bequemen Stuhl zurück, schloss die Augen, und dachte an Maria. Und an die Zeit, die nun vor ihnen lag. Ihre Scheidung, die Öffentlichkeit, die daraus resultieren würde, und die Veränderungen, die das alles mit sich bringen würde. Und er musste daran denken, dass er ein paar Tage zuvor noch keinen Gedanken daran verschwendet hätte, dass sie nun in seiner Wohnung auf ihn warten könnte. Verrückt, fuhr es ihm durch den Kopf.

Und während er an Maria dachte und danach kurz an Erich Zeislinger, ihren Nochehemann, der vermutlich kotzend und fluchend in seiner Dienstvilla saß, fielen ihm die Augen zu und er baute den Gedanken, den er gerade gedacht hatte, in einen sofort beginnenden Traum ein, der jedoch abrupt endete.

»He, he, hier wird nicht gepennt«, riss ihn Hain aus dem Sekundenschlaf und drückte ihm eine eiskalte Getränkeflasche in die Hand.

»Ich hab doch nur mal kurz die Augen zugemacht«, rechtfertigte Lenz sich gähnend.

»Von wegen. Du hast tief und fest geschlafen.«

»Und wenn.«

»Halt wenigstens durch, bis wir hier fertig sind, Paul. Dann bringe ich dich zu deinem kleinen Zweisitzer und du kannst nach Hause fahren. Aber hier zu pennen, das geht gar nicht.«

Das sah der Hauptkommissar ein. Er drehte die Flasche auf, nahm einen großen Schluck und rülpste laut.

»Prost«, sagte Hain leise.

*

Es dauerte eine Dreiviertelstunde, bis Hubert Vockeroth zurückkehrte. Er war schon von Weitem an seinem fröhlichen Pfeifen zu hören. Die dicken Aktenpakete, die er unter den Armen trug, lösten bei Lenz und Hain so etwas wie nicht mehr vermutete Begeisterung aus.

»Sie ist tatsächlich in den 70ern des vorigen Jahrhunderts eine unserer Kundinnen gewesen, meine Herren«, begann der Mann im roten T-Shirt. »Und wenn ich die Sache richtig verstanden habe, hat sie nicht zwei Kinder zur Adoption freigegeben, sondern deren drei.« Er ließ die Aktenstapel auf den Schreibtisch fallen und deutete auf den obersten. »Weil ich die Sache ziemlich spannend fand, habe ich gleich ihre komplette Akte mitgebracht, deshalb hat es auch so lange gedauert. Vielleicht hilft es ja weiter, ein wenig darin zu stöbern.«

Lenz und Hain beugten sich neugierig nach vorne.

»Die Adoptionen wurden definitiv hier im Haus betreut?«, fragte Hain ungläubig.

Vockeroth bedachte ihn mit einem gespielt tadelnden Blick und deutete auf die weiteren Papiere. »Aber ja, natürlich. Das hier sind die dazugehörigen Unterlagen. Wenn Sie wollen, können Sie sich gern etwas darin umsehen, meine Herren. Was wir hier machen, ist ohnehin nichts für die große Glocke, also bedienen Sie sich. Ich sehe derweil nach den Adoptiveltern.« Damit griff er nach dem dicken Ordner auf dem Tisch, schlug ihn auf und begann zu lesen.

Petra Soffron war in Kassel geboren worden. Ihre leibliche Mutter, eine amtsbekannte Prostituierte, hatte sich nicht besonders ambitioniert um sie gekümmert, weshalb das Mädchen schon im Alter von drei Jahren in einem Heim untergebracht worden war. Danach hatte sie zwischen ihrem siebten und ihrem 13. Lebensjahr bis zu deren Tod bei ihrer Großmutter gelebt, gefolgt von der Unterbringung im Karlshof. Die erste Entbindung war im Juni 1975 vermerkt, die zweite im August 1977. Auch war dokumentiert worden, dass die Kinder in beiden Fällen zur Adoption freigegeben wurden.

›Vater unbekannt‹, war jeweils in der dafür vorgesehenen Spalte vermerkt.

1978, mit dem Erreichen der Volljährigkeit und dem Auszug aus dem Karlshof, endeten die Einträge. Lenz klappte den Ordner zu und sah zu Vockeroth, der auf einem Block Notizen machte.

»Alle Adoptionen sind bis ins Detail dokumentiert«, erklärte dieser zufrieden. »Das ist damals noch nicht mit der heute üblichen Sorgfalt erledigt worden, deshalb bin ich sehr glücklich darüber.«

»Das heißt, wir können nachvollziehen, wo die Kinder von Frau Soffron gelandet sind?«

Der Jugendamtsleiter sah den Hauptkommissar strafend an. »Welch eine Wortwahl, Herr Lenz. Sie reden ja fast wie ein paar meiner Mitarbeiter. Aber im Ernst, Sie haben recht. Ich habe Ihnen hier die beiden damals jungen Ehepaare notiert, bei denen die Kinder von Frau Soffron untergekommen sind. Die Adoptiveltern, um es genau zu sagen.« Er klappte die Adoptionsakten zu und warf sie auf den Tisch, wo sie mit einem lauten Knall landeten. »Und ich sage Ihnen gleich dazu, dass zumindest zwei der drei Kinder wissen, wer ihre leibliche Mutter ist, denn auch das geht aus den Unterlagen hervor. Das erste Kind, ein Junge, hat …«, er deutete wieder auf den Aktenstapel, »vor etwa zwei Jahren die Adoptionsakten eingesehen, die hier vor uns auf dem Tisch liegen. Das zweite, ein Mädchen, das zusammen mit einem weiteren Jungen als Zwillingspaar auf die Welt gekommen ist, hat die Einsicht in ihre Unterlagen Ende 2008 beantragt, anstandslos bewilligt bekommen, und gleich darauf einen Termin gemacht.«

Hain reckte den Hals, um etwas von dem zu erkennen, was Vockeroth auf dem Notizzettel vermerkt hatte, doch der Amtsleiter griff danach und drehte ihn um.

»Ich muss Sie noch einmal darauf hinweisen, dass wir uns bei dieser Sache weitab der Legalität bewegen, und ich mache das nur, weil es vielleicht dabei hilft, drei Morde aufzuklären. Sind wir uns darüber einig, dass Sie beide diese, ich kann es ja sagen, zutiefst illegale Aktion streng vertraulich behandeln werden?«

Die beiden Polizisten nickten eifrig.

»Dann«, erklärte er mit einem gewissen Pathos in der Stimme und schob dabei den Zettel über den Tisch, »wünsche ich Ihnen viel Erfolg bei Ihren weiteren Ermittlungen, meine Herren.«

Hain griff nach dem Blatt und hob es hoch. »Und was wird aus dem angedrohten Skatabend?«, wollte er wissen.

Vockeroth erhob sich aus seinem Bürostuhl und atmete tief durch. »Ich bin sicher, dass Sie es kaum aushalten können, endlich mal wieder einen gepflegten Skat zu dreschen, junger Mann, aber es erscheint mir nicht angemessen, Ihnen das zuzumuten. Außerdem muss ich Ihnen sagen, dass ich seit mehr als 40 Jahren sehr engagiert Skat spiele und mit dem, was Sie mir entgegenzusetzen hätten, vermutlich hoffnungslos unterfordert wäre, um es höflich auszudrücken. Also verabschieden wir uns jetzt voneinander und gehen unserer Wege. Und wenn ich Ihnen wieder mal eine Hilfe sein kann, lassen Sie es mich ruhig wissen.«

Er lächelte. »Wobei, in ziemlich genau eineinhalb Jahren gehe ich in den wohlverdienten Ruhestand, dann müssen Sie sich mit meinem Nachfolger arrangieren.«

24

Horst Fuchs drängte sich noch enger an die Wand, zog eine weitere Zigarette aus der fast leeren Packung und zündete sie an. Verdammter Bulle, dachte er. *Verdammter Bulle.*

Eine gute Stunde zuvor hatte er von Brenner die Adresse und die Telefonnummer von diesem Polizisten bekommen, der seinen Bruder die Treppe hinuntergestoßen hatte. Die des älteren, der Junge war nicht interessant für ihn.

Horst und Wolfgang Fuchs. Diese Namen hatten einmal einen Klang wie Donnerhall gehabt in Kassel. Jeder, wirklich jeder, hatte sich vor ihnen gefürchtet. Wenn sie in den 80er-Jahren eine Kneipe oder eine Disco betraten, hatte sich automatisch die Menge der Anwesenden geteilt und ihnen eine Gasse bereitet. Jeder kannte sie oder hatte zumindest schon eine der wilden Geschichten über sie gehört, die Respekt abnötigte.

1959 waren sie in Wallerfangen, einem kleinen Ort im Saarland in unmittelbarer Nähe zur französischen Grenze, geboren worden. Die Eltern der beiden, Mutter Elisabeth und Vater Siegfried, lebten in bescheidenen Verhältnissen und waren eher einfach gestrickt. Er verdiente sein Geld als Helfer auf dem Bau, sie putzte in einer Schule. Bis die Jungs geboren wurden, war ihr Leben eintönig und geplant verlaufen, nach der Geburt war von einem Tag auf den anderen alles anders. Die junge Frau verfiel noch im Wochenbett in schwere Depressionen, deretwegen sie sich ein paar Jahre später das Leben nahm, der Vater war vom ersten Tag an mit den Kindern überfordert. Die Jahre bis zur Grundschule lebten die Zwillinge in der Hauptsache bei den Großeltern mütterlicherseits. Schon hier zeigte sich, dass sie zwar überdurchschnittlich gerissen und durchsetzungsfähig waren, ihre Intelligenz jedoch nur von unterdurchschnittlicher Qualität war. Nach der ersten Klasse kamen die beiden auf eine Sonderschule im nahen Saarlouis, wo sie hauptsächlich durch Disziplinlosigkeit und Brutalität ihren Mitschülern gegenüber auffielen. Und immer agierten sie im Duo, nie traf man einen der beiden allein an. Die genervten und gestressten Lehrer damals sprachen, wenn es um die Brüder Fuchs ging, nur von den *Siamesischen Zwillingen aus Wallerfangen.*

Die Mehrzahl der Schultage verbrachten die beiden irgendwo im Umfeld der Dillinger Hütte, einem großen Stahlwerk, in dem ein paar Tausend Menschen arbeiteten. Dort war es für sie leicht, sich durch kleine Diebstähle mit Geld und Naturalien zu versorgen.

1973, die beiden waren zu muskulösen und brutalen, zutiefst unberechenbaren Jugendlichen herangewachsen, kamen sie zum wiederholten Mal mit dem Gesetz in Konflikt, diesmal jedoch ausgesprochen ernsthaft. In den Jahren zuvor durch die noch nicht erreichte Strafmündigkeit geschützt, verprügelten sie kurz nach ihrem 14. Geburtstag einen Arbeiter, der sie dabei erwischt hatte, wie sie sein Moped stehlen wollten. Sie schlugen ihm mit einem Ochsenziemer den Schädel ein und traten so sehr auf den auf dem Boden Liegenden ein, dass er dabei ein Auge und einen Hoden verlor. Zwei Jahre Jugendhaft mit Bewährung lautete das Urteil, dazu wurden sie in Kooperation mit dem Jugendamt des Landkreises Saarlouis in das Jugendheim Karlshof in Wabern eingewiesen.

Wabern.

Ein kleiner Ort im Nirgendwo zwischen Kassel und Marburg. Weit weg von zu Hause und weit weg von den kriminellen Möglichkeiten, die sie sich im Laufe der Jahre aufgebaut hatten. Doch schon ein halbes Jahr nach ihrer

Ankunft in Nordhessen waren sie durch brutale Gewalt und geschicktes Taktieren die uneingeschränkten Herrscher im Karlshof geworden. Natürlich lebten dort ältere Jugendliche, die körperlich noch robuster als die Füchse waren, aber an Willen und Durchsetzungskraft konnte es keiner mit ihnen aufnehmen. Außerdem gab es die beiden grundsätzlich nur im Doppelpack. Sie lebten in einem Zimmer, aßen nebeneinander am selben Tisch, und selbst den seltenen Weg zur Dusche traten sie ausschließlich gemeinsam an.

Einem Erzieher, der sich ihnen einmal in den Weg gestellt hatte, als sie gemeinsam über einen neu im Heim angekommenen Jugendlichen herfielen, lauerten sie nachts vor seinem Haus auf und richteten ihn dermaßen übel zu, dass er nie wieder arbeiten konnte. Damit war klargestellt, dass man sich mit den Füchsen besser nicht anlegen sollte, was ihnen eine grenzenlose Narrenfreiheit in jeder Hinsicht bescherte.

Natürlich gab es jede Menge Strafanzeigen und Ermittlungsverfahren gegen die beiden, doch zu einer weiteren Verurteilung kam es nie. Meist nutzten sie clever den Umstand aus, dass niemand sie auseinanderhalten konnte. In einem Verfahren, in dem es um versuchten Totschlag ging, schob jeweils der eine grinsend die Tat auf den anderen. So konnte der entnervte Staatsanwalt zwar beweisen, dass einer der beiden die Tat begangen hatte, wer aber letztlich zugeschlagen hatte, konnte er nicht nachweisen, woraufhin beide freigesprochen wurden.

An einem schönen Sommermorgen 1977 knallten im Karlshof die Sektkorken, nachdem man den Füchsen noch am Morgen ihres 18. Geburtstages unter Polizeischutz die Koffer vor die Tür gestellt hatte.

Eine Stunde später kamen sie in Kassel an und wollten eigentlich in den nächsten Zug nach Saarbrücken oder Saarlouis steigen, doch das Geld, das man ihnen im Karlshof ausgehändigt hatte, reichte nicht für zwei Fahrkarten. So wurden aus ein paar Tagen in Kassel Jahre, und aus den Jahren wurden Jahrzehnte.

Zunächst hatten sie sich auf dem Bau versucht. Kräftig waren sie, und ausdauernd ebenfalls. Nur unterordnen konnten sie sich nicht. Und so flogen sie in kurzer Zeit aus drei Bauunternehmen, nachdem sie sich immer wieder mit ihren Vorgesetzten angelegt hatten.

Dann kam der Tag, an dem sie in einer übel beleumundeten Kneipe im Zentrum Kassels Franz Malicki kennenlernten. Sie tranken mit dem älteren, aber doch sehr fit wirkenden Mann, und eigentlich hatten sie nichts weiter vor, als ihn nach der durchzechten Nacht auszurauben, doch es kam ganz anders. Irgendwann gegen vier Uhr morgens, sie standen an der Theke der schummrigen Kneipe im Gebäude der Stadtsparkasse, betraten drei Kerle den Raum, gingen direkt auf Franz Malicki zu und forderten einen größeren Geldbetrag von ihm. Der großgewachsene, durchtrainierte Mann lachte schallend auf und sah dem Anführer der Männer provozierend ins Gesicht. Dann ging alles rasend schnell. Der hintere der drei zog ein Messer und stach ohne Vorwarnung zu. Malicki konnte durch eine geschickte Bewegung ausweichen, jedoch nicht komplett, und deshalb drang die rasiermesserscharfe Klinge ihm in den rechten Oberarm. Er schrie auf und ließ sich zur Seite fallen. Horst und Wolfgang Fuchs erkannten die Brisanz der Situation sofort. Sie hatten mit Malicki getrunken, also gehörten sie zu ihm, zumindest für die Angreifer. Keine Minute später war die Sache erledigt. Die drei Männer lagen jammernd und stöhnend auf dem Boden, während Horst Fuchs sich um den blutenden Malicki kümmerte.

Den Rest der Nacht verbrachten die drei in Malickis Villa im Nobelstadtteil Wilhelmshöhe, und vom nächsten Tag an arbeiteten Horst und Wolfgang Fuchs für den einschlägig bekannten Bordellbetreiber.

Zum ersten Mal in ihrem Leben verdienten sie mehr Geld, als sie ausgeben konnten. Sie durften für ihren Boss neue Prostituierte ›zureiten‹ und waren innerhalb kürzester Zeit in der Stadt ebenso berüchtigt und gefürchtet wie seinerzeit im Karlshof. Natürlich waren die Männer, mit denen sie es jetzt zu tun hatten, von anderem Kaliber als die Jungs in Wabern, aber auch hier schafften es die Füchse, sich mit brutaler Gewalt Respekt zu verschaffen.

Zwischenzeitlich hatte jeder der beiden ein paar Monate im Gefängnis verbracht, was jedoch an ihrer grundsätzlichen Haltung zur Kriminalität und der Justiz nichts änderte.

Dann kamen die 90er-Jahre und die damit verbundenen Veränderungen. Systeme brachen zusammen, Grenzen verschwanden, und wer sich den neuen Bedingungen nicht anpasste, fiel durch den Rost. So wie die Fuchs-Brüder.

Franz Malicki lebte längst mit seiner 30 Jahre jüngeren Frau auf Lanzarote und dachte nicht im Traum daran, sich um die beiden Männer zu kümmern, denen er nach eigenen Angaben sein Leben verdankte. Dankbarkeit hatte in diesen Kreisen eine erschreckend kurze Halbwertszeit, und wenn es um Geld ging, war sie noch einmal bedeutend kürzer.

Zunächst hatten sich die Brüder noch mit gelegentlicher Kriminalität über Wasser gehalten, dann ein paar Jahre lang für eine üble Inkassotruppe arme Schuldner eingeschüchtert. Diesen Job hatten sie verloren, als einer der säumigen Zahler, ein ehemaliger Amateurboxer, sie vor seiner Wohnungstür zusammengeschlagen hatte und sie mit blutigen Nasen abziehen mussten. Danach waren sie in einer Abwärtsspirale angekommen, die in einem versifften Container auf einem Schrottplatz ihr vorläufiges Ende gefunden hatte.

Horst Fuchs warf die aufgerauchte Zigarette auf den Boden, wo sie neben den anderen Kippen landete, und trat darauf. So würde er dieses Arschloch zertreten, wie diese Kippe unter seinem Fuß. Vorhin hatte er die Nummer des Bullen gewählt und ihn angerufen. Eine Frau hatte abgehoben und sich fröhlich gemeldet, aber nicht mit Namen. Das machen bestimmt alle Bullen so, dachte er, war sich jedoch nicht sicher, weil er noch nie in seinem Leben einen zu Hause angerufen hatte.

Nachdem er Brenner und die Kneipe verlassen hatte, war er zunächst unschlüssig gewesen, was er mit den Informationen anfangen sollte, aber dann war es ihm schlagartig klar geworden. Nach Auskunft des Mannes, der sich mit ihm in der Kneipe getroffen hatte, würde Wolfgang den Arsch hochreißen. Verrecken. Sterben. Und dieser dämliche Bulle trug die Schuld daran, das war klar. Was musste er auch hinter ihnen her sein? Sollte er sie doch in Ruhe lassen!

Er zog erneut das Bild aus der Hosentasche, das Brenner ihm in die Hand gedrückt hatte. Viel konnte man darauf nicht erkennen, aber es sollte schon reichen. Immerhin konnte er den Eingang zum Haus komplett einsehen. Der Bulle würde nicht an ihm vorbeikommen, so viel war sicher.

25

Thilo Hain trat auf den Bürgersteig und las dabei die Adressen, die Vockeroth ihnen aufgeschrieben hatte.

»Ulrich und Charlotte Winninges aus Bovenden sind die Adoptiveltern des ersten Jungen, der von ihnen Roman getauft wurde. Sagt dir der Name der Adoptiveltern was?«, fragte er Lenz. Der schüttelte den Kopf.

»Die Zwillinge, Jutta und Norbert, sind von einem Ehepaar aus Gießen adoptiert worden, Ferdinand und Waltraud Preißler.«

Lenz gähnte herzhaft. »Ich hab keine Lust mehr, Thilo. Wir geben jetzt die Daten der Leute an die Jungs vom KDD, die sollen sich darum kümmern. Wir sind auch nur Menschen und haben immerhin ein Leben neben dem Beruf. Ich will einfach nur noch nach Hause.«

»Das ist die geilste Idee, die ich heute von dir gehört habe«, stimmte Hain begeistert zu, griff zum Telefon und wählte die Nummer des Präsidiums.

»Hain«, meldete er sich, »ich brauch mal den KDD.«

Während der Oberkommissar den Kollegen des Kriminaldauerdienstes die Personalien der Adoptiveltern durchgab und darum bat, die aktuellen Wohnsitze und speziell die Aufenthaltsorte der Adoptivkinder zu ermitteln, sinnierte Lenz über den zu Ende gehenden Tag nach.

Ein Toter, viele zurückgelegte Kilometer, und wenig Ergebnisse, dachte er bei sich. Dann beendete Hain das Gespräch und steckte sein Telefon weg.

»Zu dir oder zu mir?«, fragte er feixend.

»Fahr mich einfach nach Hause, Thilo. Meinen Wagen brauche ich nicht, ich werde nämlich die meiste Zeit des

Wochenendes das Bett nicht verlassen. Außerdem macht es ohnehin bestimmt mehr Spaß, mit Marias Cabrio durch die Landschaft zu fahren.«

»Das kann ich mir gut vorstellen«, bestätigte der Oberkommissar und setzte sich in Bewegung.

Kurze Zeit später betätigte Hain den Blinker und wollte in die kleine Nebenstraße einbiegen, in der sich der Eingang zu Lenz' Wohnung befand, doch der Hauptkommissar stoppte ihn mit einer Handbewegung.

»Lass mich hier raus, Thilo, ich gehe durch die Waschküche. Wer weiß, wie viel Presse heute Abend vor meiner Tür herumlungert.« Er griff zum Türöffner, zog den verchromten Haken nach innen und schälte sich aus dem Wagen. »Mach's gut, Junge. Und wenn was Besonderes sein sollte, telefonieren wir. Aber nur dann. Klar?«

»Klar. Schlaf gut.«

»Ich geh nicht schlafen. Ich mache jetzt eine Landpartie mit anschließendem Biergartenbesuch. Tschüss.« Damit ließ er den leicht verstörten Kollegen zurück und verschwand im Gebüsch neben der Straße.

*

Schon im Hausflur konnte er Marias Altstimme hören, die gegen einen Hit aus dem Radio ansang.

»Ich bin zu Hause«, rief er in die Wohnung.

Schlagartig verstummte Marias Gesang, kurz danach die Musik aus den Lautsprechern. Dann ging die Wohnzimmertür auf und Maria sprang ihn an und deckte sein Gesicht mit Küssen ein. Sie trug ein Tuch auf dem Kopf, das den Kommissar an den Aufzug der Trümmerfrauen in der Zeit nach dem Zweiten Weltkrieg erinnerte.

»Ho, ho, das Anspringen bei meiner Heimkehr wird wohl zur Gewohnheit«, konstatierte er fröhlich.

»Worauf du dich verlassen kannst«, gab sie nuschelnd zurück und fand mit ihren Küssen seinen Hals. »Du schmeckst nach Nordsee«, schnurrte sie.

»Das glaube ich gern. Und genauso gern würde ich schnell unter die Dusche springen.«

Sie schüttelte den Kopf. »Abgelehnt. Ich habe andere Pläne.«

»Da bin ich aber gespannt«, erwiderte er, trug sie in die Küche und setzte sie auf dem Tisch ab. »Was habe ich denn noch so vor mir, nach deiner Planung?«

Sie schlug die Beine hinter seinem Rücken zusammen und drückte kraftvoll zu. »Wir gehen baden. Wenn es klappt, sogar nackt. Ich habe schon alles vorbereitet, wir können sofort los.«

Lenz hatte nicht die größte Lust auf eine Badepartie, doch er wollte auch nicht den Spielverderber geben. »Dann auf.«

Maria machte sich von ihm frei. »Ganz so schnell geht es leider nicht. Zuerst musst du dir noch was anschauen«, erklärte sie ihm geheimnisvoll und nahm ihn bei der Hand.

»Augen zu«, befahl sie und zog ihn hinter sich her ins Wohnzimmer. Dort blieb sie stehen und holte deutlich hörbar tief Luft. »Nicht blinzeln. Ich habe ein bisschen umgeräumt und ein paar kleine Veränderungen vorgenommen. Und ich hoffe ganz doll, dass es dir auch gefällt. Augen auf.«

Lenz blinzelte vorsichtig, öffnete dann die Augen komplett und wäre beinahe aus den Schuhen gekippt. Sein altes Sofa war verschwunden und gegen eine große rote Ledercouch ausgetauscht worden. Vor einem eleganten Tisch mit

Chromfüßen standen zwei passende Sessel, und alles war umrahmt von Grünpflanzen.

»Wie hast du …?«, wollte er fragen, doch sie legte ihm einfach den Zeigefinger auf die Lippen.

»Das ist heutzutage alles kein Problem mehr, Paul. Viel wichtiger ist, dass es dir gefällt. Zumindest halbwegs.«

Er sah sich noch einmal um, ließ sich auf der Couch nieder und zog seine neue Mitbewohnerin zu sich. »Das ist mit Abstand das Abgefahrenste, was ich in meinem ganzen Leben erlebt habe, Maria. Ich gehe heute Morgen aus dem Haus und abends ist alles anders hier. Wahnsinn.«

»Aber gefällt es dir denn?«

Er nahm sie in den Arm und küsste sie zärtlich. »Na klar gefällt mir das, sieh dich doch um. Das ist … mir fehlen glatt die Worte.«

»Dann bin ich zufrieden. Und jetzt heb deinen Hintern und komm, dieses Ding können wir auch später noch stilvoll einweihen.«

Sie verließen das Haus auf dem gleichen Weg, den Lenz bei seiner Ankunft benutzt hatte. Marias Wagen parkte auf einem öffentlichen Parkplatz etwa 200 Meter entfernt neben der Hauptstraße. Als sie das Cabrio erreicht hatten, warf sie ihm den Schlüssel zu und stellte die große Tasche auf den Rücksitz.

»Du fährst. Ich habe den ganzen Tag gerödelt wie eine Irre und bin schlagkaputt, während du dir vermutlich die Falten aus der Kniescheibe gehauen hast.«

Lenz wollte etwas erwidern, überlegte es sich jedoch anders, drückte den Knopf des Türöffners und hielt ihr wie ein Kavalier alter Schule den Schlag auf.

»Galant, galant«, bemerkte sie fröhlich. »Hoffentlich machst du das auch noch, wenn ich alt und runzelig bin.«

»Versprochen«, meinte er, während sie anfing, das Reiseziel ins Navigationssystem einzugeben.

Die Fahrt dauerte eine knappe Stunde, während der Lenz ihr seinen Tag schilderte. Dann waren sie an einem Badesee in Bebra angekommen, einer Kleinstadt an der Fulda.

»Wie kommst du darauf, hierher zu fahren?«, fragte Lenz verwundert und streckte sich.

»Ich war einmal mit meiner Freundin Judy hier. Damals hatte sie einen Typen aus der Gegend, aber das ist schon lange her. Allerdings ist mir in Erinnerung geblieben, dass es sehr schön und idyllisch gewesen ist. Und für danach habe ich auch schon eine Idee, wo wir etwas essen können, ohne ständig nach hinten schauen zu müssen.« Sie kramte die Tasche vom Rücksitz und strahlte ihn an. »Das ist wie ein neues Leben für mich, Paul«, stellte sie zufrieden fest. »Ich kann einfach neben dir hergehen, ohne auf die Menschen achten zu müssen, die uns begegnen. Ich kann deine Hand nehmen, wenn ich es möchte, und ich kann mit dir knutschen wie ein Teenie, wenn mir danach ist.«

Sie trat neben ihn und küsste ihn auf den Mund. »Und mir ist verdammt oft danach.«

Ein paar Minuten später lagen sie auf der mitgebrachten Decke, hielten sich an den Händen und betrachteten den blauen Himmel. Es war kurz nach halb acht, und um sie herum waren die meisten Leute beim Zusammenpacken oder schon gegangen. Das Telefon des Hauptkommissars meldete mit einem Piepton, dass der Ladezustand des Akkus eine kritische Marke erreicht hatte, doch der Polizist schenkte ihm keine Beachtung.

»So ein Mordfall nimmt einen ganz schön mit, nicht wahr?«, fragte Maria ihn.

Lenz dachte eine Weile nach. »Ja und nein. Manchmal

lässt es mich völlig kalt, wenn ein Mensch durch Fremdeinwirkung zu Tode gekommen ist, und manchmal könnte ich weinen deswegen. Heute zum Beispiel, bei diesem Typen, ging es mir richtig an die Nieren.«

»Warum bei ihm?«

»Weil er in seinem ganzen Leben nur der Fußabtreter für alle gewesen ist. Jeder hat sich an ihm abreagiert, seit er ein Kind gewesen ist; er war einfach eine arme Sau.«

»Meinst du, du fängst seinen Mörder?«

Wieder eine kurze Pause.

»Die Chancen stehen nicht schlecht.« Er drehte sich zu ihr um und küsste ihren noch immer erhitzten Bauch. »Aber jetzt habe ich keine Lust mehr, mich mit meinem Job zu beschäftigen. Wir sind hier, weil wir Spaß haben wollen.«

»Dann«, erwiderte sie, sprang auf und stürmte Richtung Ufer, »lass uns ins Wasser gehen.«

Die beiden schwammen mit kräftigen Bewegungen nebeneinander her bis zur Mitte des kühlen, von der Fulda durchströmten Sees. Dort verharrten sie ein paar Sekunden, danach glitten sie aufeinander zu und küssten sich lange. Maria sah sich um.

»Meinst du, ich könnte mich meines Badeanzuges entledigen?«, wollte sie von ihm wissen.

»Warum willst du das machen?«

Ohne auf seine im Subtext übertragenen Vorbehalte einzugehen, schlüpfte sie durch die Träger und wickelte den Stofffetzen nach unten. »Weil ich es liebe, wenn das Wasser überall an meinen Körper gelangen kann«, prustete sie und schleuderte den Kopf hin und her.

»Los, zieh deine Hose aus, ich will dich spüren.«

Der Kommissar sah sich um. »Ich weiß nicht, Maria …«

»Was soll uns schon passieren, Paul? Wir sind jung, ineinander verliebt und mindestens 200 Meter von allen anderen Menschen entfernt. Also, los!«

Lenz hatte noch nie in seinem Leben nackt gebadet. Nicht, dass er es sich nicht vorstellen hätte können, aber es war einfach noch nie dazu gekommen. Nach einem weiteren 360-Grad-Blick griff er zu seiner Badehose, zog sie aus und schob sich eine Öffnung der Hosenbeine über seinen Kopf.

»Stimmt, das ist geil«, rief er.

Maria grinste ihn an, sog etwas Wasser in den Mund und spritzte ihm damit ins Gesicht. Dann tauchte sie unter. Das Nächste, was er wahrnahm, waren ihre Hände zwischen seinen Beinen.

»Oh Scheiße«, hörte er sich prusten, bevor er ebenfalls den Kopf unter Wasser steckte und nach ihr tastete.

»So kann ich jetzt unmöglich an Land«, erklärte er ihr ein paar Augenblicke später.

»Das stimmt«, erwiderte sie, verstärkte ihren Griff und bewegte ihre Hand leicht. »Aber ich vermute, dass das Ganze sich auf dem Weg zum Ufer wieder normalisiert.«

Er schnaufte. »Das Ganze, wie du es nennst, ist immerhin mein bestes Stück.«

Wieder bewegte sich ihre Hand.

»Und wenn du so weitermachst, falle ich gleich hier über dich her.«

Sie lachte schallend auf. »Hier, im Wasser? Das musst du mir vormachen.« Damit drehte sie sich um und schwamm ein paar Züge von ihm weg. »Hier im Wasser nicht, das gefällt mir nicht. Aber draußen, an Land, wäre ich für alle denkbaren Schandtaten zu haben.«

»Was heißt denn das? Im Wasser nicht, aber im Wagen dafür schon? Maria, wir sind keine 20 mehr.«

Wieder ihr ausgelassenes, fröhliches Lachen. »Das stimmt, aber ich fühle mich trotzdem so. Und jetzt komm raus hier, mir ist nach wildem, hemmungslosem Sex.«

*

Es wurde wirklich der von Maria reklamierte wilde, hemmungslose Sex. Sie erlebten ihn auf einer einsamen Wiese hinter Fulda, im betörenden Licht der tief stehenden Sonne.

»Mein lieber Mann, du legst die Messlatte ganz schön hoch«, keuchte sie auf ihm sitzend und die letzten Wogen der Erregung genießend.

»Psst«, machte er, legte ihr den Zeigefinger auf die Lippen und zog sie zu sich herunter. »Nicht reden jetzt. Einfach daliegen, genießen, und nicht reden.«

So lagen sie fast eine halbe Stunde, in der die Sonne über dem nahen Wald dem Horizont zuwanderte.

»Mir wird kalt«, flüsterte Maria schließlich. »Und ich habe einen Bärenhunger.«

»Den hab ich auch. Was essen wir?«

»Die besten Spareribs der Welt.«

»Die gibt's hier, in the middle of nowhere?«

»Worauf du dich verlassen kannst.« Sie rollte sich zur Seite und stand, nackt wie sie war, auf. »Komm, wir fahren los.«

Dann jedoch überlegte sie es sich anscheinend anders und brachte sich in exakt die gleiche Position, die sie vorher verlassen hatte. »Vielleicht sollte ich dir mal sagen, dass ich mich auf das Leben mit dir ganz arg freue? Und dass ich mich ganz, ganz lange nicht mehr so frei und unendlich glücklich gefühlt hab.«

Lenz schob ihr die Haare aus dem Gesicht und streichelte

ihre Wangen. »Dito«, antwortete er. »Und wenn du darüber nachdenkst, dass du das alles schon seit ein paar Jahren haben könntest, wird dir doch bestimmt …«

Weiter kam er nicht, denn sie schlang die Beine um seinen Brustkorb und drückte zu. Es gab ein hässliches Geräusch, und der Kommissar stöhnte auf.

»Himmel, was machst du mit mir?«

Maria ließ erschrocken los und rollte sich wieder von ihm herunter. »Das tut mir leid, das wollte ich nicht, Paul«, erklärte sie mit treuherzigem Blick. »Aber wenn du so dreist bist, muss ich dich doch irgendwie bremsen, oder?«

Er stand auf, holte tief Luft, und grinste sie an. »Geht schon wieder.«

»Mistkerl.«

»Gern.«

Die über offenem Holzkohlefeuer zubereiteten Spareribs waren wirklich die besten, die Lenz jemals in seinem Leben gegessen hatte. Sie saßen unter freien Himmel, blickten auf einen kleinen See, und irgendwo hinter ihnen blökte ein Schaf.

»Wie bist du denn auf diesen Laden gekommen?«, wollte er wissen. Sie deutete in Richtung der Parkplätze.

»Da oben ist eine große Ferienanlage. Dort hatten Erich und seine Parteibonzen sich mal für ein Treffen eingemietet. Das war vor ein paar Jahren, und seitdem liebe ich diesen Ort, und das nicht nur wegen der Rippchen.«

Lenz sah sie lange an. Im Halbdunkel der auf den Tischen flackernden Kerzen sah ihre Haut bronzefarben aus. »Ich hätte nie gedacht, dass du gern Spareribs isst.«

»Du hättest ja auch nie gedacht, dass ich eines Tages mit Sack und Pack vor deiner Tür stehen würde.«

Er fing an zu lachen. »Das stimmt.«

Sie ließen sich mit dem Essen Zeit. Etwa eine Stunde später warteten sie auf die Bedienung, um ihre Rechnung zu bezahlen.

»Hat es Ihnen geschmeckt?«, wollte die freundliche Frau wissen, nachdem sie das Geld in ihrem großen Portemonnaie verstaut hatte.

»Sehr gut, vielen Dank«, antworteten Lenz und Maria wie aus einem Mund.

»Dann würde ich mich freuen, Sie bald wieder in der *Kneshecke* begrüßen zu dürfen«, erwiderte sie und nickte mit dem Kopf. »Tschüss, und gute Heimfahrt.«

»Eine Stunde Autofahrt für ein paar Schweinerippen«, murmelte der Kommissar auf dem Weg zum Wagen.

»He, he, es war doch wohl ein klein bisschen mehr als nur die Schweinerippen, oder?«

»Absolut richtig«, bestätigte er, während er ihr die Tür aufhielt. »Mein erstes Nacktbaden, und mein erster Sex im Freien. Wenn das nicht der Beginn einer wunderbaren Freundschaft ist?«

Sie sah ihn aus dem Sitz fassungslos an. »Du hattest es noch nie in der freien Natur gemacht?«

»Nein.«

»Ich auch nicht.«

»Erzähl nichts.«

»Ich schwöre«, versicherte sie ihm mit erhobener rechter Hand. »Aber nackt gebadet hatte ich wenigstens schon mal.«

»Wenigstens etwas«, nuschelte er und warf die Tür zu.

Die komplette Rückfahrt über hielten sie sich an den Händen, hörten der Musik aus dem CD-Player zu und genossen die Anwesenheit des anderen. Als sie auf die hell erleuchtete, noch immer flimmernde Stadt zurollten, hatte Lenz das Gefühl, sein Leben würde völlig neu beginnen. Völlig neu, und völlig mit Maria.

»Meinst du, wir sollten es riskieren, direkt vor der Tür zu parken, wenn es dort einen freien Platz gibt?«, fragte er sie kurz vor seiner Wohnung.

»Warum nicht? Wir müssen uns nicht verstecken, und wenn irgendjemand etwas über uns schreiben will, macht er es mit oder ohne Auto vor der Tür. Außerdem habe ich keine Lust mehr, wie ein Dieb durch die Hintertür zu schleichen.« Sie beugte sich zu ihm hinüber und küsste ihn. »Je schneller unser Leben so etwas wie Normalität erreicht, desto besser. Was meinst du?«

Vielleicht verliere ich deswegen meinen Job, wollte er antworten, verkniff es sich jedoch.

»Je schneller, desto besser. Sehe ich genauso«, antwortete er stattdessen, steuerte den Volkswagen in eine Parklücke etwa 100 Meter von seinem Hauseingang entfernt, und drehte den Zündschlüssel um. »Das war ein wundervoller Abend, Maria. Vielen Dank dafür.«

»Ich hab zu danken«, erwiderte sie. »Ich hab dafür zu danken, dass du irgendwann in meinem Leben aufgetaucht bist und es bis jetzt nur bereichert hast. Und jetzt bring mich rein, gib mir irgendwas gegen dieses brutale Sodbrennen, das mich fast umbringt, und dann ins Bett.«

»Mit dem allergrößten Vergnügen.«

Er ließ das Cabrioverdeck zugleiten, schälte sich aus dem Wagen, half ihr beim Aussteigen, kramte die Tasche vom Rücksitz und drückte auf den kleinen Knopf am Schlüssel. Ein sattes Klacken war die Antwort. Maria hakte sich bei ihm unter, legte den Kopf auf seine Schulter und gähnte, während sie neben ihm her auf den Eingang zustrebte. In diesem Moment löste sich eine Gestalt mit schlohweißem Haar und verwittertem Gesicht aus einem der Hauseingänge auf der anderen Straßenseite, duckte sich in den Schutz eines am Bordstein geparkten Autos und verfolgte mit hasserfülltem Blick den Mann und die Frau, die mit langsamen Schritten auf das Haus zugingen. In seiner rechten Hand blitzte ganz kurz die lange, glänzende Klinge eines Springmessers auf.

26

Uwe Wagner, Pressesprecher der Kasseler Polizei und bester Freund von Hauptkommissar Lenz, stand auf, stoppte den Plattenspieler und griff nach der Langspielplatte. Sorgsam schob er die schwarze Scheibe zurück in die Hülle, ordnete sie in das vorgesehene Fach im Schrank und nahm sich als Nächstes eine alte, sehr seltene Aufnahme von Thelonious Monk, einem großen amerikanischen Jazz-Pianisten. Behutsam beförderte er den Tonträger auf den Plattenteller, schob den Tonarm über die Eingangsrille und senkte ihn ab. Schon bei den ersten Takten lief ihm ein leichter Schauer über den Rücken.

Seit seiner frühesten Jugend war Wagner vom Hi-Fi-Bazillus befallen. Selbst als er noch ein kleiner Auszubildender war, investierte er den größten Teil seines Lohnes in Stereogeräte und Schallplatten. Mit den Jahren war seine Sammlung immer umfangreicher, die Stereoanlage mehr und mehr zur Kapitalanlage geworden. Seine Frau, und darüber war er unendlich glücklich, duldete diesen manchmal sehr teuren Fimmel ihres Mannes, wenn auch, seit die beiden Mädchen geboren worden waren, mit immer mehr Bauchgrummeln. An diesem Abend war er allein zu Hause, weil seine drei Frauen zu einer Veranstaltung in der Orangerie gegangen waren, und wie meistens nutzte er diese Chance, um sich dem Schwelgen in vollendeter Musikreproduktion hinzugeben.

Er hatte etwa die Hälfte der ersten Seite der Monk-Platte genossen, als das Telefon auf dem Tisch leise piepte. Für einen Sekundenbruchteil überlegte er, es einfach klingeln zu lassen, dann jedoch siegte sein Pflichtgefühl gegenüber dem Wunsch, einfach weiter der Musik zu folgen.

»Wagner«, meldete er sich.

»Hallo, Uwe, hier ist Vincent.«

Mit Vincent Kruger, dem Exilneuseeländer und Redakteur der Lokalzeitung, verband Wagner seit ein paar Jahren eine lose Freundschaft.

»Hallo, Vinnie«, zeigte sich der Pressesprecher mit einem Blick auf seine Armbanduhr erstaunt, »was hab ich denn angestellt, dass du mich um diese Uhrzeit anrufst?«

»Ach, eigentlich gar nichts. Ich würde gern etwas mit dir bereden.«

Wagner war mehr als irritiert. Vincent Kruger hatte ihn nach seiner Erinnerung noch nie zu Hause angerufen. »Dann schieß los, ich höre.«

Der Redakteur schluckte deutlich hörbar. »Kannst du kurz am Pressezentrum vorbeikommen, Uwe? Ich möchte auf keinen Fall die Sache am Telefon besprechen.«

Nun war Wagner mit einem Schlag hellwach. »Ist was passiert, Vinnie?«, fragte er.

Kruger brauchte eine Sekunde, bevor er antwortete. »Kannst du kommen?«

»Ich bin in zehn Minuten da.«

»Ich warte gegenüber auf dich, am ehemaligen Autohaus.«

»Gut. Bis gleich.«

Der Pressesprecher machte sich nicht einmal die Mühe, eine lange Hose anzuziehen, sondern sprang mit den Bermudas und den Badelatschen, die er seit seiner Ankunft zu Hause trug, ins Auto. Während er mit geöffneten Seitenscheiben und leiser Musik aus dem Autoradio durch die Stadt fuhr, fragte er sich ein ums andere Mal, was Vinnie Kruger ihm so Wichtiges zu sagen haben könnte, dass er es auf keinen Fall am Telefon machen wollte. In seinem Kopf ging er die letzten Begegnungen mit dem sympathischen Kiwi durch, doch es wollte ihm nichts einfallen.

Vielleicht, dachte er, ist es etwas Privates. Vielleicht.

Er fuhr eine Minute vor der vereinbarten Zeit auf den Hof des ehemaligen Autohauses gegenüber der Redaktionsräume der Zeitung. Vincent stand schon unter dem Vordach, mit einer brennenden Zigarette in der rechten und ein paar Blättern in der anderen Hand. Wagner stieg aus und begrüßte den Redakteur.

»Du hast es ja spannend gemacht, Vinnie. Also, was gibt's?«

Der Neuseeländer reichte ihm die Papiere. »Das steht morgen so in der Zeitung«, erklärte er dem Polizisten, der ein paar Schritte zur Seite trat, um in den Lichtkegel einer Straßenlaterne zu gelangen.

»Was ist das?«, fragte er verwirrt.

»Das ist eine Story über deinen Kumpel Lenz. Und es ist eine, die ihm nicht besonders viel Spaß machen dürfte.«

Wagner hob den Arm und fing an zu lesen. »Scheiße«, murmelte er nach den ersten Zeilen. »Scheiße, scheiße.«

»Das sehe ich auch so«, stimmte Kruger ihm ein paar Minuten später zu. »Deshalb habe ich gedacht, es ist besser, dass du gleich vorbeikommst. Wir können es nicht mehr stoppen, weil der Druck schon begonnen hat, aber er sollte wenigstens wissen, was da auf ihn zukommt.«

»Wer hat das denn gemacht?«, wollte Wagner wissen.

»Wer schon? Peters, die kleine Pestbeule. Und der Chef hat es abgesegnet, sonst würde ein Artikel mit dieser ..., fuck, jetzt fällt mir das Wort nicht ein ..., dieser Brisanz niemals erscheinen.«

»Vermutlich, ja. Aber das ist jetzt auch egal, ob er das abgesegnet hat. Woher hast du denn davon erfahren, Vinnie?«

Kruger warf seinen Zigarettenstummel auf den Boden

und stellte den Schuh darauf. »Der Onlineredakteur, der es gerade einstellt, hat mich angerufen und gefragt, ob ich es schon gesehen hätte. Da hat es bei mir geklingelt.«

Wagner trat einen Schritt nach vorne und klopfte dem Redakteur auf die Schulter. »Danke, dass du an mich gedacht hast. Du hast was Dickes gut bei mir, Vinnie.«

»Lass gut sein, Uwe. Stimmt es denn, was da alles drinsteht?«

Der Pressesprecher zuckte mit den Schultern. »Das weiß ich nicht. Aber ich kann mir beim besten Willen nicht vorstellen, dass Paul so was macht. Nein, beim besten Willen nicht.«

»Dann mach dich jetzt los und sprich mit ihm. Ich muss auch wieder rein.«

»Hast du die ganze Nacht Dienst?«

Der Kiwi nickte. »Stallwache. Bis morgen früh um sieben.«

Wagner steckte die Papiere unter sein T-Shirt. »Danke sehr, Vinnie. Ich werde sehen, was ich für ihn tun kann. Mach's gut.«

»Ja, mach's gut.«

*

Kaum im Auto angekommen, drückte Wagner die Kurzwahltaste seines Telefons und nahm das Gerät ans Ohr. Sein Anruf wurde sofort an die Mailbox weitergeleitet. Der Pressesprecher hinterließ die dringende Bitte um Rückruf und wählte die Festnetznummer seines Kollegen. Auch dort erreichte er nur den Anrufbeantworter, auf dem er die gleiche Bitte um Rückruf deponierte. Dann startete er den Motor, legte den ersten Gang ein und fuhr zurück auf die vierspurige Hauptstraße. Während der Pressesprecher in die Ludwig-Mond-Straße einbog, versuchte er es bei Thilo Hain. Der Oberkommissar nahm noch vor dem zweiten Klingeln ab.

»Wir haben ein Problem, Thilo«, wurde er von Wagner überfallen.

»'n Abend, Uwe. Was haben wir denn für ein Problem?«, fragte Hain überaus gut gelaunt zurück. Offenbar hatte er ein paar Gläser Bier intus.

»Kannst du nach Kassel kommen, Thilo? Es ist wirklich sehr, sehr wichtig.«

Hain verstand noch immer nicht den Ernst der Lage. »Hat das nicht Zeit bis morgen früh, Uwe? Ich bin gerade auf einer Bratpartie und sollte keinesfalls mehr Auto fahren.«

Wagner hatte alle Mühe, ruhig zu bleiben. »Es ist mir gleich, wo du gerade bist, Thilo, und es ist mir auch egal, wie besoffen du bist. Setz dich in ein Taxi und komm nach Kassel. Am besten ...« Der Pressesprecher überlegte fieberhaft. »Am besten treffen wir uns im Präsidium. Warte dort auf mich. Wenn ich es mir anders überlege, rufe ich dich noch mal an. Und Thilo: Es ist wirklich sehr, sehr bedeutsam!«

Er wollte schon das Gespräch beenden, überlegte es sich jedoch anders. »Hast du irgendeine Ahnung, wo Paul sich herumtreibt?«

Der Oberkommissar, der nun leicht schockiert wirkte, stockte einen Moment. »Nein, weiß ich nicht. Aber ... ich ... es scheint ja sehr wichtig zu sein, dass ich auf der Stelle nach Kassel komme. Willst du mir nicht wenigstens sagen, worum es geht?«

Wagner atmete tief ein. »Zum Beispiel um euren glorreichen Auftritt gestern Abend im Rothenditmolder Hof. Darum geht es unter anderem.«

»Ach du Scheiße, woher hast du das denn?«, fragte Hain völlig verstört.

»Es steht morgen in der Zeitung, Thilo. Das, und noch eine Menge mehr Mist, über den man sich große Sorgen machen sollte. Also, setz deinen verdammten Arsch in Bewegung und komm nach Kassel.«

Die letzten eineinhalb Kilometer brachte Wagner wie in Trance hinter sich. Vor seinem geistigen Auge lief ein Film ab, der nicht mit einem Happy End gesegnet war. Als er in die ruhige Seitenstraße in Harleshausen einbog, in der Lenz wohnte, konnte er für eine Sekunde seinen Freund sehen, der mit einer Frau im Arm die Straße überquert hatte und auf die Haustür zusteuerte. Dann waren die beiden aus dem Blickfeld des Pressesprechers verschwunden. Wagner hatte für einen Moment die beklemmende Vision, dass Lenz mit der Frau in einer anderen Wohnung verschwinden könnte, und drückte das Gaspedal kurz durch, um auf der Höhe der beiden zu sein, bevor sie die Tür erreicht hatten.

Der Aufprall kam ohne jegliche Vorwarnung und war so heftig, dass Wagner instinktiv das Lenkrad losließ und beide Hände um den Kopf schlang. Der Körper, den sein Wagen erfasst hatte, wurde von den Beinen geholt, auf die Windschutzscheibe geschleudert, die sofort zerbarst, und danach in hohem Bogen über das Dach des Passats befördert, um gut acht Meter hinter dem Auto auf der Straße aufzuschlagen. Etwa in diesem Augenblick trat der Pressesprecher auf das Bremspedal, was jedoch den Einschlag in einen Kleinwagen auf der anderen Straßenseite nicht mehr aufhalten konnte. Dann wurde es Nacht um Wagner.

27

Lenz hielt Marias Schlüsselbund in die Luft, um den Haustürschlüssel besser erkennen zu können. Sie gingen noch immer eng aneinandergeschmiegt nebeneinander her und waren noch etwa zwei Meter von der Tür entfernt, als ein Wagen in die Straße einbog. Lenz hatte im letzten Moment die um die Ecke biegenden Scheinwerfer wahrgenommen. Im Grunde hätte er der Sache keine Bedeutung beigemessen, wenn der Fahrer des Wagens nicht in der engen Straße beschleunigt hätte. Der Hauptkommissar stoppte, drehte den Kopf und riss die Augen auf. In genau dem Moment, in dem der Fahrer des Wagens das Gaspedal durchgetreten hatte, stürmte zwischen zwei am Bordstein geparkten Autos ein Mann los, der keinen Meter weit kam, bevor er von dem Kombi mit voller Wucht erfasst wurde und in hohem Bogen durch die Luft flog. Für den Bruchteil einer Sekunde glaubte Lenz, in der rechten Hand des Mannes die Klinge eines Messers aufblitzen zu sehen, doch er konnte sich genauso gut getäuscht haben.

Der Passat, der den Mann erfasst hatte, verlangsamte nun abrupt, doch das eingeleitete Bremsmanöver kam zu spät. Die schwere Limousine krachte mit großer Wucht gegen einen Kleinwagen auf der anderen Straßenseite. Im dadurch verursachten Krach schlug der Körper des Mannes, der durch die Luft gewirbelt worden war, wie in einem Stummfilm auf dem Asphalt auf und blieb in einer seltsam verformten Haltung liegen. Maria schlug die Hände vors Gesicht und fing laut an zu schreien.

»Was ist da los, Paul?«

Lenz, der die Szene noch immer mit völligem Unverständnis betrachtete, stieß sie von sich weg und drückte ihr den Schlüssel in die Hand. »Geh rein und ruf den Notarzt. Bitte, mach schnell.«

Sie reagierte sofort, suchte nach dem richtigen Schlüssel und fummelte ihn ins Schloss.

Nach einem kurzen Blick zu dem leblosen Körper auf dem Asphalt drehte Lenz den Kopf und sah sich den Passat genauer an, durch dessen Seitenfenster er erkennen konnte, dass der Airbag langsam in sich zusammenfiel. Dahinter, über das ganze Gesicht blutend und mit leerem Blick durch die geborstene Scheibe, erkannte er das Profil seines besten Freundes.

»Scheiße«, murmelte er. »Verdammte Scheiße, was machst du denn hier?«

Dann sprintete er los.

*

»Uwe«, schrie der Kommissar. »Uwe, hörst du mich?«

Uwe Wagner öffnete kraftlos das linke Auge und versuchte, den Kopf zu drehen.

»Bleib so, Junge, und beweg dich bloß nicht«, forderte Lenz ihn auf. »Der NAW ist gleich da.«

Der Pressesprecher hustete bellend und sah mit beiden Augen nach links. Dann deutete er mit der zitternden Hand auf den Beifahrersitz. »P … aul, da«, keuchte er.

Lenz trat einen Schritt zur Seite, um an seinem Freund vorbeisehen zu können. Auf dem Sitz neben ihm lag nichts. »Was meinst du denn? Was soll ich machen?«

»Da«, hechelte Wagner erneut und deutete wieder auf den Beifahrersitz. In der Ferne hörte man die Sirenen von mehreren Signalhörnern.

»Da!«

Dem Hauptkommissar stiegen Tränen in die Augen. Er

hatte keinen Schimmer, was er tun sollte. Die Sekunden verrannen, und noch immer war nur das Signal der Martinshörner zu hören. Dann, endlich, schoss der erste Rettungswagen mit quietschenden Reifen um die Ecke. Wenig später stoppte der Kleinbus etwa 30 Meter von ihm entfernt. Er hörte laute, aber souveräne Kommandos. Irgendwann wurde er von energisch zupackenden Armen zur Seite geschoben.

»Paul«, hörte er Marias Stimme hinter sich. »Paul, lass die Leute ihren Job machen.«

Er wischte sich eine Träne aus dem Gesicht, trat aus dem Weg und sah dabei zu, wie ein rot gekleideter Notarzt Uwe Wagner ins linke Auge leuchtete und danach ein Stethoskop aus der Tasche zog. Nun stand Maria neben ihm.

»Kennst du den Mann?«, fragte sie leise.

Lenz nickte. »Das ist mein Freund und Kollege Uwe Wagner. Du hast ihn kennengelernt, als die Sache mit dem Anschlag auf das Zirkuszelt war. Kannst du dich erinnern?«

Sie warf einen Blick auf den blutenden Mann, der nun von zwei Rettungssanitätern aus dem Wagen gehoben wurde. »Nein, tut mir leid, ich erkenne ihn nicht.«

Der Hauptkommissar drehte sich um und sah nach hinten, wo ein anderes Rettungsteam über dem auf der Straße liegenden Unfallopfer kniete. Einer der Männer drückte rhythmisch auf den Brustkorb des Mannes, ein anderer zog gerade eine Spritze auf.

»Wie ist das alles passiert?«, wollte Maria wissen. Lenz kam nicht zu einer Antwort, weil sich ihm ein Uniformierter näherte.

»Sind Sie Zeuge des Unfalls gewesen?«, erkundigte er sich höflich.

Lenz stellte sich vor und beantwortete seine Frage. »Wir

wollten eben ins Haus gehen, als der Kombi in die Straße einbog. Der Fahrer ist übrigens Uwe Wagner, ein Kollege von uns.« Er deutete auf den Mann auf der Straße. »Der da ist ohne Vorwarnung und ohne zu schauen einfach auf die Fahrbahn gesprungen.«

Der Streifenpolizist machte sich Notizen.

»Wissen Sie schon etwas über seine Identität?«, hakte Lenz nach.

»Nein. Er ist etwa 60 Jahre alt und sieht ziemlich abgewohnt aus. Zuerst dachte ich, er sei ein auf der Fahndungsliste Stehender, von dem ich heute Mittag gelesen habe, aber das wäre ein zu großer Zufall.«

Lenz war an dem jungen Mann vorbei, noch bevor der seinen letzten Satz beendet hatte, und stürmte auf die Rettungssanitäter zu. »Kann ich ihn mir kurz ansehen?«, rief er.

Der vornübergebeugte Arzt drückte weiter auf den Brustkorb des mit dem Rücken auf dem Asphalt liegenden Verletzten und schüttelte dabei den Kopf. »Verschwinden Sie, aber dalli, sonst werden Sie mich kennenlernen, Sie Idiot«, brüllte er, ohne seine Anstrengungen zu unterbrechen.

Lenz wollte sich schon umdrehen, als einer der Sanitäter den Kopf hob und dadurch den Blick auf Horst Fuchs freigab.

»Verdammt«, murmelte der Polizist.

*

Eine Viertelstunde später saß er neben Maria auf der Treppe im Hausflur und hatte entsetzliche Sehnsucht nach einer Zigarette. Der Notarzt, der sich um Uwe Wagner kümmerte, hatte ihm mit ein paar kargen Worten zu verstehen gegeben, dass die Verletzungen, die sein Freund davongetragen hatte, vermutlich nicht lebensgefährlich waren, er aber niemanden um sich gebrauchen konnte, der bei seinem Patienten Händchen halten wollte. Lenz hatte die Fahndung nach dem Fuchs abblasen lassen und einen Polizisten beauftragt, nicht von der Seite des schwer verletzten Mannes zu weichen, egal, wohin er transportiert werden würde. Außerdem hatte einer der anwesenden Streifenpolizisten unter einem geparkten Auto ein langes Springmesser gefunden.

»Uwe wird durchkommen«, ließ er seine Freundin wissen. »Der Arzt sagt, es sehe schlimmer aus, als es ist.«

»Schön.«

»Das finde ich auch. Allerdings frage ich mich, was dieser Fuchs hier gewollt hat, noch dazu mit einem Messer in der Hand.«

»Wie geht es dem eigentlich? Das, was die Rettungsleute da draußen mit ihm veranstaltet haben, sah nicht sehr verheißungsvoll aus.«

Lenz zuckte mit den Schultern. »Ich weiß es nicht. Du hast ja gehört, wie der Arzt mich angepflaumt hat, als ich nach ihm sehen wollte. Aber es ist schon richtig, angenehm sieht es nicht aus, was mit ihm passiert.«

Maria schmiegte sich an seine Schulter. »Meinst du, er hatte es auf dich abgesehen? Mit dem Messer und so?«

Wieder ein Schulterzucken des Kommissars. »Es sieht so aus. Allerdings ist mir schleierhaft, wie er an meine Privatadresse gekommen ist.«

»Hmm«, nickte sie.

Lenz stand auf. »Geh doch schon mal rein, Maria. Ich bin sicher, dass du deine Zeugenaussage auch morgen noch machen kannst. Uwe hat vorhin etwas von mir gewollt, das ich nicht verstanden habe. Ich will noch einmal in seinem Wagen nachsehen, was er gemeint haben könnte.«

»Ist gut. Wenn es aber etwas Neues geben sollte, sag mir bitte Bescheid, ja?«

»Versprochen«, erklärte er ihr, drückte sie kurz an sich und schob sie Richtung Wohnungstür.

Draußen standen nahezu alle seine Nachbarn, die nicht im Urlaub waren, um die Szenerie herum und gafften. Auf der anderen Straßenseite erkannte er viele offen stehende Fenster. In den dunklen Rahmen waren Köpfe zu sehen, die auf die Straße starrten. Lenz pflegte mit diesen Menschen so wenig Kontakt wie möglich, was er in dieser Nacht nur begrüßte. Wagner war mittlerweile abtransportiert worden, auch der Fuchs wurde in einem Notarztwagen weiter behandelt. Der Kommissar ging um den Passat seines Freundes herum und wollte die Beifahrertür öffnen, was ihm jedoch nicht gelang, weil sie hoffnungslos verklemmt war. Also ging er wieder zurück und spähte von der anderen Seite in den Fußraum auf der Beifahrerseite. Dort leuchtete etwas Helles auf. Er beugte sich vorsichtig über den Mitteltunnel, griff nach den einzelnen DIN-A4-Blättern, die wild verstreut auf der Fußmatte lagen, und schob dann seinen Oberkörper zurück.

»He, was machen Sie denn da?«, hörte er eine Stimme hinter sich. Er drehte sich um und sah in das Gesicht eines jungen Streifenpolizisten.

»Ich bin Hauptkommissar Lenz von K11 und habe ein paar Beweisstücke gesichert«, erwiderte er.

»Ach so. Ich wusste gar nicht, dass der Fall was für die Kripo ist.«

»Einer der Beteiligten stand auf der Fahndungsliste.«

»Oh.«

Lenz drängte sich freundlich grinsend an dem jungen Kollegen vorbei, trat unter das Vordach der Eingangstür, drückte auf den Lichtschalter, und warf einen Blick auf das oberste Blatt in seiner Hand. Darauf war ein Schwarz-Weiß-Foto mit ihm als Motiv zu sehen. Irritiert sortierte er die einzelnen Blätter, bis sich das ganze Ausmaß der Katastrophe für ihn abzeichnete.

»Shit«, murmelte er, und las die ersten Zeilen des Textes.

›*WAS LÄUFT SCHIEF BEI DER KASSELER POLIZEI?*‹, stand dort in großen Lettern.

Mit ›*ÄLTERER MANN VON BRUTALEN KRIMINALPOLIZISTEN FAST ZU TODE GEPRÜGELT!*‹, ging es weiter.

›*ER HAT MICH OHNE GRUND BRUTAL ZUSAMMENGESCHLAGEN, SAGT EIN GASTWIRT AUS ROTHENDITMOLD.*‹

Lenz las kopfschüttelnd Seite für Seite, bis er kurz vor dem Ende zum Höhepunkt der Story kam.

›*UND DIESER MANN HAT, NACH INFORMATIONEN AUS GEWÖHNLICH GUT UNTERRICHTETEN KREISEN, NUN AUCH NOCH UNSEREM ALLSEITS BELIEBTEN OBERBÜRGERMEISTER ERICH ZEISLINGER DIE FRAU AUSGESPANNT.*‹

Ihm wurde einen Augenblick lang schwarz vor Augen, weil er während des Lesens die Luft angehalten hatte. Als er wieder klar im Kopf war, schlug er mit der Faust gegen einen Träger des Vordachs.

»Jetzt reicht's«, zischte er.

*

»Aber du hast mir doch zu verstehen gegeben, dass wir uns aus dieser Mediengeschichte nichts machen sollen«, hielt Maria ihm vor, nachdem sie zweimal den Aufmacher der Lokalzeitung vom nächsten Tag gelesen hatte. »Und wenn, wie du sagst, sich die Sache mit diesem Fuchs ganz anders abgespielt hat, dann hast du doch auch von dieser Seite nichts zu befürchten.«

Der Hauptkommissar nickte müde. »Dann steht immer noch Aussage gegen Aussage, Maria. Auf der einen Seite Thilo und ich, auf der anderen der Schrottplatzbetreiber. Und selbst wenn sich irgendwann herausstellen sollte, dass die ganze Geschichte erstunken und erlogen ist, bleibt immer was davon hängen.«

Sie nahm ihn zärtlich in die Arme. »Ich bin bei dir, Paul. Wir halten aus, was auf uns zukommt. Und den Rest auch noch, was immer es sein sollte.«

»Du bist lieb«, erwiderte er mit der Andeutung eines Lächelns. »Aber jetzt muss ich telefonieren. Ich muss Thilo anrufen und ihm klarmachen, was da morgen in der Zeitung stehen wird.«

Maria legte die Hand auf seinen Arm. »Macht es dir was aus, wenn ich zuerst ein Gespräch führe? Vielleicht ist deins wichtiger, aber ich möchte, dass du neben mir sitzt, wenn ich telefoniere.«

Lenz sah auf die Uhr an seinem Handgelenk und blickte sie skeptisch an. »Mit wem willst du denn um diese Uhrzeit telefonieren?«

Sie verstärkte den Druck auf seinen Arm. »Lass mich einfach machen, Paul. Ich verspreche dir, dass alles, was du gleich hören wirst, die Wahrheit ist, und dass ich nie darüber sprechen wollte, aber nach heute Abend und dem Artikel in der Zeitung ist das vorbei. Ich will, dass man uns in Ruhe lässt, und ich bin bereit, meinen Teil dazu beizutragen.«

Seine Skepsis potenzierte sich.

»Bitte …«, sagte sie leise und griff zum Telefon. »Wo muss ich draufdrücken, wenn ich die Freisprechfunktion anschalten will?«

Er deutete auf eine Taste.

»Danke«, hauchte sie und fing an zu wählen. Der Hauptkommissar konnte ihre Aufregung förmlich spüren. Dann drückte sie die Taste, auf die er gedeutet hatte, und hielt sich das Gerät vor den Mund.

»Ja«, meldete sich eine bellende Männerstimme nach dem zweiten Klingelton. Offenbar hatte der Angerufene noch nicht geschlafen.

»Ich bin es, Maria.«

»Maria! Ich wusste, dass du zur Vernunft kommen würdest. Wo bist du?«

Ohne Frage telefonierte sie mit ihrem zukünftigen Exmann. »In meiner neuen Wohnung. Mit meinem neuen Partner.«

Stille in der Leitung. Maria Zeislinger wartete nicht, bis Erich Zeislinger etwas einfiel.

»Ich will dir kurz was erzählen, Erich. Und ich will nicht von dir unterbrochen werden, verstanden?«

»Wie du willst«, antwortete der Oberbürgermeister nach einer erneuten Bedenkzeit schnippisch.

»Zunächst«, fuhr sie fort, »läuft hier ein Band mit, nur für den Fall, dass du auf dumme Gedanken kommen solltest wegen meines Anrufs, also vergiss es besser gleich.«

Lenz sah sie erschrocken an, fummelte sein Mobiltelefon aus der Tasche und drückte ein paar Tasten. Nun stimmte wenigstens ihre Ansage.

»Ich weiß, was morgen über Hauptkommissar Paul Lenz in der Zeitung stehen wird. Und ich weiß, was über Paul Lenz und mich in der Zeitung stehen wird. Aber am besten weiß ich, wer hinter dieser ganzen Scheiße steckt. Deshalb …«

»Maria«, unterbrach Zeislinger sie kleinlaut, »du musst mir glauben …«

»Lass es sein, Erich«, fauchte sie. »Und wenn du mich noch einmal unterbrichst, lege ich einfach auf und gehe zu einer großen deutschen Tageszeitung mit dem, was ich eigentlich lieber nur dir ganz persönlich sagen würde.« Ihr Tonfall hatte etwas ebenso Unverbindliches wie Drohendes. »Ist das klar?«

»Ja, natürlich.«

»Gut. Offenbar braucht dein Gedächtnis ein paar Hinweise, warum deine politische Karriere in den letzten Jahren so auffallend positiv verlaufen ist. Zunächst hätten wir da diverse Spenden an die Partei, die du nicht ordnungsgemäß verbucht hast. Ich weiß, dass es schwer werden wird, dir das nachzuweisen, aber sei sicher, dass es mir gelingen würde. Weiterhin haben wir dein intimes Verhältnis zu Ingrid Hollermann, deiner ehemaligen Sekretärin, die gehen musste, weil sie keinen Bock mehr auf dich hatte. Das, und da sei dir ganz sicher, kann ich beweisen, seit die gute Frau Hollermann und ich uns mal zum Essen getroffen und die unschönen Dinge, die zwischen euch zum Abschied gelaufen sind, besprochen haben. Ich meine da vor allem das blaue Auge, das sie davongetragen hat, und deine Einschüchterungen.«

Sie holte tief Luft. »Aber am Wichtigsten dürfte für dich und deine weitere Zukunft sein, dass deine Beteiligung am Tod von Simon Regler, dem Sohn des Unternehmers Edmund Regler, nie publik wird.«

Lenz dachte kurz nach. Der kleine Regler war an einem Winterabend vor etwa drei Jahren auf dem Heimweg vom Schlittenfahren von einem Auto erfasst und getötet worden. Der Verursacher hatte sich vom Unfallort entfernt, ohne auch nur anzuhalten.

Maria schluckte deutlich hörbar. »Hast du alles verstanden, was ich dir erzählt hab?«

»Das kannst du nicht machen, Maria. Bitte, denk doch an die schönen Zeiten, die wir …«

»Halt dein Maul, Erich«, herrschte sie ihn an. »Halt dein

verdammtes Maul und hör auf, mir das Leben schwer zu machen, sonst lernst du mich kennen, das schwöre ich dir.« Sie schluckte erneut. »Und glaub bloß nicht, dass ich dir mit leeren Versprechungen kommen würde. Wenn du deine Kettenhunde nicht auf der Stelle zurückpfeifst, bist du spätestens am Montag geliefert. HABEN WIR UNS VERSTANDEN?«

»Was du machst, ist Erpressung, nicht, Maria«, antwortete er nach einer kurzen Pause. »Darüber solltest du dir im Klaren sein.«

»Dann zeig mich an, Erich. Wir werden sehen, was dabei rauskommt.« Damit drückte sie die rote Taste am Telefon, warf das Plastikteil auf die neue Ledercouch und saugte so viel Luft in ihre Lungen, dass Lenz kurz befürchtete, sie würden platzen. Er nahm Maria zärtlich in den Arm und streichelte ihren Hals.

»Das ist doch alles nicht wahr?«

»Jedes Wort«, flüsterte sie. »Jedes einzelne Wort.«

»Er hat damals den kleinen Regler überfahren?«

Sie nickte. »Ich denke, er war betrunken, aber das ist nur eine Vermutung. Nachdem er in der Nacht nicht nach Hause gekommen war, stand er frühmorgens an meinem Bett und hat geheult wie ein Schlosshund. Ich war gerade mal zwei Stunden vorher aus Fritzlar gekommen und hatte überhaupt keine Lust auf ihn, aber er ließ sich nicht abwimmeln. Dann hat er mir die ganze Geschichte erzählt.«

»Warum hast du nie mit mir darüber geredet?«

»Ich wollte dich nicht in die Bredouille bringen, in der du jetzt gelandet bist. Ein Polizist, der so etwas weiß, muss es doch bestimmt verfolgen.«

Lenz wusste, dass sie vollkommen richtig lag. »Das stimmt.«

»Und was machen wir jetzt?«

»Wir? Wir machen gar nichts, zumindest nicht in der Causa Simon Regler. Zunächst müssen wir in eigener Sache tätig werden, der Rest kommt von ganz allein.«

»Gut«, stimmte sie ihm erleichtert zu.

Eine halbe Stunde später lag Maria im Bett. Lenz ging noch einmal vor die Tür, doch der Rummel hatte sich komplett verlaufen. Die Verletzten waren ebenso abtransportiert worden wie die bei dem Unfall beschädigten Autos. Der Polizist ging zum Kühlschrank, nahm sich eine Dose Bier heraus und griff zum Telefon, das in diesem Augenblick zu summen begann.

»Ja«, meldete er sich.

»Ich bin's, Thilo.«

»Dich wollte ich auch gerade anrufen, Thilo.«

»Scheinbar will heute Nacht jeder mit mir telefonieren. Was wolltest du denn von mir?«

Lenz wurde hellhörig. »Wer hat denn noch versucht, dich zu sprechen?«

»Uwe hat vor …«, es gab eine kurze Unterbrechung, »knapp drei Stunden bei mir angerufen und mich gebeten, ins Präsidium zu kommen. Da hab ich mich auch hinbringen lassen, aber ich bin zu meinem Unglück eingeschlafen. Als ich vor ein paar Minuten wach geworden bin, war von Uwe noch nichts zu sehen oder wir haben uns verpasst und er ist schon lange wieder weg. Komischerweise kann ich ihn am Mobiltelefon nicht erreichen.«

»Das wundert mich nicht, Thilo. Er ist im Krankenhaus.«

»Im Krankenhaus? Was macht er denn da?«

»Das ist eine längere Geschichte. Aber wir müssen uns auf jeden Fall gleich sehen. Du hast kein Auto dabei oder hab ich dich falsch verstanden?«

Hain stöhnte auf. »Ich habe kein Auto dabei, weil ich

ziemlich besoffen bin. Uwe hat mich nämlich von einer Gartenparty weggeholt. Und ich bin noch immer nicht in der Lage, ohne größere Gefährdung der Allgemeinheit ein Kraftfahrzeug zu führen.«

»Dann bleib im Präsidium und warte auf mich, ich mache mich sofort auf den Weg.«

»Willst du mir nicht wenigstens sagen, warum jeder um mich herum ein bisschen nervös ist in dieser lauschigen Sommernacht?«

»Später. Auf jeden Fall haben wir ein ziemliches Problem.«

»Ach? Etwas in der Art hat unser Pressesprecher auch erwähnt, bevor er mir den Abend versaut hat.«

»Bleib einfach da sitzen und warte auf mich.«

»Versprochen. Mir fällt augenblicklich auch nicht wirklich was Besseres ein. Doch, warte, ich gehe in mein Büro, da kann ich wenigstens ein bisschen Musik hören.«

28

Auf der Fahrt zum Präsidium ging Lenz die Optionen durch, die aus der Veröffentlichung in der Zeitung erwachsen konnten. Natürlich lauerte die größte Gefahr in der Sache auf dem Schrottplatz mit dem ersten Fuchs, aber auch die vertuschte Aktion im Rothenditmolder Hof war nicht zu unterschätzen. Dagegen war das Breittreten seiner Liaison mit Maria Zeislinger eher ein Kindergeburtstag. Obwohl er sich sehr bemühte, war es ihm kaum möglich, einen klaren Gedanken zu fassen und seinen Überlegungen die nötige Struktur zu verleihen.

Ich bin einfach saumüde, dachte er.

Thilo Hain empfing ihn mit hochgelegten Beinen und vertieft in seinen Notizblock.

»Moin«, begrüßte Lenz seinen Kollegen. Der hob den Arm und legte danach den Zeigefinger auf die Lippen.

»Was machst du da, Thilo?«

Hains Antwort bestand aus einem erneuten Heben des rechten Arms. »Psst«, machte er.

»Ach komm, lass den Scheiß, Junge. Wir haben ernsthafte und echte Probleme, also leg dein verdammtes Notizbuch zur Seite und hör mir zu.«

Hain schüttelte den Kopf. »Ich bin gleich so weit, gib mir noch ein paar Sekunden. Muss nur nachschauen, ob ich mich mit meinem besoffenen Kopf nicht vielleicht irre.«

Lenz hatte keine Lust auf dieses Spiel, aber ihm blieb auch keine Wahl. Wenn Hain ihm nicht zuhören wollte, konnte er nichts dagegen tun.

Nun hob der junge Oberkommissar den Kopf, warf sein kleines Büchlein auf den Tisch und fing an zu grinsen.

»Was lachst du?«, wollte Lenz leicht grantig wissen.

»Ich lache über die zwei größten Pappnasen der Kasseler Polizei, mein Freund.«

»Und wer soll das sein?«

Das Grinsen wurde breiter. »Du und ich. Wir beiden sind die größten Deppen, die jemals mit einer Polizeimarke auf die Menschheit losgelassen wurden.«

Lenz explodierte fast. »Und was veranlasst dich zu dieser gewagten Behauptung?«

Hains stand ohne zu antworten auf, öffnete eine Mineralwasserflasche, ließ nahezu den gesamten Inhalt in seine Kehle laufen und rülpste dann laut.

»Weil wir uns nach Strich und Faden haben verladen lassen.«

Nun reichte es dem Hauptkommissar. »Thilo, hör mit diesem Scheiß auf«, fauchte er. »Was willst du mir sagen?«

Sein Kollege setzte die Flasche erneut an und trank auch den Rest, diesmal ohne Rülpsen. »Ich wäre gern stocknüchtern, aber das klappt leider in der Kürze der Zeit nicht«, erklärte Hain. »Also musst du ein wenig Restbetrunkenheit ertragen, Chef.«

»Mach ich«, drängelte Lenz.

Der Oberkommissar ließ die ausgetrunkene Flasche in den Kasten gleiten, ging zurück zu seinem Stuhl und griff nach dem Notizblock. »Während ich hier so rumsaß und über dies und das nachgedacht hab, wurde mir, auch weil die Musik aus dem Radio unendlich scheiße gewesen ist, ein bisschen langweilig. Also hab ich …«, er deutete auf seinen Notizblock, »… mal hier und da geblättert und bin dabei über eine Sache gestolpert, die wirklich interessant ist. Ulrich und Charlotte Winninges aus Bovenden haben den Erstgeborenen von Petra Soffron adoptiert und ihn Roman getauft. Daran kannst du dich erinnern?«

Lenz war mit sich selbst übereingekommen, für ein paar Minuten den Mund zu halten, deshalb nickte er nur.

»Die Zwillinge, die von Ferdinand und Waltraud Preißler adoptiert wurden, bekamen die Namen Jutta und Norbert. Wir haben hier drei Kinder, und ich bin relativ sicher, dass wir mit zwei davon schon Kontakt hatten. Ich zumindest hatte ihn.«

Lenz verstand noch immer nicht, worauf sein Kollege hinauswollte.

Hain lehnte sich in seinen Stuhl zurück und schlug die Beine übereinander. »Roman Krug und Jutta Bade. Schon mal gehört?«

»Wenn, kann ich mich nicht daran erinnern.«

»Roman Krug ist der Typ, den die Kollegen in der Nacht des Mordes an Dieter Bauer im Feld aufgegriffen hatten. Erinnerst du dich?«

Nun nickte Lenz. »Und Jutta Bade ist die Frau des Polizisten, mit der er ein Verhältnis hat.«

Der Oberkommissar hob warnend die Hand. »Mit der er vorgibt, etwas zu haben. Wenn die beiden die sind, für die ich sie halte, sind sie Geschwister oder zumindest Halbgeschwister.«

Lenz griff nach dem Notizblock und betrachtete die Namen, von denen Hain gesprochen hatte. »Das könnte allerdings auch ein ziemlich dummer Zufall sein.«

Wieder winkte sein Kollege ab. »Vergiss es. Die beiden haben uns nach Strich und Faden verarscht, und ich bin sicher, sie haben die beiden Erzieher umgebracht. Wie der tote Martin Melchers da reinpasst, weiß ich noch nicht, aber den Bauer und diese Liebusch haben sie auf dem Gewissen.«

»Das würde sich auch mit den Erkenntnissen von Dr. Franz decken. Allerdings müsste dann einer zum Killen bei Bauer und der andere bei Ruth Liebusch gewesen sein.«

»Hältst du das für ausgeschlossen?«

»Seit ich Bulle bin, halte ich gar nichts mehr für ausgeschlossen.«

»Dann lass uns nach Baunatal abhauen und den beiden auf den Zahn fühlen.«

»Ich soll mit einem betrunkenen Kollegen zur Befragung von Tatverdächtigen fahren?«

»Langsam bewege ich mich wieder Richtung nüchtern. Nicht ganz, aber doch ganz schön dicht dran.«

»Wie viel hast du denn im Lauf des Abends in dich reinlaufen lassen?«

Hain sah ihn mit rot geränderten Augen an und schüttelte amüsiert den Kopf. »Das willst du gar nicht wissen, Chef.« Dann schaltete er seinen Computer an, stellte eine Verbindung zum Internet her und suchte nach den jeweiligen Telefonanschlüssen der beiden Adoptivelternpaare.

»Bevor wir losfahren, vergewissern wir uns, dass es nicht doch der kaum vorstellbare Zufall ist und sie es nicht sind.« Eine halbe Minute später hatte er etwas gefunden. »In Gießen gibt es einen Eintrag für F. und W. Preißler«, verkündete er triumphierend und wählte die Nummer, nur um ein paar Sekunden später genauso zerknirscht den Hörer wieder auf die Gabel zu werfen.

»Der Anrufbeantworter. Sie sind die nächsten zwei Wochen nicht zu erreichen.«

»Keine andere Nummer?«

Hain schüttelte den Kopf. »Und in Bovenden gibt es keinen Eintrag auf den Namen Winninges.« Er zögerte. »Es gibt in ganz Deutschland keinen Eintrag auf den Namen Winninges.«

»Dann ab nach Baunatal.«

*

»Zuerst zu ihm oder zu ihr?«, fragte Lenz, als sie in seinem kleinen Wagen Platz genommen hatten, der noch immer auf dem großen Parkplatz gestanden hatte.

»Wo sie wohnt, kann ich dir sagen, seine Adresse müssten wir ins Navi eingeben.«

»Dann erst zu ihr«, entschied der Hauptkommissar und startete den Motor.

Sie fuhren in einen sensationellen Sonnenaufgang, doch beiden fehlte an diesem Morgen der Blick für das Naturschauspiel.

»Jetzt könntest du mir eigentlich erzählen, was mit Uwe passiert ist«, schlug Hain vor, während Lenz die Frankfurter Straße entlangjagte.

»Stimmt, das habe ich ja komplett vergessen«, fiel dem Hauptkommissar ein. Er zog die Papiere aus dem Sakko und hielt sie seinem Kollegen hin. »Da, lies, die Sache mit Uwe erzähle ich dir danach.«

Kurz hinter der Stadtgrenze zwischen Kassel und Baunatal war Hain mit allen notwendigen Informationen versorgt.

»Das mit dem Fuchs, der die Treppe runtergestürzt ist, könnte böse ausgehen«, bemerkte er leicht beunruhigt. »Und die Sache im Rothenditmolder Hof macht auch keinen besonders guten Eindruck, was meinst du?«

»Da gebe ich dir ohne Frage recht. Aber am besten blenden wir diese Scheiße für den Moment einfach aus und konzentrieren uns darauf, unseren Fall aufzuklären.« Er deutete auf die Papiere. »Mit diesem Mist können wir uns noch beschäftigen, wenn wir wieder in der anderen Richtung unterwegs sind.«

»Gut«, stimmte Hain zu und rülpste leise.

Kurze Zeit später hatten sie die Straße erreicht, in der Jutta Bade wohnte. Die Beamten stiegen aus, gingen auf das moderne Vierfamilienhaus zu und klingelten. Es dauerte keine fünf Sekunden, bis eine Männerstimme aus der Sprechanlage ertönte.

»Jutta, bist du das?«

Die beiden Polizisten sahen sich fragend an.

»Nein«, erwiderte Hain, »hier sind die Kommissare Hain und Lenz von der Kripo Kassel. Sind Sie das, Herr Bade?«

Es gab eine längere Pause.

»Ist was passiert? Ich meine, mit meiner Frau?«

»Ist sie nicht zu Hause?«

»Nein.«

Wieder sahen sich Lenz und Hain an.

»Wissen Sie, wo sie ist?«

»Nein.«

»Am besten, Sie lassen uns erstmal rein, Herr Bade«, schlug Lenz vor.

»Wenn es sein muss«, kam es gepresst aus dem Lautsprecher.

Ralf Bade sah unausgeschlafen, unrasiert und sehr, sehr unzufrieden aus. Er trug ein T-Shirt und eine kurze Hose und war barfuß, als er seinen Kollegen die Tür öffnete und sie ins Wohnzimmer bat.

»Ich bin natürlich jetzt schon ziemlich schockiert, dass die Kripo morgens um fünf bei mir klingelt und nach meiner Frau fragt«, begann er. »Vielleicht sagen Sie mir erstmal, was Sie überhaupt von Jutta wollen.«

Lenz winkte ab. »Gleich, Herr Bade. Zunächst wollen wir von Ihnen wissen, wann Sie Ihre Frau zuletzt gesehen haben.«

»Gestern Morgen, als ich zum Dienst gefahren bin.«

»Und danach haben Sie nichts mehr von ihr gehört?«

Der Streifenpolizist schüttelte unwirsch den Kopf. »Nein«, erwiderte er laut. »Seitdem habe ich nichts mehr von ihr gehört.«

»Hat sie Ihnen eine Nachricht hinterlassen? Ein Schreiben, irgendwas?«, wollte Hain wissen.

Bade antwortete nicht.

»Herr Bade?«

Noch immer keine Antwort.

»Ich glaube, Ihre Frau steckt in ernsthaften Schwierigkeiten, Herr Kollege. Wenn sie Ihnen also in irgendeiner Form eine Nachricht zukommen hat lassen, sprechen Sie mit uns darüber.«

»Was für Schwierigkeiten meinen Sie?«

»Ernste. Was hat sie Ihnen geschrieben?«

Nun war Bade weich. »Dass sie das Leben mit mir nicht mehr aushält. Und dass sie mich verlassen wird.«

»Hat sie schon mal etwas erwähnt, das in diese Richtung ging?«

Ralf Bade ging um die alte Ledercouch herum, hinter der er gestanden hatte, und setzte sich. »Nein, nie. Wir haben zwar keine Musterehe geführt, aber an eine mögliche Trennung habe ich bis gestern Nachmittag keinen Gedanken verschwendet.«

»Wissen Sie, dass Ihre Frau zwei Brüder hat?«

Der Streifenpolizist sah die Kommissare ungläubig an. »Nein, da liegen Sie falsch, sie hat keine zwei Brüder. Sie hatte einen Zwillingsbruder, aber der ist im Frühjahr gestorben. Und überhaupt, jetzt will ich erstmal wissen, warum Sie hier sind.«

Hain sah Lenz an, der nickte. »Ihre Frau steht im Verdacht, mit den Morden an Dieter Bauer, Ruth Liebusch und Martin Melchers in Verbindung zu stehen, deshalb müssen wir unbedingt mit ihr sprechen. Und die Tatsache, dass sie seit gestern verschwunden ist, trägt nicht zu unserer Beruhigung bei.«

Bades Ausdruck hatte während Hains Ausführungen eine feindliche Haltung angenommen. Er zuckte mit den Augenlidern, während er antwortete. »Bei allem gebotenen Respekt, aber Sie haben sie doch nicht alle.« Er stand auf und trat einen Schritt auf die Kripobeamten zu, um seiner Gegenrede mehr Gewicht zu verleihen. »Jutta und in ein paar Morde verwickelt? Das ist doch völlig daneben!«

Lenz hatte keine Lust, mit dem Mann zu diskutieren. »Gibt es jemanden, bei dem Ihre Frau sein könnte?«

»Nein«, gab Bade nun trotzig zurück. »Ich habe schon alle unsere Freunde angerufen, bei denen sie sein könnte. Alles negativ.«

»Ist sie mit dem Auto unterwegs?«

»Ja. Sie hat vor ein paar Tagen von einer Tante einen Wagen geschenkt bekommen, weil die sich einen neuen gekauft hat. Mit dem ist sie weggefahren.«

»Kennen Sie einen Roman Krug?«

Der Streifenpolizist überlegte einen Moment und zuckte dann zusammen. »Ist das der Kerl, den wir wegen der Sache mit diesem Erzieher im Feld aufgegriffen haben?«

»Genau das ist er«, meinte Hain.

»Warum sollte ich den kennen? Der hatte doch mit dem Mord nichts zu tun?«

»Wie es aussieht, könnten wir uns da geirrt haben. Vielleicht hatte er doch etwas damit zu tun.«

»Und warum haben Sie ihn dann laufen gelassen?«

»Er hatte ein wasserdichtes Alibi, das Ihre Frau ihm geliefert hat. Sie hat uns erzählt, sie hätte ein Verhältnis mit ihm und er sei zur Tatzeit mit ihr hier in der Wohnung gewesen.«

Bade lief zuerst rot und danach blitzartig kalkweiß an.

»Jetzt reicht's mir aber«, brüllte er die Kripobeamten an. »Ich weiß nicht, wie Sie auf diesen Unsinn kommen, aber das will ich mir nicht länger anhören. Machen Sie, dass Sie rauskommen, aber sofort.«

Hain warf Lenz einen fragenden Blick zu, doch der rührte sich keinen Millimeter.

»Bleiben Sie ruhig, Herr Bade. Wie es aussieht, hat Ihre Frau Sie verlassen, und wie es weiterhin aussieht, könnte sie zusammen mit diesem anderen Bruder, den sie mit an Sicherheit grenzender Wahrscheinlichkeit hat, drei Menschen umgebracht haben.«

Bade griff sich an den Kopf. »Aber ich kenne doch ihre Eltern. Die haben außer den Zwillingen keine Kinder gehabt, so glauben Sie mir doch. Das muss alles ein grandioser Irrtum sein, dem Sie da aufsitzen.«

Nun hatte der Hauptkommissar endgültig die Faxen dicke. »Wenn sie sich meldet, rufen Sie uns sofort an. Ist das klar?«

Der Streifenpolizist nickte.

»Dann wünsche ich Ihnen noch einen guten Morgen. Legen Sie sich hin und schlafen Sie ein bisschen.«

»Was soll Jutta denn mit diesen Menschen zu tun gehabt haben, die umgebracht wurden?«, versuchte Bade es noch einmal. »Das Erste, was ich auf der Polizeischule gelernt habe, ist die Frage nach dem Motiv. Was für ein Motiv sollte sie gehabt haben, einen oder gleich mehrere Morde zu begehen? Sagen Sie mir das?«

Lenz widerstand dem Impuls, ihn einfach stehen zu lassen und zu gehen. »Ferdinand und Waltraud Preißler sind nicht die leiblichen Eltern Ihrer Frau. Sie ist mit ganz großer Wahrscheinlichkeit die Tochter einer ehemaligen Bewohnerin des Jugendheims Karlshof in Wabern und eines der dortigen Erzieher.«

Bei der Erwähnung des Karlshofs zuckte Bade zusammen. »Der Karlshof in Wabern?« Er schlug die Hände vors Gesicht. »Sie war in den letzten Monaten öfter dort, angeblich, weil sie ehrenamtlich an einem Projekt zur Resozialisierung Jugendlicher mitarbeiten wollte. Aber das ist doch ...« Er schluckte. »Das ist ... sie ist nicht die leibliche Tochter von ...?«

»Nein. Wir vermuten, dass sie herausgefunden hatte, wer ihre leiblichen Eltern sind. Und sie hatte auch herausgefunden, dass es einen Bruder gab, der damals von einer anderen Familie adoptiert worden war.«

Wieder durchzuckte eine Erkenntnis den Streifenpolizisten. »Dieser alte Mann, der in Kirchbauna ermordet wurde, war doch ein ehemaliger Erzieher?«

Die beiden Kripobeamten nickten.

»Hat er in Wabern gearbeitet?«

»Ja, das hat er«, bestätigte Lenz.

»Dann war er der leibliche Vater von ... Oh, mein Gott.«

29

»Ja, Jutta Bade und Roman Krug.« Hain stand mit dem Mobiltelefon am Ohr vor dem Haus, in dem Ralf Bade wohnte, und telefonierte mit Horst Lehmann vom Kriminaldauerdienst. »Ja, genau die beiden«, rief der Oberkommissar in das kleine Mikrofon. »Wie es im Moment aussieht, sind sie dringend tatverdächtig.«

Er lauschte ein paar Sekunden. »Das kann ich dir jetzt auf die Schnelle nicht erklären, Lemmi. Sorg einfach dafür, dass die beiden auf der Fahndungsliste landen, und zwar ganz oben.« Wieder hörte er Lehmann ein paar Augenblicke zu. »Ja, und ich weiß auch schon, was über Paul und mich in der Zeitung steht. Daran ist aber nicht viel Wahres. Und jetzt mach's gut, wir müssen weiter.«

Damit kappte er die Verbindung und steckte das Gerät zurück in die Sakkotasche. »Jetzt bin ich nüchtern«, bemerkte er süffisant. »Und nun fahren wir auf der Stelle nach Hertingshausen, nehmen diesen Roman Krug fest, und legen uns gleich danach ins Bett.«

»Genau so machen wir es«, stimmte Lenz ihm zu und stieg in seinen Wagen.

Roman Krug wohnte in einem kleinen, von außen nicht sehr einladend wirkenden Einfamilienhaus im Ortskern von Hertingshausen, einem Stadtteil von Baunatal. Die Polizisten klingelten mehrmals, doch es rührte sich nichts im Innern.

»Ein Versuch noch«, meinte Hain und legte erneut den Finger auf den alten, abgewetzten Klingelknopf. Wieder warteten sie eine Weile, doch es geschah nichts. Der Oberkommissar deutete auf einen Plattenweg, der um das Haus und vermutlich in den Garten führte.

»Wollen wir?«, setzte er eine mehr rhetorisch gemeinte Frage ab.

»Wir wollen«, bekräftigte sein Chef und ging voraus.

Der winzige, verwilderte Garten, der sich dem Haus anschloss, war von hohen Hecken umsäumt, die einen perfekten Sichtschutz darstellten. In der Mitte der kleinen Rasenfläche stand ein wohl lange Zeit nicht mehr benutzter, verrosteter Grill, in dem ein paar Holzkohlestücke auf den Überresten des letzten Regengusses Freischwimmübungen machten. Hinter einer durchsichtigen Plastikwand waren einige Gartengeräte zu erkennen, die in Anbetracht ihres Zustandes den Dienst sicher schon vor längerer Zeit eingestellt hatten. Über einen kleinen Absatz erreichte man so etwas wie eine Terrasse, auf der zwei Stühle und ein Tisch aus Plastik standen. Dahinter führte eine große, verglaste Tür ins Haus. Lenz sah kurz ins Innere und zog die Augenbrauen hoch. In dem Moment, als er an die Scheibe der Tür klopfen wollte, fuhr sie nach innen auf. Die beiden Polizisten sprangen erschrocken zur Seite.

»Was ist denn das?«, flüsterte Hain.

»Keine Ahnung. Vielleicht erwartet er Besuch?«

»Gehen wir rein?«

Lenz dachte darüber nach, zuerst Verstärkung in Form von ein paar Streifenwagen anzufordern, entschied sich jedoch dagegen und nickte. »Aber vorsichtig. Und denk immer schön an deinen siebten Halswirbel«, zischte er.

Hain betrat mit einem schnellen Schritt das Haus, sah sich kurz um und winkte Lenz zu, dass er nachkommen solle.

»Hallo, Herr Krug? Sind Sie zu Hause?«, rief der junge Oberkommissar.

Keine Reaktion.

Nebeneinander gingen sie langsam durch den Raum, der offensichtlich als Wohnzimmer diente. Neben einer dunklen, mächtigen, für die kleine Fläche viel zu wuchtigen Schrankwand standen ein Flachbildfernseher und ein paar Hi-Fi-Geräte. Auf der anderen Seite, neben der Terrassentür, gab es ein Sideboard mit einer gehäkelten Decke darauf.

»Mein Gott«, entfuhr es Hain beim Anblick dieser geballten Ladung Spießigkeit.

Lenz winkte ab, bedeutete ihm, nicht zu sprechen, und strebte auf die einzige Tür zu, die weiter ins Haus führte. Von dort gelangten sie über einen kleinen Flur in die Küche, in der es bis auf ein paar dreckige Teller im Spülbecken nichts zu sehen gab. Sie drehten sich um, gingen zurück in den Flur und warfen einen Blick auf die Holztreppe, die ins obere Geschoss führte.

Hain deutete mit den Händen an, dass seiner Meinung nach diese Konstruktion einen irrsinnigen Krach veranstalten würde, wenn man auch nur einen Fuß darauf setzte. Lenz nickte zustimmend und zog die Schultern hoch.

»Hallo?«, rief Hain erneut, doch wieder blieb es im Haus still.

»Ich glaube nicht, dass da jemand ist«, sagte Lenz leise mit einem Fingerzeig in die erste Etage. Hain dachte offenbar das Gleiche, denn er betrat die Treppe, die tatsächlich furchtbar quietschte und knarrte, und stieg in leicht gebückter Haltung und voller Konzentration Stufe um Stufe nach oben.

Zuerst sah er in das kleine Bad, danach drehte er sich nach links und legte das Ohr an die einzige weitere Tür auf dem kleinen Flur. Lenz, der am unteren Ende der Treppe stehen geblieben war, betrat, untermalt von einem lauten Knarren, die erste Stufe und sah gespannt nach oben.

Hain lauschte erneut, doch er konnte nichts hören. Nachdem er ein weiteres Mal zu Lenz gesehen hatte, drückte er langsam die Klinke herunter und schob die Tür nach innen.

Ein Bett, ein alter, verkratzter Schrank, ein paar Zeitschriften und ein vollgestopfter Aschenbecher, mehr gab es in dem Raum nicht zu sehen. Mehr, um ein guter Polizist zu sein, öffnete er eine Schranktür nach der anderen und warf jeweils einen kurzen Blick hinein, doch auch von dort drohte keine Gefahr.

»Hier ist niemand«, ließ er seinen Chef wissen. Lenz hatte den ersten Stock erreicht, betrat ebenfalls den Raum, rümpfte die Nase über den ekelhaften Gestank des kalten Rauchs und trat wieder auf den kleinen Flur.

»Wollen wir uns noch ein wenig hier umsehen oder fahren wir gleich zurück nach Kassel?«, fragte Hain aus dem Hintergrund.

Lenz dachte ein paar Sekunden nach. »Lass uns noch ein bisschen hier bleiben und uns umsehen. In Kassel fällt ohnehin nur jeder über uns her, der uns erwischt. Vielleicht finden wir ja sogar etwas, was uns auf die Spur der beiden bringt.«

»Du glaubst, die Frau und er sind gemeinsam unterwegs?«

»Worauf du einen lassen kannst. Wenn wir den einen erwischen, haben wir den anderen auch.«

»Hast du irgendeine Idee, wo wir suchen sollten?«

Der Hauptkommissar schüttelte den Kopf. »Nein. Ich gehe nach unten und sehe mich dort um. Bleib du hier oben und mach das Gleiche.« Er stieg die knarrende Treppe hinunter, bog nach rechts in die winzige Küche ab, zog sich einen Stuhl heran und setzte sich. Ich bin müde, dachte er gähnend. Saumüde sogar.

Dann schloss er für einen Augenblick die Augen und dachte an den Vorabend. Sofort konnte er Marias herben Duft riechen und ihre samtige Haut spüren.

Ich will auf der Stelle ins Bett, durchzuckte es sein Gehirn.

Daraus würde noch ein paar Stunden nichts werden, das war ihm klar. Oben hörte er Hain Schubladen öffnen und wieder zuschieben. Er stand auf, schüttelte die angenehmen Gedanken ab und sah sich um.

In dem kleinen Vorratsschrank links neben dem Herd fand er eine größere Menge Tütensuppen und Instant-Milchreis. Neben Zucker, Mehl und Salz stand ein halbes Dutzend Konservendosen.

So sah es bis vor ein paar Tagen bei mir in der Küche auch noch aus, dachte er.

Rechts vom Herd stand ein kleiner, weiß gestrichener Küchenschrank aus den 50er-Jahren des vorigen Jahrhunderts. Das Oberteil hatte Glastüren, von denen eine gesprungen war. Zwischen Ober- und Unterteil gab es einen Freiraum, in dem jede Menge alte Zeitungen lagen. Der Kommissar zog den Stapel heraus und blätterte ihn durch. Die jüngste Ausgabe war eine Woche alt. Während er sich das Titelblatt ansah, streifte sein Blick die rote Ecke eines Briefes, der zwischen den Gazetten lag. Lenz griff mit spitzen Fingern danach und zog den an der Oberseite aufgetrennten Umschlag heraus. Er war an Roman Krug adressiert. Die Schrift war seltsam geschwungen, fast wie gemalt. Es gab keinen Absender auf der Rückseite, und doch war der Polizist sicher, dass der Schreiber eine Frau gewesen sein musste. Lenz unternahm den Versuch, das Datum des Poststempels zu entziffern, was bei dem Schummerlicht in der Küche jedoch zum Scheitern verurteilt war. Vorsichtig spreizte er das Papier, zog den Inhalt mit den Fingernägeln heraus und ließ ihn auf den Tisch fallen. Dann öffnete er die linke Schublade des Küchenschrankes und entnahm ihr zwei Gabeln, mit deren Hilfe er das wieder rote und mit silberner Farbe beschriebene A4-Blatt entfaltete.

Mein geliebter Roman!

Es ist kaum zwei Tage her, dass ich mich aus deinen Armen losreißen musste, und schon habe ich riesengroße Sehnsucht nach dir. Nach dir, deinen Liebkosungen und Zärtlichkeiten. Es ist so schade, dass wir uns in der nächsten Woche überhaupt nicht sehen können, aber auch diese Zeit wird vorbeigehen. Bis jetzt habe ich das Skifahren geliebt, aber jetzt liebe ich dich viel, viel mehr. Bis wir uns wiedersehen, denke ich immer an dich und küsse dich tausendmal.

In ganz, ganz, ganz, ganz ganz innigen Gedanken, deine Jutta

»Thilo, komm runter«, rief Lenz aufgeregt durch die geöffnete Küchentür.

*

»Aber die beiden sind doch …«, setzte Hain völlig irritiert an, nachdem er den Inhalt des Briefes mehrmals gelesen hatte.

»Klar, so wie es aussieht, sind sie Geschwister«, stimmte Lenz ihm zu. »Aber vergiss nicht, dass sie sich erst vor zwei Jahren kennengelernt haben.«

»Und, wie es den Anschein hat, auch lieben«, ergänzte Hain.

»Wie auch immer, wir müssen die Bude auf den Kopf stellen. Ruf die Jungs von der Spurensicherung an und sag ihnen, sie sollen sich sofort auf den Weg machen, egal, was auch immer sie gerade vorhaben. Und bis sie hier sind, sehen wir uns noch ein bisschen um. Aber schön vorsichtig, damit wir keinen Ärger kriegen, davon haben wir nämlich schon genug am Hals.«

Während Hain telefonierte, wühlte Lenz sich durch einen weiteren Zeitungsstapel, der neben dem Herd auf dem Boden lag, doch diesmal gab es neben teilweise vergilbtem Papier keine Treffer. Nachdem er in jede Schranktür und jede Schublade gesehen hatte, verlegte er seinen Einsatzort ins Wohnzimmer, wo er mit der gleichen Akribie arbeitete, doch auch hier war nichts von Interesse zu finden. Hain war wieder ins Obergeschoss zurückgekehrt und filzte dort alles noch einmal und sehr gründlich.

Etwa zehn Minuten später trafen sich die beiden Polizisten wieder in der Küche.

»Fehlanzeige. Keine Waffen, keine weiteren Liebesbriefe, weder Computer noch Drucker, auch keine konkreten Hinweise auf eine Tatbeteiligung«, fasste der Oberkommissar zusammen. »Aber alles in allem ist der Typ doch der Spießer vor dem Herrn. Schau dich doch nur mal hier um.«

Lenz zuckte mit den Schultern. »Wenn's ihm gefällt. Wie es aussieht, wird er für die nächsten Jahre ohnehin einen anderen Möbelstil zugewiesen …« Er stockte. »Gibt es hier eigentlich keinen Keller?«, fragte er ins Nichts.

»Kannst du vergessen«, erwiderte Hain kopfschüttelnd. »Darüber habe ich auch schon nachgedacht und mich daraufhin umgesehen. Das Haus ist nicht unterkellert.«

Lenz grunzte zufrieden und lehnte sich mit dem Hintern an den Küchentisch, der leicht nachgab. Der Kommissar erschreckte sich kurz und brachte seinen Körper wieder in eine aufrechte Position.

»Verdammte Axt, jetzt wäre ich beinahe mit dem Kopf aufs Gesicht gefallen«, flachste er. Dann jedoch wurden seine Züge ernster. Er griff nach dem fleckigen, rot-weißen Tischtuch und schlug es nach hinten. Beide Polizisten sahen die in das Gestell eingearbeitete Schublade.

»Wie in alten Zeiten«, konstatierte Hain.

Lenz trat einen Schritt nach vorne, nahm eine der Gabeln, die noch immer auf der Tischplatte lagen, und zog die Lade heraus. »Wow«, entfuhr es ihm beim Anblick des Inhalts.

Hain stellte sich neben ihm auf und fing an zu grinsen. »Na, wenn das kein Volltreffer ist.«

Das, was der junge Polizist als Volltreffer bezeichnete, waren etwa zwei Dutzend rote Briefumschläge der gleichen Machart, wie Lenz den einen zwischen den Zeitungen gefunden hatte. Alle trugen dieselbe geschwungene Handschrift, hatten keinen Absender, waren an Roman Krug adressiert und an der Oberseite sauber aufgetrennt.

»Gummihandschuhe wären schön«, meinte Hain.

»Stimmt«, bestätigte sein Chef, drehte sich um, öffnete eine Tür des Küchenschrankes und zog zwei Paar original verpackte, rosafarbene Gummihandschuhe für den Hausgebrauch heraus. »Die habe ich entdeckt, als ich vorhin die Schränke durchsucht habe.«

Hain warf einen beleidigten Blick auf die Überzieher. »Das ist jetzt nicht dein Ernst?«

Lenz ließ sich von seinem Einwand überhaupt nicht irritieren, sondern riss die erste Verpackung auf und hielt seinem Kollegen den Inhalt hin.

»Wäre ich nur gestern Abend ohne Telefon auf die Rolle gegangen …«

In der nächsten Minute standen beide vor dem Tisch, trugen rosafarbene Haushaltsgummihandschuhe, und hielten jeder einen roten Liebesbrief von Jutta Bade an Roman Krug in der Hand. Der Inhalt war austauschbar, nur in den Variationen der Liebeserklärungen zeigte die verheiratete Frau eine beachtliche Fantasie.

Ich berühre dein Herz mit samtener Haut,
las Lenz, oder, in einem anderen Schreiben,
Ich atme dich mit meinem Herzen.

»Ganz schön schwülstig, wenn du mich fragst«, resümierte Hain einen Brief.

»Stimmt. Sie scheint echt bis über beide Ohren in ihn verknallt zu sein.«

»Bitte, Paul«, knirschte der Oberkommissar, »der Mann ist ihr Bruder.«

Jeder der Polizisten hatte etwa ein halbes Dutzend der immer sehr kurz gehaltenen Briefe gelesen, als Hain ein von der Art her völlig anderes Schreiben in den gummihandschuhbewehrten Händen hielt.

Mein geliebter Roman!

Nur noch ein paar Wochen, dann sollte seine Frau gestorben sein und wir können es zu Ende bringen. Mit Brennen im Herzen sehne ich den Tag herbei, an dem wir das, was unserer Mutter angetan wurde, in Rechnung stellen können. Dieser Mann hat kein Recht, auch nur einen Tag länger als nötig zu existieren, das wissen wir beide zu gut. Er hat so viel Schuld auf sich geladen, dass es einige weitere Leben brauchen würde, um genügend Zeit zur Reue und zur Demut zu haben. Aber die wird er nicht bekommen, genauso wenig wie die Frau.

Ich habe seit zwei Tagen nicht geduscht, um jeden erdenklichen Rest von dir an meinem Körper zu behalten und zu konservieren. Ralf ist unausstehlich wie immer und will ständig mit mir schlafen, aber das kann ich einfach nicht mehr, weil ich dabei sowieso immer nur an dich denken müsste.

Wenn die Sachen erledigt sind, die wir vorhaben, und wir wirklich darüber nachdenken, die von dir angesprochene finale Lösung zu wählen, möchte ich es gern dort machen, wo unser Leben begonnen hat. Das wäre das Schönste, was ich mir vorstellen kann, und vielleicht würde sich der eine oder andere dann Gedanken darüber machen, warum unsere Mutter das alles erdulden musste, und wer am Ende wirklich die Verantwortung dafür zu tragen hat.

In tiefer, aufrichtiger Liebe
Jutta

Der Oberkommissar reichte das Blatt weiter an Lenz, der es ebenfalls las.

»Das wird der eine oder andere Richter als Verabredung zum Mord werten. Und wir können jetzt relativ sicher sein, dass wir nach den Richtigen suchen.«

»Das walte Hugo.«

Lenz überflog erneut die Zeilen. »Sie hat schon einen Hang zur Pathetik.«

Hain verzog das Gesicht. »Man könnte aber auch zu dem Schluss kommen, dass sie einfach nicht mehr alle Tassen im Schrank hat. Hast du eine Ahnung, was die mit *möchte ich es gern dort machen, wo unser Leben begonnen hat* meint?«

Der Hauptkommissar ließ das Papier auf den Tisch gleiten. »Es klingt, als wollen sich die beiden gemeinsam das Leben nehmen, oder? Zumindest verstehe ich es so. Aber woher sollten wir wissen, wo die beiden sich zum ersten Mal über den Weg gelaufen sind? Oder wo sie sich zum ersten Kaffee verabredet haben?«

»Wenn man es genau betrachtet …«

Weiter kam der junge Oberkommissar nicht, weil von

draußen Stimmen zu hören waren. Dann steckte Heini Kostkamp seinen Kopf durch die Terrassentür.

»Hallo? Jemand zu Hause?«

»Komm rein, Heini. Wir sind in der Küche.«

»Und verteilt und zerstört großzügig Spuren, wie man es von euch gewohnt ist«, polterte der wuchtige Mann von der Spurensicherung, der seinen großen Alukoffer vor der Tür abstellte und danach die beiden Kollegen wie Marsmännchen anstarrte. »Abgefahrene Handschuhe. Gehen die bei uns demnächst in Serie?«

Lenz und Hain streiften sich mit roten Köpfen die Gummihandschuhe von den Fingern, gingen auf ihn zu, begrüßten ihn und seine Kollegen herzlich, und baten die Männer, besonders auf Briefe und andere Dokumente zu achten. Die Sache mit den Spezialhandschuhen ließen sie auf sich beruhen.

»Warum sollten wir das machen?«, stöhnte Kostkamp wie unter körperlichen Schmerzen leidend. »Wenn es läuft wie immer, dann habt ihr beiden doch sowieso schon die ganze Bude auf den Kopf gestellt und überlasst es uns jetzt noch großherzig, eure Kontaminationen von den tatsächlich relevanten Spuren zu trennen.« Er fing an zu grinsen. »Habt ihr übrigens heute schon Zeitung gelesen?«

Lenz hatte, während Kostkamp seine letzte Frage formulierte, die Augen geschlossen und wirkte total abwesend. »Ja, haben wir, Heini. Und wir lassen euch jetzt auch völlig in Ruhe euren Job machen, weil wir dringend weg müssen.« Damit drängte er den verdutzten Hain aus dem Haus.

»He, he, so einfach geht das nicht, Paul. Habt ihr wenigstens schon die Kollegen von der Schutzpolizei verständigt, damit wir hier nicht so allein sind, wenn der Herr des Hauses oder ein anderer böser Bube auftaucht?«

»Nein, Heini, das haben wir noch nicht. Mach das selbst, dann weißt du, dass es wirklich gemacht ist.«

»Was soll das?«, wollte Hain wissen, nachdem sie im Garten angekommen waren.

»Ich glaube, Jutta Bade meint mit dem Ort, an dem ihres und das Leben von Roman Krug begonnen hat, den Karlshof.«

Hain ließ sich das Gehörte kurz durch den Kopf gehen. »Möglich, aber nicht sehr wahrscheinlich. Wenn wir davon ausgehen, dass ...«

»Lass uns hinfahren, Thilo. Ich weiß, dass es abwegig erscheint, aber lass es uns wenigstens versuchen. Außerdem haben wir sonst keine Idee, und nach Wabern sind wir in gut zehn Minuten gefahren.«

»Mit deiner Möhre?«, ätzte sein Kollege.

»Ja, mit meiner Möhre. Weil du sie fährst.« Der Hauptkommissar wartete erst gar nicht auf einen weiteren Einwand und stapfte aus dem Garten.

Während sie mit dem in der Höchstgeschwindigkeit limitierten Kleinwagen über die Autobahn jagten, griff Lenz zu seinem Telefon, wählte die Nummer des Präsidiums und erfragte, ob auf Roman Krug ein Fahrzeug zugelassen sei. Der Diensthabende rief ihn zwei Minuten später zurück und gab ihm die relevanten Daten durch.

»Danke«, verabschiedete Lenz sich, packte das Telefon zurück in die Sakkotasche und wandte sich zu Hain, der voll und ganz damit beschäftigt war, den Kleinwagen auf Kurs zu halten.

»Krug ist Halter eines VW-Polo, Baujahr 2009, in Silber, mit Kennzeichen Kassel Land.«

»Und was willst du machen, wenn wir ihn oder die beiden wirklich finden? Meinst du, dass einer, der ohne mit der Wimper zu zucken anderen Menschen das Kreuz bricht, auf deine Aufforderung, sich zu ergeben, mit ganz viel Verständnis reagieren wird? Ich hab nichts dabei, um einer solchen Aufforderung Nachdruck zu verleihen, und du schon gar nicht.«

Lenz schnaufte tief durch. »Jetzt mal doch nicht gleich den Teufel an die Wand, Thilo. Wenn wir sie wirklich irgendwo in der Nähe des Karlshofs erwischen sollten, rufen wir halt ein paar Kollegen zu Hilfe. Wenn nicht, fahren wir nach Kassel und lassen uns von Ludger den Kopf runterreißen.«

»Wie du willst«, resignierte Hain und scherte aus, um den Kleinlaster einer Bäckereikette zu überholen.

30

Wabern lag noch im Tiefschlaf, als die Polizisten auf den Ort zurollten. Sie überholten einen Jugendlichen, der mit über den Arm gehängtem Helm und Kippe im Mund auf seinem Mofa unterwegs war, doch ihre Aufmerksamkeit galt an diesem Morgen anderen Dingen.

Hain setzte den Blinker, bog von der Hauptstraße auf das Gelände des Karlshofs ab und sah fragend nach rechts, wo Lenz die Gegend scannte.

»Soll ich hier parken oder willst du, dass ich noch eine Runde über das Gelände drehe?«

Der Hauptkommissar deutete auf einen Parkplatz unter einem Baum. »Nein, lass uns dort parken.«

Das ehemalige Lustschloss und die dazugehörigen Gebäude und Flächen wirkten wie ausgestorben, doch um diese frühe Uhrzeit war das nicht anders zu erwarten. In dem Augenblick, als die Beamten aus dem Wagen stiegen, öffnete sich hinter ihnen eine große, schwere Tür und ein verschlafen aussehender junger Mann mit MP3-Spieler in der Hand, Ohrstöpseln und einer verkehrt herum aufgesetzten Baseballkappe kam zum Vorschein. Er drückte auf eine Taste des Players und begann loszutraben. Hain hob die Hand und wollte ihn stoppen, doch Lenz winkte ab.

»Lass ihn. Der hat vor ein paar Minuten noch tief und fest gepennt. Was sollte der uns erzählen?«

Der Oberkommissar nickte. »Schon gut.«

»Lass uns eine große Runde über das Gelände drehen. Ich habe offen gestanden zwar keine allzu große Hoffnung, irgendwas oder irgendwen zu entdecken, aber was soll's.« Damit warf Lenz sein Sakko auf den Fahrersitz, die Tür ins Schloss und setzte sich in Bewegung. Hain trabte neben ihm her.

Als Erstes gingen die Polizisten zu den Pavillons. Dort drang aus einem offenen Fenster leise Musik. In einem der Zimmer schrie ein Junge wütend auf, ein anderer antwortete in der gleichen Lautstärke. Dann war wieder Ruhe. Sie sahen sich zwischen den Gebäuden um, doch dort hielt sich niemand auf. Gegenüber den Pavillons umrundeten sie das ansprechend renovierte Haus, warfen einen kurzen Blick in den Flur des nach altem Gemäuer riechenden Gebäudes, das offenbar als Schule benutzt wurde, und gingen danach über die große Freifläche zum Haupthaus. Auch dort schauten sie in die Flure, doch bis auf leise Musik, die aus mehreren Zimmern drang, gab es nichts zu hören und zu sehen. Im großen Innenhof zwischen dem Gebäude und der Straße, die nach Fritzlar führte, waren rund ein Dutzend Fahrzeuge geparkt, doch keines passte auf die Beschreibung, die Lenz von dem Diensthabenden in Kassel erhalten hatte. Der Hauptkommissar steckte die Hände in die Taschen, gähnte herzhaft und lehnte sich an die kühle Hauswand. Obwohl es noch nicht einmal sieben war, hatte das Thermometer sicher schon wieder 23 Grad erreicht. Mit dem Vogelgezwitscher rund um sie herum, den wogenden Kornfeldern außerhalb der Umzäunung, und der Musik im Hintergrund aus den Zimmern hätte man fast annehmen können, dass dies ein sehr angenehmer, ruhiger und friedlicher Ort war, doch Lenz dachte an die Schilderung von Werner Schlieper, des Bundeswehrsoldaten, der seinen Aufenthalt in dem Heim bei seiner Einstellung verschwiegen hatte und sich deshalb nun größte Sorgen machte. Er dachte an die Gewaltexzesse, von denen der Oberleutnant erzählt hatte und war mehr als froh darüber, dass seine Jugend, wenn schon nicht zu einhundert Prozent geradlinig, so doch in der Hauptsache normal verlaufen war.

»Wenn ich daran denke, was dieser Schlieper so über seine Zeit hier erzählt hat«, begann Hain, »dann können wir froh sein, dass uns so was erspart geblieben ist, was meinst du?«

Lenz sah ihn überrascht an. »Komisch, das Gleiche hab ich auch gerade gedacht. Vielleicht hatten wir einfach ein bisschen mehr Glück an der richtigen Stelle. Und Eltern, die es uns leichter gemacht haben.«

»Da muss ich sa …«, wollte Hain antworten, stockte jedoch mitten im Wort.

»Was ist mit dir, Thilo?«, fragte sein Boss irritiert.

»Psst«, machte der Oberkommissar, drängte sich ein wenig enger an die Hauswand und starrte auf einen der Wagen, der auf dem Innenhof parkte. »Da drüben, in dem roten Corsa. Ich bin sicher, dass ich eben dort eine Bewegung gesehen habe.«

Lenz entzifferte das Kennzeichen des Opels. »Nein, Thilo, der hat kein Kasseler Kennzeichen, weder Stadt noch Land. Das können sie nicht sein.«

»Mensch, schau doch hin! Die Karre hat GI, also ein Gießener Nummernschild. Die Tante, das geschenkte Auto!«

»Verdammt«, murmelte der Hauptkommissar. »Und was machen wir jetzt?«

Hain sah erneut zu dem Wagen, in dem jetzt für einen Augenblick eine Person sichtbar wurde. Jutta Bade.

»Ist sie das?«, wollte Lenz, der die Frau ja nie gesehen hatte, aufgeregt wissen.

Hain nickte. Im Innenraum des Wagens wurde Zigarettenqualm sichtbar, der langsam durch die einen Spalt geöffnete Beifahrerscheibe entwich.

»Sie ist es. Es sieht aus, als hätten sie im Auto geschlafen.«

In diesem Moment wurde der Motor des Corsa gestartet. Lenz und Hain sahen sich an und liefen los, doch im gleichen Moment erstarb der Motor wieder.

»Scheiße«, murmelte der Hauptkommissar und blieb stehen, doch es war zu spät. Hinter der Windschutzscheibe wurden die Polizisten völlig verdutzt von Jutta Bade und Roman Krug angestarrt. Lenz setzte sich erneut in Bewegung und ging auf den Corsa zu.

»Paul!«, zischte Hain, »bleib hier!«

Doch sein Chef ließ sich nicht irritieren. Langsam, mit bedächtigen Schritten, näherte er sich den beiden Kindern von Petra Soffron und Dieter Bauer. Etwa 15 Meter von dem Corsa entfernt blieb er stehen, hob die Arme, und begann, mit völlig ruhiger Stimme zu sprechen. »Machen Sie keinen Blödsinn, Frau Bade und Herr Krug. Wir wissen, wer Sie sind, und was Sie getan haben. Kommen Sie einfach mit erhobenen Händen aus dem Auto heraus.«

Der Polizist hörte, wie Hain im Hintergrund telefonierte. Offenbar forderte er Verstärkung an. Roman Krug und Jutta Bade saßen noch immer wie festgenagelt und starrten ihn an. Dann hob die Frau den linken Arm und winkte Lenz heran. Während sie das tat, hob sich langsam ihr rechter Arm und eine große, klobige Pistole wurde sichtbar, die in ihrer kleinen Hand noch um einiges riesiger wirkte. Sie bewegte den Arm so weit nach oben, bis der Lauf der Waffe direkt auf Roman Krugs Schläfe zeigte.

»Nein«, schrie Lenz und spurtete los. Als er noch etwa zwei Meter von der Beifahrertür entfernt war, sah er, dass sich die beiden an den Händen hielten. Krug sah völlig entspannt aus. Glücklich sogar. Er drehte den Kopf, bis seine Augen direkt in die von Jutta Bade sehen konnten, beugte sich nach vorne, und küsste seine Schwester innig auf den Mund, die den Kuss mit offenen Augen, die Lenz fixierten, erwiderte. Dann lächelte er sie an, lehnte sich zurück, nickte, schloss die Augen, und drehte den Kopf wieder in Lenz' Richtung.

Die Explosion der Patrone war unglaublich laut. Das Projektil verließ den Lauf, drang in den Kopf von Roman Krug ein, riss beim Austritt einen Teil seines Gehirns mit, der sich für einen winzigen Augenblick auf der Seitenscheibe niederschlug, die jedoch durch die sich noch immer mit großer Geschwindigkeit bewegende Kugel durchschlagen und in Millionen von Glassplittern zerfetzt wurde. Dieser zerstörerische Lauf endete abrupt im Motorblock einer etwa fünf Meter entfernt geparkten BMW-Limousine. Lenz sah, wie der Körper des Mannes im Corsa nach rechts und im gleichen Sekundenbruchteil zurück geschleudert wurde, und noch bevor er nach vorn gesunken und zusammengesackt war, hatte die Frau neben ihm die Hand mit der Waffe darin gedreht und gegen ihre rechte Schläfe gerichtet. Der Hauptkommissar glaubte, sie lachen zu hören, doch wegen des Knalltraumas, das sein Innenohr außer Gefecht gesetzt hatte, war das mehr eine Vision, zumal sich auch ihre Lippen nicht bewegten. Für den Bruchteil einer Sekunde hatte er das Gefühl, in eine antike Tragödie versetzt worden zu sein. Dann sah er, dass sich der Zeigefinger der Frau wie in Zeitlupe dem Abzug näherte, ihn erreichte, ein wenig weiter nach hinten drückte, weiter drückte, und schließlich durchzog. Instinktiv hob der Polizist die Arme und bedeckte mit den Handinnenflächen die Ohren, doch es gab keinen Knall. Er nahm wahr, dass Jutta Bade ihre Hand schwang, sah, dass sie wie entgeistert auf die Waffe darin starrte, beobachtete, wie die Hand sich noch einmal drehte, bis die Mündung des

Laufes erneut auf ihren Kopf zeigte. Wieder bewegte sich ihr Zeigefinger. Einmal, zweimal, dreimal, doch es löste sich kein Schuss. Aus dem Augenwinkel realisierte er, dass Hain auf den Wagen zustürmte, die Fahrertür aufriss, die Frau aus dem Wagen zerrte, sie auf den Boden warf und nach unten drückte. Dabei flog ihr die Waffe aus der Hand und landete etwa drei Meter entfernt im Staub des Hofes.

31

Am Mittag des übernächsten Tages, dem Montag, waberten dicke Rauchschwaden durch das kleine Vernehmungszimmer, in dem sich Lenz und Jutta Bade an einem einfachen Tisch gegenübersaßen. Der Hauptkommissar hatte der Frau das Rauchen gestattet, obwohl es mittlerweile im gesamten Präsidium verboten war. Sie zündete sich eine zweite Zigarette an der ersten an und sog den Rauch gierig in ihre Lungen. Auf anwaltlichen Beistand während der Vernehmung hatte sie ausdrücklich verzichtet und erklärt, dass sie in jeder Hinsicht kooperationsbereit sei und bereitwillig aussagen würde. Den Samstag und den Sonntag hatte sie, unter permanenter Überwachung, auf der Krankenstation der Justizvollzugsanstalt in Wehlheiden verbracht. Nach einem ausführlichen Gespräch mit Werner Aumüller, dem Psychologen der Kasseler Polizei, der grünes Licht gegeben hatte, und einem medizinischen Check war sie ins Präsidium gebracht worden. Die Frau sah mitgenommen und blass aus, aber bei Weitem nicht so schlecht, wie der Hauptkommissar es erwartet hatte. Sie trug eine dunkle Jeans und ein graues T-Shirt, das ihren blassen Teint noch deutlicher unterstrich. Ihre rechte Hand war eingegipst wegen eines Bruchs des Kahnbeins, den sie sich beim Sturz aus dem Wagen zugezogen hatte. Außerdem war ihr Gesicht übersät mit Kratzspuren, ebenfalls vom Aufschlag nach Hains beherztem Eingreifen.

Lenz drückte auf den Knopf einer Fernbedienung, sodass im Hintergrund die automatische Aufzeichnung des Gesprächs startete, klärte das Protokollarische wie Name und Geburtsdatum, und begann mit der Vernehmung.

»Frau Bade, Sie wissen, warum Sie hier sind. Es geht um die Morde an Dieter Bauer, Ruth Liebusch, Martin Melchers und nicht zuletzt auch um den Mord an Roman Krug.«

Die zierliche Frau schüttelte kaum wahrnehmbar den Kopf. »Ich habe ihn nicht ermordet. Wir wollten uns gemeinsam das Leben nehmen.« Sie sprach mit starker mittelhessischer Färbung im Akzent.

»Das wird später ein Gericht zu klären haben. Wir ermitteln zunächst einmal wegen Mordes, aber natürlich berücksichtigen wir auch alle Tatsachen, die Sie entlasten könnten.«

Sie nickte. »Eigentlich ist es doch egal, oder? Lebenslänglich ist lebenslänglich, ob nun für einen Mord oder für vier.«

»Hm«, machte der Polizist. »Ob es Mord war, Totschlag oder vielleicht Tötung auf Verlangen wird, wie gesagt, aller Wahrscheinlichkeit nach in einem Gerichtsverfahren geklärt werden müssen. Das ist hier und heute nicht unsere Aufgabe.«

Er zog ein Foto von Dieter Bauer aus der Akte, die vor ihm auf dem Tisch lag, drehte es in ihre Richtung und schob es nach vorne. Es war eines der Polizeifotos, die nach seiner Ermordung aufgenommen worden waren.

»Kannten Sie diesen Mann?«

Sie nickte.

»Bitte antworten Sie laut und deutlich. Ihr Nicken kann das Bandgerät nicht aufzeichnen.«

»Ja.«

»In welchem Verhältnis standen Sie zu ihm?«

»Er war mein … Erzeuger.«

»Sie meinen, er war Ihr Vater?«

Sie funkelte den Polizisten an. »Nein, das meine ich nicht. Dieser Mann war nie mein Vater, ist es nicht und wird es auch nie werden. Er hat meine Mutter vergewaltigt und geschwängert, und deshalb würde ich ihn nie als meinen Vater bezeichnen. Niemals.«

»Gut«, ging Lenz einen Schritt auf sie zu, »bezeichnen wir ihn als Ihren ›Erzeuger‹. Wann haben Sie ihn kennengelernt?«

»Vor einem halben Jahr ungefähr.«

»Wie kam es dazu?«

»Mein Bruder war sehr krank. Er brauchte dringend eine Knochenmarkspende.« Sie deutete auf das Bild von Dieter Bauer auf dem Tisch. »Deshalb habe ich ihn angerufen.«

»Sie wussten zu diesem Zeitpunkt schon, dass er Ihr Va…, Entschuldigung, Ihr Erzeuger ist?«

Wieder nickte sie.

»Bitte antworten Sie auf meine Frage.«

»Ja, das wusste ich.«

»Von wem haben Sie es erfahren?«

»Von Roman.«

»Ihrem anderen Bruder.«

Sie sah auf den Boden, nickte, und holte mit zusammengepressten Zähnen tief Luft. »Ja«, hauchte sie schließlich tonlos.

»Wann haben Sie Roman Krug kennengelernt?«

»Vor knapp zwei Jahren. Er hat mich eines Tages an der Arbeit besucht und wollte sich mit mir verabreden, weil er angeblich etwas mit mir zu besprechen hatte.«

»Wo arbeiten Sie?«

Sie nannte ihm die Adresse eines Supermarkts, wo sie an der Fleischtheke bediente. »Zuerst dachte ich, dass er mich nur anmachen will. Dann hat er mir diese abstruse Geschichte erzählt, von wegen ich wäre seine Schwester und so.«

»Sie haben ihm nicht geglaubt?«

»Nein, woher denn. Ich war bis dahin sicher, dass ich von

meinen leiblichen Eltern großgezogen worden war. Deshalb wirkten seine Informationen auf mich wie ein Keulenschlag, bis er mir ein Papier gezeigt hat, das er heimlich kopiert hatte. Vom Jugendamt. Da stand drauf, dass ich und mein Zwillingsbruder gleich nach unserer Geburt zu unseren Eltern, oder besser Adoptiveltern, gebracht worden waren.«

»Und die haben wirklich nie eine Andeutung darüber gemacht, dass Sie und Ihr Bruder …«, Lenz schlug erneut den Aktendeckel zur Seite, »… Ihr Bruder Norbert von ihnen adoptiert wurden?«

»Nein, mit keinem Wort.«

Der Polizist räusperte sich. »Nun ja, wie auch immer. Wie ging es weiter, nachdem Ihr Bruder sich mit Ihnen in Verbindung gesetzt hatte?«

»Wir haben uns ein paar Mal getroffen. Irgendwann habe ich ihm geglaubt, dass er wirklich mein Bruder ist. Es ging ja auch nicht mehr anders. Und im Sommer letzten Jahres sind wir dann zusammen nach Kassel gefahren und haben bei unserer Mutter geklingelt.«

»Wie hat sie reagiert?«

»Wie schon? Sie hat sich tierisch gefreut, uns zu sehen. Sie hat ja gar nicht damit gerechnet, uns jemals kennenzulernen. Aber es war, als würden wir sie vom ersten Moment an richtig kennen. Sie war unsere richtige Mutter, das haben wir sofort gemerkt. Alles war so … wie bei einer richtigen Mutter eben.«

Jutta Bade zündete sich eine weitere Zigarette an. »Sie war damals schon ziemlich krank, ließ sich aber nicht viel davon anmerken. Und sie hat sich, obwohl sie echt schwach gewesen ist, testen lassen, ob sie für Norbert, der mit Leukämie im Krankenhaus gelegen hat, als Knochenmarkspenderin infrage kommen würde.«

»Und?«

»Nein, kam sie leider nicht. Auch Roman und ich waren nicht die passenden Spender.«

»Ich dachte immer, dass Familienangehörige grundsätzlich die richtigen seien?«

»Dachte ich auch, aber das stimmt nicht. Es ist sogar oft so, dass enge Familienangehörige als Spender ungeeignet sind.«

»Wie ging es weiter, nachdem Sie Ihre Mutter kennengelernt hatten?«

Sie sah den Polizisten traurig an. »Erstmal gar nicht. Petra, wir hatten uns darauf geeinigt, dass wir uns mit Vornamen anreden, hatte sich zwar gefreut, uns kennenzulernen, wollte aber den Kontakt nicht zu eng werden lassen. Sie fürchtete sich davor, dass wir zu viel von ihrem Leben mitkriegen würden, glaube ich.«

»War ihr Leben denn so … versteckenswürdig?«

»Fand ich gar nicht. Sie hatte eine schwere Kindheit und so, da kann man schon verstehen, dass später nicht alles gerade gelaufen ist, oder?«

»Das Verhältnis ist dann aber enger geworden?«

»Ja. Vielleicht wollte sie uns auch zuerst nicht so häufig sehen, weil sie dachte, dass es uns, also Roman und mir, schaden würde, was aber absoluter Quatsch war.« Die Hand mit der Zigarette darin bewegte sich Richtung Mund und langsam zurück. »Im Herbst letzten Jahres wurde sie dann richtig krank. Sie hat nach einem leichten Schlaganfall wochenlang im Bett gelegen und konnte sich kaum noch rühren. Irgendwann, nachdem sie uns dreimal weggeschickt hatte, ließ sie uns rein. Und von diesem Tag an waren wir wie eine Familie. Nur wissen durfte niemand etwas davon, das mussten wir ihr in die Hand versprechen.«

»Warum das?«

»Sie hat sich furchtbar dafür geschämt, dass sie uns gleich nach der Geburt weggegeben hat. Ich glaube, das hat sie sich nie richtig verziehen. Deshalb durfte auch niemand wissen, wer wir in Wirklichkeit waren. Da hat sie überhaupt nicht mit sich reden lassen.«

»Hat sie Ihnen zu dieser Zeit auch erzählt, wer Ihr leiblicher Vater ist?«

»Nein, damit wollte sie ganz lange Zeit nicht rausrücken. Sie hat uns erzählt, er sei im Ausland und sie habe schon seit ganz vielen Jahren keinen Kontakt mehr mit ihm gehabt. Erst als es Norbert immer schlechter ging und es klar war, dass er ohne Spende nur noch zwei oder drei Monate hätte, hat sie uns reinen Wein eingeschenkt, was diesen Mann anging. Und auch nur, weil wir sie inständig darum gebeten haben. Eigentlich haben wir sie richtiggehend bekniet.«

»Wusste sie, wo er lebte?«

»Sie wusste alles von ihm. Nachdem sie das Geheimnis gelüftet hatte, kam immer mehr aus ihr heraus. Sie sprudelte wie ein Wasserfall. Wie es damals war und so. Im Karlshof. Nächtelang haben wir zusammengesessen und gequatscht. Irgendwann hat sie uns erzählt, dass sie ihn damals am liebsten umgebracht hätte, weil er so gemein war zu ihr. Sie hatte damals schon ein Messer unter dem Bett liegen gehabt, aber als er da war, hatte sie wohl doch der Mut verlassen.«

»Warum hat sie ihn nicht angezeigt?«

»Das haben wir auch gefragt. Sie hat geantwortet, dass es damals eine andere Zeit gewesen ist. Niemand hätte einem Heimkind geglaubt, niemand. Wenn irgendwo in Wabern etwas geklaut wurde, waren es immer die Karlshöfer, nie jemand anders. Einmal, hat sie uns erzählt, ist sie beim Jugendamt hier in Kassel gewesen. Das war, nachdem er sie zum ersten Mal vergewaltigt hatte. Die Tussi, bei der sie gelandet ist, hat in ihrem Beisein mit dem Heimleiter telefoniert, der das ganze als Hirngespinst einer Pubertierenden abgetan und wohl Stein und Bein geschworen hat, dass an der Sache nicht das Geringste dran wäre. Das war's dann. Die Frau vom Jugendamt hat sie zurück in den Karlshof geschickt und auch noch dafür gesorgt, dass ihr einen Monat lang das Taschengeld gestrichen wurde. So einfach ging das damals wohl.«

»Wann und wie haben Sie Herrn Bauer kennengelernt?«

»Im Januar. Petra hatte uns seine Telefonnummer und seine Adresse gegeben. An einem Abend haben wir unseren ganzen Mut zusammengenommen und ihn angerufen.« Sie drückte die Zigarette in den Aschenbecher und griff zu der Packung auf dem Tisch, zog umständlich eine heraus, zündete sie jedoch nicht an, sondern ließ sie durch die Finger der linken Hand gleiten. »Seine Frau war am Telefon. Ich habe sie gefragt, ob ich ihren Mann sprechen könnte. Sie hat ja gesagt und ihm den Hörer weitergegeben.

»Was ist dann passiert?«, hakte der Kommissar nach, weil die Frau nicht weitersprach.

»Er ist ans Telefon gekommen und hat sich gemeldet. Ich habe ihm gesagt, wer wir sind, und dass wir uns gern mit ihm treffen würden.«

Wieder stockte sie. Lenz ließ ihr ein paar Sekunden Zeit, weil ihr das Sprechen über die Situation offensichtlich große Schwierigkeiten bereitete.

»Und?«, fragte er schließlich.

»Er fing an, mich zu beschimpfen. Ich sei die Tochter eines Flittchens, hat er gesagt, und dass er sich nie mit uns treffen würde. *Vermutlich bist du genauso ein Flittchen wie deine Mutter,* hat er gebrüllt. Ich kam nicht einmal dazu, von Norbert und der nötigen Knochenmarkspende zu erzählen, weil er einfach nicht zugehört hat. Er hat geschimpft und geschimpft und dann einfach den Hörer auf die Gabel geknallt. *Und damit basta,* das war das Letzte, was er geschrien hat.«

»Sie haben ihn also nie getroffen?«

Sie schüttelte wie in Trance den Kopf. Offenbar durchlebte sie das Telefongespräch erneut. »Doch, ich habe ihn einmal kurz gesehen«, korrigierte sie sich. »Irgendwann im Frühjahr wollte Roman ihn mir unbedingt zeigen. Er ging immer zur gleichen Zeit einkaufen, und da haben wir auf dem Parkplatz des Supermarkts gewartet und ich habe ihn mir angesehen.«

Lenz holte tief Luft. »Wussten Sie zu diesem Zeitpunkt schon, dass Sie ihn töten wollten?«

Ein kurzes, kaum erkennbares Nicken.

»Bitte, Frau Bade?«

»Ja«, antwortete sie mit erstaunlich kräftiger Stimme.

»Wer ist zuerst auf die Idee gekommen? Sie oder Ihr Bruder?«

»Es war unsere gemeinsame Idee. Wir lagen …, wir haben …«

Lenz ließ ihr wieder ein wenig Zeit.

»Im Frühling ist zuerst Petra und kurz danach auch Norbert gestorben. Norbert hat gelitten wie ein Hund, bis er endlich tot war, und das, obwohl es vielleicht eine Rettung gegeben hätte für ihn. Das war der Zeitpunkt, wo uns klar wurde, dass dieser fiese Mistkerl sterben musste.«

»Wussten Sie, dass seine Frau auch im Sterben lag?«

Wieder nickte sie. »Nur deshalb haben wir ja gewartet bis zu dieser Woche. Wir wollten nicht, dass sie …, ich meine, dass …«

»Die Frau wusste nichts von Ihnen und Ihren Brüdern?«

»Keine Ahnung. Petra war sich sicher, dass sie es wusste,

aber wir wollten sie nicht fragen. Also haben wir gewartet, bis sie gestorben war.«

Lenz schlug erneut die Akte auf und blätterte darin. »Warum musste Frau Liebusch sterben? Was hatte sie mit der ganzen Sache zu tun?«

Jutta Bade lachte verächtlich. »Die gute Frau Liebusch. Wussten Sie, dass sie meine Mutter unterstützt hat, mit Geld?«

»Ja, das wissen wir.«

»Und? Haben Sie sich nie gefragt, warum sie das gemacht hat? Warum sie einer ehemaligen Bewohnerin des Karlshofs Monat für Monat, und das seit mehr als 20 Jahren, Geld überwiesen hat?«

»Natürlich haben wir uns das gefragt. Leider sind wir nicht zu einer Antwort gekommen.«

»Gegen Dieter Bauer lief ein Disziplinarverfahren, das Petra angezettelt hatte, nachdem sie aus dem Karlshof entlassen worden war. Sie ist zum Landeswohlfahrtsverband, dem Kostenträger des Karlshofs, gegangen und hat denen die ganze Geschichte erzählt. Von den dauernden Vergewaltigungen und uns Kindern, dessen Vater der Erzieher Bauer war. Mit Datum und Uhrzeit hat sie denen alles haarklein dargelegt, so wie sie es sich in ihrem Tagebuch notiert hatte. Sie hat sich Hilfe von denen erwartet, aber die hat sie nicht gekriegt, leider.«

»Warum nicht?«

»Unter anderem deshalb, weil Ruth Liebusch während einer internen Befragung ausgesagt hat, dass Dieter Bauer zu den Zeitpunkten, um die es ging, immer mit ihr zusammen auf der Gruppe war und unmöglich ein Vergewaltiger sein könne. *Sie war immer mit ihm zusammen, während er meine Mutter vergewaltigt hat!*«

»Wow«, machte Lenz.

»Ja, wow. Sie hat ihn gedeckt. Sie hat ihm ein Alibi verschafft und ihm den Arsch gerettet. Petra hat uns erzählt, dass der LWV danach alles unternommen hat, um sie mundtot zu machen. Sie haben ihr mit einer Verleumdungsklage gedroht und so. Und das alles, weil die gute Frau Liebusch meinem Erzeuger ein falsches Alibi verschafft hat.«

»Aber das ergibt doch alles keinen Sinn«, konstatierte Lenz. »Aus welchem Grund sollte sie später Ihre Mutter mit Geld unterstützen? Gewissensbisse?«

Jutta Bade zog die Schultern hoch. »Keine Ahnung. Irgendwann ist sie bei Petra aufgetaucht und hat ihr erklärt, dass sie damals einen großen Fehler begangen habe und sich dafür entschuldigen wolle. Petra hat sie hochkant rausgeworfen, aber seit diesem Tag kam jeden Monat eine Gutschrift auf ihr Konto.«

»Wo hatte Frau Liebusch die Bankdaten her?«

Wieder zog die Frau die Schultern hoch. »Das konnte Petra sich auch nicht erklären, und anfangs hat sie das Geld einfach zurückgeschickt. Aber irgendwann ist sie schwach geworden und hat es behalten. Sie war nun einmal öfter pleite.«

»Wer hat Frau Liebusch getötet? Sie oder Herr Krug?«

»Ich. Viel lieber hätte ich diesen Scheißkerl umgebracht, aber Roman hat mir erklärt, dass der Alte sich bestimmt wehren würde, und dass er vielleicht stärker wäre als ich. Das habe ich eingesehen.«

»Aber es war nie geplant, die Morde nacheinander auszuführen?«

Jutta Bade wirkte nun extrem ruhig und gefasst. Fast hatte Lenz das Gefühl, das Verhör würde sie entspannen.

»Nein. Wir haben es so geplant, und wir haben es so gemacht. Wir wollten es unbedingt genau so machen, damit die beiden in der gleichen Stunde sterben würden.«

»Warum war Ihnen das so wichtig?«

Wieder zuckte sie mit den Schultern. »Keine Ahnung? Die beiden hatten es verdient. Und es war uns klar, dass dieses Vorgehen die Arbeit der Polizei erschweren würde.«

»Ach so.«

»Das ist nichts Persönliches.«

»Was genau ist an dem Abend geschehen, als Ruth Liebusch gestorben ist?«

Es folgte eine unaufgeregt-sachliche Schilderung des Mordes an der ehemaligen Erzieherin, die Lenz erschaudern ließ.

»Wir hatten die Liebusch ein paar Tage lang ausspioniert, aber das ist schon einen Monat her. Sie war die Vorturnerin einer Depri-Selbsthilfegruppe, deshalb war es kein Problem, sich mit ihrem Leben vertraut zu machen.« Das Feuerzeug, das schon in ihrer Hand lag, fuhr zu der Zigarette im Mund und zündete sie an. »Ich bin zu ihr gefahren, hab einfach geklingelt und ihr erzählt, dass ich die Tochter von Petra sei.«

Ihr Gesicht verfinsterte sich schlagartig. »Mein Gott, hat die einen auf eiteitei gemacht. Wie leid es ihr tut, dass meine Mutter damals so hat leiden müssen und so. Ihre ganze Wohnung musste ich mir anschauen, und das hat echt alles ziemlich genervt. Irgendwann hatte ich die Schnauze voll von dieser SozPäd-Schlampe und hab ihr die Knarre unter die Nase gehalten.«

Jutta Bade zog genüsslich an ihrer Zigarette. »Da wurde sie ruckartig still. Aber leider hat sie versucht abzuhauen, das war nicht gut. Ich habe sie im Schlafzimmer erwischt, ausgezogen, gefesselt und geknebelt, und danach ein bisschen an ihr rumgepiekst. Nichts Schlimmes, eigentlich, aber sie hat geflennt wie ein Baby und mich mit ihren großen Kulleraugen angesehen.« Sie gab einen abwertenden Laut von sich. »Oh Mann, und dann noch diese Brille!«

Lenz konnte sich gut an das riesige, altmodische Gestell erinnern. »Wie ging es weiter? Als wir sie gefunden haben, lag Frau Liebusch in der Badewanne.«

»Das stimmt, da habe ich sie auch liegen gelassen. Sie hat noch einmal versucht, abzuhauen. Das hätte ich ihr gar nicht zugetraut. Diesmal wollte sie ins Bad flitzen, aber ich habe sie schon in der Tür eingeholt gehabt und in die Badewanne geschubst. Dort habe ich dann Schluss gemacht mit ihr.«

Der Kommissar schloss für einen Moment die Augen. »Sie meinen, Sie haben der Frau das Rückgrat gebrochen.«

»Ganz genau. Das Ding heißt irgendwas mit prominent oder so, aber ich kann mir diesen verdammten Namen einfach nicht merken. Den habe ich ihr eingeschlagen.«

Lenz schluckte. »Womit?«

»Ich hatte einen Maurerfäustel mitgenommen. Als sie in der Badewanne lag, habe ich beruhigend auf sie eingeredet und ihr erklärt, dass ich gleich wieder weg wäre und sie eigentlich gar nichts mehr zu befürchten hat von mir, wenn ich ihr die Haare abschneiden dürfte. *Ich will dir nur die Haare abschneiden, du Schlampe,* habe ich ihr gesagt. Das hat sie mir geglaubt und sich freiwillig umgedreht. Ein bisschen hat sie rumgezickt, als ich nach der Stelle getastet habe, auf die ich draufhauen wollte, aber nicht schlimm. Und dann ging alles ganz schnell.«

»Sie haben *draufgehauen,* wie Sie es ausdrücken?«

»Ja.«

»Was ist danach passiert?«

»Sie ist zusammengesackt und hat ein bisschen rumgezuckt, das war alles. Es war genau so, wie Roman es mir beschrieben hatte.«

»Woher wusste Ihr Bruder so genau, was passieren würde?«

»Das weiß ich nicht. Er wusste es einfach.«

»War es seine Idee, die Opfer auf diese Art zu töten?«

Sie schüttelte den Kopf. »Nein. Wir wollten, dass sie einen ganz besonderen Tod sterben. Wir wollten, dass sie in den letzten Minuten ihres beschissenen Lebens das ganze Leid erdulden müssen, das unsere Mutter in den vielen Jahren ihres Lebens ihretwegen ertragen musste.«

»Wie lange hat Frau Liebusch nach dem Schlag noch gelebt?«

»Ein paar Minuten. Drei, vielleicht vier.«

»Hat sie nicht geschrien?«

»Mit dem Ding im Mund? Nein. Außerdem kann man mit einem eingeschlagenen Halswirbel nicht so toll schreien, glaube ich.«

»Und Sie hatten nicht eine Sekunde Mitleid mit der armen Frau?«

»Hatte dieses Miststück Mitleid mit meiner Mutter, als sie die damals ins offene Messer hat laufen lassen?«

»Das beantwortet nicht meine Frage.«

»Nein. Es war so ähnlich wie an der Fleischtheke. Reicht das als Antwort?« Sie hatte leicht die Stimme erhoben.

»Durchaus«, entgegnete der Kommissar leise und blätterte wieder in der Akte vor sich auf dem Tisch. »Danach sind Sie nach Hause gefahren?«

»Ja.«

»Und haben sich in Ihrer Wohnung mit Roman Krug getroffen?«

Die Frau nickte.

»Ich deute das einfach mal als Ja«, stellte Lenz lakonisch fest.

»Und weiter?«

»Wir haben gefeiert. Mit richtigem Champagner. Wir haben gefeiert, dass die beiden Menschen, die unserer Mutter dieses irre Leid angetan hatten, tot waren.«

»Irgendwann ist Herr Krug dann gegangen?«

»Ja, natürlich. Manchmal kam ja mein Mann während der Nachtschicht nach Hause, und der sollte Roman nicht sehen.«

»Dann hat mein Kollege bei Ihnen geklingelt?«

»Ja.«

»Hatten Sie die Geschichte, die Sie ihm aufgetischt haben, vorher abgesprochen?«

»Jedes einzelne Wort, ja. Wir wollten ganz sicher sein, für den Fall, dass was schiefgehen sollte. Und es hat ja dann auch geklappt.«

»Das stimmt«, räumte der Polizist zerknirscht ein. »Und danach hatten Sie keine Angst mehr, erwischt zu werden?«

Sie winkte ab. »Wir wussten, dass wir über kurz oder lang erwischt würden. Das war einfach klar. Wir sind nun mal keine Profikiller oder so.«

»Immerhin haben Sie überaus kaltblütig drei Menschen ermordet.«

»Ja, drei Menschen haben wir ermordet«, sinnierte die Frau abwesend. »Kaltblütig ermordet.« Offenbar dachte sie über etwas nach.

»Warum den dritten? Warum Martin Melchers?«

Jutta Bade sah den Kommissar lange und eindringlich an, bevor sie antwortete. »Er war ein Schwein, der sich auf Kosten von Petra ein schönes Leben gemacht hat. Seit die beiden aus dem Karlshof gekommen waren, hat er sie permanent angebettelt und angepumpt. Sie hat ihn immer durchgefüttert und nie auch nur eine Kleinigkeit zurückbekommen. Nichts, nicht das Schwarze unter dem Nagel!«

»Er hat uns das ganz anders geschildert. Er behauptete, Ihre Mutter bis zu ihrem Tod gepflegt zu haben.«

Sie fing laut an zu lachen. »Dieses verlogene Schwein.

Wir haben sie gepflegt, Roman und ich. Er hat ihr nur den Kühlschrank leer gefressen. Wenn er denn mal in der Wohnung war.«

»Wusste Herr Melchers, dass Sie und Ihr Bruder Petra Soffrons Kinder sind?«

»Nein. Sie wollte es nicht. Außerdem hat er Roman zu dieser Zeit gar nicht kennengelernt. Erst, als er … Er war doch sowieso die meiste Zeit nicht da.«

»Aber was haben Sie ihm dann erzählt? Immerhin waren Sie nach Ihrer eigenen Aussage relativ häufig in der Wohnung.«

»Sie hat ihm erzählt, dass ich für eine gemeinnützige Stiftung arbeiten würde. Eine Ehrenamtliche sozusagen. Das hat er gefressen, weil ihn außer seinem Drückerfreund sowieso nichts interessiert hat.«

Lenz fuhr sich durch die Haare. »Sie wollen mir also erzählen, dass Martin Melchers sterben musste, weil er nach Ihrer Meinung Ihre Mutter angepumpt und ausgebeutet hat?«

»Ja. Aber das allein hätte vermutlich nicht für sein Todesurteil gereicht. Er hat nach Petras Tod ihre gesamten Sachen, die etwas wert waren, verkauft und ihr Konto abgeräumt. Und das war dann wirklich zu viel.«

»Wie meinen Sie das, er hat ihr Konto abgeräumt?«

»Petra wusste schon lange, dass sie sterben würde. Sie hat es wohl geahnt. Und deswegen hatte sie mehr als 3.000 Euro gespart, damit sie, wie sie es genannt hat, würdevoll diese Welt verlassen kann. Die Kohle hat er sich mithilfe ihrer EC-Karte unter den Nagel gerissen, dieser miese Scheißkerl.«

»Aber ihn deswegen töten?«

»Ja, deswegen ist er gestorben«, antwortete sie lakonisch.

»Und warum haben Sie bei ihm keine Nachricht hinterlassen, dass es sich nicht um einen Raubmord gehandelt hat, wie bei Dieter Bauer und Ruth Liebusch?«

»Weil es bei diesem kleinen Schwuli nichts zu holen gab. Wer sollte diesen Arsch ausrauben wollen, der sowieso nur von der Kohle anderer Leute gelebt hat? Außerdem war es doch klar, bei der Verletzung, die er hatte.«

»Aber bei den anderen beiden mussten Sie darauf hinweisen?«

»Ja. Wir wollten nicht, dass irgendjemand auf die bescheuerte Idee kommt, dass es dabei nur um Geld oder so was geht. Ich wollte, dass jeder über diese Schweine Bescheid weiß. Jeder.«

Lenz lag auf der Zunge, ihr zu erklären, dass sie das auch unter Zuhilfenahme wesentlich weniger blutrünstiger Methoden hätten schaffen können, aber er war sich sicher, dass die Frau seinen Argumenten nicht zugänglich sein würde. Also ließ er es.

»Sie haben zu Roman Krug eine Liebesbeziehung unterhalten. Wie kam es dazu?«

Nun zeigte die Frau nach einer kurzen Bedenkzeit zum ersten Mal eine wirkliche Emotion. Über ihre Wangen liefen dicke Tränen. »Das hat nichts mit den Morden zu tun, deshalb will ich darüber auch nicht sprechen«, erklärte sie dem Kommissar und wischte sich dabei mit dem Ärmel ihres Shirts über das Gesicht. Dann vergrub sie den Kopf in den Händen und fing laut an zu weinen.

Lenz wartete, bis sie sich wieder ein wenig besser unter Kontrolle hatte. »Ich kann verstehen, dass es sehr schwer für Sie ist, darüber zu sprechen, aber …«

»Was können Sie verstehen?«, fauchte Jutta Bade. »Gar nichts können Sie verstehen, rein gar nichts. Sie wissen nicht, wie es ist, wenn man seine Liebe zu einem Menschen verstecken muss.«

Gewagte These, dachte Lenz.

»Mit Roman habe ich zum ersten Mal in meinem Leben so etwas wie Glück erlebt. Ich war glücklich, verstehen Sie?«

»Hatten Sie dieses Gefühl vorher nie?«

»Nein, nie. Mit meinem Mann bin ich zusammen, weil er es so wollte. Ich hätte ihn nie geheiratet, wenn er nicht so darauf gedrängt hätte. Dann habe ich Roman kennengelernt.« Wieder wurde ihr zierlicher Körper von einem Weinkrampf geschüttelt. »Wir wollten das alles gar nicht, es hat sich so ergeben. Er war da, wenn ich ihn brauchte, und er war auch da, um mich zum Lachen zu bringen. Das war eigentlich alles, was ich mir immer gewünscht habe. Da ging es gar nicht so sehr um Sex oder so. Ich habe mich einfach geborgen gefühlt bei ihm. Aber immer hatten wir Angst, weil wir genau wussten, dass wir nirgendwo auf der Welt eine Zukunft haben. Nirgends!«

Sie sah den Kommissar durchdringend an, und für einen Augenblick hatte er den Eindruck, er könne die Frau verstehen. Dann griff sie sich an den Mund, verdrehte die Augen und übergab sich mitten auf den Tisch. Lenz sprang so blitzartig auf, dass sein Stuhl nach hinten umkippte und krachend auf dem Boden aufschlug, noch bevor der Polizist neben Jutta Bade angekommen war. Die würgte noch immer, und gelber, eklig aussehender Schleim drang aus ihrem Mund. Hinter den beiden wurde die Tür aufgeschoben, und Thilo Hain stürmte in den Raum.

»Alles klar?«, wollte er überflüssigerweise wissen.

»Ja, alles klar«, bestätigte Lenz und bedeutete ihm mit einer Handbewegung, ihn mit der Frau allein zu lassen.

»Geht's wieder?«, fragte er vorsichtig, nachdem sein Kollege die Tür wieder hinter sich zugezogen hatte.

Sie nickte und betrachtete den Tisch und den Fußboden.

»Das macht nichts«, wurde sie von Lenz beruhigt. »Dafür haben wir Reinigungskräfte.«

Wieder ein Nicken von ihr.

»Ich glaube, es ist gescheiter, wenn wir für heute Schluss machen«, schlug der Kommissar vor.

»Ja, wenn das geht?«

»Natürlich.«

Er stand auf.

»Eine kurze Frage hätte ich noch, Frau Bade. Warum hieß Ihr Bruder eigentlich Krug mit Nachnamen, und nicht Winninges, wie seine Eltern?«

»Das ist das Produkt einer, wie er es nannte, jugendlichen Ehe. Roman hat damals den Namen seiner Frau angenommen.«

*

Nachdem die Frau sich kurz gesäubert hatte und auf dem Weg zurück in die Justizvollzugsanstalt war, trafen sich Lenz und Hain auf dem Flur vor dem Vernehmungszimmer. Der Oberkommissar hatte die Befragung der Frau im Raum nebenan verfolgt.

»Wir leben definitiv in einer kranken Welt«, empfing Hain seinen Chef.

»Was du nicht sagst.«

»Wann machst du weiter mit ihr?«

»Das muss der Doc in Wehlheiden entscheiden. Mal sehen, wie es ihr in den nächsten Tagen geht«, erwiderte Lenz und fuhr sich müde über das Gesicht. Hain sah ihn mitfühlend an.

»Du siehst ganz schön fertig aus. Trotzdem muss ich dich bitten, mit mir in dein Büro zu kommen. Dort wartet jemand auf uns, der auch vernommen werden muss.«

Der Hauptkommissar griff sich an den Kopf. »Du hast

sie wohl nicht mehr alle? Ich vernehme heute nichts und niemanden mehr. Das schlägst du dir ganz schnell aus dem Kopf.«

Ohne auf seine Einwände zu reagieren, schob Hain den noch immer protestierenden Lenz vor sich her bis zum Fahrstuhl, bugsierte ihn hinein und fuhr mit ihm eine Etage tiefer. Dort saß ein Mann auf dem Flur.

»Der Mechaniker!«

Vor der Tür zu Lenz' Büro wartete der junge Mann, der den beiden Polizisten auf dem Schrottplatz von Willi Hambacher den Tipp gegeben hatte, hinter dem Haus nach den Füchsen zu suchen. Er trug diesmal keinen ölverschmierten Overall, sondern Jeans und T-Shirt.

»Olaf Hambacher«, stellte er sich vor.

»Sie sind der Sohn von …«

»Nein, der Neffe. Und irgendwann muss Schluss damit sein, sich von diesem Riesenbaby immer nur hin und her kommandieren zu lassen. Ich will aussagen, wie sich die Sache auf dem Schrottplatz wirklich abgespielt hat. Und, dass Sie gar nichts dazu konnten, dass der Fuchs die Treppe runtergestürzt ist.«

»Das ist doch mal eine wirklich gute Nachricht«, frohlockte Lenz und bat den Mann in sein Büro.

32

»Und dieser junge Mann hat wirklich alles gesehen?«, rief Maria begeistert. Sie saß bei Lenz auf dem Schoß und tapezierte sein Gesicht mit Küssen.

»Er sagt ja«, erwiderte der Kommissar und schob sie sanft zur Seite, um Luft holen zu können.

»Wichtig für uns ist, dass er es genau so zu Protokoll gegeben hat, wie es gewesen ist. Das hat auf Ludger Brandt, meinen Chef, so großen Eindruck gemacht, dass er sofort zu seinem Chef gestürmt ist, dem guten Dr. Bartholdy, der in der Sache gerade den Innenminister am Telefon hatte. Morgen bringt die Zeitung eine Gegendarstellung, und zwar in der gleichen Größe und auf der gleichen Seite wie die ursprüngliche Meldung. Außerdem bin ich auf dem Heimweg noch bei Uwe gewesen. Dem geht es schon viel besser, auch wenn ihm das Lachen wegen der fehlenden Zähne noch ein bisschen schwer fällt.«

»Wie viele hat er denn eingebüßt?«

»Zwei im Unterkiefer und drei oben. Morgen wird er in die Zahnklinik verlegt.«

»Und was ist mit dem Kerl, der ihm vors Auto gelaufen ist?«

»Bei dem sieht es nicht so gut aus. Er liegt noch immer im Koma. Ob er jemals wieder aufwachen wird, ist ungewiss. Aber seinem Bruder geht es ein ganz kleines bisschen besser, der wird vielleicht sogar durchkommen, wie es aussieht.«

»Hast du rausgekriegt, wie er an deine Adresse gekommen ist?«

»Nein, ich kann ihn ja nicht fragen. Die Kollegen haben in seiner Hosentasche ein Bild von mir gefunden, das höchstens ein paar Tage alt ist, also hat ihm das vermutlich jemand zugesteckt.«

Maria zuckte zusammen. »Das riecht irgendwie danach, als ob Erich dahinterstecken könnte.«

»Daran habe ich auch schon gedacht, es jedoch wieder verworfen. Ich traue deinem Mann wirklich viel zu, aber dass er sich in den Kreisen rumtreibt, in denen die Füchse verkehrt haben, kann ich mir beim besten Willen nicht vorstellen.«

»Auch wieder richtig«, erwiderte sie. »Meinst du, du findest es noch heraus, woher er das Bild hatte?«

»Ich weiß es nicht, Maria. Vielleicht ja, vielleicht nein. Und ganz ehrlich, im Augenblick habe ich gar keine Lust, darüber nachzudenken.« Er sah sich um, und erst jetzt fiel ihm auf, dass sich in seinem Wohnzimmer oder besser, im Wohnzimmer von Maria und ihm, schon wieder etwas verändert hatte.

»Die Wände waren eindeutig zu kahl, Paul«, erklärte sie ihm mit dem wundervollsten Hundeblick aller Zeiten. Er betrachtete die vier Kunstdrucke, die sie an den Wänden verteilt hatte, und mit denen er auf den ersten Blick so gar nichts anfangen konnte.

»Schöne Bilder«, stellte er trotzdem fest, und küsste sie zärtlich auf den Mund.

EPILOG

Drei Tage später, am Donnerstagmorgen, klingelte um 04.45 Uhr das Mobiltelefon des Kommissars. Er öffnete in der Dunkelheit die Augen und versuchte vergeblich, auf dem Display etwas zu erkennen.

»Lenz«, meldete er sich schließlich.

Der Anrufer war Thilo Hain. »Jutta Bade hat sich vor zwei Stunden das Leben genommen.«

»Scheiße.«

ENDE

Weitere Krimis finden Sie auf den folgenden Seiten und im Internet: www.gmeiner-verlag.de

MATTHIAS P.GIBERT

Menschenopfer

366 Seiten, Paperback.
ISBN 978-3-8392-1237-0.

STRAHLKRAFT Hideo Asami, Küchenhilfe in einem Sushi-Restaurant in Kassel, plagen Unwohlsein und Übelkeit. Als ihm die Haare büschelweise ausgehen, verschwindet er plötzlich spurlos. Wenige Tage später werden drei verkohlte Leichen in einer Laube entdeckt, Hauptkommissar Paul Lenz übernimmt die Ermittlungen. Ein weiterer Angestellter des Sushi-Restaurants leidet unter den gleichen Beschwerden wie sein Kollege, weigert sich jedoch zum Arzt zu gehen, da er sich illegal in Deutschland aufhält und nicht krankenversichert ist. Als auch er verschwindet, verschärft sich die Situation dramatisch …

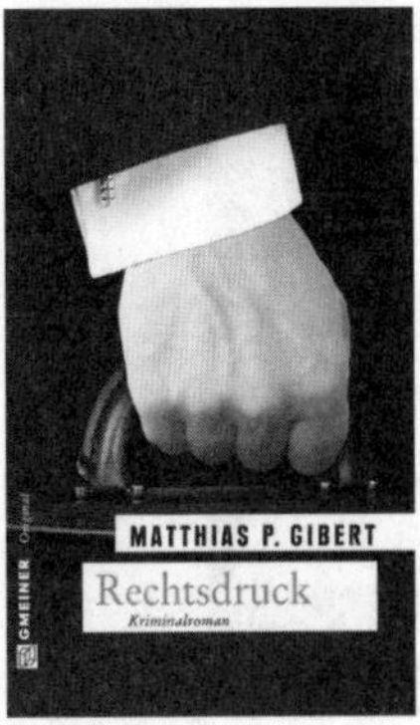

MATTHIAS P. GIBERT

Rechtsdruck

366 Seiten, Paperback.
ISBN 978-3-8392-1130-4.

FALSCHE FÄHRTEN? Gerold Schmitt, ein arbeitsloser Autolackierer mit Kontakten zur rechten Szene, wird brutal zusammengeschlagen. Er überlebt nur knapp. Schmitt glaubt, dass es sich um den Racheakt einiger Türken handeln könnte, mit denen er Ärger hatte.

Wenig später werden in der Kasseler Nordstadt ein türkisches Ehepaar und ihr zwölfjähriger Sohn brutal ermordet. Die Ermittlungen konzentrieren sich auf den ältesten Sohn der Familie, da dieser kurz zuvor einen heftigen Streit mit dem Vater hatte. Doch bald kommen Hauptkommissar Paul Lenz ernsthafte Zweifel, ob er wirklich die richtige Spur verfolgt …

MATTHIAS P. GIBERT
Bullenhitze

373 Seiten, Paperback.
ISBN 978-3-8392-1037-6.

DUNKELMÄNNER Günther Wohlrabe, Eigentümer des größten Bestattungsunternehmens in der Region, stirbt nach einem Dinner in the Dark qualvoll. Was zunächst nach einem natürlichen Tod aussieht, entpuppt sich schon bald als raffiniert ausgeführter Giftmord und ruft Hauptkommissar Paul Lenz auf den Plan. Als kurz darauf auch noch ein Kasseler Bauunternehmer ermordet wird und Lenz herausfindet, dass die beiden Toten am Bau von Deutschlands größtem Krematorium im nahe gelegenen Hofgeismar beteiligt waren, entwickelt sich der Fall für ihn zu einem wahren Höllentrip …

MATTHIAS P. GIBERT
Eiszeit

327 Seiten, Paperback.
ISBN 978-3-8392-1002-4.

BAUSÜNDEN Sommer 2009. Hauptkommissar Paul Lenz will endlich seinen wohlverdienten Urlaub antreten, als ihn Salvatore Iannone aufsucht. Der Besitzer eines Eiscafés in Kassel fühlt sich von seinem Vermieter, dem Immobilienspekulanten Jochen Mälzer, bedroht und bittet die Polizei um Hilfe. Lenz misst den wirr klingenden Äußerungen des Italieners wenig Bedeutung bei, doch zwei Tage später liegen Iannone und seine Frau erschossen in ihrem Lokal.

War ihre Eisdiele den Plänen des Baulöwen im Weg, der dort ein großes Outlet-Center plant? Die ersten Ermittlungsergebnisse weisen jedenfalls darauf hin und Kommissar Lenz glaubt fest an eine Verstrickung Mälzers in den Fall. Doch dieser scheint nicht nur ein wasserdichtes Alibi zu haben, sondern auch Schutz von höchster Stelle zu genießen …

GMEINER

Wir machen's spannend

Alle Gmeiner-Autoren und ihre Romane auf einen Blick

Alle Gmeiner-Autoren und ihre Romane auf einen Blick

GARDENER, EVA B.: Lebenshunger **GEISLER, KURT**: Friesenschnee • Bädersterben **GERWIEN, MICHAEL**: Isarbrodeln • Alpengrollen **GIBERT, MATTHIAS P.**: Menschenopfer • Zeitbombe • Rechtsdruck • Schmuddelkinder • Bullenhitze • Eiszeit • Zirkusluft • Kammerflimmern • Nervenflattern **GOLDAMMER, FRANK**: Abstauber **GÖRLICH,HARALD**: Kellerkind und Kaiserkrone **GORA, AXEL**: Die Versuchung des Elias • Das Duell der Astronomen **GRAF, EDI**: Bombenspiel • Leopardenjagd • Elefantengold • Löwenriss • Nashornfieber **GUDE, CHRISTIAN**: Kontrollverlust • Homunculus • Binärcode • Mosquito **HÄHNER, MARGIT**: Spielball der Götter **HAENNI, STEFAN**: Scherbenhaufen • Brahmsrösi • Narrentod **HAUG, GUNTER**: Gössenjagd • Hüttenzauber • Tauberschwarz • Höllenfahrt • Sturmwarnung • Riffhaie • Tiefenrausch **HEIM, UTA-MARIA**: Feierabend • Totenkuss • Wespennest • Das Rattenprinzip • Totschweigen • Dreckskind **HENSCHEL, REGINE C.**: Fünf sind keiner zu viel **HERELD, PETER**: Die Braut des Silberfinders • Das Geheimnis des Goldmachers **HOHLFELD, KERSTIN**: Glückskekssommer **HUNOLD-REIME, SIGRID**: Die Pension am Deich • Janssenhaus • Schattenmorellen • Frühstückspension **IMBSWEILER, MARCUS**: Schlossblick • Die Erstürmung des Himmels • Butenschön • Altstadtfest • Schlussakt • Bergfriedhof **JOSWIG, VOLKMAR / MELLE, HENNING VON**: Stahlhart **KARNANI, FRITJOF**: Notlandung • Turnaround • Takeover **KAST-RIEDLINGER, ANNETTE**: Liebling, ich kann auch anders **KEISER, GABRIELE**: Engelskraut • Gartenschläfer • Apollofalter **KEISER, GABRIELE / POLIFKA, WOLFGANG**: Puppenjäger **KELLER, STEFAN**: Totenkarneval • Kölner Kreuzigung **KINSKOFER, LOTTE / BAHR, ANKE**: Hermann für Frau Mann **KLAUSNER, UWE**: Engel der Rache •Kennedy-Syndrom • Bernstein-Connection • Die Bräute des Satans • Odessa-Komplott • Pilger des Zorns • Walhalla-Code • Die Kiliansverschwörung • Die Pforten der Hölle **KLEWE, SABINE**: Die schwarzseidene Dame • Blutsonne • Wintermärchen • Kinderspiel • Schattenriss **KLIKOVITS, PETRA M.**: Vollmondstrand **KLUGMANN, NORBERT**: Die Adler von Lübeck • Die Tochter des Salzhändlers • Schlüsselgewalt • Rebenblut **KOBJOLKE, JULIANE**: Tausche Brautschuh gegen Flossen **KÖSTERING, BERND**: Goetheglut • Goetheruh **KOHL, ERWIN**: Flatline • Grabtanz • Zugzwang **KOPPITZ, RAINER C.**: Machtrausch **KRAMER, VERONIKA**: Todesgeheimnis • Rachesommer **KREUZER, FRANZ**: Waldsterben **KRONECK, ULRIKE**: Das Frauenkomplott **KRONENBERG, SUSANNE**: Kunstgriff • Rheingrund • Weinrache • Kultopfer • Flammenpferd **KRUG, MICHAEL**: Bahnhofsmission **KRUSE, MARGIT**: Eisaugen **KURELLA, FRANK**: Der Kodex des Bösen • Das Pergament des Todes **LADNAR, ULRIKE**: Wiener Herzblut **LASCAUX, PAUL**: Mordswein • Gnadenbrot • Feuerwasser • Wursthimmel • Salztränen **LEBEK, HANS**: Todesschläger **LEHMKUHL, KURT**: Kardinalspoker • Dreiländermord • Nürburghölle • Raffgier **LEIMBACH, ALIDA**: Wintergruft **LEIX, BERND**: Fächergrün • Fächertraum • Waldstadt • Hackschnitzel • Zuckerblut • Bucheckern **LETSCHE, JULIAN**: Auf der Walz **LICHT, EMILIA**: Hotel Blaues Wunder **LIEBSCH, SONJA / MESTROVIC, NIVES**: Muttertier @n Rabenmutter **LIFKA, RICHARD**: Sonnenkönig **LOIBELSBERGER, GERHARD**: Mord und Brand • Reigen des Todes • Die

GMEINER

Wir machen's spannend

Alle Gmeiner-Autoren und ihre Romane auf einen Blick

Naschmarkt-Morde **MADER, RAIMUND A.**: Schindlerjüdin • Glasberg **MARION WEISS, ELKE**: Triangel **MAXIAN, JEFF / WEIDINGER, ERICH**: Mords-Zillertal **MISKO, MONA**: Winzertochter • Kindsblut **MORF, ISABEL**: Satzfetzen • Schrottreif **MOTHWURF, ONO**: Werbevoodoo • Taubendreck **MUCHA, MARTIN**: Seelenschacher • Papierkrieg **NAUMANN, STEPHAN**: Das Werk der Bücher **NEEB, URSULA**: Madame empfängt **NEUREITER, SIGRID**: Burgfrieden **ÖHRI, ARMIN / TSCHIRKY, VANESSA**: Sinfonie des Todes **OSWALD, SUSANNE**: Liebe wie gemalt **OTT, PAUL**: Bodensee-Blues **PARADEISER, PETER**: Himmelreich und Höllental **PARK, KAROLIN**: Stilettoholic **PELTE, REINHARD**: Abgestürzt • Inselbeichte • Kielwasser • Inselkoller **PFLUG, HARALD**: Tschoklet **PITTLER, ANDREAS**: Mischpoche **PORATH, SILKE / BRAUN, ANDREAS**: Klostergeist **PORATH, SILKE**: Nicht ohne meinen Mops **PUHLFÜRST, CLAUDIA**: Dunkelhaft • Eiseskälte • Leichenstarre **PUNDT, HARDY**: Bugschuss • Friesenwut • Deichbruch **PUSCHMANN, DOROTHEA**: Zwickmühle **RATH, CHRISTINE**: Butterblumenträume **ROSSBACHER, CLAUDIA**: Steirerherz • Steirerblut **RUSCH, HANS-JÜRGEN**: Neptunopfer • Gegenwende **SCHAEWEN, OLIVER VON**: Räuberblut • Schillerhöhe **SCHMID, CLAUDIA**: Die brennenden Lettern **SCHMÖE, FRIEDERIKE**: Rosenfolter • Lasst uns froh und grausig sein • Wasdunkelbleibt • Wernievergibt • Wieweitdugehst • Bisduvergisst • Fliehganzleis • Schweigfeinstill • Spinnefeind • Pfeilgift • Januskopf • Schockstarre • Käfersterben • Fratzenmond • Kirchweihmord • Maskenspiel **SCHNEIDER, BERNWARD**: Todeseis • Flammenteufel • Spittelmarkt **SCHNEIDER, HARALD**: Blutbahn • Räuberbier • Wassergeld • Erfindergeist • Schwarzkittel • Ernteopfer **SCHNYDER, MARIJKE**: Stollengeflüster • Matrjoschka-Jagd **SCHÖTTLE, RUPERT**: Damenschneider **SCHRÖDER, ANGELIKA**: Mordsgier • Mordswut • Mordsliebe **SCHÜTZ, ERICH**: Doktormacher-Mafia • Bombenbrut • Judengold **SCHUKER, KLAUS**: Brudernacht **SCHWAB, ELKE**: Angstfalle • Großeinsatz **SCHWARZ, MAREN**: Treibgut • Zwiespalt • Maienfrost • Dämonenspiel • Grabeskälte **SENF, JOCHEN**: Kindswut • Knochenspiel • Nichtwisser **SKALECKI, LILIANE / RIST, BIGGI**: Schwanensterben **SPATZ, WILLIBALD**: Alpenkasper • Alpenlust • Alpendöner **STAMMKÖTTER, ANDREAS**: Messewalzer **STEINHAUER, FRANZISKA**: Sturm über Branitz • Spielwiese • Gurkensaat • Wortlos • Menschenfänger • Narrenspiel • Seelenqual • Racheakt **STRENG, WILDIS**: Ohrenzeugen **SYLVESTER, CHRISTINE**: Sachsen-Sushi **SZRAMA, BETTINA**: Die Hure und der Meisterdieb • Die Konkubine des Mörders • Die Giftmischerin **THIEL, SEBASTIAN**: Wunderwaffe • Die Hexe vom Niederrhein **THADEWALDT, ASTRID / BAUER, CARSTEN**: Blutblume • Kreuzkönig **THÖMMES, GÜNTHER**: Malz und Totschlag • Der Fluch des Bierzauberers • Das Erbe des Bierzauberers • Der Bierzauberer **TRAMITZ, CHRISTIANE**: Himmelsspitz **TRINKAUS, SABINE**: Schnapsleiche **ULLRICH, SONJA**: Fummelbunker • Teppichporsche **WARK, PETER**: Epizentrum • Ballonglühen **WERNLI, TAMARA**: Blind Date mit Folgen **WICKENHÄUSER, RUBEN PHILLIP**: Die Magie des Falken • Die Seele des Wolfes **WILKENLOH, WIMMER**: Eidernebel • Poppenspäl • Feuermal • Hätschelkind **WÖLM, DIETER**: Mainfall **WOLF, OLIVER**: Netzkiller **WUCHERER, BERNHARD**: Die Pestspur **WYSS, VERENA**: Blutrunen • Todesformel